終わらないフェミニズム

「働く」女たちの言葉と欲望

日本ヴァージニア・ウルフ協会
河野真太郎、麻生えりか、秦邦生、松永典子［編］

研究社

Feminism Unfinished

Language, Desire, and "Working" Women

はじめに

本書のタイトルは『終わらないフェミニズム――「働く」女たちの言葉と欲望』である。本書の趣旨を、このタイトルを解きほぐすことによって説明したい。まずは「終わらないフェミニズム」であるが、このように述べるからには、フェミニズムが終わった、もしくは終わろうとしているが、本書はそれが終わらないのだと主張していることになる。では、フェミニズムはいかにして終わった、もしくは終わろうとしているのか？　そしていかなる意味で終わらないのか？　そもそもフェミニズムとはなにか？

本書では、フェミニズムの今、そして女性一般がおかれているとされる現状、もしくは現状認識を「ポストフェミニズム」と名づけ、それを乗り越える道を模索する。ポストフェミニズム状況を端的に体現している人物と著作として、フェイスブック社の最高執行責任者（COO）であるシェリル・サンドバーグと、ベストセラーとなったその著者『リーン・イン』を挙げてもいいかもしれない。サンドバーグはハーバード大学出身、マッキンゼー・アンド・カンパニー、ビル・クリントン政権の財務長官ラリー・サマーズのもとでの職員チーフ、グーグル社役員を歴任し、二〇〇八年にフェイスブック社のCOOとなった。二〇〇四年にデイヴ・ゴールドバーグ（結婚当時はヤフー！社の重役）と結婚し、息子と娘をもうけている。(ゴールドバーグは二〇一五年に心臓発作で死去し、その後サンドバーグは「シングルマザー」としての経験からの発言を展開している。)

サンドバーグの人物像と、その半生記ともいえる『リーン・イン』は、いわゆる「ガラスの天井」を打ち破り、キャリアと家庭の両方を完全にこなす、「すべてを手に入れた(having it all)」女性の理想像にほかならない。私たちは、サンドバーグのような女性像を、これまでのフェミニズム運動が獲得しようとしてきた、解放された女性として受け入れていいだろうか?

サンドバーグ自身のフェミニズムに対する姿勢は、『リーン・イン』の第一〇章「沈黙を破ろう」で語られている。そこでは確かにサンドバーグは、フェミニズムを過去のものだと考えたかつての自分を反省し、「いまこそ私は、堂々と自分をフェミニストと呼びたい」(Sandberg 159)と宣言している。そこで語られる、グーグル社における女性の労働条件の改善のための運動や、フェイスブック社で、出産予定の女性に上司への相談をうながし、キャリアをあきらめさせなかった逸話などは、なるほどフェミニスト的な行動だと言える。

しかしながら、私たちはこれを現在フェミニズムが取りうるかたちのすべてと考えてよいものであろうか。サンドバーグは『リーン・イン』で述べる通り、前世代のフェミニスト(第二波フェミニスト)の成果を受け継ぎ、それを継続しようとしているように見えるかもしれない。しかしそれはあくまで部分的なものにすぎない。先ほど引用した第一〇章にもよく表れているが、サンドバーグの理想とは、男女が差別されることなく職業においてその能力を最大限に発揮し、評価されることである。言い換えれば、ジェンダーが障碍《しょうがい》とはならない、純粋なメリトクラシー(能力主義)だ。大いに結構、と思われるだろうか。だが、今述べた理想がフェミニズムの全体の理想だということになるというなら、つぎのような言い換えができることにもなってしまう。すなわち、フェミニズムの理想とはすなわち、人間が男女に関係なく最大の生産性を発揮することなのである、と。

フェミニズムはそのようなものであっただろうか、またあるべきなのだろうか？

もうひとつの疑問は、サンドバーグが「フェミニスト」としての目標を達成する際の手段である。たとえば序章「革命を内面化する」における、妊婦用の駐車場のエピソードを参照してみればよい。自分が妊娠をした際に、駐車スペースが見つからず長距離を歩かねばならないという困難を経験したサンドバーグは、ヤフー！社には妊婦用駐車スペースがあるということを夫から聞き、早速それを会社に提案して実現させる。そのエピソードについて、サンドバーグはつぎのように述懐する。

今になっても、私は自分が苦しみを味わうまでは、妊婦に専用駐車スペースが必要だということに気づかなかったことに当惑している。グーグルで最も上級職についている女性のひとりとして、それに気づく責任があったのではないか？　しかし私は……それに気づかなかったのである。ほかの妊婦たちは、特別扱いを要求するのがいやで、じっと黙ったまま耐えていたにちがいない。または、彼女たちは自信がなかったり地位が低かったりして、問題を解決せよと要求できなかったのだろう。トップにひとり妊娠した女性がいるだけで……事態は変わったのだ。(4)

ここには二つの問題が隠されている。ひとつは、そもそも妊婦が必要としているのは、仕事に行くための駐車スペースだけではなく、出産休暇・育児休暇でもあるかもしれないということである（米国では出産休暇・育児休暇制度は一般的ではない）。言い換えれば、サンドバーグの立場は、「福祉《ウェルフェア》」よりも「勤労福祉《ワークフェア》」を、というものだ。女性の出産や育児という「ハンディキャップ」を是正し、公平な競争の条件を作り出すことが、サンドバーグにとっては重要なのである。[*1]

もうひとつの問題は、駐車スペースが必要だとしても（もちろんあるに越したことはない）、それを実現するためには、トップに女性の利害を代表する女性がいなければならないとサンドバーグが考えているらしいということである。つまり、「自信がなかったり地位が低かったり」する女性には状況は改善できない。もちろん、女性がガラスの天井を打ち破って重役や政治家になり、女性の状況を改善することは可能であるし、行なわれなければならない。だが、それだけが女性の生を改善する方法だと考えるとすると、そこからはなにが排除されているだろうか？　二つのものが排除されている。ひとつは集団的な連帯による変革の可能性、もうひとつは、当事者（利害関係者）以外が、客観的な公正の観点から変革をもたらす可能性である。とりわけ後者は、アイデンティティ・ポリティクスの陥穽《かんせい》であるといえるだろう。政治的主張の正当性を当事者性に求めるのがアイデンティティ・ポリティクスであるとするならば、先の引用における女性の困難の「気づき」の物語は――つまり当事者になることによる「気づき」の物語は――アイデンティティ・ポリティクスの物語にほかならない。

そして、いかにもアイデンティティの物語らしく、序章のタイトルの通り、「革命」は「内面化」される。（これはサンドバーグが第一〇章で評価するフェミニスト、グロリア・スタイネムの著書『内面からの革命』を意識しているのかもしれない。サンドバーグは米国のいわば「自己啓発系フェミニズム」の系譜を確かに受け継いでいる。）女性の内面に革命が起き、女性が自己評価を高めれば、女性の問題は解決する。逆に言えば、女性の問題の解決は、社会の集団的変化ではなく、個人の内面の変革によるのだ。

以上のような点を問題にしつつ、サンドバーグ批判を展開したのが、イギリスの著述家ドーン・フォスターによる挑発的なタイトルの小冊『リーン・アウト』である。（ちなみに、サンドバーグの『リーン・イン』は、女性であるがゆえの自信のなさや尻込みを捨てて、キャリアの世界に身を乗り出していこう、という意味であるが、『リーン・アウト』はそこから撤退しようという意味である。）フォスターは、サンドバーグが代表するような現代のフェミニズムを「企業《コーポレート》フェミニズム」と喝破する。それは、「国家の支給する有給育児休暇、より強力な福祉セーフティ・ネットといった女性の集団的権利を求めたり、さらには女性が労働組合に加入することを推奨したり」はしない（Foster 11）。つまり、企業フェミニズムは、女性の解放を集団的な政治行動によってではなく、個人の努力によって達成することを目指す。したがって、「企業フェミニズムの世界においては、核家族という単位の外側に、またさらには休暇のあいだにも、市民生活、政治的生活、感情的生活の余地はない」（16）。

また、フォスターが批判するところによれば、企業フェミニズムを正当化する論理は、「トリクルダウン・フェミニズム」である。ごく少数の女性の富が正当化されるのは、その富と地位が彼女以外（以下）の女性たちへと「したたりおちる《トリクルダウン》」と想定されるからだ。しかし、現実に、富がしたたりおちることはない。不況の影響を最も強く受けるのは女性であるし、「国会議員やCEOになる女性がひとにぎりほど増えたところで、その三倍の女性が二〇年前と比べて低賃金の職業から逃れられなくなっている」（20）。かくして新たな問題として再出現するのは、女性間の階級格差である。それを肯定する企業フェミニズムの物語は、「資本主義にとって都合の良い」物語なのだ（21）。

この、サンドバーグが体現しフォスターが批判する、フェミニズムと女性の現状を、本書では「ポストフェミニズム」と名づける。本書は論集であるので、かならずしもすべての論者の見解がぴったりと一致しているとはいえないが、ポストフェミニズムとは新たなフェミニズムの原理や主張というよりは、新自由主義およびグローバリゼーション、そしてそれらの状況下での労働・生産体制としてのポストフォーディズムにおける、女性の「状況」の名前である。サンドバーグは確かに第二波フェミニズムの夢が——あくまで部分的に——実現した存在の一例かもしれない。しかし、そのような夢の実現の裏側で、女性間の階級格差の拡大、勤労福祉《ワークフェア》肯定の反面における福祉《ウェルフェア》の切り捨て、「個人の努力」強調の反面での集団的な連帯による政治の喪失、さらには社会的公正の観点からの変革の、メリトクラティックな「競争条件の公正」への置き換えといったことが生じている。それと同時に、ポストフェミニズムは「労働」の意味を会社での賃金労働へと狭めてしまう。かつてフェミニズムが俎上に載せていたそれ以外の労働、つまり家事労働やケア労働が「労働」として問題とはされなくなってしまう。さらには「賃金労働」の質も変化する。ポストフォーディズムの背景には、第二次産業に属する肉体労働は「終焉」し、非物質的な労働（知識労働や、本書のいくつかの章が扱う「クリエイティヴ労働」）が規範的な労働となったというイデオロギーがあるが、ポストフェミニズムにおける「労働」観も、そのようなイデオロギーの支配のもとにある。

ここまで述べれば、フェミニズムがいかなる意味で終わろうとしており、またいかなる意味で終わっていないのかはある程度明確になったであろうし、また本書の副題にある「「働く」女たち」の意味も示唆できたのではないだろうか。ポストフェミニズムとは、端的に言えば、社会主義フェミニズムも含む第二波フェミニズムがグローバル化した資本主義に取り込まれてしまった状況である。そのようなポストフェミニズム状況を乗り越える「新しい」フェミニズム——これを「第三波フェミニズム」と呼べるだろうか——があるとして、それは女性と労働、それも賃金労働に限定されない広い意味での労働を問うものにならねばならない（したがって、本書のタイトルには括弧つきの「働く」が含まれている）。またそれは新自由主義的な個人へと分断された女性の連帯を思考できるものでなければならない（「女たち」）。つまるところ、本書は「ポストフェミニズム」が断絶を表現しており、第二波フェミニズムが取り組んだ問題は克服されて「終わった」という見方を拒否する。第二波フェミニズムは残滓的なあり方で現在のポストフェミニズム状況を構成しており、私たちはそれに新たな生命を吹きこまなければならない。

とはいえ本書は、現代のフェミニズム運動の現状を直接的に論じたり、その戦略を探究したりする書物ではない。そうではなく、イギリス文学の専門家、それも日本ヴァージニア・ウルフ協会に所属する研究者による論集であり、その対象は現代の文学作品や映像作品だけではなく、ヴァージニア・ウルフをはじめとする戦間期イギリスの文学作品でもある。それにもかかわらず、序文を『リーン・イン』という現代のポピュラーな女性啓発書の問題から始めたのは、それがここまで述べた通り、現在のフェミニズムが対応すべき状況を端的に表現しており、そうであるならば——つまり現在のフェミニズムの状況が確かに変化してきているならば——私たちが過去を見る方法も変化を余儀なくされるはずだからである。過去は現在を規定しているが、現在もまた過去を左右している。たとえば私たちのフェミニズムの観念がウルフの著作から学び取られた部分があるのと同時に、ウルフの著作の読解は現在の私たちの状況に規定される。この相互的なあり方を念頭において過去を見る方法、これは歴史学というよりは系譜学とでも言えるものになるだろう。本書はその意味で、「フェミニズムの系譜学」を目指すものである。

さて、そのフェミニズムの変化のありかたのひとつは、本書が対象とする文学や文化の概念そのものにかかわるだろう。ここでようやく、本書のタイトルを締めくくっている「言葉と欲望」に私たちは到達する。「文学と文化」といった言葉をあえて使わず、いわばよりドロリとした、経験の単独性により接近する「言葉」と「欲望」という表現を選んだことには意味がある。たとえば、ヴァージニア・ウルフは間違いなくモダニズム「文学」の正典的な作家である。そして、本書のいくつかの章でも論じられるように、ウルフは確実に第二波フェミニズムとそれを受けたフェミニズム批評にとって重要な「フェミニズム作家」であった。だが、現在最も重要な「フェミニズム作家」は誰だろうか？ ひょっとすると、それはシェリル・サンドバーグなのではないか？ また最も重要な「フェミニズム文学作品」は『ブリジット・ジョーンズの日記』だといえてしまうのではないか？（もちろんこれには異論があるだろうが。）そのように考えると、「文学」や「文化」というカテゴリーのみにとどまっていては、本書で行なおうとしている「フェミニズムの系譜学」を実践できないのではないか、という疑いが頭をもたげる。文学作品のみならず、さまざまな映像作品、はたまた学術的（もしくは疑似科学的）著作やポピュラーな雑誌記事などを、「言葉」と、それにぴったりと貼り付いた「欲望」という水準に還元し、そういった「言葉」を同一平面上に置いて考えることが必要ではないか？ そうすることによって私たちは、サンドバーグや『ブリジット・ジョーンズの日記』だけが代理＝表象するような女性たちの

「文学と文化」から自由になり、それによってたとえばウルフの著作を——そして本書で扱われるほかのすべての著作・作品を——現代のポストフェミニズム状況にとってアクチュアルな「言葉と欲望」として取り戻せるのではないか。

　そのことは本書を成立させている「言葉」についても言える。本書の言語は、学術研究の言語であり、批評の言語でもある。だが最終的に——あくまで最終的に——批評の言語でさえも、「言葉」という水準を取り戻さなければならないだろう。それが本書の考える「フェミニズム」の要請である。

　そして最後に、「欲望」とは「願望」でもあり、またそれは個人的なものであるだけではなく、「言葉」を媒介にして他者と共有されうるものである。その際に「言葉」は自己の欲望を伝達し、他者の欲望を受け取るための手段となるのだ。連帯とは、そしてそれにもとづく社会とは、他者の欲望を受け取ってみずからのものとすることにほかならない。欲望は確かに、資本主義が全面化したかに見えるポスト社会主義状況において、資本主義が私たちを支配する手段にもなり得る。しかし、「働く」女たちの欲望が言葉を媒介にして共有されたとき——つまり社会的な欲望となったとき——、それは資本主義に対する抵抗の拠点ともなり得る。これが本書の最終的な「信」でありユートピアだ。フェミニズムは、そのようなユートピア的ヴィジョンへと向かう終わりなき、困難なプロセスの別名である。だから、言葉が連帯へ、連帯が社会へと成長するまで、フェミニズムは「終わらない」。

さて、以上のような本書の精神が、各部・各章をどのように結びつけているのかを確認して「はじめに」を締めくくりたい。

まず第I部「ポストサフラジストの「自由」と消費文化」は、イギリス戦間期をポストサフラジスト期、つまり一九二八年の普通選挙の立法化に前後して、第一波フェミニズムの目標が一応達成された時代と考える。私たちが生きるポストフェミニスト時代と、このポストサフラジスト時代には奇妙な共通点が見られないか？　それは、女性たちが新たな「自由」を手にしたけれども、反面でその「自由」に苦しむような状況である。その自由は新たな文化の消費の可能性であると同時に、資本主義の牢獄への閉じ込めでもあり得る。第1章で論じられる、ドロシー・リチャードソンの長編小説『遍歴』における、都市に生き、働く新たな独身女性という形象は、それをみごとに象徴しているだろう。「おひとりさま」という現代的な形象は自由と同時に疎外と孤独の形象でもある。そして、ついには消費文化に背を向けた「おひとりさま」はどこに向かうのだろうか？　第2章は、みずからの身体を自己責任のもとに管理すべし、という命令に苦しむ現代の女性たちの起源を戦間期の「若返り」科学・言説、その欲望を物語化したC・P・スノウらの小説、そしてさらには永遠の若さを形象化したウルフの『オーランドー』に求める。そこには、永遠の若さという観念に加えて、ポストフェミニズム的な労働の観念も見いだせるだろう。第3章は「文化」というカテゴリーの変化の起源を戦間期に見る。そこでは従来的なハイ・カルチャーに対して（雑誌の『グッド・ハウスキーピング』が代表するような）ミドルブラウ文化が生じており、その分断線と、先進的なリベラル・フェミニズムと保守的フェミニズムの対立が重なり合っていた。この対立の複雑な交錯のありさまを理解することは、ポストフェミニズム状況を考えるにあたって重要なヒントを与えてくれるだろう。

第I部で戦間期におけるポストサフラジスト的な状況と、その消費文化との関係を考えた後の第II部「変貌する家庭とケア労働」は、同じく戦間期の、「労働」の問題へと分け入っていく。戦間期は現代的な核家族が、再生産の単位として変化し確立していった時代といえる。先に述べたように、現代における支配的な「労働」の観念からは排除される家庭内労働のあり方は、そこではいかに変化したのか？　第4章はその問題を、ウルフの『灯台へ』における母の形象と、同時代の「子どもの観察運動」という育児をめぐる心理学言説・実践との比較によって考察する。この比較によって浮き彫りになるのは、学問的地位の確立を目指す心理学の創設が、資本主義の要請に従う核家族を利用して、いかに母親によるケア労働を隠蔽《いんぺい》したか、という問題である。第5章はウルフの『波』における、スーザンという主婦の形象に光を当てる。ポストフェミニズムにおいて支配的な「労働」観から排除されるのは、第二波フェミニズムによっても議論されてきた「主婦」の労働であろう。そこに光を当てるにあたって、現代の、サンドバーグ的なキャリア女性から離脱した新たな「主婦《ハウスワイフ》」像を提示する、ミレニアム時代の「ハウスワイフ2・0」現象は、現代から過去を照らす重要な投光器の役割を果たす。第6章は同じくウルフの『波』を論じる。リアリズム的な「キャラクター・システム」の否定と、非個人性の追究による生の全体性（包括性）の表象というモダニズム的な企図は、じつのところ情動労働に従事してきた下層階級の女性たちの周縁化という問題を温存することによって成立している、不可能なるプロジェクトであった。

第III部「ポストフェミニズム状況下の労働と共通文化」は、一気に時代を駆け下り、現代の「フェミニズム文学」を探究する。共通文化とは、人々がその生成にひとしく関わり、また人々がひとしくその果実を享受できるような文化のことである（Williams, Conclusion）。女性による女性のための文化は、そのような文化を生産する共同体は、可能か？　第7章は、現代においてフェミニズム文学を可能にする条件を問うために、第二波フェミニズム期の意識高揚《コンシャスネス・レイジング》小説、さらにはウルフが序文を書いた労働者階級女性の手記集である『私たちが知っている生活／人生《ライフ》』へと遡航し、「女性のための文学」の系譜の引き直しを行う。それによって明らかになるのは、サンドバーグや『ブリジット・ジョーンズの日記』とは違う現代の「フェミニズム文学」の可能性である。第8章は、ポストフェミニズム状況と新自由主義との結びつきを確認した上で、その両者の克服を志向する作品の可能性を映像作品から検討する。『めぐりあう時間たち』は、第二波フェミニズムとポストフェミニズムとの否定的でも肯定的でもある連続性を表現しているが、『メイド・イン・ダゲナム』は女性の連帯を描くことで『めぐりあう時間たち』の限界を超えているといえるだろうか？　第9章もまた、サンドバーグのような「スーパー・ウーマン」の理想像を批判的に検討する文学の可能性を考察する。考察の対象となるのは、仕事と家庭の両立に苦闘する女性を描いた、「マミー・リット」と呼ばれるポピュラーな文学ジャンルである。「チック・リット」とともにポストフェミニズム的なジャンルである「マミー・リット」。その可能性を、『ケイト・レディが完璧な理由』の原作と映画版の差異は物語っていないか。

　女性の自由についてのアイデアは、フェミニズムは、複雑な旅程をたどって現在の私たちの手に届いている。そのような「フェミニズムの旅」のありさまを検討することは、「フェミニズムの系譜学」としての本書にとって必要不可欠であり、それを行なうのが最後の第IV部である。第10章は、「ヴァージニア・ウルフ」という第二波フェミニズムの象徴《アイコン》が、北米の大学における英文学研究の複雑なポリティクスの中から生じてきたことに注目する。そこに作用したのは、単に米国内での家父長制対フェミニズムといった枠にはおさまらない、英国リベラリズムと北米リベラリズムとの間の、文化秩序の問題もからまった緊張関係であり、その緊張関係の中心に「ウルフ」というアイコンがあったのだ。第11章は、小説家・翻訳者の村岡花子によって日本語に翻訳された、カナダのルーシー・モード・モンゴメリの『赤毛のアン』の「旅」を検討する。この翻訳作品は、村岡自身が属する戦後の新たな女性像である「少女」を確立したが、この少女像の重要な部分は、ポピュラー文化（これを先に述べた「共通文化」と言えるかどうかという疑問自体が、本章の隠れたテーマである）の生産者としての役割である。それが、文化翻訳ともいえる村岡の翻訳によっていかにして生まれたのか。

以上の一一章で構成される本書であるが、もちろんすべての論点を網羅しつくしたとはいえない。そこで、この「はじめに」で述べたような趣旨から見て論ずべき、論じうるほかの論点を提示するために、各部にコラムを設けた。これら一一章と一〇のコラムが、そのそれぞれで論じられる女たちの欲望を言葉に乗せて読者に届け、時代と空間を超えた新たな連帯を、新たな共通文化を生み出すための種子となることを願ってやまない。

二〇一六年六月

編者を代表して　河野真太郎

注

＊1　ここで言う「勤労福祉」は、政府による就労支援政策そのものというよりは（サンドバーグは政府ではないのでもちろんそうではない）、それを支える広いイデオロギーのことである。これについてはRose、特に第七章を参照。ローズは、一九九〇年代の、新たな段階の新自由主義（彼の用語では先進リベラリズム）を論ずるにあたって、勤労福祉のイデオロギーを重視している。「働く意志のある者に福祉を」という考え方は、貧困を「社会階級」の問題から「道徳的な矯正」の問題へとずらしてしまう（266）。女性の就労の問題を「内なる革命」という個人的道徳の問題に還元するサンドバーグは、まさにこのイデオロギーに与している。またローズは勤労福祉制度が、「臨時雇い化され、リスクから守られておらず、不安定で、脱社会化した労働人口」（つまりポストフォーディズム的な労働人口）を生み出したとしている（267）。

引用文献一覧

Foster, Dawn. *Lean Out*. London: Repeater, 2016. Print.
Rose, Nikolas. *Powers of Freedom: Reframing Political Thought*. Cambridge: Cambridge UP, 1999. Print.
Sandberg, Sheryl. *Lean In: Women, Work, and the Will to Lead*. 2013. London: WH Allen, 2015. Print.
Williams, Raymond. *Culture and Society: 1780–1950*. London: Chatto & Windus, 1958. Print.

目次

目　次

目　次

第Ⅰ部
ポストサフラジストの「自由」と消費文化

第Ⅰ章　おひとりさまのロンドン

『遍歴』に見る働く独身女性表象と現代

大道千穂

1　はじめに

イギリスの女性作家、ドロシー・リチャードソンが、小説第一作『尖った屋根』を出版したのは、今からほぼ一世紀前の一九一五年のことである。リチャードソンの父親は商人の子供として育ったが、紳士階級の地位と生活に強い憧れを抱き、郊外の邸宅で四人の娘たちを身分不相応に贅沢かつ文化的な環境で育てた。そんな生活は父を経済的に破綻させ、リチャードソンの裕福な少女時代は一七歳で突然打ち切られる。急激な変化に戸惑いながらも、彼女は新聞の求人に応えてハノーヴァーの寄宿学校に教員として赴く。『尖った屋根』はその時の経験をもとに書かれた自伝的小説である。意識の流れの手法を初めて用いた英語文学とされる本作が、その後半世紀にわたって書き続けられる未完の長編小説『遍歴』全一三巻の、第一巻となった。リチャードソン自身と同じように、主人公ミリアム・ヘンダソンは、いくつかの住み込みの教職を経た後に事務職の口を得て、第四巻『トンネル』（一九一九年）でロンドンに上る。都会の小さな下宿屋にある自分だけの部屋を拠点に、みずからが稼いだお金でみずからの望むモノやサービスを購入して生活する『遍歴』の主人公ミリアムは、働く独身女性、いわゆる「おひとりさま」のはしりなのだ。

「おひとりさま」という用語は、高齢者のひとり世帯の増加が顕著になった今でこそ老後の問題と切り離せない概念と思われがちだが、[*1]ジャーナリストの岩下久美子が一九九九年にこの用語を生んだ時には老後との関連付けはなかった。岩下は女性のひとり客に対する社会の反応の冷たさを問題視し、「女性がひとりで快適に外食したり、旅をすること」を後押しする目的で、「おひとりさま向上委員会」を設立したのだ。このとき、ひとり客の呼称であった「おひとりさま」に「個」の確立ができている大人の女性という意味を付加したと彼女自身が説明している（岩下　二五九―六〇）。本章では岩下の定義で「おひとりさま」という言葉を用いることとする。

二一世紀を迎えた現代においては、非婚化、晩婚化、家族の個別化といった傾向によって、中高年の独身人口の増加が大都市圏でいよいよ顕著になっている。これは日本とイギリスに共通する現象である（若林他　一―二／Office for National Statistics; Social Issues Research Centre 14）。[*2]そうした状況の中、現代の都市は「男性の欲望を解放した近代都市にかわって……女性の欲望を解放する空間として、とりわけ女性単身者の消費に大きく依存する空間としての相貌を強めている」という（長谷川　一一〇）。

経済的に自立する独身女性は現代の都市を動かす大きな力になっているのである。

「あなたはご存じ？　私たちのこの幸せな国には女性の方が男性よりも五〇万人も多く存在しているのよ」（Gissing 44）。ジョージ・ギッシングの『余った女たち』（一八九三年）の中でたくましく自活するロウダがこう言うように、一九世紀後半のイギリスにおける男女の人口比は著しく不均衡であった。大量の「余った女たち」を生んだ後期ヴィクトリア朝イギリスにおいて必然的に生まれたのが、働いて自活する女性たちなのである。今日の都市文化の中心にいる働く独身女性たち。彼女たちの歴史の始まりがここにある。しかし当時のロンドンにおいては、女性は都市における新参者であった。独身女性となればなおさらである。そのなかで彼女たちはどのようにして自分の居場所を見いだしたのだろうか、あるいは見いださなかったのだろうか。

本章では、『遍歴』第四巻『トンネル』を中心に、ミリアムがいかにして自活するリスペクタブルな独身女性という新しいアイデンティティを構築していくかをみていく。『遍歴』は個性的な人生を歩んだリチャードソンの自伝的小説であるため、ミリアムは当時の典型的な働く女性からずれるところもある。それでも、男性とも、家庭に基盤をおく既婚女性とも、また労働者階級とも異なるアイデンティティを模索したミリアムの葛藤を分析することは、世紀末ロンドンに急増したひとつの女性のグループが直面した課題や可能性の一端を映し出すだろう。そして、今もって「ジェンダー化された空間によって抑圧され疎外される」女性たちの問題が研究対象となっていることを思えば（若林他　三）、ミリアムの挑戦には、現代社会における独身女性にまで引き継がれる何かしらの連続性が見いだせるかもしれない。最終的にはミリアムが生きた一九世紀末以降現代にいたるまで、ますます数と勢力を拡大していく働く独身女性たちの、小説史における位置を探りたい。

なお、働く独身女性といっても今ではさまざまな立場があるが、第一次世界大戦前においては事務職に就いた女性の九五パーセントが、ミリアム同様に三五歳以下、非婚であった（Anderson 10）。このことから、本章では「働く独身女性」を非婚の比較的若い女性たちと定義して議論を進めることとする。

2　世紀転換期ロンドンと働く女性

タイトルが示すとおり、『遍歴』は主人公ミリアムの旅の物語である。地理的な移動だけでなく、階級、かかわりを持つ集団や信奉する宗教や政治的信念、恋愛対象など多くの移動に彩られるミリアムの旅路は、女性とは何かという探求を続ける精神の旅路でもある。紳士階級の子女のように過ごした少女時代、「まるで例外なく全員が、すべてのことに同意しているかのようなあのおぞましい女性特有の微笑み」（1:21）を、[*3]ミリアムは嫌悪していた。あまりに「賢く」「正しい」（1:19）ために周囲から敬遠されがちであった彼女は、男性を嫌い、女性を憎む「人間嫌い」（1:31）として、周囲の人間への不信と憤りに満ちた少女時代を過ごした。裕福な階級の子女を教える教員やガヴァネスの職は、この感覚から彼女を自由にしてはくれなかった。そんな彼女に大きな転機を与えたのがロンドンなのである。

一八九五年には六百万人、一九〇七年には七百万を超える人口を誇った世紀転換期のロンドンは、世界一の巨大都市《メトロポリス》であった（松村　一一三）。[*4]リチャードソンの伝記を書いたジョン・ローゼンバーグは、こう説明している。

当時のロンドンはさまざまな思想、哲学、宗教の坩堝《るつぼ》だった。当時は女性参政権運動の時代であり、社会主義と無政府主義がいよいよ力を増していった時代であり、才能ある偉大な変わり者たち、菜食主義者、クエーカー教徒、革命家、カバラ主義者の時代であった。(Rosenberg 21)

世紀末ロンドンではあらゆる非主流派の人々が主流派の人々と同居していた。レイモンド・ウィリアムズはこうした多様なものを融合、溶解し、新しい形式に再生産する「坩堝《るつぼ》」としてのメトロポリスの性質を、モダニズムの文化的基盤とみている(Williams 46)。新しい地位の確立を求める女性たちが、ほかの都市ではなくロンドンにより強く引き寄せられた所以《ゆえん》もここにある。家庭の天使を脱却しようとする女性たちの変化のひとつが、金銭的報酬を生まない家庭内労働からの脱却、経済活動への参加にあるのであれば、彼女たちの新たな居場所はなおのこと、モノとサービスが行き交う大都市がふさわしい。

一九世紀後半以降の都市において広く雇用の門戸を開き始めた事務職は、男女を問わず下層中産階級の人々に新たな職業機会を提供し、多くの「余った女たち」に自立した生活の手段を与えることになった。教員、看護師、店員、事務員、公務員といった職に携わる人口の総労働人口に占める割合は、一八六一年から一九一一年にかけて七・六%から一四・一%に上昇し(Vicinus 5)、特に事務職は、仕事中もそうでない時も淑女らしく《レイディライク》していることができる唯一の職業として、働かざるを得ない独身女性たちに大きな人気を得た(Anderson 10)。同職への女性の積極的な登用は男性に少し遅れて一八八〇年代に始まったが、一九二一年にはイギリスの事務職の四六パーセントを女性が占めるようになっている(2)。一八九六年にロンドンに上京したミリアムは、経済的自立を目指してロンドンに移動した同時代の多くの女性たちのひとりなのである。

3　働く独身女性のアイデンティティ

ミリアムは、肉体労働には抵抗があるが働いて自活しなくてはならない女性という新たな集団に属した。一九〇九―一〇年の女性事務員の平均給与は商業領域の事務員であればミリアムと同じ週に一ポンド、[*5] 保険領域の事務員であればもう少し高かった (Anderson 9)。これは働く全女性の給与平均である週一二―一四シリングよりも高額だが、[*6] それでもひとり暮らしの家計を支えるのに十分な額ではなく、ミリアムもしばしば、少ない収入を食べることに使うか本を買うことに使うかの選択をせまられる (McCracken, "Embodying" 60)。とはいえ、それがどんなにつましいものであったとしても、女性が選択の自由を持つことはこの時代にあってはまれである。本節では、週一ポンドの自由を使って、ミリアムがいかにして働く独身女性としてのアイデンティティを築いていくかをみていく。

(1)　空間の選択

『トンネル』では、ミリアムがひとりで街を歩く様子がたびたび記述されるが、ある時、バスを降りて深夜の道を自宅に向かいながら、ミリアムは喜びに満たされる。

> 真夜中近くのエンドスレイ・ガーデンズの狭い舗道を家に向かってぶらぶらと歩きながら、ミリアムはそれが早朝であるかのように、はつらつとした、何にも煩わされない気持ちになった。ハマースミスを出発したバスを降りてトッテナム・コート通りに入った時、その道が、もはや恐ろしいという第一印象をなくし、彼女の家《ホーム》の一部になっていることに気づいた。そこは彼女が自分自身のものとして見いだしたロンドンの一区画の境界地《ボーダーランド》となった。この区画で彼女は生きていくのだ、自由に、人目につかず、自分自身が稼いだ週一ポンドで。　(2:29)

ここには自分の力で自由を勝ち取った誇りがあふれている。一九世紀後半のウェスト・エンドは、買い物を楽しむ裕福な女性たちであふれていた (Rappaport 8)。大学や病院、大英博物館などからほど近いこの地区は、男性が築き上げてきたイギリス帝国の威光を感じさせる場所でもある。つまり昼間のこの地区は、ミリアムの家《ホーム》ではありえない。夜にそこを歩くからこそ、ミリアムはこの通りを我が家《ホーム》の一部にできたのだ。朝出勤し夜に帰宅する働く女性の物語であれば当然のことだが、『遍歴』の街歩きには夜の描写が多い。ミリアムは夜の街を恐れることなく自由に歩く、ごく初期のヒロインなのである。

それでは、こうして夜の道を歩いて帰宅する家を、彼女はどのように選択したのだろうか。ミリアムの下宿は、最初は食事がつかない下宿屋《ロッジングハウス》であったが途中で賄いつきの下宿《ボーディングハウス》に変わる。「時代とともに歩まなければね」(2:287)、と女主人が語るように、一九世紀後半のロンドンでは賄いつきの下宿が増加していた。賄いつきの下宿では、通常下宿人が一堂に集まって女主人が提供する食事を一緒に食べる。単身でロンドンに住む女性が急増する中、ひとりで暮らしつつも堕落したと思われない環境、すなわち「中産階級の作法や慣習を規範とする家庭生活を模倣し引き継いでくれる」(Mullholland 34) 賄いつきの下宿の需要が急増したのである。女主人の娘にフランス語のレッスンをつけることを条件に、無料の朝食を毎日、加えて希望日にはその他の食事も特別価格で提供してもらえることになったミリアムは (2:330)、かつて身につけた教養のおかげで、期せずして社会的体裁を保ちつつ、通常の賄いつき下宿で暮らすよりもさらに大きな自由を得た。

(2)　モノの選択

ハン=シェン・ワンも述べているように、わずかな給料で自活するミリアムは、自分のお金は「一ペニー残らず正しい物に使われていること」を確認しながら生活をする必要がある (Wang 78)。それならば、ミリアムのお金の使い道を見れば、彼女の生活における優先順位がわかるということになる。つぎに挙げるのは勤務を始めてから五か月が経ち、彼女の週当たりの賃金が五シリング値上がりした時の様子だ。

九月までにおよそ四ポンド五シリングが手に入ることになる、それから一か月の休暇のために貯めてあってまだ使っていない二ポンド一〇シリングがあるから、合計で六ポンド一五シリング、毎週マチネを観に行ったとしてもまだ四ポンド五シリングのうち半分くらいは残るから、全部合わせると四ポンド一五シリング、自転車を一か月借りて、休暇のために夏のブラウスを数着買う

にはじゅうぶんな額だ……　　(2:182)

ここから考えると、ミリアムにとって最も大切なのは観劇であり、自転車であり、衣服はその後だ。食事のことなど触れてもいない。階級の転落により知的、文化的環境を奪われたミリアムにとっては、観劇に代表される文化的活動（本を買う、レクチャーを聴くなど）や、女性が誰にもともなわれずにひとりで自由に遠くまで足を延ばすことを可能にする自転車は、何にもまして大切なのである。[7] ミリアムはこの後、中古の自転車を一五ポンドほどで購入する（2:425）。彼女の稼ぎの数か月分にあたる大きな買い物だ。食べることよりも本や自転車を買うことを優先するミリアムの消費行動は、自分自身の稼ぎがない者とも、養わなくてはならない家族がいる者とも異なる、働く独身女性のそれである。

ミリアムが最後に挙げたブラウスについてはどのように考えればよいだろうか。週一ポンドという限りある収入は、彼女に好きな洋服を好きなだけ買う自由は与え得ない。そこでミリアムは「私はやぼったさ《ダウディネス》が好きだという結論に至った」と友人に説明する。

「お金に余裕があるならスタイリッシュでいたいわ……。完璧なコートとスカートと、すてきなイヴニングドレスを数着持ってね。でもそのためにはものすごくお金持ちでないといけないの。スタイリッシュでいることができないなら、私はむしろやぼったくいたいの、そしてある意味では、スタイリッシュでいることよりやぼったくいることのほうが、私は好きだわ。」　　(2:150)

最新のファッションへの欲望を捨てることは、他者によって作られた流行に惑わされずに個性を築くということでもある。やぼったい服を買うことすら、彼女は「選択」しているのだ。服にせよ、そのほかのモノにせよ、ミリアムの買い物は、当時裕福な女性たちの間で流行していた「楽しみのための買い物」とも、家庭を持つ女性たちの「自分以外の人のための買い物」とも異なる、「自分で自分をつくるための買い物」なのである。

付け加えるならば、「あなた、既製サイズでどんなに幸運かわかっているのかしら?」(2:160) という友人の言葉から、ミリアムがオーダーメイドの服ではなく一九世紀後半になって流通し始めた、大量生産の既製服を購入していることもわかる (Bowler 72)。大衆市場に出回る安価な洋服をまとうことで、知的活動にあてる金銭的余裕を作り出しているのだ。ここに、個性を外観にではなく内面に求める彼女の選択を見て取ることができる。

(3)　食の選択

ミリアムは食べることをそれほど重視していない。彼女の食への無関心は、おそらくは、自分で料理を作ることのない身分から人生が始まったことにその要因があるだろう。台所に入ることを許されなかった少女時代を送ったミリアムにとって (1:131)、みずから調理をするということは、それだけで屈辱的であったのかもしれない。食事を作ることに関心がないのであれば、食べるという行為の重点は「どこで」食べるかにおかれる。そしてどこよりも居心地の良い場所として彼女が見いだすのが、ティーショップ・チェーンのA.B.C.であった。

一八七〇年代半ばからティーショップを展開し始めたエアレイテッド・ブレッド・カンパニーは、

それからわずか一五年ほど経った一八九〇年には、セントラル・ロンドンだけで五〇店舗以上（McCracken, "Voyages" 86）、全英では三七七店舗（一八九一年）を展開するまでに成長した（Shaw et al. 87）。急成長の要因は、「買い物客、劇場通いの人々、セントラル・ロンドンで勤務する人々といったロンドンの新しい消費者たち」をターゲット層にした新しさにあった。買い物客や事務職につく下層中産階級の女性たちが、ひとりで気兼ねなく入ることができる「安いがきちんとした《リスペクタブルな》」店として、A.B.C. は大いに繁盛したのである（McCracken, *Masculinities* 95; "Voyages" 86）。

『遍歴』にはミリアムが実際にA.B.C. で飲食をするシーンはないが、この店に関する言及は複数回ある。友人たちに「あなたはなんてあの A.B.C. が好きなのかしら」（2:150）、と言われるシーンからは、ミリアムがこの店を頻繁に利用していることが察せられる。ミリアムにとってのこの店の魅力は、またしても「やぼったさ」である。友人にA.B.C. のどこが好きなのかと聞かれて彼女はこう答える。「主としてあの店のやぼったさだと思うわ。食事は良心的。これ見よがしのようなものではなくて、なんとも最高にやぼったいのよ」（2:150）。ミリアムがA.B.C. で好んで食した「小さな卵とロールパンとバター」（2:259）は、紅茶をつけても六―七ペンスほどである。[*8] 一ポンドを食事以外の活動に存分に残すことができ、自炊という、経済活動から離れた家庭内労働からも彼女を自由にしてくれるA.B.C. は、彼女にとって貴重な店なのだ。ここでもまた、大衆市場に出回る簡素な食事を選ぶことで、内面の要求にまわす資金を充実させるミリアムの選択が読み取れる。

以上、ミリアムの週一ポンドの使い道から、働く独身女性としての彼女の自己形成をみてきた。人通りの絶えた夜の道、賄いつきの下宿、大衆向けの、きちんとしているがやぼったい既製服や食事。ミリアムが見いだした自身の領域は、どれをとっても控えめで目立たない。しかし堕落したというイメージをともなわない範囲内で、ミリアムが享受できる最大限の自由を約束するものである。自分の収入に見合った場所やモノをみずからの価値観に従って選択し、自分ひとりですべてを消費することを許されるのが、働く独身女性なのである。自由になるお金の余裕は異なるが、ミリアムの自己形成は「自分なりの価値観で消費に緩急をつけ、ハレとケを上手に使い分け」（牛窪　一二）る現代のおひとりさまと同じである。

4　おひとりさまとしてのミリアム――週一ポンドの限界と可能性

前節では『トンネル』の分析を通して世紀転換期イギリスで急増した働く独身女性の一例として、ミリアムの自己領域の選択と、それによるアイデンティティの確立の様子を追ってきた。どの観点から考えても、働く独身女性としてのミリアムの自己領域の開拓は成功しているようにみえる。だが本当にそうだろうか。

興味深いことに、お金の使い道や買い物の描写は『トンネル』以降の巻にはあまり見られなくなる。深い喜びのうちにたどり着いた下宿はその後ずっとミリアムの生活の本拠地として機能していくわけでもなく、自転車がミリアムのアイデンティティをいつまでも強固に支えるわけでもない。ひとつのことからまた別のことへとつぎつぎと関心を移していくのはミリアムの特徴的な行動パターンであり、一度関心を持ったモノやサービス、思想がその後いつまでも彼女のアイデンティティを支えることはないのである。たとえば大枚をはたいて購入した自転車についても、その自転車に関する記述はその後二度しかなく、それもきわめて簡潔に触れられるにすぎない。ロンドンに居を移した当初、自転車は彼女が魅了された「新しい女」という女性像を体現する重要なモノであった。[*9] しかしたばこをふかし、ニッカー（膝下で絞られた半ズボン）を履いて自転車に乗ることで自分もその一員になった時、ミリアムは「新しい女」がお金の力で安易に獲得できる「商品」にすぎないことに気づく。「新しい女」になることは、女性とは何かというミリアムの本質的な問いを解決してはくれなかったのだ。

　作家として自立していく過程で、ミリアムは彼女に一ポンドの自由を与えた職も特権つきの下宿も必要としなくなる。作家になった後の最終巻において、つぎにはどこに住むつもりなのかと尋ねられたミリアムは、こう答えている。「どこでも。気にしないわ」（4:654; 強調原文）。

> 書くということは人生を断念するということだ。そのことはいつだって先にわかっている。それでも書くべき何かが私の指先をチリチリと刺激すると、いつでも私はその代償を忘れる。自分自身の存在の中心に向かって深く、深く、降りていくその不思議な旅に、我を忘れて没入していく。
> (4:609)

自分自身でこう述べるように、作家になったミリアムは、すべての消費活動から退《しりぞ》いてしまう。彼女の自己規定は、最終的には現実のすべてのモノから距離をおくことでなされていくのである。常に移ろいゆく消費文化の中にではなく、動くことがない自分自身の魂の中に、自分の居場所を求めていく。これは一見消極的な選択にみえるが、実はそうではない。ミリアムはやぼったさの選択をさらに突き詰め、男性が作り上げた資本主義経済、あるいは消費文化から撤退したのだ。

> 黄昏がみすぼらしい服を隠してくれる。みすぼらしくなんてない。それがともに生きていく服なのよ、おもしろいじゃない、楽しいじゃない。人間のすべてはここにあるの、何から何までここに、脳の中に、はっきりと見ることができる。人間ってすごいわ、何よりもすごい。人間であるということは、なんておもしろいことなのかしら。　(2:256：強調原文)

ここには、ロンドンに上京する前の彼女を特徴づけた人間嫌いの傾向から解放され、人間への愛にあふれたミリアムがいる。ミリアムが見いだした自分の居場所とは、モノもお金も肉体もないむきだしの精神世界、つまり「意識の流れ」の小説なのだ。そしてこの文体を、彼女は「女性の散文」と呼ぶ (Richardson, Foreword 12)。

付け加えるならば、この「女性の散文」には句読点がきわめて少ない。「女性の散文は……形式に妨害されずにひとつの点からひとつの点へと自由に読み進められるように、句読点が適切に省かれていなくてはならない」(Richardson, Foreword 12) と自身が述べるように、リチャードソンが見いだした女性の散文は、自分の意図を読み手により正確に伝える (=押し付ける) ために男性が見いだした、句読点という記号にすら、否を突き付けているのである。リチャードソンの散文は、人間の意識がそうであるように、形式的な休止や中止を与えられることなく、永久に、流れ続ける。

とはいえ、ミリアムのこうした考え方は現実的にいささか不自然だ。人はモノとの接触を絶って生きることはできない。あんなにも懸命に自分自身の居場所を探していたミリアムがなぜ、外界に居場所を求めることをやめたのだろうか。それはおそらく、彼女が生きた時代にあって、女性がひとりで生きていくということは、想像以上に困難だったからだ。その時その時、一時的には働く独身女性としての肯定的なアイデンティティと居場所を確保した喜びに満たされても、つぎの瞬間にはそれを失ってしまう。ミリアムの試みは、その繰り返しだったのではなかろうか。

ロンドンで過ごした年月、私は社会生活という囲いの外に横たわる世界を探求し、それがある種の群島のようになっていることに気づいた。さまざまな作家、宗教団体……政治団体……と接触し、本や講演を通して科学や哲学の世界とも触れ合い、私はこれらすべての島々が魅力あふれる秘密結社の居住地であることを理解した。それぞれの島に代わる代わる所属したいと望んでは、その気持ちを抑え、ひとりに戻ってどこにも行かなかった。そうすることで私はすべての場所に一度に存在し、すべての声を一斉に聴くことができたのだ。

(Richardson, "Data" 137)

作家リチャードソンがある時こう語ったように、ミリアムもまた、社会におけるアウトサイダーとして、ひとりの独身女性が見る都市を描き出す道を選んだのだ。

現実を捨て、書くという世界に引きこもった点において、また人間の内面に対する信頼をここまで強く持った点において、ミリアムは当時の典型的な働く女性とはいえない。しかしミリアムが見いだした限界も可能性も、当時の多くの働く女性たちと共通するものである。事実、この時代には働く「余った女たち」がロンドンにあふれていながら、彼女たちが二〇世紀末のように消費経済の中心に躍り出ることはなかった。彼女たちもまた、ミリアムと同じように週一ポンドの自由は得たが、それはあまりにも限界のある自由だったのだ。男女の人口比から言えば結婚を望めない女性は数多くいたにもかかわらず、事務員として働く当時の女性たちのほとんどは、新しいアイデンティティを築くことよりも、いつの日か上司と結婚して伝統的な妻のアイデンティティを獲得することを期待していたという(Anderson 10)。都市の中で生きる場を見いだす役割は、後世のおひとりさまたちに引き継がれるのである。

5　反おひとりさま小説としての『アン・ヴェロニカ』(一九〇九年)

幸せな「おひとりさま」として社会を生き抜くことはできなかったとはいえ、一九世紀末に生まれた「余った女たち」をヒロインに設定した小説群の中で、働く独身女性にしかできない生活を生き生きと語ったミリアムの存在は異色である。『余った女たち』のマドン三姉妹は誰も生活を支えるに足る職を得ることができず、ロウダは愛をあきらめるという大きな痛みを背負ってひとりで生きていく。T・S・エリオットの『荒地』(一九二二年)に一瞬だけ登場するタイピストからは人生の空しさだけが伝わってくる。そしてなんといっても、一時はリチャードソンの恋人であったH・G・ウェルズの『アン・ヴェロニカ』(一九〇九年)におけるヒロインの挫折ぶりは特筆に値する。

『アン・ヴェロニカ』のヒロイン、アンは、「新しい女」の生き方への強い共感から、保守的な父親に反抗し、自由で進歩的な人生を求めて郊外の我が家を飛び出し、単身ロンドンに出る。小説中には「新しい女」や「女性参政権」といった当世風のキーワードが散りばめられ、これまでの女性の隷属状態やこれからの女性が獲得すべき自由や権利について、諸所で語られている。しかし、この一見進歩的な物語は結局のところ、知性と意欲はあるが、思慮を欠くひとりの女性が、幸せに結婚するまでのメロドラマにおさまっている。というのもまず、職探しに失敗したアンは、安易によく知らない男性からの出資を受け、経済的自立の可能性を早々に放棄してしまうのだ。「自由っていったい何かしら」(Wells, *Ann Veronica* 172) というアンの自問は、出資者の求婚を拒絶することによって破綻したロンドン生活、思想もないままに参加した女性参政権運動の代償としての投獄経験を経て、自由に恋愛をする権利であるという答えに導かれる。「あなたが欲しいのです。恋人になってください。あなたに私を捧げます。あなたのためになら何にでもなりたいのです」(252) という大胆な告白が女性によってなされる点でも、神に罰せられることなく不倫の恋が成就するという点でも、『アン・ヴェロニカ』はたしかに新しい。しかしアンが行き着いた女性にとっての自由は、ミリアムが求めた一ポンドの自由とは全く異なるものだ。自立した「おひとりさま」を目指してロンドンに飛び出したアンが最終的に行き着くのは、愛する人のためには個を捨ててもよいという境地、つまり「おひとりさま」という価値の完全な否定なのだ。

アンのフェミニズムへのアンビバレントな態度に言及したマリア・テレサ・キアラントは、それがウェルズ自身のフェミニズムに対する態度の投影であろうと分析している (Chialant 10)。アンバー・

リーヴス、レベッカ・ウエスト、ドロシー・リチャードソンといった彼の実人生における恋愛相手を考えても、ウェルズが強い意志を持つ新しい女性たちに対しても、フェミニズムに対しても、関心と理解を持っていたであろうことは推測できる。しかし彼にとって、やはり女性は第一義的に恋愛の対象であったのではないだろうか。女性が経済的にも精神的にも他者に依存することなく充足して生きていく可能性を模索したリチャードソンと、女性の自由恋愛を支持したウェルズは、ともにフェミニストであったかもしれないが、その方向性は異なっていたといえる。

6　リチャードソンのフェミニズムと現代

『アン・ヴェロニカ』では女性参政権運動の波に飲み込まれて投獄されるアンが描かれるが、実は『遍歴』にもこの運動に加担して投獄される、アンとよく似た女性が登場する。一時はリチャードソンの恋人でもあったヴェロニカ・レスリー＝ジョーンズをモデルとするアマベルである。アンにとっての投獄経験が自分の自己中心的性格を反省して父親と和解するきっかけとなるのに対し、アマベルの投獄経験はアマベルを変化させることはない。アマベルの投獄は彼女とミリアムの女性参政権に対する立場の違いを明確化し、二人がレズビアン的な関係を絶つきっかけとなるのである。戦闘的な女性参政権運動のあり方を行きすぎた行動として描いている点はウェルズとリチャードソンに共通するが、それをきっかけにアンがヴィクトリア朝的な価値観に一歩逆戻りするのに対し、ミリアムは女性参政権運動とは異なるかたちの女性論を展開していくのである。

それではミリアムは女性という存在、女性が持つべき権利について、どのように考えているのだろうか。彼女の見解を整理してみたい。ミリアムによれば、女性は連帯を「形成し、教化する」(3:256)天賦の力を与えられている。男たちが周囲の全員について、「自分の息子すら、敵でありライバルである」と考えるような未開な部族でも、「母親と息子は社会を形成する」(3:378)ことを考えてみるとよい。女性は生まれながらにして人と人のつながりを築く社会化、教化の才能を持っているのだ。人の家に招かれると「玄関口につくや否や、その家の女主人が作りだす空気」(3:257)がその家を支配していることに気づきはしないだろうか。実は世界ははるか昔から、女性によって作られてきたのだ。男性は他者とうまくやっていくことができない生き物であり、したがって「社会」を作ることができない。社交の場を作り上げているのは男性ではなく、実は集団に属さずにひとりで紅茶を注いで人々の間をまわっている女性なのである(3:257)。自立した女性にはすべてを見渡し、分断化されている集団を結びつける力があるのだ。

それではなぜ男性が世界を作ってきたように見えているかといえば、教化する女性の力は容易には目に見えないからだ。女性は「空気の中の空気のように」(3:257)自然に、こともなげに、世界を社会化、教化してきたからである。ミリアムが戦闘的フェミニストを攻撃するのは、女性に与えられた教化の力に女性自身が気がついていないことへの憤りの表れである。男性が作った選挙制度などとは関係なく、「女性は最初から解放されている」(3:257)とミリアムは考えている。「女性の権利を語る人々は最低だわ。あの人たちは過去に女性が「統治されていた」と考えているのよ。でも実際には女性は一度だって誰かの下にいたことはないわ」(3:218)。ミリアムによれば、「この世界の初めから、男たちがしてきた唯一のことは、女性がもともと持っていたものを発見し、それに名前をつけること」(3:256) である。女性は世界の初めから洗練されており (3:219)、社会主義者であり (3:256)、秩序の守り手であったのだ。

リチャードソンも、連載エッセイ「俗人による論評」の一九一九年六月号においてつぎのような発言をしている。

> 女性たちは情緒によって動く人々と定義されるかもしれない。情緒によって動くということは、自己の領域から他者の領域へと、想像的共感によって移動するということで、これは社会生活における原則である。これはほかの人々の幸福を望むということだ。これまでの戦う男たちの「世界」は文化的には洗練されていない。いまだ軍事力で支配されているからだ。軍事力は力とはいえない。軍事力のような強大な力は長続きする権威にはならない……女性が「世界」の権威ある地位につかないのは、「世界」への非難なのかもしれない。(Richardson, "Comments" 216)

ミリアムにとって、女性の力は徒党を組んで声高に何かを欲し主張することでは発揮されない。ひとりひとりの女性が、女性にもともと備わっている他者への共感力を発揮した時に自然と発露するものだ。他者を思いやる共感力が女性の最大の武器であるとすれば、女性はひとりでいても、あるいはひとりでいればこそなおさら他者の心を存分に感じ取り、その共感力の強さで他者とつながっていられる。

作者リチャードソンと同様、一時期クエーカー教徒と生活をともにするミリアムは、クエーカー教徒たちがそれぞれに独立して神と向き合い祈りを捧げながら、全体として強い連帯を守っていることに深く感銘を受ける。教祖のジョージ・フォックスは、「結束とは自立の達成を意味する。真に隣人を愛するためには、人はまず自分を愛さなくてはならない。人は魂の独立を獲得しなければならない」と説いた（Richardson, *Gleanings* 9–10）。リチャードソンもまた、独立を保ちつつ他者への共感を忘れない、静かで、強い人間の連帯を理想としている。社会から身を引き、登場人物ひとりひとりに共感しながら自分が生きてきた世界を自分の手で語り直すことに費やしたリチャードソンの後半生は、彼女なりのフェミニズムの実践であったのかもしれない。

イギリスにおいて常に少数派であったクエーカー教徒の思想に影響を受けているためなのか、リチャードソンの思想と同時代の他のフェミニストたちの思想を関連づけることは難しい。しかし女性に内在する家族や隣人を思いやる強い共感の力こそが社会の基礎であり、その力を発揮することが社会における本質的な役割を構築するという彼女の信念は、ケアの倫理をグローバル社会に適応することでフェミニズム理論が平和に貢献できないであろうかと考察する最新のフェミニズムの潮流と重なるところがある（岡野　終章）。リチャードソンは一世紀を先取りするフェミニズム理論を唱えていたのだろうか。他者への共感を最大限に引き出すためには、まず自立して自分を愛する「おひとりさま」であれとする彼女の考え方は、現代にも示唆を与えてくれそうである。

7 「ミリアム」たちのその後――むすびに代えて

興味深いことに、「余った女たち」が社会問題化し、その状況の後押しを受けて生まれた「新しい女たち」が一世を風靡《ふうび》した後、働く独身女性たちは小説の表舞台から消えてしまう。ヴァージニア・ウルフの『ダロウェイ夫人』（一九二五年）に登場するドリス・キルマンのように、主たる登場人物たちの脇でひっそりと自活する女性たちはたしかにいる。しかし、働く独身女性としての自分を社会の中にしっかり位置づけようという積極的な態度でロンドンを闊歩《かっぽ》するミリアムのようなヒロインには、なかなかお目にかかれない。

第二次世界大戦終結直後の一九五〇年代、小説家たちの関心は一般に「独身男性のステイタス」に集中した（Philips 44）。アイリス・マードックの第二作目の小説、『魔術師から逃れて』（一九五六年）に登場するローザは、数少ない働くおひとりさまにあたるのかもしれない。フェミニズムの闘士として活躍した母とは違い、政治にも仕事にも深い関心がなく、人生に迷っていた彼女は、強力なカリスマを発揮する得体の知れない男性ミーシャに惹きつけられる。思うようにミーシャの愛情を得ることができない苛立ちからすさんだ生活に身を落としていくローザだが、最後にはミーシャへの思いを完全に断ち切ることでようやく前を向く。この物語は『遍歴』とは似ても似つかない。しかし戦争が終わり福祉国家が実現され、多数派が幸せな家庭生活に収まる中、世紀前半にフェミニズムが掲げた大義は一応果たされたにもかかわらず、何かが満たされない働く独身女性たちの不安と孤独を、的確に映し出している。無気力におちいった時には、おひとりさまの女性たちにとって、ロンドンは包容力のある解放的な空間というよりは危険な落とし穴になるのかもしれない。

一九六〇年代以降も、引き続きイギリス小説の主流は家族小説のようだ。マーガレット・ドラブルの『碾臼』（一九六五年）などシングルマザーを描く作品は多いが、非婚の独身ヒロインは少ない。アニタ・ブルックナーが『秋のホテル』（一九八四年）を出版した時、田嶋陽子はこう絶賛した。「イギリス小説の世界では、〔サミュエル・〕リチャードソン以来、結婚にこぎつけることが女主人公のしあわせだったが、ここにきてブルックナーははっきりと、結婚しない女を描き、結婚制度という性差別で成り立っている体制を批判し拒否することで、イギリス小説の伝統にも反旗をひるがえす作家のひとりとなるのである」（田嶋　一四二）。このことは、イギリス小説における働く独身女性表象の少なさを示すひとつの証拠といえよう。『秋のホテル』の舞台はスイスの湖畔であり、本章の扱う範疇にはないが、ヒロインが作家としてある程度成功しているにもかかわらず、独身であることで肩身の狭さを感じている点、結婚して社会の認知を得たいという思いが強すぎて間違った恋愛に走ったことを反省する点などは、ここまでに扱ったおひとりさまの小説の流れを汲むものといえる。この小説でも、おひとりさまにとってロンドンは、自由というよりも気詰まりな場所のようだ。圧倒的な情報社会時代を迎えた二〇世紀後半、初期メトロポリスを特徴づけた解放性は奪われてしまったのか。

こうして二〇世紀を通観してみると、ロンドンを生きるポジティブなおひとりさまの文学表象は、ヘレン・フィールディングの『ブリジット・ジョーンズの日記』（一九九六年）に代表される一九九〇年代のチック・リット小説の登場を待たなくてはいけないのだろうか。大都市における独身者の急増がふたたび社会で取り上げられるようになった二〇世紀の世紀転換期に、自己のアイデンティティを懸命に模索するというような重たさから完全に解放された、底抜けに明るくて軽い大衆小説のヒロインとして、働く独身女性はふたたび文学作品に登場したのである。ブリジットの物語の果てしない軽さは、働く独身女性たちが直面する問題はもはやないということを意味するのか。そうではない。故郷よりもロンドンに居心地のよさを感じる心情や仕事への充実感、独身であるがゆえの肩身の狭さなど、ミリアムと同じ思いをブリジットも共有している。ただ、二〇世紀末のロンドンは、置かれた状況を笑い飛ばすことで居場所を作る鷹揚《おうよう》さを持っているようだ。生きにくくても生きにくいままに包み込んでくれるロンドンに抱かれて、ブリジットはさしたる自己変革の必要にも迫られずに幸せに生きているのである。

食欲と性欲と購買欲の旺盛な、活力に満ちたブリジットの物語は、ありきたりな若い女性の姿を描いただけの、取るに足らない小説のようにもみえる。しかし振り返ってみれば、『遍歴』もまた、独身女性にとっての同時代のロンドンの社会をそのまま映した、「私たちを描いた小説」として迎えられた。後にリチャードソンの作家生活を経済的に支えることにもなるブライヤーは、回想録『アルテミスに捧ぐ』（一九六二年）の中で、一九一六年に『遍歴』第二巻『停滞』を読んだ時の衝撃を、こう語っている。「私はすべてのルールを無視してこの本を一気に読み終えた。そして学校の友達に興奮しながらこう言った、「誰かが私たちのことを書いているわよ」と。……ミリアムのイングランドは、私が見たイングランドだ」（Bryher 199）。ミリアムの物語は、たしかに今日まで引き継がれているといえるのではないだろうか。働く独身女性たちがイギリス小説の中でどのように生き続けていくのか、見守っていきたい。

注

*1　一九八〇年代には八・五パーセントにすぎなかった日本の高齢者のひとり世帯の割合は二〇〇〇年には一四・一パーセントに増加している（上野　二〇）。

*2　『シングル女性の都市空間』において「中高年」という年齢領域が具体的に何歳から何歳を指すのかはわからない。ただ、「結婚適齢期」という年齢領域が一方にあり、「パラサイト・シングル」などの例を挙げながら説明があるため、おそらく三〇歳代前半あるいは半ばくらいから上の年齢層を指していると思われる。

*3　『遍歴』は全一三巻からなるが、ヴィラーゴ版ではそれが四巻にまとめられている。本小説からの引用箇所をテキスト内に括弧で示す際には、ヴィラーゴ版における巻数と頁数を示すこととする。

*4　同時期のパリの人口は二三〇万人程度、ベルリンやウィーンは一二〇万人程度であった（松村　一一三）。

*5　一ポンドは二〇シリング。ナショナル・アーカイヴで通貨換算をすると、一九〇〇年当時の一ポンドは二〇〇五年の五七・〇六ポンドに値する。

*6　一シリングは一二ペンス（一ポンドは二四〇ペンス）。

*7　自転車がこの時代の女性にもたらした可能性と自由については川本、第一二章に詳しい。

*8　ニューヨーク・パブリック・ライブラリーが所蔵、公開している一九〇〇年当時のメニューリストから計算した。

*9　「新しい女たち」については川本、Ledger に詳しい。

引用文献一覧

Anderson, Gregory, ed. *The White-Blouse Revolution: Female Office Workers since 1870*. Manchester: Manchester UP, 1988. Print.

Bowler, Rebecca. "'I Wish I Had a Really Stunning Dress': Fashion, Poverty and Performance in Dorothy Richardson's *Pilgrimage*." *Pilgrimages: A Journal of Dorothy Richardson Studies* 7 (2015): 59–81. Print.

Bryher. *The Heart to Artemis: A Writer's Memoirs*. Ashfield, MA: Paris, 2006. Print.

Chialant, Maria Teresa. "Single Women in Turn-of-the-Century London: Emancipation and Romance in *Ann Veronica*." *Wellsian: The Journal of the H. G. Wells Society* 34 (2011): 4–11. Print.

Gissing, George. *The Odd Women*. Oxford: Oxford UP, 2000. Print.

Ledger, Sally. *The New Woman: Fiction and Feminism at the* Fin de Siècle. Manchester: Manchester UP, 1997. Print.

McCracken, Scott. "Embodying the New Woman: Dorothy Richardson, Work and the London Café." *Body Matters: Feminism, Textuality, Corporeality*. Ed. Avril Horner and Angela Keane. Manchester: Manchester UP, 2000. 58–71. Print.

——. *Masculinities, Modernist Fiction and the Urban Public Sphere*. Manchester: Manchester UP, 2007. Print.

——. "Voyages by Teashop: An Urban Geography of Modernism." *Geographies of Modernism: Literatures, Cultures, Spaces*. Ed. Peter Brooker and Andrew Thacker. Oxon: Routledge, 2005. 86–98. Print.

Mullholland, Terri. "'Neither Quite Sheltered, nor Quite Free': On the Periphery of the Domestic in Dorothy Richardson's *Pilgrimage*." *Pilgrimages: A Journal of Dorothy Richardson Studies* 6 (2013–14): 25–45. Print.

Office for National Statistics. "The Single Population Increased between 2001 and 2011." *2011 Census Analysis, How Have Living Arrangements and Marital Status in England and Wales Changed since 2001?* Newport. 27 Mar. 2014. Web. 27 November 2015.

Philips, Deborah. *Women's Fiction: From 1945 to Today*. London: Bloomsbury, 2006. Print.

Rappaport, Erika Diane. *Shopping for Pleasure: Women in the Making of London's West End*. Princeton: Princeton UP, 2000. Print.

Rare Book Division, The New York Public Library. "Daily Menu [held by] Aerated Bread Company [at] 'London, England' (Rest;)." The New York Public Library Digital Collections. 1900. Web. 30 July 2015.

Richardson, Dorothy. "Comments by a Layman." *Dental Record* 39 (June 1919): 214–16. Print.

——. "Data for Spanish Publisher." *Journey to Paradise*. London: Virago, 1989. 131–40. Print.

——. Foreword. *Pilgrimage*. Vol. 1. 9–12. Print.

——. *Gleanings from the Works of George Fox*. London: Headley, 1914. Print.

——. *Pilgrimage*. 4 vols. London: Virago, 1979. Print.

Rosenberg, John. *Dorothy Richardson*. London: Knopf, 1973. Print.

Shaw, Gareth, Louis Hill Curth, and Andrew Alexander. "Creating New Spaces of Food Consumption: The Rise of Mass Catering and the Activities of the Aerated Bread Company." *Cultures of Selling: Perspectives on Consumption and Society since 1700*. Ed. John Benson and Laura Ugolini. Hants: Ashgate, 2006. 81–100. Print.

Social Issues Research Centre. *Childhood and Family Life: Socio-demographic Changes*. SIRC, Oxford, 2008. Web. 27 November 2015.

Vicinus, Martha. *Independent Women: Work and Community for Single Women 1850–1920*. London: Virago, 1985. Print.

Wang, Han-sheng. "Consuming Fin de Siècle London: Female Consumers in Dorothy Richardson's *Pilgrimage*." *Wenshan Review of Literature and Culture* 4.1 (2010): 57–80. Print.

Wells, H. G. *Ann Veronica*. London: Virago, 1980. Print.

Williams, Raymond. *The Politics of Modernism: Against the New Conformists*. 1989. London: Verso, 1996. Print.

岩下久美子『おひとりさま』中央公論新社、二〇〇一年。

上野千鶴子『おひとりさまの老後』法研、二〇〇七年。

牛窪恵&おひとりさま向上委員会『男が知らない「おひとりさま」マーケット』日本経済新聞社、二〇〇四年。

岡野八代『フェミニズムの政治学――ケアの倫理をグローバル社会へ』みすず書房、二〇一二年。

川本静子『〈新しい女たち〉の世紀末』みすず書房、一九九九年。

田嶋陽子「結婚しない女――アニタ・ブルックナー『秋のホテル』(一九八四)」、現代女性作家研究会　伊藤節編『八〇年代・女が語る』、イギリス女性作家の半世紀　四　勁草書房、一九九九年、一一八―四五頁。

長谷川公一「ジェンダーと都市」、藤田弘夫／吉原直樹編著『都市とモダニティ――都市社会学コメンタール』ミネルヴァ書房、一九九五年、一〇七―一三頁。

松村伸一「一九世紀末文化の環境としてのロンドンと女性たち」『青山学院女子短期大学総合文化研究所年報』一四(二〇〇六)：一二一―二六頁。

若林芳樹／神谷浩夫／木下禮子／由井義通／矢野桂司編著『シングル女性の都市空間』大明堂、二〇〇二年。

第2章　「オーランドーな女子たち」が目指すもの

戦間期の「若返り」物語から見るポストフェミニズム世代の欲望と困難

加藤　めぐみ

1　永遠の「若さ」を求めて

ポストフェミニズム時代の女子たちは「自分磨き」に余念がない。新自由主義的な競争原理を内面化した彼女たちは、キャリアアップのために学び続け、趣味、習い事でも頑張り続ける。一方で結婚、出産を経ても経なくても、さらには更年期を過ぎてもなお「女」として生涯現役の若さ、美しさを保つべくみずからの身体を磨き続けるのである。男に媚びるためではなく、自分らしくあるために心身ともに「朽ちない私」であろうとする「女子たち」の美と若さへの欲望は、もはや物質的な消費行動では満たされず、ダイエット、サプリメント、エステ通い、ボトックス注射、ホルモン治療、美容整形からiPS細胞による再生医療の可能性にいたるまで、最先端の科学技術を駆使した身体改造をも厭《いと》わない。

永遠の「若さ」への希求はいつからはじまったのか。人々は神話、伝説の時代から不老不死を夢みて秘薬・霊薬、生命の泉、聖杯を求めてきたし、「若返り」は文学の重要なテーマのひとつであり続けている。ヴィクトリア朝イギリスにおいてジョージ・エリオットは『テオフラストス・サッチの印象』（一八七九年）のなかで永遠の若さを保っていると勘違いしている男ギャニミードを戯画化し（177-84）、オスカー・ワイルドは『ドリアン・グレイの肖像』（一八九〇年）で永遠の若さ、美を讃える文化・芸術を皮肉を込めて描いた。二〇世紀に入ると、アメリカではスコット・フィッツジェラルドが短篇集『ジャズ・エイジの物語』のなかで老人から赤ちゃんへと時間を逆行する反成長の物語「ベンジャミン・バトン」（一九二二年）を綴り、翌年、ガートルード・アサートンは手術で若返りを果たした美女を描いた『黒い雄牛』（一九二三年）を発表する。イギリスでは、ジョージ・バーナード・ショーが『メトセラへ還れ』（一九二一年）で超長寿社会で格差が広がった紀元三一九三〇年の未来を予見。一九三三年、後に『二つの文化』（一九五九年）で文学と科学の融合の必要性を説くことになるC・P・スノウは『老人のための新しい生命』（一九三三年）を著し、幸福と科学の進歩との関係性を問うた。そして遺伝子操作と向精神薬のために、老い、病苦を知らずに生きる人々の近未来を描いたオルダス・ハックスリーのディストピア小説『すばらしい新世界』（一九三二年）もこの系譜に位置づけることができる。このようなコンテクストに、ヴァージニア・ウルフが生んだ不老不死、永遠の「若さ」を保つキャラクター、オーランドーを置いたとき、なにが見えてくるであろうか。

本章では、二〇世紀初頭の「若返り」物語群のなかに『オーランドー』(一九二八年)を位置づけた際に浮上してくる特徴――両性具有、貴族、政治家、詩人、結婚、出産など――に、二一世紀を生きるポストフェミニズム世代の女子たちが抱える願望、すなわち仕事も家庭も子どもも永遠の若さも美貌も、なにもかも欲しいもの「すべてを手に入れる(have it all)」という欲望とその充足の不/可能性を読み取っていきたい。また詩人としてのキャリアの達成を目指すこの物語のなかで、ポストフォーディズム時代の労働において問われる「クリエイティビティ」が、永遠の「若さ」を左右する鍵となっている点にも着目する。ウルフの『オーランドー』における「若さ」の表象が、二一世紀のポストフェミニズム状況においていかにアクチュアリティを持ちうるかを精査するにあたって、まずは第2節で『オーランドー』が誕生した一九二〇―三〇年代に一部の社会階層の間で大流行した「若返り技術」(rejuvenation technology)について歴史的に検証する。そこで世紀転換期に生理学、内分泌学がもたらした「若返り」のための医学的発見、治療法のあり方を、優生学的文脈に位置づけ、さらにこのいかがわしく滑稽ですらある「疑似科学」に当時の人々がいかなる期待を寄せていたか、その実態に迫りたい。そして第3節と第4節で若返り技術の流行の影響を色濃く反映する二つの作品、ひとつは女性の「若返り」物語であるアサートン原作の『黒い雄牛』の映画版、もうひとつは男性の「若返り」物語としてスノウの『老人のための新しい生命』のなかに、予期せぬ若返りがジェンダー・ポリティクスを揺るがす瞬間をとらえ、そこから戦間期における「若さ」の多義性を明らかにしていく。このようなプロセスを経て第5節でウルフの『オーランドー』を再考するとき、この超自然的なスーパー・ヒーロー/ヒロインが、一九二〇年代イギリスの人々が抱いていた願望を具現化した理想像であったこと、そして二一世紀のポストフェミニズム状況を生きる女子たちの欲望をも体現している可能性が見えてくるはずである。同時にそれらの願望・欲望に反して『オーランドー』が露呈する「現実の困難」からも私たちは目を逸らしてはならない。

2　「若返り」技術とその実践——ヴォロノフとシュタイナッハ

優秀な遺伝子を生み増やすための科学技術としての「生殖技術」と優生学との親和性は理解しやすいが、本節では、人間を優生学的により優れた存在にするためのもうひとつの技術である「再生技術」、さらにその延長線上にある「若返り技術」に着目し、人間の飽くなき欲望を充足させるための科学技術の発展が招く問題の諸相を明らかにしていきたい。優生学と二つのテクノロジーの関係について、二〇世紀初頭の科学と文学、身体、優生学のインターフェイスの研究に長年取り組んできたスーザン・スクワイアは『境界線上の生命——バイオ医療の最先端における人間のあり方を想像する』（二〇〇四年）のなかで、つぎのように要約している。

> 優生学者にとって、胎児の成長のプロセスと老化のプロセスは、人類を進歩させようというプロジェクトにおいてきわめて重要である。なぜなら、寿命をできるかぎり延ばすことが彼らのなによりの目標であり、胎児の成長への介入が、そのための戦略だからである。（Squier 149）

不老不死は古代からの人類の夢だが、その夢は優生学的理想でもあり、それが科学技術と融合して「若返り／寿命延長のテクノロジー」への期待が高まることになる。一九二〇―三〇年代の医学、遺伝学の専門家たちのなかで、寿命の問題を前面に出して論じる研究者は限られていたが、寿命の長さや死因は優生学的な優劣の重要な指標になっていた。いつまでも健康で長生きという「永遠の若さ」は、優生学的に優れた人間の重要な要素のひとつであり、「科学」がそれを可能にすると信じられたのである。

「生殖技術」と「若返り技術」という二つの最先端テクノロジーが当時、未来の科学を論じる際に、いかに同時に語られていたかは、J・B・S・ホールデンの『ダエダロス、または科学と未来』（一九二三年）とヴェラ・ブリテンの『ハルシオン、または一夫一婦制の未来』（一九二九年）のなかで確認することができる。「生殖技術の未来／体外発生の可能性」が論じられるまさにその著書のなかで、彼らは「若返り技術」や「寿命」について触れているのだ。まず「体外発生」の未来を予見したホールデンは、女性の老化が男性よりも早いのは「卵巣から生み出される特定の化学物質が突然、機能しなくなるためである。この物質を取り出して、さらに人工的につくり出すことができれば、女性の若さを長引かせ、平均的な男性と同じくらいゆっくりと老化していくようにすることができるだろう」(Haldane 74）と一九二三年の時点で女性ホルモンの存在を予見している。一方、ブリテンもホールデンの語った「女性ホルモンを人工的に生成する」というヴィジョンの実現可能性を（実際には五年後におとずれたが）四四年後と予想している。百年後の一夫一婦制を予想する語りのなかで「若返り手術は、意識の低い人たちからは恐れと疑いの目でいまだに見られているが、一九七三年、ローゼンフェルドが師匠のホールデンの助けを借りて、半世紀前に予見していた物質の抽出に成功したときには、すでに知的な男女は若返り手術を受けていた」(Brittain 72) と予測している。ブリテンが言う「若返り手術」がいかなるものなのか、以下に詳述していきたい。

若返り技術は生理学とくに内分泌学、つまり分泌腺やホルモンの研究分野から生まれた。二〇世紀初頭、内分泌学は急速に発達した。[*1] とくに、ウィーン大学の生理学教授のオイゲン・シュタイナッハは、二〇世紀初頭に精巣の中に男性ホルモンの「テストステロン」を作る腺細胞を発見 (ゴスデン 二〇二)。去勢したラットに、精巣や卵巣を移植する実験により、動物の性別が生殖腺、卵巣や精巣といった臓器の性別に左右されることを確認した。性別の特質を変えられるなら年齢の特質を変えることもできるだろうという仮説から、動物を若返らせるために生殖器を移植する研究が始まった。

一九二〇年代の若返り治療は三種類に分類される (Corners 13–20)。一つ目は、第三者の生殖巣、生殖腺 (精巣、卵巣) の移植。パリで活躍したユダヤ系ロシア人の生理学者セルジュ・ヴォロノフは、チンパンジーやサルの生殖腺を使って若返り手術を行ない、富裕層の間で大人気となった。図版Aの風刺画は、カイロの宮廷お抱え外科医として勤めていた一九一〇年に描かれたものだが、このときすでに彼の手術を望む人の長蛇の列ができていたことがわかる。一九二三年、ロンドンで行なわれた外科学会で「若返り」手術を紹介して絶賛を浴び (“Voronoff and Steinach”)、一九二六年にはチンパンジー、ノアに人間の卵巣を移植した上で、人間の精子を授精し、妊娠、出産を成功。生殖技術の歴史の一頁を刻んだとされる (“Ape-Child?”)。しかし、つぎに紹介するシュタイナッハ手術の発明により、生殖巣の移植が不要になると、彼の名声は一気に失墜し、一九三〇年代には詐欺まがいの手術に激怒し、賠償請求する患者たちに追われる日々となってしまう。[*2]

二つ目は、「シュタイナッハ手術」と呼ばれた精管結紮《けっさつ》を兼ねた精管切除。シュタイナッハが開発したこの手術では、二本の精管のうちの一方を切除、または縛ることによって、生成途中の精子を殺し、ホルモンを出す細胞が広がる余地をつくり出す。ホルモンを必要とする精子がほとんどないので、結果として精巣内部の分泌腺にテストステロンが蓄積され、余分なテストステロンが血流に入り、体全体に循環することで、体のほかの部分が活性化されて若返る、という手術である。この簡単な精管切除で前述の腺移植と同じ効果が得られると考えられた。図版Bは七〇歳の男性がシュタイナッハ手術を受ける前と二ヶ月後との変化を示す写真である。表情、筋肉の張り、姿勢などに手術の効果が表れているようにも見える。この治療で男性の更年期障害「血圧、ふるえ、めまい、リウマチ性の痛み、

図版A 「カイロのセルジュ・ヴォロノフ」1910年代から外科医として名を馳せたヴォロノフ。カイロでも盲腸手術の順番を待つ人々の行列ができた。

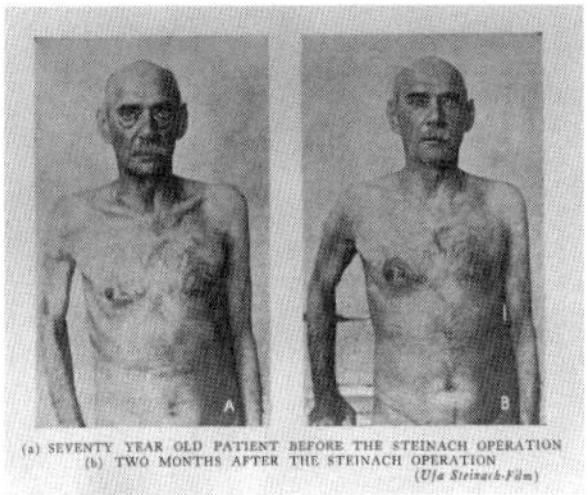

図版B 「シュタイナッハ手術のビフォア&アフター——70歳男性の場合」本当に若返っているといえるのか。シュタイナッハ手術の効果を確認してもらいたい。

視力と聴力が改善され、ハゲ頭に黒い髪の毛まで生えてくる。さらには睾丸が大きくなり、性欲の乏しい男性が強くなる」（ゴスデン　二〇六）など、さまざまな効果の「ウワサ」が広がった。

三つ目は主に女性の卵巣に対して行なわれる生殖腺のX線治療。生殖腺（精巣、卵巣）にX線を照射することで黄体形成ホルモンなどの性ホルモンの分泌が活性化され、若返るという治療法である。この方法もシュタイナッハにより開発された。しかし、X線が生殖細胞を破壊したり、生殖機能を低下させたりする恐れがあるため、不妊となるリスクをともなったとされる。

一九三六年六月二五日、ウルフは、フェミニストで作曲家のエセル・スマイズに宛てた手紙のなかで、最新の医療技術の「ホルモン注射」に期待を寄せている。

ドクター［エリノア・レンデル］の診察を受けたのだけど、彼女が一〇年後にはホルモンを注射することで私の症状をすっかり治せるようになるだろうと言っていたわ。現時点ではまだ危険すぎるけど。そのホルモンは首の後ろのあたりの腺にあるんですって。（Woolf, *Letters* V 49）

ウルフが言っているホルモン投与は、若返りのためというより、精神安定のための新しい治療法であるが、この記述からも一九三〇年代の医学界でいかに「ホルモン」への注目が集まっていたかがわかる。

一部の上層階級の間でブームとなった若返り手術は、金持ちにのみ許される贅沢であった。億万長者が高額で健康な若者の精巣を手に入れるといったニュースも話題になったが、戦間期の若返り技術が、「科学」の名のもとに行なわれながらも、現代のバイアグラやコエンザイムQ10などと同様のいかがわしさをともなっていたことも事実である。そして一九三〇年代後半に、男性ホルモンを人工的に作り出す技術が開発されたことで、若返りのための外科的な手術の時代は終わり、ホルモン投与などによる更年期治療などへと発展していく（"Testosterone"）。一九二〇年代の若返り手術から三〇年代のホルモン治療へ――永遠の「若さ」という人類の夢を叶えてくれそうな一連の医療技術の進歩は、作家たちのイマジネーションをかき立てた。その結果生まれた若返り物語を以下の節で検討していきたい。

3　恋か？　仕事か？――『黒い雄牛』にみる「若返った女」の幸せ探し

「若返り」物語の女性版の代表例として、本節ではアメリカの作家、ガートルード・アサートン原作の『黒い雄牛』の映画版をとりあげ、「若さ」がなにを意味するのか、さらには若返りをめぐるジェンダー差について検討していきたい。[*3] アサートンは約六〇冊の本を出版している多作な作家で、一九二二年、六五歳のときにシュタイナッハ手術（X線治療）を受けた体験にもとづいて『黒い雄牛』を執筆した。この半自伝的な小説はベストセラーになり、一九二三年には映画化された。当時、ハリウッドで「スクリーンに咲く蘭」と呼ばれていたコリン・グリフィスが主人公メアリーを演じ、「イット・ガール」（It Girl）[*4] として人気を博すことになるクララ・ボウが恋敵のフラッパー、ジャネットを演じた。タイトルの『黒い雄牛』は、偶然にも後にシュタイナッハ手術を受けることになる詩人、W・B・

イェイツ[5]の詩劇『キャスリーン伯爵夫人』（一八九二年）の一節「年月が、まるでおおきな黒い雄牛のように、世界を闊歩《かっぽ》する。神が、羊飼いが、どんどん進めと後ろから追いたてる」（Yeats 91）からの引用で、「容赦なく過ぎていく時の経過」を示している。女性たちの若さと美貌に忍び寄る「歳月」を「黒＝闇」と「雄牛＝男」のメタファーで語ることで、それが女性にとっての恐怖の対象、抗すべき「他者」であることを強調しているといえるだろう。『黒い雄牛』は、宿敵である「時の流れ＝黒い雄牛」に逆らって「若返り」を果たす女性の物語なのである。

映画版『黒い雄牛』のプロットは一見、単純明快である。主人公のメアリー・オグデン・ザティアニーはニューヨークの社交界の華だった伝説の美女。結婚してウィーンで暮らしていたが、第一次世界大戦後、シュタイナッハが開発した手術であるX線治療を受け、五八歳で三〇歳の若さを取り戻す。彼女が名を明かさずにニューヨークに戻ったとき、古い友人たちはメアリーの娘ではないかと関心を寄せていたが、ひとたび若返り手術を受けたことが明らかになると、彼女たちの疑念は「憤り」に変わる。メアリーは同世代の女たちの嫉妬の対象となり、若い世代の女たちにとっては若い男性をめぐるライバルとなる。

そんなメアリーに三四歳の劇作家リー・クラヴァリングが恋をし、プロポーズをされるが、思い悩んだ末、手紙で「秘密」を明かし、彼とはもう二度と会うまいと決心する。

あなたの恋人が、実は、シュタイナッハの現代の奇跡によって若さを取り戻した六〇歳のおばあさんだなんて、言い出せませんでした。これはウィーンの科学者シュタイナッハ博士により完成

されたX線治療によって肉体を若返らせる方法なのです。 （45:07）

メアリーは回想のかたちで、若返り手術を受けた動機を語る。結婚の失敗とその後の実らぬ恋の末、老いたメアリーは大戦で荒廃したオーストリアを再建するという「仕事」に目覚め、自分の城を病院に改築。戦争孤児や国のためにもっと働きたい、でも「老齢のため体力がなく、思うように働けない」（47:35）と嘆いていた。そこで周囲からシュタイナッハ手術を奨められる。

この治療を受ければ、若さ、生命力を取り戻すことができます。こうして私はこの治療を受けることにしました。私自身の虚栄心といった動機からではなく、オーストリアへの忠誠を示す行為として。 （50:32-41; 傍点筆者）

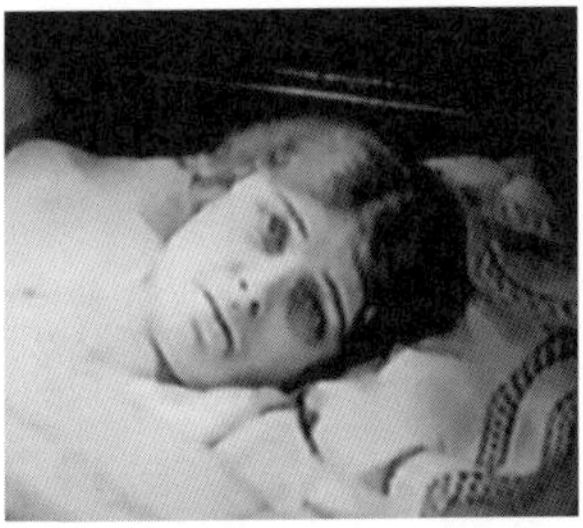

図版C①

図版C②

58歳が30歳に若返り！――『黒い雄牛』でメアリーは「恋愛」でなく「国家の再建」のために若返り手術を受ける決意をする。

「恋」ではなく「仕事＝国家の再生」のための若返り――『黒い雄牛』が発表された当時、産児制限の知識の普及で、性愛と生殖の分離が進みはじめていたものの、若返りをめぐるジェンダー・ポリティクスにおいては男性が圧倒的優位に立っていたようだ。スクワイアも指摘しているように「女性の場合、たとえ若返っても生殖能力は回復せず、社会的な制約から性的自由を謳歌できなかった」(Squier 158)。一方、男性は回復した若さを享受し、若い妻を娶《めと》ることもしばしばであった。そんな性差が招く不合理にこの映画も容易に回収されてしまうのだろうか。

メアリーが自分の若返りの目的を「国家の再生」とした背景には、女性のセクシュアリティをめぐる言説が抑圧されていた時代における道徳的配慮に加え、女性の「仕事」に対する意識の高さを示そうというポストサフラジスト世代の女性作家のメッセージを読み取ることができるだろう。また国家の再生は「女性の身体の再生＝若返り」のメタファーとしても機能している。しかしこの「国家の再生」を若返りの動機と語ったことで、メアリーは彼女に嫉妬する独身女性から「偽善者」(54:27) 呼ばわりされてしまう。若返ったメアリーは、その言葉、掲げる大義とは裏腹に、あふれんばかりの性的魅力を放ちつづけ、ニューヨークの社交界、さらには映画の観客の視線をくぎづけにしていたからだ。そして若返りの事実を知った上で、求婚者のリーはふたたび「過去のことは気にしない……二人の愛は永遠 (eternal) だ」(55:07–56:00) と口説き、最終的に二人は結ばれるかにみえる。しかし物語はハッピーエンドでは終わらない。

最終場面で「若返り」のカミングアウト後のメアリーはリーとともに夕食の席で若者たちとの社交を楽しむ。そこで注意すべきは二点ある。一点はメアリーからリーに注がれる不安げな眼差し。若い女性に囲まれ歓談するプレーボーイのリーは、メアリーに永遠の愛を誓ったはずだが、楽しげな彼の様子から新しい恋人にいつでも乗り換える可能性があることがほのめかされる。もう一点は若返りの本来の目的であったはずの「仕事=オーストリアの復興」はどうなったのかという問題。若い女性のひとりから「ヨーロッパの外交の世界で過ごした三〇年間についての回想録を執筆されたらどうかしら」(57:25)と言われるが、メアリーはなにも答えないまま、映画はオープンエンドで幕を閉じる。

『黒い雄牛』の場合、再獲得した「若さ」を「仕事=国家の再生」に活かすという決心をして三〇歳若返ったはずのメアリーは結局、取り戻した若さと美貌を武器に若い男性との恋愛を成就し、セクシュアリティを謳歌しているようにもみえる。しかし、同性からの嫉妬に苛《さいな》まれ、「仕事」での達成をしないまま、パートナーがより若い女性に心変わりすることに怯え、既存のジェンダー規範の圧力、女性を劣勢におく異性愛のポリティクスに絡めとられていく。「若さ=女性性」の回復が、女性の性の解放となっているともいえず、一見、性規範にとらわれない自由を女性が手にしたかに見えた女の「若返り」物語は、初老の女の甘い夢物語に終わっているかのようである。

恋か？ 仕事か？——映画の結末が曖昧なのには理由がある。実は、現在鑑賞可能な『黒い雄牛』の映画版はいずれも、本来八本あるはずのフィルムのうち最後の一本が欠落している。原作はメアリーが「恋」よりも「仕事=オーストリアで果たすべき使命」を選び、リーに別れを告げたところで終わっているが、完全版の映画では、二人が別れた後にリーが若いフラッパーのジャネットと結ばれるという想定外の皮肉なハッピーエンディングを迎えているらしい(“Black Oxen”, *AllMovie*)。若い男は「若返った老女」でなく「若い女」を選ぶものだ、というこの映画版の結末は、男性監督の願望=本音の表れともいえるだろう。映画は「恋より仕事が大切」という原作者アサートンによるフェミニスト的な結末を改変したことになる。本節では『黒い雄牛』の原作と映画版の結末の違いから、一九二〇年代における女性の「若さ」の意味、認識についての明らかなジェンダー・ギャップを確認することができた。男性は女性の若さを「女性性＝性的魅力、生殖能力」に見いだし、女性は若い男性との恋の淡い夢を見ながらも「仕事をするための活力」を求めて若返りを目指すのである。

4　老教授の遅咲きの「春」――C・P・スノウが描く男性版「若返り」物語

『黒い雄牛』が「恋」と「仕事」の間で揺れる女の若返り物語とするならば、もう一方の『老人のための新しい生命』は男性性の強化によって、若さという「力」を得ようという男の若返り物語となっている。そして前者が若返り治療を受ける「対象＝患者」の側の物語であるのに対して、後者は若返り手術を行なう「主体＝科学者」の立場から語られる。スノウは科学と文学・人文学との関係について論じた『二つの文化』で広く知られる二〇世紀の知識人のひとり、小説家、物理学者だが、そのスノウが、ケンブリッジ大学で物理学の博士号を取得して間もない二八歳のとき、科学研究に没頭する視野狭窄《きょうさく》的な研究者の世界を描いたのがこの小説である。しかし彼はこの作品が後のキャリアの傷になることを恐れて匿名で出版。以来、再版されることもなかった。

物語は三部構成で展開する。第一部「変化前」の主人公、六五歳のビリー・ピルグリムはキングス・カレッジの生物物理学教授で、二五歳の助手カランとともに、老化による身体の衰えを防ぐ性ホルモン、コロファージュを合成することに成功する。まもなく市販されるが、高価すぎて貧しい人々の手には届かないという医療格差の問題が生じる。第二部「老人が若返る」では、科学小説から一転、恋愛小説に切り替わり、若返った教授と旧友の小説家ヴァンデンが、助手が想いを寄せていた二四歳のアリソンに恋をする。泥沼の四角関係を経て、教授は結局、別のアメリカ人女性と結婚し、二五年間幸せに暮らす。みずからの発明の恩恵を受けた教授の遅咲きの春により、スノウは「若返り」技術のもたらす明るい未来を描いたともいえる。第三部「若者が年をとる」は政治スリラーの様相を呈する。時代設定が三〇年後に移り、かつての助手のカランが五〇代半ばのケンブリッジ大学教授、生物学者となる。若返り技術の弊害を研究しつくしてきた彼は自身が若返りをするべきか悩む。その頃、共産主義国のソビエト連邦が台頭し、世界は政治的に切迫した状態になる。安価に若返りホルモンを製造する方法を手に入れたソ連は、性ホルモンを国民に分配。その結果、三百万人の若返った国民が共産党のために戦い、西はドイツ、東は日本まで支配を拡大し、イギリスに迫る勢いとなった。いよいよロンドンをソ連が襲撃したとき、昔の仲間たちが集まり、キングス・カレッジに避難。そこで毒ガス攻撃から身を守るためのガスマスクを入手するのだが、一人分不足することが判明すると、最年長の教授がみずから進んで犠牲となる。「あなたは生きなさい」という教授の最後のひとことを受け、カランが若返ることを決意したところで物語は終わる。

『老人のための新しい生命』は、ＳＦ、愛と欲望を描く心理的探求の物語、風俗喜劇、政治的スリラーといったさまざまな形式で物語ることで、「若返り」というひとつのテーマを多角的に描いた挑戦的な習作ともいえる。同時に、一九三〇年代のコンテクストを見る上でも示唆に富むテクストである。

なにより一九三〇年代に台頭したソ連が最新のホルモン治療による「若返り」によって国力・軍事力を強化し、ヨーロッパはおろか、極東まで支配を広げ、イギリスの脅威となるという点は着目すべきだろう。「科学」の戦争への悪用、という「政治批判」の要素をはらみつつ、一九三〇年代のイギリス帝国の国力の衰退への不安、古い社会階層システムを排した共産主義国の「労働者階級／若い力」の台頭への恐怖を色濃く反映している。

同時代のハックスリーが『すばらしい新世界』で、遺伝子操作で永遠の若さを保つ科学がもたらす明るい未来を「ディストピア」として描いたのに対し、『老人のための新しい生命』は、一九三〇年代の政治的状況を風刺しつつも、「科学」に深い信頼を寄せている。スノウは二五年後に『二つの文化』のなかで、イギリスの科学教育がアメリカやドイツに比べて立ち後れており、冷戦の東西対立で不利になってしまうことを恐れて科学教育強化の必要性を説くことになるが、この冷戦下の教育論におけるスノウの思想の萌芽を『老人のための新しい生命』に見いだすことができるだろう。一方で、盲目的な科学信奉がこの作品の弱点ともなっている。スノウがハックスリーのような批判眼、アイロニーの要素を強め、科学に対する距離感を保てていたら『老人のための新しい生命』は「科学の未来」に警鐘を鳴らす、より力強い作品となったかもしれない。しかし若き科学者でもあったスノウの物語はきわめて楽観主義的で、結局、若返り技術によって精力増強に成功した老教授は、性的にも旺盛な若いアメリカ人女性との結婚生活を謳歌し、ソ連の兵力、国力は格段に強化され、結論部では最後までホルモン治療に疑念を抱きつづけていたカランさえ、若返る道を選ぶ。ピルグリム教授の「自己犠牲的な死」は、永遠の命の不可能性、寿命延長の限界を示し、次世代への「生」のバトンタッチになっているが、ホルモン治療による一世代分の「若返り」を肯定する身振りとも考えられる。

このように「若返り」技術がもたらす明るい未来を描いたはずのスノウの物語だが、全体としては、前述のスクワイアが指摘するように「若返り」技術が及ぼす五つの弊害（Squier 160）を提示している。「若返りたい、長く生きたい」という個人の欲望を満たしていくと、まずは治療を受けられる人と受けられない人との間に新たな格差が生まれ、つぎに雇用制度は崩壊（退職しない年長者が若者の昇進を阻む）、家族制度も崩壊（若返った夫妻はそれぞれに若い恋人を探す）していく。国家間、階級間で若返り治療をめぐって争いが起き、男性の衰えない性欲のために人口過剰となるのである。二〇世紀前半にスノウが描いたこれらの問題群は、二一世紀においては超高齢化社会の問題として立ち現れてくる。個人が「若さ」を追求していくと、社会がどんどん「老いて」いく、という皮肉な状況が生まれてしまう。男性科学者の視点から描かれたスノウの「若返り」物語には「男性性＝精力」「国力＝兵力」としての「若さ」を追求した先にある社会の問題に対する示唆も見られたが、両性具有的なウルフが永遠の「若さ」を追求した先にはどんな未来が見えてくるのか、次節で検討していきたい。

5 オーランドーの「若さ」の秘密——文学的／両性具有的クリエイティビティ

一九二〇年—三〇年代の若返り技術の流行と、その潮流を反映した若返りプロットをもつテクスト群のなかに、永遠の若さを享受する「オーランドー」を再定位するならば、この神秘的なヒーロー／ヒロインが単なるウルフ個人の卓越した想像力の賜物とはいえないことがわかるだろう。前述のとおり、ウルフも当時の最先端医療に通じていたようだが、彼女の場合、そんな時流も巧妙なレトリックを駆使してメタフォリカルに描いてしまう。そうして生まれたのが、三六〇年の時を経てもなお三六歳の若さを保ち続ける両性具有のヒーロー／ヒロイン、オーランドーだ。だからといってオーランドーが、アサートンやスノウのSF的作品のメアリーやピルグリム博士のようなかたちで、シュタイナッハ手術やX線治療、ホルモン治療を受けるわけではないし、若返り技術による不自然な長生きが社会にもたらす弊害が、スノウ的な眼差しで科学的、政治的にとらえられることもない。ウルフは国家主義や優生学へのコミットメントに対して一定の距離を保ちつつ、あくまで鋭敏な感性を備えた芸術家、作家のひとりとして、不老不死、若さへの熱狂に対峙し、彼女なりの答えとして『オーランドー』という空想物語《ファンタジー》を生み出したのだといえる。想像力を駆使して描かれたファンタジーの主人公オーランドーが、人々が希求していた「若さ」のひとつの「アレゴリー」、人々の欲望の形象化だとするならば、ウルフはその「若さ」でなにを表象しようとしたのだろうか。

まずは前節でも扱った若返りに関する「階級・格差」の問題について『オーランドー』の場合を検討することからはじめよう。一九二〇年代当時、現実の若返り手術は金持ちのみに許される贅沢であったし、スノウのテクストでも若返りホルモンは高価すぎて貧しい人々の手には届かないとされていた。『オーランドー』においても「不老不死の身体」は特権なのであろうか。確かに永遠に生きるオーランドーは貴族階級であり、知性、美貌、血統、生殖能力、名声、財産――あらゆる優れた特性を兼ね備えた「優生学が描く「完全な人間」のヴィジョン、人類進化・科学の進歩が目指すひとつの到達点」（加藤　一九―二〇）を体現する人物といえるが、『オーランドー』のなかで三百余年の時代を超えて登場するもうひとりの人物に着目したとき、ウルフが永遠の若さを享受するにふさわしいと考えた人間の属性が単に「貴族」だけではないことが明らかになる。

　その人物とはニコラス・グリーンである。オーランドーはその時代の最も優れた詩人として彼を館に招くが、風采のあがらないその姿を目の当たりにした瞬間、「貴族じゃない、同類じゃないな」(*Orlando* 80) と直観する。ニコラスは「私の先祖はフランス最高の貴族」(86) と血筋のよさを自慢するものの、立ち振る舞いには貴族らしい落着きはなく、その風貌は「貴族」はおろか「地主」「召使い」のものですらない。しかしサーシャへの失恋後、文学熱にとりつかれていたオーランドーは「本を書き出版した人間は、血統だの栄誉など足下にも及ばぬ栄光に包まれて見え」(82)、ニコラスを「詩神その人」(103) と崇める。そして、自分の書いた悲劇についての彼の酷評に落胆しながらも、彼のように「貴族というより生まれながらの物書き」(83) でありたいと願う。

　『オーランドー』の世界における人間の価値基準のなかでは「芸術的な創造力《クリエイティビティ》」こそがすぐれた人間の証であり、しかも名声や金銭的な見返りといった打算をともなわない「詩」を愛する気持ちの「純度」が「若さ」の指標となっているようだ。だから二〇世紀になってオーランドーがニコラスと再会したとき、オーランドーは三百年前と変わらず三六歳のままであるのに対して、ニコラスは「七〇の坂を越えようとしている」(279)。オーランドーはその時点でニコラスに「活気がなくなった」「自由闊達でない」「世間体を気にしている」(279) など、変化を読み取り、かつて「風のように荒々しく、火のように熱く……型にはまらない」文学そのものを体現していたはずの彼が「侯爵夫人の話が好きな老紳士」になり下がったことに失望する。もう一点、オーランドーとニコラスとの決定的な違いは、オーランドーが両性具有であるのに対してニコラスが男であり続けて女性性が欠落していることである。つまり、ウルフが考える詩人にとっての理想的な「両性具有」というセクシュアリティを獲得しそびれていることが、ニコラスの聖なる詩人としての完成を妨げ、老いの進行を加速する原因となっているようである。

ウルフは完璧な詩人のみが達成できる「永遠の命」を『オーランドー』のなかに描こうとした。芸術と魂における「永遠」の追求のためにこそ、ウルフは「オーランドー」という特異なキャラクターを生み出したのだ。若いオーランドーは芸術作品に「永遠」を刻み、詩人として不滅の名声を獲得することを切望する(81, 82, 198)。しかし若いうちは祖先たちが戦場で達成したことよりも真の詩人のみが達成する「永遠」こそが尊いと考えていたオーランドーだったが、三六〇年の時を経て、最後には魂が先祖たちの築いてきた長い歴史の一部として永遠に葬られることを望むようになる(317)。こうしたオーランドーの永続性に対する考え方の変化は、ウルフ自身が一九三二年九月六日にオットーライン・モレル夫人に宛てた書簡で述べている言葉にも表れている。

> 本当に若い頃は、人は永遠というものをおそらく信じるものよね。でも年を重ねるにつれてリットンの手紙は自由になって、そんな幻想から解放されていると思うわ。
>
> (Woolf, *Letters* V 98; 傍点筆者)

オーランドーは三〇〇年以上に渡ってあたため続けてきた詩稿「樫の木」を完成させ(271)、男児を出産する(295)というきわめて「クリエイティブな仕事＝生産／再生産」を達成したことで、それまで追求してきた「永遠」が「幻想」であることに気づき、「若さ」への呪縛から解き放たれたようである。

「美青年→キャリア→女性に変身→結婚→出産といったプロセスを見るかぎり、これは社会的要求次第で男にも女にも変化させられてしまう「女性」のサバイバル技術」（三三二）と翻訳版『オーランドー』の解説「女王陛下の両性具有」で小谷真理が指摘する通り、オーランドーはウルフの描いた「女性／フェミニストの未来像」であったと同時に、二一世紀を生きるポストフェミニストたちにとってのひとつのロールモデルともなっている。現代の「オーランドーな女子たち」は、職場では男性と同じ仕事をこなしながら、結婚して子どもを産み、家事・育児・介護を抱えても女磨きを怠らない。さらには既存の枠組みにとらわれない自分らしいセクシュアリティのあり方を謳歌したい、政治にも文学・文化・芸術にも通じたいと「完璧な女子《パーフェクト・ウーマン》」であることを目指している。しかもポストフェミニズム期（＝ポストフォーディズム期）における労働の理想像が「クリエイション」になった、という点も大切な要素となるだろう。リチャード・フロリダは『新クリエイティブ資本論』において、二一世紀の世界を動かしている社会階層をクリエイティブ・クラスと呼び、あらゆる分野で勝利者となれるのは「なにかを作り出せる、作り続けられる人たち」（フロリダ　二六）であるといっている。芸術家／詩人として「クリエイティビティ」を「若さ」の源とし、その成熟を生きる原動力とするオーランドー。その生き方は二〇世紀「女性作家」の理想像（それは逆説的にも両性具有のヴィジョンとなるが）を達成するためのフェミニスト的なヴィジョンでもあり、まさに二一世紀ポストフェミニズム時代の「働く女性たち」の労働のモデルともいえるだろう。

6　オーランドーという〈幻想《ファンタジー》〉——「若さ」と「完璧さ」が隠蔽する現実の困難

だが、あくまで幻想文学《ファンタジー》である『オーランドー』が提示するスーパー・ウーマン像を、新自由主義的な競争原理を生き抜くための理想と掲げるのはとても危険である。その完璧さに潜む陥穽《かんせい》にこそ、私たちは注意を払う必要がある。なぜなら、詩人的なクリエイションは、前述の通り、現在の女性労働に求められる性質であり、しかもオーランドーは結婚も出産もした上でそれを行なっており、そのような「すべてを持つ」べしという命令はポストフェミニズムの苦境を生み出しているからである。「キャリアも結婚も出産も」といういわば「すべて」が社会的に女性たちに要求されている状況（いわゆる“have it all”的な幻想）は、ポストフェミニズム時代の女性たちを苦しめる新たな足かせとなっている。なるほどオーランドーは、詩作における「産みの苦しみ」だけは数百年、味わっていたものの、恋愛、結婚、出産、キャリアと家庭の両立、家庭の内外の人間関係のしがらみ、ジェンダー・ロールやセクシュアリティ（LGBT）をめぐる社会的圧力、ジェンダー間の経済格差（相続権の問題では女性としての不利益を被ったが）といった現実の困難からはきわめて自由で、時空を超えて伸びやかに生きているかのように見える。このようなオーランドー的な女性の永遠に朽ちることのない「若さ」「完璧さ」を言祝《ことほ》ぎ、ポストフェミニスト的な理想として掲げたとき、それが一方ではある種の「解放性」を持ちながらも、他方で、女性をとりまく現代社会の「現実」の困難を隠蔽してしまう危険性がある。私たちはその両義性を看過してはならない。

7　ポストフェミニズムの目指すもの――永遠の「若さ」からの解放

本章では、一九二〇年代―三〇年代の若返り物語で描かれた「若さ」が一枚岩ではなかったことから、戦間期の文化における「若さ」が多義性をはらんだある種のアレゴリーとして機能していたことが確認された。アサートンは若さに「美しさ」「女性性」「仕事＝国家の再生のための活力」を、スノウは「男性性」「国力＝兵力」を、そしてウルフは「両性具有性」「芸術的なクリエイティビティ」を見いだした。

二一世紀の今もなお、新たな若返り物語が生み出され、永遠の若さは美の概念とともに人々、特に女性たちの心を魅了し、束縛し続けている。[*6] なぜポストフェミニズム時代を生きる女子たちが、多くの自己実現の道が与えられているにもかかわらず、多大なエネルギーと資金を費やして、時の流れに抗い、美に拘泥しなくてはならないのか。第三波フェミニズムを牽引する論客のひとり、ナオミ・ウルフは『美の陰謀――女たちの見えない敵』（一九九一年）のなかで、ひとつの答えを提示している。第二波フェミニズムは、ベティ・フリーダンが「女性性の神話《フェミニン・ミスティーク》」と呼んだ「従順、貞淑な娘、妻、よき母」の鋳型から女性たちを解放し、法的、経済的自由への扉を開くことに成功した。しかし、その反動、反撃として男性優位社会は、女性の社会進出に対する恐怖心もあって、ファッション業界と美容業界のイメージ戦略として「美の神話」を創り出し、彼女たちを不当に搾取しているというのだ（ウルフ　一三）。ポストフェミニズム世代の女子たちは、もはやヴァージニア・ウルフが対峙した「家庭の天使」の幻影に苦しめられることはないが、代わってファッション誌やメディアに登場するスレンダー美女たちが体現するボディー・イメージに呪縛され、身体についたセルライト、顔に刻まれた皺やシミを無きものにしようと、空腹やハードなトレーニング、施術の痛みに耐えている。「自分磨き」には終わりがなく、彼女たちは半永久的に身体と食欲に関する罪悪感に苛《さいな》まれながら生き続ける。その「美」と永遠の「若さ」がオーランドー的な完璧な女性像の重要な要素となっているからだ。

ポストフェミニズム世代の女性たちの自由を阻む「美の神話」についてのナオミ・ウルフの議論は今でも色あせることはない。「家庭の天使」の呪縛から解かれたはずの「オーランドーな女子たち」を支配する永遠の「若さ」「完璧さ」という〈幻想《ファンタジー》〉の虚偽を暴き、スーパー・ウーマンの呪縛から解放することこそが、ポストフェミニズム時代の女性たちの「真の解放」を導くためのつぎなる一歩となるはずである。

＊本稿は二〇一〇年一月日本英文学会関東支部会一月例会（於専修大学）シンポジウム「「性」と「心」をめぐるイギリス近現代を再読する——心理学、法言語、寿命、精神分析」での口頭発表「Rejuvenation Technology 若返り技術——一九二〇年代、三〇年代の老いない「心」と「性」」、および二〇一〇年四月 The Korea-Japan Virginia Woolf Conference at Ewha Womans University の Proceedings（pp. 31–42）の発表原稿 “Orlando and the Biomedical Imagination/Technology of Age Extension in the Early 20th Century” を大幅に加筆・修正したものである。

注

*1 一九世紀に優生学とともに発展した人体測定学、学校教育における保健衛生の概念の普及（身体測定とそのデータ化）により「環境／遺伝、正常／異常、個人／人類」といった枠組みのなかでゆっくりと「成長」についての議論が高まっていったが、一九三七年の「成長ホルモンの発見」で非標準的な子どもの「成長」が医学的治療の対象となりはじめた (Squier 112–16)。

*2 信憑性は定かではないものの、一九九九年には今日のＨＩＶ、エイズの原因がヴォロノフの移植手術にあった可能性を示唆する論文が発表されている (Scanlon)。

*3 *Black Oxen* の映画版は二〇一六年五月現在、ＤＶＤと YouTube で視聴可能である。二〇一五年発売のＤＶＤ版では、リーがメアリーに永遠の愛を誓うシーンで終わっている。

*4 「イット・ガール」とは現在ではメディアから注目を集める可愛さとセクシーさの両方を備えた新進の女優やモデルに使われている。一九二七年の映画 *It* でクララ・ボウが "It Girl" と呼ばれたことに由来するが、当時のボウの魅力は、サイレント映画でもプライベートでも気取らず「自然体」として振る舞った点にこそあったという (Barber)。

*5 イェイツは一九三四年、六九歳のときにハーレー街の性科学者ノーマン・ヘイアによるシュタイナッハ手術を受け、体力と創造力をいくらか回復したと言われている。(Armstrong 143–50; Childs 154–164; ゴスデン二〇〇九)

*6 二〇一六年春、日本に新たな「若返り」物語が相次いで誕生した。ひとつは桐谷美玲主演のテレビ朝日ドラマ『スミカスミレ 四五歳若返った女』、もうひとつは多部未華子主演の映画『あやしい彼女』である。前者は高梨みつばによる漫画作品を原作とする、彼氏いない歴六五年の女性が四五年若返ることで恋を成就させるラブコメディ。後者は七三歳の毒舌おばあちゃんがある日突然二〇歳に若返り、バンドのヴォーカルに大抜擢されスターダムにのし上がっていく。いずれも若い頃の見果てぬ夢を実現していく物語である。

引用文献一覧

"Ape-Child?" *Time Magazine*. 16 August 1926. Print.

Armstrong, Tim. *Modernism, Technology and the Body: A Cultural Study*. Cambridge: Cambridge UP, 1998. Print.

Atherton, Gertrude. *Black Oxen*. New York: Boni and Liveright, 1923. Print.

Barber, Nicholas. "Clara Bow: The Original 'It Girl'," *BBC Culture*. 29 December 2014. Web. 25 March 2016.

"Black Oxen" *AllMovie*. Web. 19 May 2016.

Brittain, Vera. *Halcyon, or the Future of Monogamy*. London: Kegan Paul, Trench, Trubner, 1929. Print.

Childs, Donald J. *Modernism and Eugenics: Woolf, Eliot, Yeats, and the Culture of Degeneration*. Cambridge: Cambridge UP, 2001. Print.

Corners, George F. *Rejuvenation: How Steinach Makes People Young*. New York: Thomas Seltzer, 1923. Print.

Eliot, George. "Ⅻ. So Young", *Impressions of Theophrastus Such*. Edinburgh: William Blackwood and Sons, 1879. Print.

Eliot, T.S. "London Letter," *Dial*, 71–4 (October 1921), 452–55. Print.

Haldane, J.B.S. *Daedalus, or Science and the Future*. London: Kegan Paul, 1923. Print.

Oudshoorn, Nelly. *Beyond the Natural Body: An Archaeology of the Sex Hormones*. New York: Routledge, 1994. Print.

Scanlon, Jim. "Did Transplanted Chimpanzee Testicles Start AIDS Epidemic in 1920s?" *The Coastal Post*, June 1999. Web. 25 March 2016.

Snow, C.P., *New Lives for Old*. London: Camelot, 1933. Print.

——. *The Two Cultures*. Cambridge: Cambridge UP, 1998. Print.『二つの文化と科学革命』松井巻之助 訳、みすず書房、二〇一一年。

Snow, Philip. *Stranger and Brother: A Portrait of C. P. Snow*. London: Macmillan, 1982. Print.
"Testosterone" *Time Magazine*. Vol.26 No.13. 23 September 1935. Print.
Squier, Susan Merrill. *Liminal Lives: Imagining the Human at the Frontiers of Biomedicine*. Durham: Duke UP, 2004. Print.
Tredell, Nicolas. "New Lives for Old." *The Literary Encyclopedia*. Web. 25 March 2016.
"Voronoff and Steinach" *Time Magazine*. Vol.1 No.22. 30 July 1923. Print.
Woolf, Virginia. *The Diary of Virginia Woolf*. Ed. Anne Olivier Bell. Vol. IV.（1931-1935）. San Diego: Harcourt Brace, 1982. 5 vols. Print.
——. *The Letters of Virginia Woolf*. Ed. Nigel Nicolson and Joanne Trautmann. Vol. V: 1936-1941. New York: Harcourt Brace Jovanovich, 1980. 6 vols. Print.
——. *Orlando: A Biography*. San Diego: Harvest/Harcourt Brace Jovanovich, 1973. Print.『オーランドー』杉山洋子訳、筑摩書房、一九九八年。
Yeats, William Butler. *The Countess Cathleen*. 1892. A Public Domain Book, 2012.
ウルフ、ナオミ『美の陰謀——女たちの見えない敵』曽田和子訳、TBSブリタニカ、一九九四年。
加藤めぐみ「バイオポリティカル・イングランド——フェミニズムと優生学が描く未来へのヴィジョン」『転回するモダン——イギリス戦間期の文化と文学』遠藤不比人他編、研究社、二〇〇八年、三一—二六頁。
ゴスデン、ロジャー『老いをあざむく——〈老化と性〉への科学の挑戦』田中啓子訳、新曜社、二〇〇三年。
フロリダ、リチャード『新クリエイティブ資本論——才能《タレント》が経済と都市の主役となる』井口典夫訳、ダイヤモンド社、二〇一四年。

映像作品一覧

Black Oxen. 1924 Silent Film w/Clara Bow & Corinne Griffith. BJ's Records & Nostalgia, Web. 19 May 2016.

Clara Bow Double Features: *My Lady of Whims* (1925) (Silent) / *Black Oxen* (1923) (Silent). Alpha Video, 2015. DVD.

図版一覧

図版A　Caricature of Serge Samuel Voronoff (1910) L0003517 Credit: Wellcome Library, London.

図版B　(a) Seventy year old patient before the Steinach Operation. (b) Two months after the Steinach Operation. From Paul Kammerer, *Rejuvenation and the Prolongation of Human Efficiency* (London: Methuen & Co. Ltd., 1924) L0025163 Credit: Wellcome Library, London.

図版C　*Black Oxen*. DVD (① 49:56; ② 04:16).

第3章　ミドルブラウ文化と女性知識人
『グッド・ハウスキーピング』、ウルフ、ホルトビー

松本　朗

1　はじめに

一般的な英文学史の書物で、第一次世界大戦後から第二次世界大戦にかけての時期の記述を見てみよう。それはおそらくこんな感じである。「一九二〇年代前半にハイブラウで難解なハイ・モダニズムが華々しく開花した後、一九二〇年代後半から三〇年代にかけては、一方では、物語の面白さで一般の読者にアピールしたイーヴリン・ウォー、グレアム・グリーン、社会派のジョージ・オーウェルといったハイ・モダニズムより後の若い世代の活躍があり、もう一方では、T・S・エリオットの後継詩人と見なされていたW・H・オーデンらがスペイン内戦に関心を寄せ、「政治の季節」を彩った」。[*1]

ハイ・モダニズムの旗手としてブルームズベリー・グループのヴァージニア・ウルフが言及されることを除けば、戦間期の英文学史は、基本的に教育を受けた上層中流階級の男性を中心に記述されていると言えるだろう。

だが、別の見方をすれば、戦間期は、イギリスを代表する推理小説家アガサ・クリスティーやドロシー・セイヤーズが大成功を収めた時代でもあった。そのほか、セイヤーズとオックスフォード大学サマヴィル・カレッジで同窓であったウィニフレッド・ホルトビーやヴェラ・ブリテンなど、大学出の若手女性作家がジャーナリズムと創作の両方で健筆をふるっていたし、複数の作品が映画化されたダフネ・デュ・モーリアなども存在感を示していた。これらの作家の共通点は、芸術志向のハイブラウ（「高度」な「知的指向（ブラウ）」）でも、知的関心が欠如したロウブラウでもなく、適度な娯楽と教養を兼ね備えた軽い読み物《ライト・リーディング》を書いたこと、そして一般の人に自身の本が読まれ、売れることを重要視していたことである（秦　二二七）。つまり、大学で教えられるハイブラウな英文学史の裏側には、ミドルブラウ読者を対象とする女性作家たちの商業的成功があったのであり、彼女たちはイギリス文化の重要な一翼を担っていた。

このようなブラウ間の分断は、実は、女性知識人が代表するリベラル・フェミニズムと、ミドルブラウ文化が代表する保守的フェミニズムあるいは反リベラル・フェミニズムの間の分断という、フェミニズムをめぐる別の問題を内包していた。この分断は、現代になっても完全に解消されることはなく、女性が公的領域で職業をもつことを支持するリベラル・フェミニズムと、家事やケア労働を女性の仕事と見なして性別役割分業にもとづく家族モデルにとらわれる保守的フェミニズムの間の分断というかたちで存続している。

本章は、こうした問題を視野に入れつつ、まずは、ミドルブラウ文化研究の動向を押さえた上で、主婦向け雑誌『グッド・ハウスキーピング』誌上のウルフ、ホルトビー、ブリテンの議論を検討する。その後、ウルフのレイト・モダニズム期の小説『幕間』（一九四一年）、ホルトビーのミドルブラウ小説『サウス・ライディング』（一九三六年）を分析することによって、ミドルブラウ文化への働きかけとブラウの戦いの中に、フェミニズムの分断を乗り越える第三波フェミニズムの可能性が胚胎していたことを明らかにする。

2　ミドルブラウとレイト・モダニズム——保守的で内向きなイギリス文化？

「ミドルブラウ」という語は、アメリカ合衆国で最初に用いられたとの説もあるが（Napper 112）、イギリス文化史では、二〇世紀前半のブラウの戦いの文脈で登場したと言われている（Brown and Grover／武藤 五七―六三）。この耳慣れない言葉で想起されるのは、ウルフが一九三〇年代に『ニュー・ステイツマン』誌に送ることを考えたものの結局は見送り、死後に『蛾の死、およびその他のエッセイ集』（一九四二年）に収録されて世に出たエッセイ「ミドルブラウ」であろう。アメリカ型大衆消費文化が世界中で勢力をふるう状況を前に、ハイ・カルチャー的芸術の存立が危ぶまれる事態を危惧したウルフは、「ミドルブラウ」を、「金、名声、権力、威光といったものといやらしく結びついた芸術や人生の方へふらふらと引き寄せられていくだけで、定まった目的をもつことも、芸術や人生そのものを求めることもない、知性が中程度にしか発達していない男とか女」（Woolf, "Middlebrow"）と侮蔑をこめて定義した。[*2] Q・D・リーヴィスの『小説と読者大衆』（一九三二年）と共振する、知識人による大衆文化批判である。[*3]

だが、当然のことながら、ウルフとは異なる見方も存在した。『オックスフォード英語辞典』には、「ミドルブラウ」という語のより早い使用例として、一九二五年における『パンチ』誌上のつぎの記述が収録されている。「BBCは、「ミドルブラウ」なる新種の人間を発見したと述べている。自分が好むべきだがまだ馴染みがないものについて、将来的には抵抗なく受け入れられるようになりたいとの望みをもつ人々である」（OEDオンライン版）。さまざまな階層のイギリス国民を啓蒙する教育的ラジオ番組づくりをめざしていた当時のBBCは、「ミドルブラウ」を〈社会で評価を受けている教養や文化に対して関心をもつ人々〉と比較的肯定的にとらえていたようである。

こうしたブラウのせめぎあいに焦点を当て、戦間期のイギリス社会がダイナミックに変容しつつあった様子を明らかにするミドルブラウ研究が近年活発化している（Brown and Grover; Bluemel）。たしかに一九二〇年代にはハイブラウで実験的かつコスモポリタンなハイ・モダニズムの芸術が圧倒的な存在感を誇ったが、その一方で、ゼネストや世界恐慌を背景に、イギリス国内でも〈ふつうの人々〉である労働者階級や下層中流階級の生活への関心が高まり、一九二〇年代後半から三〇年代前半にかけては映画産業でドキュメンタリー運動（Leach 30–37）が、一九三〇年代後半にはマス・オブザヴェーション運動（Hubble）が、〈ふつうの人々〉を可視化し、その存在について考えることを世に問うた。こうした文化的変容の諸相に関する研究を受容しつつ、ジェド・エスティが『縮みゆく島――イングランドのモダニズムと国民文化』（二〇〇四年）で提示したのが、一九二〇年代に「メトロポリスの知覚」（Williams "Metropolitan Perceptions" 47）を基盤に花開いたハイ・モダニズムが、一九三〇年代以降のレイト・モダニズム期には脱メトロポリス化し、内向きの人類学的視線を田舎のイングランドの文化に向けるようになったとの議論であった。

エスティの議論は確かに一定の説得力を有する。しかしながら、一九三〇年代にイギリスの知識人や芸術家がエスティが論じるほど内向き志向であったのかと疑問を投げかける山田雄三の議論（二〇一二三）をふまえるなら、最近の戦間期文学・文化研究における文学テクストの扱われ方も再考を迫られていると考えてよいだろう。言い換えれば、エスティやアリソン・ライトによる研究の影響で、戦間期の多くの女性作家のテクストが「保守的モダニティ」（Light 10）の枠組みに、つまり、小イングランド的な田舎の保守性とモダニズムの時代の特徴の両方を示していたとの見方に、押し込められる傾向にあるが、こうした解釈に問題がないのか考えてみる必要がある。というのも、戦間期にジェンダーの概念が保守化したのはある程度事実であるとしても（Kent 294–96）、実際には一九二八年にすべての成人女性に参政権が付与され、女性が公的領域で職業をもつことが以前より顕著に見られるようになっただけでなく、各種フェミニスト団体においても、国際状況を意識しながら産児制限、母親と子どもの福祉、寡婦年金など、福祉国家化への緩やかな動きを支援する活動が見られていたからである（Allen 137–85; Caine 205–9）。つまり、一九三〇年代イギリス文化の状況を捕捉しようとするとき、その動向をめぐる国内状況と国外状況を同時に検討し、フェミニズムと女性の問題が多様化しつつあった状況に留意する必要がある。

3　『グッド・ハウスキーピング』誌上のブラウの戦い

右記の目的のために、まずは、ホルトビーとブリテンの陣営と、ウルフとの間に見られた複雑な関係を明らかにしておこう。両者とも、女性が職業および男性と同等の権利をもち、社会的業績による承認を得ることを支持するリベラル・フェミニストであったが、ブラウ観には相違があった。ホルトビーとブリテンはオックスフォードのサマヴィル・カレッジで歴史を専攻した経歴をもつが、そこはF・R・リーヴィスが英文学を講じていたケンブリッジとは違って、英文学を専攻することがハイブラウな審美主義に傾倒し社会と距離を置くことにつながると見なされがちであった（Bogen 127–40）。二人は、読者の啓蒙を目的に、あえてハイブラウ作家が格下の領域と見なすジャーナリズムの世界――原稿を書くことが賃金を得る労働を意味する世界――に身を投じ、創作面においても、ミドルブラウ層向けの小説を執筆することを選んだ（Shaw 56）。大学で学位を取得すれば知識人の仲間入りができると考えるような野心をミドルブラウ的と見なしていたウルフ（Caughie 72）とこの二人の間には微妙な確執が見られ、それは、大衆向け定期刊行物上でも展開された。[*4]

その一例として、一九三〇年の時点で一二万五千部以上の売り上げを誇り、回し読みも考慮に入れれば二〇万人近くの読者がいたと思われる上層中流階級の主婦向けの月刊誌『グッド・ハウスキーピング』に焦点を当ててみよう。この雑誌は、リーヴィスが『小説と読者大衆』で大衆消費文化の典型として槍玉に挙げたことでも知られ（Leavis 26–28）、ロマンス小説を好む保守的なジェンダー観をもつ女性が読者と想定されるが、元はハースト社によってアメリカ合衆国で創刊された。そのイギリス版が、ハイ・モダニズムの記念碑的な年である一九二二年に発刊されたのである(Hackney 115–17)。[*5] この雑誌の記事・広告欄では、グッド・ハウスキーピング研究所で試験され推奨されるに至ったモダンな消費物資の数々とその企業情報を見ることができるのだが、一九世紀後半以降さまざまな第二次産業の企業が多国籍化し、イギリス国内にもオフィスや工場を設置して製品の製造、流通、広告、販売に力を入れていたことがよくわかる。[*6] 具体例としては、アメリカ合衆国のフーヴァー社製電動掃除機、アメリカで成功したスコットランド人が起業したスミス&ウェルストゥッド社製ガスレンジ、スウェーデンのAGA社製ガスレンジ、アメリカのシンガー社製ミシンなど(図版A・B参照)。豊富な図版で彩られたこれらのページは、「外国ブランドの最新の器具を使用し、家庭内の労働を合理的に節約しながら行なうことによって、従来的には労働者階級の召使いに任せられてきた家庭内の労働を、中流階級の主婦が行なうモダンでおしゃれな活動へと転換しましょう」といったメッセージをこれでもかとばかりに発信する。[*7] これは、おりしも召使いのなり手が少なくなり、中流階級の主婦が家事労働を引き受けなければならなくなった戦間期のイギリス社会の需要にぴたりとこたえるものであった。中流階級の主婦は、それまで受動的ととらえられていた消費活動を主体的に行なうことを通じて、地域や階級に縛られていたイギリスの家庭および主婦のイメージをモダンかつコスモポリタンに鋳直し、家事をみずから実践していったのである。言うなれば、使用人に任されて不可視にされていた家庭内の労働が、戦間期の産業構造や階級編制の変容などの条件によって可視化され、その一部が外国ブランドの器具に担われて、家事労働の階級的イメージが変容したことになる。

そう考えると、ライトが論じるモダンながら保守的な主婦を念頭に編集されていたかのようなこの

図版A
アメリカ合衆国のフーヴァー社製電気掃除機の広告。モダンな女性が、モップをもつ女性にフーヴァー社製電気掃除機を勧める。

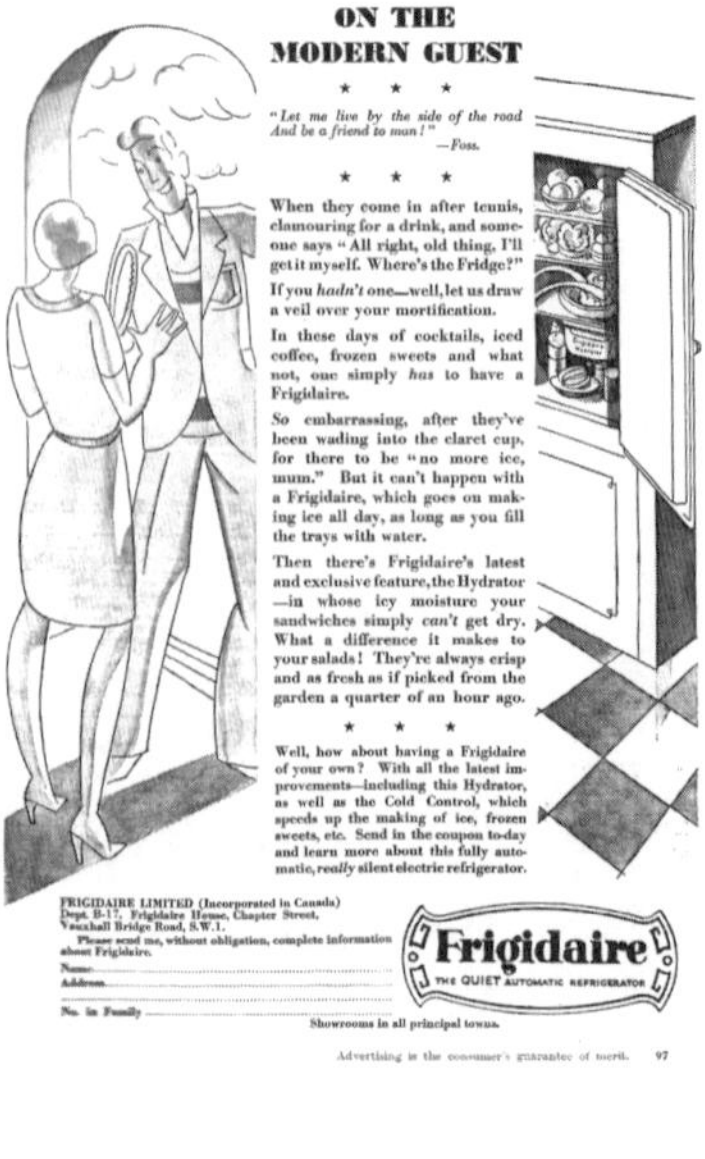

図版B
アメリカ合衆国のフリジデール社製電気冷蔵庫の広告。「モダンなお客様」の来訪時に、カクテル用の氷が足りないなどの体裁の悪い事態を防いでくれる画期的な冷蔵庫であるとの〈物語〉が提示されている。

雑誌に、結婚やジェンダーの新しいありかたを問うフェミニスト的な記事が掲載されたり、一九三三年から三五年までホルトビーが担当した書評欄で、一五冊から二〇冊を取り上げる啓蒙的な記事が毎月掲載されたりしていたことは、[*8]驚くにあたらないかもしれない。実際、この雑誌には、ジェンダーや社会の問題について、保守、リベラル、さまざまな立場の書き手の見解が入り交じる、教育的な論争の場となっていた社会欄も[*9]存在したのである。

ウルフは、この雑誌の一九三一年一二月号と一九三二年一月号に寄稿し、前者ではロンドンのドック地帯を、後者ではオックスフォード・ストリートを、「意識の流れ」の手法を思わせる文体で描写している。[*10]とはいえこれらは、ロンドンの産業や商業のスペクタクルを美的な文体に回収する単なるハイブラウ的エッセイではない。もちろん、表層的なレヴェルで言えば、オックスフォード・ストリートを描写する語り手「私」が街の人々の意識に入り込みながら、そこが「美的感受性」に欠ける俗悪な空間であることを示唆する（Woolf, "The Oxford Street Tide" 139）あたりは、やや意地が悪い。なぜなら、同誌は当時この場所に「グッド・ハウスキーピング・レストラン」をオープンし、そこで食事をしたり、食料品やレシピ本を購入するなどしたい読者の消費への欲望を煽っていたからである（Walsh and Braithwaite 8）。しかしながら、そうした問題点を意識しつつもここで注目したいのは、これらのエッセイでウルフが、〈街というテクストを読む〉やり方を、読者に教育的に示していると思われる点である。

まず戦略的に有効だと思われるのは、一回目にドック地帯を、二回目にオックスフォード・ストリートを描写するという、対照的な都市空間の選択である。船で原材料が世界中から運び込まれ、港の倉庫経由で工場へと輸送される巨大な産業システムの中枢でありながら不況による「衰退感」漂うドック地帯のイメージ（Woolf, "The Docks of London" 126–27）と、そうした原材料が加工された上で商品として販売される「ぎらぎらして」、「値引き競争」が喧《かまびす》しいアメリカ型大衆消費文化の中心地としての文化・経済空間オックスフォード・ストリートのイメージ（"Oxford Street" 138–39）を、一見正反対ながら、産業資本主義社会の中で疎外され幾重にも不可視化された労働を通じて暗につながるものとしてウルフは示している。その上で、隅にたたずむ「貧相な男性」や「亀」といった、現代のスピードから取り残された存在へと想像力をうながす（139）。つまり、読者は、そうした〈生産以前の空間〉と〈商品が大量消費され、賃金が切り下げられる、資本主義的経済空間〉と自分自身とをつなぎ、相対化する視点を与えられている。これはやはり、世界の産業構造に目を向けつつ〈街というテクストを読む〉方法の実践的講義なのである。[*11]

そのようなウルフのやり方を意識してか知らずか、ブリテンは、右記のエッセイが掲載された約半年後、同誌の一九三二年六月号において、教職や事務職に就いて単身で生計を立て、自立した女性になることを目指す独身女性の貧困を記述しつつ、同じ女性と部屋の話題にしても、ウルフの『自分ひとりの部屋』に見られる女性の収入と部屋をめぐる議論は限定された階級の女性のことしか念頭に置いていないと批判する。

こうした狭苦しく薄汚い小部屋にあるのは、木釘が打たれた壁と、鏡台とは名ばかりの、ひび割れた鏡を載せた小さなテーブル。鏡の中からこちらを凝視するのは、血色の悪い黄ばんだ顔ばかり。ヴァージニア・ウルフがこうした部屋をもし目にしていたら、女性労働者たちが耐え忍ぶこの環境に比べれば、ニューナムの小さな勉強部屋は贅沢以外の何物でもないと同意したであろう。(Brittain 116)

このようにウルフの階級性を批判しつつ、ブリテンは、独身女性の多くが劣悪な住環境や人と交わる機会の欠如によって、抑うつ症や不眠症を患うようになっており、その現象はニューヨークの医師に「ワンルーム病」と病名をつけられるに至り、いまではアメリカ合衆国とイギリスの両方で観察されると報告する(114)。ブリテンによる興味深い指摘は、産業構造の変容が世界的な規模で起こっているために、職業に就き単身で生計を立てる貧困層の若い独身女性が増加するという現象が国境を越えて見られるというものである。ここには、公的領域と私的領域を分けて考え、「主体」として自己が確立されることを理想化するあまり、依存を否認し、ケアの問題を公の問題としてとらえることを困難にする近代の自律的自己観の問題もあるかもしれない(Oliver 3／岡野 一九一―二〇九)。いずれにしても、ウルフがグローバルな資本主義社会の状況を都市空間における労働と生産と消費の問題から問うたところに、ブリテンは、同テーマを、国境を越えて拡がる貧困層の独身女性労働者の経済問題・健康問題から浮かび上がらせる。両者は、一見対立しているが、世界を覆いつつある資本主義とそれに付随する格差問題に読者の視線を誘っている点は共通している。

同様の問題意識は、同誌上のホルトビーの記事にも見てとれる。たとえば一九三三年三月号の記事で、「都会人」は雑誌上の美しく田園的な風景としての「田舎」のイメージや田舎の資源を消費するだけで、世界恐慌の煽りを幾重にも受けて「農業不況」におちいっている「本当の田舎」について無知であると憤る（Holtby, "Let Fashion Save the Farmers" 12–13, 98–100）。同誌が想定する読者が年収千ポンド以上の家庭の主婦であるとすると、その大多数はロンドンやイングランド南部に基盤を置く裕福な主婦であると思われる。ホルトビーはそうした読者に、彼女たちは実は田舎を搾取する立場にあるが、その購買力を使って田舎の窮状を少しは救えると説く。ここにあるイングランドの田舎に向けられた視線は、一見内向きだが、その内実は、エスティが論じるような〈イングランドらしさ〉への愛着を示すものではなく、むしろその神話性を暴いて、都会や南部によって不可視にされてきた田舎の現状を知らしめようとするものである。

　このように、家庭の主婦のイメージがコスモポリタンでモダンなものとして鋳直された戦間期イギリスの『グッド・ハウスキーピング』誌において、一九三〇年代以降、ブリテン、ホルトビー、ウルフの間でブラウの戦いが行なわれる一方で、実は、グローバルに拡張する資本主義の綻《ほころ》びが世界恐慌によってあらわになりつつある国際状況の中に女性を再配置する意識が共有されていた。ここでは、ミドルブラウの主婦の考える力に期待する記事が書かれていたのであり、ホルトビーのエッセイでは、主婦が公共圏でふるいうる消費の潜在的な力も示唆されている。家庭内《ドメスティック》の領域にとどめられていた上層中流階級の保守的な主婦の意識を公共の領域へ、世界へと開こうとの試みの中に、対立する二種類のリベラル・フェミニストの接点が見られると言えるだろう。

4　ハイブラウ小説とミドルブラウ小説——『幕間』と『サウス・ライディング』

ここで、ウルフによるレイト・モダニズム期のハイブラウ小説『幕間』と、ホルトビーのミドルブラウ小説『サウス・ライディング』を比較したい。これらの小説は、イングランドの田舎とカントリーハウスというイギリス小説の伝統的な設定を引用しつつ、一九三〇年代のそうした空間と女性の問題を異なるかたちで表象するのだが、その相克から、ブラウとフェミニズムの分断を乗り越える新しい共同性が立ち現れるからである。

『幕間』は、前述のエスティによれば、イングランドの国民文化に関心が向けられた一九三〇年代後半の内向きの文化的状況とパラレルにある小説テクストである（Esty 85–107）。少なくとも、「ある夏の夜」（Woolf, *Between the Acts* 5）に「イングランドの中心部の人里離れた村」（13）のカントリーハウスの庭で野外劇が催されるという設定は、伝統的イングランドの祝祭的イメージをなぞるものであり、そうした解釈が誘発されるのも無理はない。

しかし、本章が注目したいのは、この小説テクストの構造とそれが示唆する空間性である。ここで、テクストが二つの劇を内包することにあらためて注目したい。言い換えれば、このテクスト内の現実の出来事を示す〈外枠〉のプロットの内側には、イングランドの歴史を上演する野外劇という戯曲形式で書かれた部分と、突如として時代が原始の時代に巻き戻され太古の男女と化した登場人物が原始的な風景の舞台上に置かれるエンディングの劇形式が〈内枠〉として存在する。これは、ある意味では〈イングランド〉をカッコに入れて提示する身振りと考えられるが、ここで、その野外劇を演出する監督ミス・ラ・トロウブが、「チャネル諸島出身」、あるいは「ロシアの血をひく」「韃靼人《だったんじん》」(37)かもしれないなど、外国風の人物として描写される点は重要である。イングランドのローカルな文化の価値をみとめて芸術作品にするのが外部からやってきた人物であることは、たとえば一九世紀末から二〇世紀初頭にかけてアイルランドの民話や伝承を収集したのがロンドンで育ったアングロ・アイリッシュのW・B・イエイツであったり、一九三〇年代のイギリス映画産業界で高い興行成績を上げた「プレスティッジ・フィルム」と呼ばれる一連のイギリス王室もの映画やイギリス上流階級もの映画を製作したのが、ハンガリー生まれながらイギリス映画界でプロデューサーや監督として辣腕をふるったアレグザンダー・コルダであった(Leach 37–42)事実と符合する。この点をふまえると、『幕間』が表象するのは、イングランドの国民文化への愛着を示す内向きの視線などではない可能性が浮上する。野外劇という国民文化の一形式が帝国の文化やグローバリゼーションの問題と切り離せないことは吉野亜矢子が論じたとおりだが(吉野　四二―五二)、『幕間』は、テクストの構造や外国人舞台監督の存在を考えても、外国向けの商品になる〈イングランド性〉をメタ的に前景化するテクストではないだろうか。

もしそうならば、「ある夏の夜」に「イングランドの中心部の人里離れた村」のカントリーハウスの庭で野外劇が催されるという設定は過剰さを喚起するべく凝らされた意匠なのであり、読者は、〈イングランド性〉のローカルな神話が、グローバルに拡張する資本主義の中で商品価値を再獲得し、カントリーハウスでの催しがグローカリゼーションのプロセスをなぞるがごとく「ガイドブック」(*Between the Acts* 7)を通じて消費用に供されるさまを意識するようううながされていると言える。しかも、芸術家生命を賭《と》す真剣さで舞台演出に取り組むミス・ラ・トロウブが、野外劇のエンディングで舞台上に多くの「鏡」(109)を運び入れて観客の顔を挑発的に映し出すという前衛的演出によって村人にブラウの戦いを仕掛け、そして「失敗」(124)するさまは、個人の才能によるモダニズム芸術の末路を自己言及的かつアイロニカルに表象するものとも考えられる。ハイブラウの作家ウルフは、『幕間』というレイト・モダニズム期のテクストですでに、伝統的な民衆文化と見なされていた村の野外劇が消費者用のグローバル・ポピュラー・カルチャーとなる可能性をとらえてみせている。

しかし、このような商業的イングランド・ブームをなぞってみせる身振りは、小説の随所で半ば揶揄的にずらされ、最終的にラ・トロウブが構想するエンディングのもうひとつの劇形式において、決定的に解体される。エンディングで、〈イングランドの邸〉はその表層や枠組みを取り外され、アイサとジャイルズは太古の時代の男女へと変容する。

アイサは縫い物を落とした。覆い付きの大きな椅子は巨大になっていた。ジャイルズも。窓を背にしたアイサも。窓には色のない空が広がっていた。家は覆いを失っていた。道路や家がつくられる以前の夜だった。洞窟を住処とする者が岩の間の高い場所からじっと見ていた。

するとして、幕が上がった。彼らは話した。(129–30)

イングランドでまだ英語が話されていなかった時代を想像させるがごとく、シンプルな単語と短いセンテンスで構成されるこの場面は、〈伝統的〉な〈イングランド性〉が歴史のある時期につくられた構築物であることを暗に示すことによって、その神話性を暴く。さらに穿《うが》った見方をするならば、この場面は、資本主義が国境を越えて拡がる中で〈イングランド性〉が外国市場用に商品化されてグローバル・ポピュラー・カルチャーとなるとき、「家」の「覆い」ならぬ国家の庇護の力が弱まり、資本による暴力と闘争が繰り広げられる世界の中で〈国民〉であった人々が「剝き出しの生」（Agamben 7）を晒す事態が生じることを比喩的にあらわすものとも解釈できる。つまり、『幕間』は、ハイブラウ作家（ウルフ）がイングランドの田舎のポピュラー・カルチャーを題材にするというハイブラウ的いやらしさをなぞってみせつつ、イングランドの文化、芸術家、聴衆・読者、世界の関係が資本主義の暴力の中で変容させられるさまを自己言及的に予見してみせるテクストであると言える。

他方、『幕間』の五年前に出版されたホルトビーのミドルブラウ小説『サウス・ライディング』では、イングランドの文化と国民と資本主義の関係は異なるかたちで想像される。この小説は、ヨークシャーの架空の地域サウス・ライディングを、地方自治、土地開発、女子教育の問題に焦点を当ててリアリズム的に描き出す一種の地方小説である。物語は、この地域の労働者階級出身である元奨学生で、南アフリカやロンドンで教鞭をとった経験をもつ三九歳の女性サラ・バートンが故郷の公立女子校の校長に着任する時点から始まり、彼女が、学校の設備の近代化を州議会に求めたり、スラム地区の子女の教育に奔走したりするさまを力強く描き出す。重要なのは、この小説が、地方の伝統的なあり方をノスタルジアをこめて描き出すタイプの地方小説ではなく、スラムの再開発をめぐって保守党支持者と労働党支持者が反対派と賛成派に分かれて戦うさまを、最終的には進歩を支持する賛成派に軍配を上げさせるかたちで描きながらも、いずれかの陣営に単純に与《くみ》するのではなく、地方の問題の複雑さや矛盾を浮き彫りにしてより良い社会像を問う小説となりえている点である。

ここで、この小説における空間の表象に着目しよう。当然ながら、イギリス帝国の拡張する経済・文化空間である大都市《メトロポリス》や植民地を経験したモダンなヒロインが、イングランドの中心から地理的に外れ、時間的にも遅れた田舎の空間ヨークシャーに戻ってくるという設定は重要である。だがそのとき、ヨークシャーは手つかずのまま保存されているわけではない。そのことは、カントリーハウスの主カーンが借金のために邸の売却を考えるという、二〇世紀前半イギリスの馴染みの光景だけでなく、スラム地区の人々が世界恐慌の煽りで「ヨーロッパ市場の縮小によって失業」(Holtby, *South Riding* 30) したとされている点からも明らかである。イングランドの田舎の苦境の要因は外部からもたらされ、それまで下層中流階級や労働者階級であった人々は失業してトレーラーハウス住まいを強いられる。そして、このスラム地区を整理して新しい田園都市を建設しようと結託するのが、福祉国家の建設をめざす社会主義者の議員と利益追求を狙う資本家の議員であるという、複雑な設定となっている。

このようにさまざまな力が複雑に交錯するヨークシャーの空間は、エンディングでひとつの変化を迎える。ジョージ五世の即位二五周年祝典という帝国的かつ国民的《ナショナル》な祝典の日に飛行機の上から地表を眺めるサラは、地域の空間の変容を衝撃的なかたちで目にする。カーンのカントリーハウスの屋根が取り外され、その内部には、知的障害児の公立施設へと改築するべく、鉄の梁が張られている。これは、イングランドとそのジェントリー階級の没落、福祉国家への道、米独の産業力の台頭を象徴するものだろう。地上に戻り、サラの尽力によって建設されたガラスとクロムとコンクリート製の新校舎で祝典が始まると、ラジオ放送を通じて国歌が大音量で流されるが、その場面もまた示唆的である。「人々は王国全体、おそらく帝国全体とともに歌っていた。彼らは大勢で感情をひとつにし、団結していた（They were banded in the unity of mass emotion.）」（490）。ここで人々は芸術的スペクタクルの観客ではなく、文化的行事の参加者となっているが、この行事は、エスティやライトが論じるような伝統的なイングランド性を言祝《ことほ》ぐ行事ではない。「マッス」という語は、レイモンド・ウィリアムズが論じたように、〈大量のモノ〉的な否定的意味と、〈革命への意志をもつ連帯集団〉的な肯定的な意味とを有する、イギリス史を考える際のキーワードである（Williams, *Keywords* 192–97）。重要なのは、一九世紀には大衆消費社会とのつながりで否定的なニュアンスでとらえられることが多かったこの語が、一九三〇年代の開発途上の北部の町の表象で、大勢の〈ふつうの人々〉の「団結する」意志を示すのに使われること、そして同時に、ラジオという大衆消費文化の複製技術の力を通じて、その「マッス」が、愛国意識の涵養を目論む帝国主義的国家によって再領有される危険やアイロニーもがほのめかされていることである。サラは、その危険を意識しつつも、「これが、共同体に属することの意味なのだ。これが、国民（a people）になるということの意味なのだ」（*South Riding* 491）と思う。ここでホルトビーは、「マッス」が「国民」に読み替えられ共同体に包摂される進歩主義的《プログレッシヴ》な未来を、いまだ果たされざる進行中のプロセスとして、ヒロインの言葉の中で想像してみせている。

しかしながら、このプログレッシヴな未来像には、死角があることが暗示されている。エンディングのサラは、ここまでの道のりには自身を含め数々の犠牲がともなったことを複雑な思いで想起する。そのひとつの象徴が、スラム地区に住むサラの生徒リディア・ホリーである。エンディングのリディアは、「大学入学試験に合格し、金額の大きな州の奨学金もほぼ手中に収め」（488）ており、その意味では、労働者階級出身の少女が奨学金によって大学教育を受け、自由で自律的な自己を獲得する、プログレッシヴな未来の記号であるかに見える。しかし、そうした可能性とは裏腹にリディアの表情が示すのは、何かの喪失である。

だが、何かが失われたとサラにはわかっていた。内から満ちあふれる自信、ゆったりとした大らかさ、そういったものが、幼くして見舞われた不運によって、とびきり才能がある、がっしりとした体つきの無愛想な少女から奪われたのだ。あまりにも早く、運命の皮肉とむごさに遭遇したために。（488）

リディアの変化は、多産と貧困によって死去した母を思う悲しみとその死後の苦労がもたらしたものではあるだろう。だが、学校へ通い始めて勉強の楽しさを覚えた後、母の死を契機に一時は学校を辞めさせせられたリディアが、六人の弟妹の面倒を見る人が現れないかぎり、学校も自治体のシステムも自分を救えないこと（339）を悟り、弟妹にもサラにも憎しみ（372）を覚えるほど絶望したこともまた事実である。つまり、リディアは、一人親の貧困家庭の長女は家庭に縛りつけられる以外の人生を得られないという事実をいやというほど思い知り、その後自分が運良く窮状から救われたのは、父が酒場で再婚相手になってくれそうな女性を適当に選んできたという、きわめて私的かつ偶発的な要因に拠るものであることを悟っている。自分を暫定的に救ったのは、公のシステムでも、誰かの自律した自己でもないとの認識が、リディアの内面の何かを変えたと思われる。

ここで暗に疑問視されているのは、責任を負いうる市民になって公的領域における自由な存在になることを奨励するリベラル・フェミニズムであろう。この思想の下では、人間誰しも無力な存在として生まれてくることは忘却され、他者に依存する存在（子どもや病人）や、そうした存在のケアを引き受けざるを得ない不自由な存在は二級市民として扱われる（岡野　五一―五五）。リディアの「何かが失われた」表情は、自由な自立した自己を確立せよと説くリベラル・フェミニズムの限界を経験したために、サラやサラが信奉する社会のシステムへの信頼が失われたこと、だがそれでも勉強好きな貧困層の少女には、大学へ行って労働者階級から脱する未来に賭ける隘路《あいろ》の選択肢しか残されていないことへの諦念を示す表情であり、この点において、リディア、ブリテンが描写する「ワンルーム病」の独身女性たち、ホルトビーの記事の不況時代の農家、そして『幕間』で〈剝き出しの生〉を生きる未来の女性は重なっている。メリトクラシー社会とリベラル・フェミニズムの思想は、一方ではサラのような階級上昇物語をつくりだすことに成功するが、他方で、依然としてケアを必要とする者を取り巻く貧困に関する死角を抱え込んでいるのである。

このように『サウス・ライディング』は、ヨークシャーからイングランドの田舎の神話を剝ぎ取り、この地域をイギリス帝国の植民地や大都市《メトロポリス》との関係《ネットワーク》だけでなく、資本主義の猛威や福祉国家への意識の発達による開発の波という現実の中に再配置することによって、田舎の人々が、自律性を獲得する可能性と、国家に再領有される危険の両方を示唆する。その上で、貧困やケア従事者の問題に焦点を当てた新しい共同性の必要性――現代の言葉で言う第三波フェミニズム――が暗示されている。

『幕間』と『サウス・ライディング』がそれぞれに表象するのは、グローバル化する世界の中で、ローカルあるいは家庭内《ドメスティック》の空間が公共の領域へ、世界へと開かれる事態へのアンビヴァレントかつ鋭敏な意識である。レイト・モダニズム期のハイブラウな小説『幕間』は、田舎のイングランドがグローバルに拡がる資本主義の暴力の中で商品化されるさまを、突き放したメタ的な観点から表象する。他方、ミドルブラウ小説『サウス・ライディング』は、イングランドのプログレッシヴな未来とそれでも解決されえぬ貧困問題を、リベラル・フェミニズムの盲点を突くかたちで前景化する。ハイブラウとミドルブラウのせめぎあい、そしてリベラル・フェミニズムと保守的フェミニズムの分断から立ち現れるのは、グローバル化する世界への意識と第三波フェミニズムへの意志なのではないだろうか。

※本論文は、日本英文学会第八六回大会（二〇一四年五月二四日、於北海道大学）の第四部門シンポジウムにおける報告「プログレッシヴ・ミドルブラウ――ウィニフレッド・ホルトビーの挑戦」に大幅に加筆したものである。また本研究は、ＪＳＰＳ科研費２６３７０２９３の助成を受けている。

注

＊１　一例としては、山内／高田／高橋（二五六―六二）を参照。なお、石塚にはミドルブラウに関する記述がある（二二四―二六）。

＊２　ミドルブラウを侮蔑する一方で、ウルフが伝統的な意味での労働者階級やロウブラウの人々に見られる〈自然〉な〈生命力〉、その文化の〈真正性〉を礼賛する、ハイブラウ的いやらしさをもっていたことはよく指摘される（Rose 432）。イギリスでは、労働者階級の教育を目的に、一九〇三年にイギリス労働者教育協会が設立され（Rose 265-97）、ウルフは、この組織とは異なるものの、労働者階級を対象とする「成人教育」に一九〇五年から二年ほど携わっているが、この活動の評価は難しく、ウルフの講義の評判も芳しくなかったらしい。このあたりの文脈は今後検討されるべき重要な課題である（河野「序にかえて」四三―四八）。

＊３　ブラウの戦いおよびリーヴィスとウルフの関係については、河野『〈田舎と都会〉の系譜学』（一五五―六

八）を参照。

＊4　ホルトビーは、一九三二年にウルフの評伝的研究書を上梓している。全体的に、ウルフの「人生」や美学への関心と社会への関心をバランスよく織りまぜた質の高い論考であり、ウルフの価値を多くの人々に知らしめようとの意図が随所に垣間見えるが、ウルフが育った環境を説明するあたりの筆致はやや手厳しい。ホルトビーによれば、ウルフは周囲に知的な人ばかりがいる環境で育ったので、知性の足りない人物をあまり描かなかったし、描いたとしても、巧く描けなかったという（Holtby, *Virginia Woolf* 16–17）。

＊5　イギリス版『グッド・ハウスキーピング』は、同誌のアメリカ版の基本的な編集理念やページ構成を踏襲しつつ、イングランドの主婦を読者に想定して編集されたと思われる。記事や短篇の書き手としてはマリー・コレリなどイギリスのミドルブラウの流行作家や、貴族の称号をもつ女性などが選ばれていた。

＊6　戦間期のイギリスにおいて、広告産業や広告全般が否定的に見られていた事実（Schwarzkopf 174）もあわせてこの事実を考慮する必要があるだろう。

＊7　とはいえ、この雑誌で女性と職業の問題が扱われることは少ない。それは、現実問題として、既婚の女性が就ける職業が限られていたためだと思われる。そのような女性の不満や疎外感を意識した記事や広告は少ないが存在する。たとえば、学生や若い労働者を下宿人として置いて収入を得ることを勧める現実的な記事（一九三〇年七月号）や、「『グッド・ハウスキーピンク』に寄稿する作家になるための無料コース」の広告（一九三四年二月号）といった夢を誘うものなど。

＊8　アーノルド・ベネットの書評欄がミドルブラウの文化の中で重要な役割を果たしたことについては、井川を参照。

＊9　たとえば、一九二三年七月号に掲載されたW. L. Georgeによる記事「家庭とは何か」は、家庭に関する神話を打ち壊すことを試みる、進歩的な記事である。

＊10　ウルフはもう一点ロンドンの街を描写するエッセイを同誌に寄稿しているが、ここでは二点のエッセイに焦点を絞る。これらのエッセイについてはSnaith and Whitworth（23–28）も参照。

＊11　オックスフォード・ストリートが、ダロウェイ夫人が買い物をするボンド・ストリートのような、良質の品物の取引が行なわれる「荘厳な儀式性」（Woolf, “Oxford Street” 138）を有する空間とは区別されていることにも注意が必要である。

引用文献一覧

Agamben, Giorgio. *Homo Sacer: Sovereign Power and Bare Life*. Trans. Daniel Heller-Roazen. Stanford: Stanford UP, 1998. Print.

Allen, Ann Taylor. *Feminism and Motherhood in Western Europe, 1890–1970: The Maternal Dilemma*. New York: Palgrave Macmillan, 2005. Print.

Bluemel, Kristin, ed. *Intermodernism: Literary Culture in Mid-Twentieth-Century Britain*. Edinburgh: Edinburgh UP, 2009. Print.

Bogen, Anna. *Women's University Fiction, 1880–1945*. London: Pickering & Chatto, 2014. Print.

Braithwaite, Brian, and Noëlle Walsh, comp. *Home Sweet Home: The Best of Good Housekeeping 1922–1939*. London: Random House, 1992. Print.

Brittain, Vera. “One Roomitis.” Braithwaite and Walsh 114–18. Print.

Brown, Erica, and Mary Grover. *Middlebrow Literary Cultures: The Battle of the Brows, 1920–1960*. New York: Palgrave Macmillan, 2012. Print.

Caine, Barbara. *English Feminism 1780–1980*. Oxford: Oxford UP, 1997. Print.

Caughie, Pamela L. “Wo(o)lfish Academics.” *The Journal of the Midwest Modern Language Association* 37. 1 (Spring 2004): 69–80. Print.

Esty, Jed. *A Shrinking Island: Modernism and National Culture in England*. Princeton: Princeton UP, 2004. Print.

George, W. L. “What Is a Home?” Braithwaite and Walsh 38. Print.

Hackney, Fiona. "'Women are News': British Women's Magazines 1919–1939." *Transatlantic Print Culture, 1880–1940: Emerging Media, Emerging Modernisms*. Ed. Ann Ardis and Patrick Collier. Basingstoke: Palgrave Macmillan, 2008. 114–33. Print.

Holtby, Winifred. "Let Fashion Save the Farmers." *Good Housekeeping* March 1933: 12–13, 98–100. Print.

——. *South Riding: An English Landscape*. 1936. London: Virago, 1988. Print.

——. *Virginia Woolf: A Critical Memoir*. 1932. London: Continuum, 2007. Print.

Hubble, Nick. *Mass Observation and Everyday Life: Culture, History, Theory*. New York: Palgrave Macmillan, 2006. Print.

Kent, Susan Kingsley. *Gender and Power in Britain, 1640–1990*. London: Routledge, 1999. Print.

Leach, Jim. *British Film*. Cambridge: Cambridge UP, 2004. Print.

Leavis, Q. D. *Fiction and the Reading Public*. London: Chatto & Windus, 1932. Print.

Light, Alison. *Forever England: Femininity, Literature and Conservatism between the Wars*. London: Routledge, 1991. Print.

"Middlebrow, *n*." *The Oxford English Dictionary*. 2nd ed. 1989. OED Online. Oxford UP. Web. 20 July 2015.

Napper, Lawrence. *British Cinema and Middlebrow Culture in the Interwar Years*. Exeter: U of Exeter P, 2009. Print.

Oliver, Kelly. *Witnessing: Beyond Recognition*. Minneapolis: U of Minnesota P, 2001. Print.

Rose, Jonathan. *The Intellectual Life of the British Working Classes*. New Haven: Yale UP, 2001. Print.

Schwarzkopf, Stefan."Advertising, Emotions, and 'Hidden Persuaders': The Making of Cold-War Consumer Culture in Britain from the 1940s to the 1960s." *Cold War Cultures: Perspectives on Eastern and Western European Societies*. Ed. Annette Vowinckel, Marcus M. Payk, and Thomas Lindenberger. New York: Berghahn Books, 2012. 172–190. Print.

Shaw, Marion. "Winifred Holtby and Virginia Woolf." *Winifred Holtby, "A Woman in Her Time": Critical Essays*.

Ed. Lisa Regan. Newcastle upon Tyne: Cambridge Scholars, 2010. 51–64. Print.
Snaith, Anna, and Michael H. Whitworth. "Introduction: Approaches to Space and Place in Woolf." *Locating Woolf: The Politics of Space and Place*. Ed. Anna Snaith and Michael H. Whitworth. Basingstoke: Palgrave Macmilllan, 2007. Print.
Walsh, Noëlle, and Brian Braithwaite. "The 1920s." *Ragtime to Wartime: The Best of Good Housekeeping 1922–1939*. London: Random House, 1995. 8–9. Print.
Williams, Raymond. *Keywords: A Vocabulary of Culture and Society*. London: Fontana, 1976. Print.
——. "Metropolitan Perceptions and the Emergence of Modernism." *The Politics of Modernism*. London: Verso, 1989. 37–48. Print.
Woolf, Virginia. *Between the Acts*. London: Penguin, 1992. Print.
——. "The Docks of London." Braithwaite and Walsh 126–27. Print.
——. "Middlebrow." *The Death of the Moth and Other Essays* (1942). Web. 23 December 2015.
——. "Oxford Street Tide." Braithwaite and Walsh 138–39. Print.
——. *A Room of One's Own/Three Guineas*. London: Penguin, 1993. Print.

井川ちとせ「リアリズムとモダニズム——英文学の単線的発展史を脱文脈化する」『一橋社会科学』第七巻別冊（二〇一五年三月）：六一—九五頁。

石塚久郎ほか編『イギリス文学入門』三修社、二〇一四年。

岡野八代『フェミニズムの政治学』みすず書房、二〇一二年。

河野真太郎『〈田舎と都会〉の系譜学——二〇世紀イギリスと「文化」の地図』ミネルヴァ書房、二〇一三年。

——「序にかえて——ウルフと（成人）教育、または二〇世紀の「長い革命」」『ヴァージニア・ウルフ研究』第三一号（二〇一四年）：三八—五一頁。

秦邦生「「軽い読み物《ライト・リーディング》」とミドルブラウ読者たち」石塚、二一七頁。

武藤浩史『ビートルズは音楽を超える』平凡社、二〇一三年。

山内久明／高田康成／高橋和久『イギリス文学』放送大学教育振興会、二〇〇三年。

山田雄三『ニューレフトと呼ばれたモダニストたち』松柏社、二〇一三年。

吉野亜矢子「グローバライゼーション・ウルフ・そしてパジェント——『幕間』の前提としてあるもの」『ヴァージニア・ウルフ研究』第二〇号（二〇〇三年）：四二—五四頁。

図版情報

図版A　*Good Housekeeping* 18. 1 (September 1930) 81.
図版B　*Good Housekeeping* 17. 5 (July 1930) 97.

コラム ①　ファッションは女性の味方？（高井宏子）

ファッションは女性の味方なのか。一九世紀半ばのシャルル・ボードレールは「頭は空っぽかもしれないが」という条件つきで女性の美についてこう述べている。

> 女性を飾るもの、その美を強めるものすべては、女性自身の一部にほかならない。……美しい女性を見て起こった喜びを描こうとするとき、女性とその衣服を区別しようなどとする詩人がいるだろうか。
> (Baudelaire 42)

ファッションはオブジェとしての女性を形成する一部であると主張するボードレールに対して、全く反対の立場のラディカル・フェミニストのひとりは、一九八一年にロンドンで開かれたフェミニスト会議で、「ファッション＝コントロール＝女性に対する暴力」という等式を提示した。両者に共通するのは、ファッションは父権的社会において女性をオブジェとして位置づける記号であり、秩序維持に貢献する道具だとする考え方である。同じ意味でソースティン・ヴェブレンは労働不能を印象づける一九世紀後半の女性のファッションを、女性を含めて「動産」として家長の経済レベルを誇示し、そうすることで既成イデオロギーを再確認する働きをしているとした。

図版Ａ　戦時中の機能的なデザイン〔AP/Press Association〕

図版B　ヴィクトリア朝的なニュールック〔Christian Dior 1947 New Look Collection〕

他方で、一九世紀にはファッションの消費を通して、女性は経済機構の中で一定の力を持つようになった。ビジネスとしてのファッションにおいては、繊維産業から始まって、デザイン、縫製、販売のどの分野にも女性が多く関わった。その意味では、現代にいたるまでファッションは、女性が社会に進出する機会を与える数少ない装置であったと言える。

しかしこれにも負の側面はあった。テオドール・アドルノとマックス・ホルクハイマーが「文化産業」と呼ぶ大衆文化支配（Huyssen 48）が、一九世紀の消費文化にすでに見うけられる。一九世紀後半に始まった高度消費文化において、女性は消費者を知り尽くした近代的男性経営者の巧みな操作に踊らされる存在ともなった。たとえば、英国にアメリカ式デパートを展開して大成功を収め、今日まで存続するセルフリッジ百貨店を創設したハリー・セルフリッジの仕掛けによって、女性たちは「欲しいものばかりか、……ディスプレイを見るまでは欲しいとは夢にも思わなかったものまで買う」（Woodhead 2）ようになる。まさに同様の現象は、映画『プラダを着た悪魔』（二〇〇六年）のジャーナリスト志望の若い女性主人公が晒《さら》された熾烈な競争世界に体現されている。

デザイン的には女性の身体を解放して活動的な生活を可能にしたのは、二〇世紀前半から活躍した女性デザイナーのココ・シャネルや、少し時代を下るが、戦後に機能的なアメリカンルックの基礎を築いたクレア・マッカーデルらである。拘束的衣服からの解放には、女性の社会的役割の変化のみならず、機能性を美と感じる感性の転換が必要だった。世界大戦という特殊事情がその動きを加速し、活動的で合理的な服装が普及した一方で（図版A）、戦後にはコルセットのように人工的で、くびれたウエストの上衣と、ヒップの大きさを強調する過剰なスカートというクリスチャン・ディオールによるヴィクトリア朝的デザイン（ニュールック」図版B）が人気を博した。着やすさ・合理性とそれに逆行する動きの混在はファッションの多面性を示す。近年のアレキサンダー・マックイーンに見られるようなアートとしてのファッションでは着やすさは基準にはならない。外の世界と自身との境界線を描くファッションは、信仰や信条も含めて既成観念と自己との関係を示し、主体的自己形成ともなりうる。少なくとも女性がそれを敵としないですむ可能性はある。

コラム②

モダニズム、精神分析、フェミニズム（遠藤不比人）

一九八九年のエリザベス・エイベルの仕事以来、ウルフと精神分析の同時代性は重要なテーマである。エイベルを建設的に批判しながら、リンジー・ストウンブリッジは一九九八年にさらに洗練された読解をした。その背景にあるのが「クラインへの回帰」と呼ばれる批評的趨勢である。これは、精神分析とフェミニズムを高度に接合したイギリスにおける理論的潮流であって、それを代表するのはジャックリン・ローズである。

ジョウン・リヴィエール〔The Institute of Psychoanalysis〕

そこでメラニー・クライン（一八八二—一九六〇年）は決定的な存在である。注目すべきは「ブルームズベリー・グループ」による第一次大戦後の精神分析受容が、フロイトとクラインの「同時輸入」であったという事実である。ウルフが『ダロウェイ夫人』『灯台へ』を執筆した一九二〇年代のイギリス文化史を特徴付ける歴史的事実のひとつは、フロイトとクラインの「同時紹介」であった。そして、エイベルとストウンブリッジが論証したごとく、同時代の精神分析との関係性、特にフロイト的言語とクライン的言語との矛盾を孕《はら》んだ交錯が、ウルフ作品の特権的な主題となる。フロイトのエディプス理論以来、近代の家父長制における主体形成にとって「父」は不可逆的な重要性を帯《お》びた。その関係性を徹底的に内部から批判的に吟味（critique）したのがウルフの言語であった。フロイト的「父」とクライン的「母」との相互貫入あるいは脱構築、といってしまえば単純化の誹《そし》りを免れぬような、濃密に精神分析的なテクスト性がそこに露出する。それは「フロイトかクラインか?」と表し得る、同時代のイギリスの精神分析受容に特殊な歴史性の刻印でもある。

　そこでジョウン・リヴィエール（一八八三―一九六二年）である。彼女は「ブルームズベリー・グループ」と密接な関係を持ち、フロイトの翻訳者として活躍しつつ、クライン派の分析医として高水準の仕事をした。代表作は「仮装としての女らしさ」（一九二九年）である。戦間期に社会進出した女性の去勢不安に注目したこの論考は、この時代のインテリ女性がしばしば身に帯びる過剰な女性性を男性（父）による去勢不安ゆえの防衛と見なした。より重要なことは、この「去勢」がフロイト的「父」によるばかりか、クライン的「母」によるものであるという点だ。より正確にいえば、このテクストはクライン的「母」をフロイト的な家父長的言語における「過剰」だと示唆する。これが斬新であるのは、七〇年代にフェミニズムにおける精神分析の重要性を提唱し、皮相なフロイト批判を再批判したジュリエット・ミッチェルに先駆けた議論となっているからだ。つまり、リヴィエールは、クライン的「母」とは、フロイト的「父」による去勢の後に、事後的かつ遡及的に（再）外傷化される、という精神分析的時間（外傷）性を発見した。リヴィエール＝ミッチェルの功績は、単純に父と母をイデオロギー的に対立させずに、その複雑な関係性を抑圧しなかったことにある。さらにロウズは、クライン的「母」を、フロイト的「父」がその内部の外部として不可避的に宿してしまう過剰＝否定性と読む。ここで浮上してくるのは、ウルフにおける「母」の過剰ないし不在という問題（『灯台へ』と『ダロウェイ夫人』を想起しよう!）とフロイト／クライン論争との同時代性であろう。『ジェンダー・トラブル』（一九九〇年）のジュディス・バトラーのごとく表面的なラカン理解を前提にリヴィエールを批判するのでなく、私たちの真の仕事は戦間期の精神分析受容の歴史性と理論性の再吟味である（そこには理論／歴史の二項対立はない）。イギリスのモダニズム／フェミニズムを精神分析という視点から理論化＝歴史化する私たちが参照すべきは、バトラーのみならず、イギリスの精神分析を高度に読解するミッチェルやロウズであろう。その父と母をめぐる精神分析的かつフェミニズム的介入が帯びる第二波フェミニズム以後における重要性は再考に値する。

引用文献一覧

Abel, Elizabeth. *Virginia Woolf and the Fictions of Psychoanalysis.* Chicago: Chicago UP, 1989. Print.

Baudelaire, Charles. *The Painter of Modern Life*. Trans. P. E. Charvet. London: Penguin, 2010. Print.

Butler, Judith. *Gender Trouble: Feminism and the Subversion of Identity.* New York: Routledge, 1990. Print.

Huyssen, Andreas. *After the Great Divide: Modernism, Mass Culture, Postmodernism*. Indiana UP, 1986. Print.

Mitchell, Juliet and Jacqueline Rose eds. *Feminine Sexuality: Jacques Lacan and the école freudienne.* New York: W. W. Norton, 1985. Print.

Riviere, Joan. *The Inner World and Joan Riviere: Collected Papers 1920–1958.* Ed. Athol Hughes. London: Karnac, 1991. Print.

Rose, Jacqueline. *Why War?: Psychoanalysis, Politics, and the Return to Melanie Klein.* Oxford: Blackwell, 1993. Print.

Stonebridge, Lyndsey. *The Destructive Element: British Psychoanalysis and Modernism.* London: Macmillan, 1998. Print.

Woodhead, Lindy. *Shopping, Seduction & Mr Selfridge*. London: Profile Books, 2012. Print.

第Ⅱ部
変貌する家庭とケア労働

第4章　「距離というものには大変な力が」

『灯台へ』に見る労働者としての「母」と子どもの観察運動

矢口朱美

1　『灯台へ』におけるウルフと労働者表象

ヴァージニア・ウルフは、フェミニズムの文脈で論じられることの多い作家であるが、彼女のフェミニズムがいかなるものであるかを考察する上で重要なのは、その労働にまつわる意識である。一九三八年のマニフェスト的エッセイ『三ギニー』において、中心となった話題は女性の教育と労働である。語り手は寄付をするにあたって、その団体が「性別や階級、人種にかかわらず、その資格のある人々があなた方の占有している職業に就く手助けをしてくれる」（Woolf, *Three Guineas* 218）ことを条件とする。ウルフの作品には、実際に多くの労働者の姿が散りばめられており、主要な女性の登場人物と、ときにダイレクトに、ときに微妙なかたちでつながっている。『灯台へ』（一九二七年）における哲学者の妻ラムゼイ夫人は、生活苦あるいは病に苦しむ女性の家を訪れて話を聞いてやったり（Woolf, *To the Lighthouse* 13）、結核性関節炎の疑いがある灯台守の子どものために靴下を編んでやったりする（8）。[*1]『ダロウェイ夫人』（一九二五年）の主人公で政治家の妻であるクラリッサは、飛行機が空に描く文字を読み取りながら、同様に空を見上げるロンドンのさまざまな人たち（労働者を含む）と、どことなく感応しあっている（Woolf, *Mrs. Dalloway* 21-31）。そのクラリッサは、おそらく下層中産階級あたりに属する戦争神経症の青年セプティマスの劇的な死を耳にし、見知らぬ彼との間にいわく説明しがたい、不思議なつながりを感じとる（201-4）。

こうしてウルフは、作品の中で労働者に、ときとして顕著な存在感を与えているのであるが、その一方で実人生においては、いわゆる労働者階級の人々にそれほど深い共感をもっていたようには見えないことも事実である。先述したような議論を『三ギニー』において繰り広げる一方で、このテクストが執筆された一九三〇年代にイギリスで大きな社会問題となっていた、家政婦などの家庭内労働者の労働環境改善を求める運動には、ウルフはほぼ関心を示していない（Chan 145-47）。ウルフ夫妻が経営するホガース・プレスは、一九三一年に労働者階級の女性たちによる自伝集を出版しているが、それに序文をよせてウルフは、中産階級と労働者階級の間の「障壁は越えられない」（Woolf, "Introductory Letter" xxviii）とはっきり記している。労働者階級の女性のニーズなど「私自身の血肉にまったく響かず、「この瞬間に彼女たちが要求する改善がすべて果たされたとしても、快適に暮らす私の資本家的な頭に生えている毛の一本さえ動かされることはないかもしれません」（xix）と書くウルフは、自分が労働者階級の問題に無関心であることを公に認めているのであるが、その一方でなぜ自作の物語のそこかしこに労働者の姿を散りばめ、ときとして重要な女性の登場人物と深いかかわりを持たせたのであろうか。

『ダロウェイ夫人』と同様に、一読すると中産階級家庭を舞台として描かれているかのように思える『灯台へ』においても、作品のテーマである灯台や、そこへ向かう出発点となるラムゼイ家の別荘にからんで、労働者たちが登場する。ラムゼイ夫人は、先述したように灯台守（ソーリーという名が与えられている）の子どものために靴下を編んでいる（36）。夫人の死後、灯台行きを決行するラムゼイ氏と子どもたちの舟に同乗して、海の旅路を支え導くのは漁師のマカリスター父子である（177）。その旅路の出発点である別荘は、夫人が死んでから荒れ果ててしまっていたのを、肉体労働者のマクナブ婆さんとバスト婆さん、その息子のジョージが、ラムゼイ家からの依頼を受けて協力して原状に戻したものである。小説の第一部と第三部をつなぐ上で重要な機能を果たしている第二部において、この労働者たちは細かな具体性を与えられる。マクナブ婆さんが二人の息子を私生児として生んだこと、そのうちひとりは彼女を捨てて家を出て行ったこと、バスト婆さんはグラスゴーに住んでいたことがあり、息子のジョージは口数の少ない働き者であることなど、プロットとは直接関係ない事柄が事細かに描きこまれている（151–53）。『灯台へ』という作品において、労働者はこのように注意を払って造形され、作品内の配置についても丁寧に考えられているように見えるのである。

ところでこの小説は、ウルフの作品群の中でも抜きんでて自伝性が濃いことで知られる。ラムゼイ夫妻はウルフの両親を、舞台となる別荘と灯台は、ウルフが子ども時代に家族で夏を過ごした別荘およびそこから見える風景をモデルとすることがわかっている。ウルフはこの小説の執筆を通じて、一三歳の時に亡くした母親の声を幻聴として聞くことがなくなり、一方で横暴であった父親に対し、みずからの中にくすぶり続けた憤怒の情を消し去ることができたと、のちに語っている（Woolf, *Moments* 81）。ウルフにとって『灯台へ』は、両親やその世代を代表する家族観との確執と、その審美的解消をテーマとする（あるいは結果的にそのような意味合いをもった）作品であり、それゆえに当時の家族をめぐる社会的・文化的事象を色濃く反映していると思われるのである。実際に労働者階級の問題にはほぼ関心のなかったウルフが、こうした作品の中に多くの労働者を描き込んでいることには、いったいどのような意味があるのであろうか。

本章では労働者の中でも特に「母」という形象に注目し、イギリスにおける心理学という分野の発展期の作品として『灯台へ』を歴史的に位置づけ、ラムゼイ夫人と画家リリー・ブリスコウを「母」という「労働」を行なう者の表象として分析する。伝記的事実をそのまま考えるならば、両登場人物はどちらも中産階級の女性であり、労働者とみなすことは難しいかもしれない。しかし、労働の意味を「肉体労働」のみに限定せずケアの観点から本作を考察することによって、本作が執筆された二〇世紀初頭とは「母」および「労働」の意味が変容した時代であったことが明らかになるだろう。また本章が想定する彼女たちの「子ども」は、女性からケアを受けるラムゼイ氏と、彼女たちによる慈善活動の対象とされる労働者階級の人々である。彼らをあえて、後述する「子どもの観察運動」の文脈における「子ども」と位置づけることにより、家父長的父親の女性に対する依存的イデオロギーが、当時の中産階級からみた労働者階級の表象と、奇妙にも重なり合うさまを明らかにしたい。その上で

「母」としての労働を遂行するリリーに同性愛者的な性質が付与されていることに注目し、「子育て」を行なう女性労働者の主体をめぐる問題が、同性愛表象を通じて個人としての女性のキャリア形成の問題へと巧みにすりかえられていくさまを論じていく。

2 「母」という労働者——イギリス心理学の独立と子どもの観察運動

子ども時代の思い出にもとづいてラムゼイ家を創りだす際、ウルフはそこで行なわれる子育てに特に焦点を当てているように思われる。小説全体のほぼ半分を占め、続く第二部と第三部で起こることすべての土台となる第一部で扱われているのは、ラムゼイ氏が夕方の散歩に出かける頃からその日の深夜までという、かなり短い間の出来事である。その間に起こるのは日常的なことばかりだ。まず、明日の灯台行きを楽しみにしていた幼いジェイムズの夢を、父親のラムゼイ氏と客人の哲学者チャールズ・タンズリーが、明日は天気が崩れそうなので「灯台に上陸するなんてありえないだろう」(三)と言って台無しにしてしまう。ほかにもたくさんいる客人たちがそれぞれの思いを抱いて互いに交わったり独りになったりして過ごす間に、ラムゼイ夫人は貧しい女性のもとを訪れたり、灯台守の子どもに贈る靴下を編んだりする。日が暮れると、全員が夫人のディナーパーティーに招かれて、それまでばらばらだった登場人物たちがひとつになり、ともにひとときを過ごす。その後は夫人が子どもを寝かしつけ、夫と静かに語り合う。それだけである。

問題は、その何気ない一連の出来事を構成する夫人の行動の多くが、実際の子育てに加えてケア労働、すなわち安心感や幸福感を大人の間にも作り出すための情動労働を軸として回っているように見えることである。[*2]ラムゼイ夫人は、彼女の目から見て庇護されるべき人たちをいたわろうと、生活上の細かな気遣いや未来への計らい（具体的には結婚への配慮）を示そうとする。ここで彼女が守り支え、育てようとする対象は、幼い子どもたちや若い客人、孤独な生活を送っている初老の男性たち、そして貧しい暮らしを強いられる労働者階級の人々である。その中に、秀でた知性を持つ神経過敏な夫・ラムゼイ氏が含まれていることに注目したい。哲学者としての来し方に疲れ、未来に自信を失い、夫人の慰めを執拗に求めるラムゼイ氏に、彼女は「むずかる子どもをなだめる乳母のように」して尽くす。そして夫人の同情に包まれて元気を取り戻したラムゼイ氏が「彼女の言葉に満足して眠りにおちる子どものよう」（44）と形容されることからも、二人の間柄はあからさまに母子の関係になぞらえられているのである。

実際、ラムゼイ氏と息子のジェイムズは、まるで同じ土俵で母親の関心を争っているかのようにも見える。ジェイムズに絵本を読み聞かせる夫人に、ラムゼイ氏は「自分に注意を払うように」という無言のプレッシャーをかけながら近づいていく。ジェイムズは「相手にせずに本のページをじっと見つめることで、父を立ち去る気にさせようとしてみた。父が来た途端、腹立たしくも揺らぎ始めた母の注意をこちらへ引き戻すため、わざとある単語を指さしてみたりもした。が、全く無駄だった」（42）。こうしてジェイムズの中に巻き起こる父への象徴的な殺意は、彼が父に対して抱く恐れの感情とないまぜになって、ウルフ自身がのちに述懐するような精神分析、特にエディプス・コンプレックスを連想させるものになっているのは間違いない（遠藤　一三二―三三）。しかしその一方で、ラムゼイ氏を

「子ども」、夫人を彼の「乳母」と明確にたとえる語りは、父と息子の関係性が年の離れた険悪な兄弟のようでもあることを示しているように思われる。

他方、ウルフがモデルとした彼女自身の子ども時代と、『灯台へ』がカバーしている一九世紀末から二〇世紀前半にかけての時代はまた、心理学という学問領域の発展に、母親たち――しかも家庭の主婦たち――が「寄与」した時代であった。一九世紀末当時、イギリスの心理学はヨーロッパ大陸の学問的潮流からとり残され、科学化が遅れて、論理学および哲学の亜種としての地位しか大学において与えられていなかった。[*3] そのことに不満をもち、心理学の学問としての独立を願った科学的心理学者たち（それは進化論的発達心理学者であることとほぼ同義であった）は、自分たちの研究に不可欠なデータ、すなわち子どもの発達状況の実態を実地収集するフィールドワーカーを高等教育機関の外で養成すべく、市井の母親たちに発達心理学の基本を教えて、後述するようなやり方で子どもたちの観察活動を行なわせようとしたのである。[*4]

アマチュア観察者としての母親を生み出した一九世紀末当時のイギリス心理学をめぐる事情について、もう少し詳述しておきたい。当時の科学的心理学者にはいわゆる成り上がりが多く、彼らは学会における研究者としての価値の承認のみならず、大学に雇用されることによる生活の安定を切実に求めていた。そんな彼らに対し、学問上の貢献とともに結果として雇用も提供するに至った子どもの観察運動は、しかしながら彼ら自身の手によって始められたものではなかった。観察運動は一八九三年、シカゴの万国博覧会において開催された教育関係の国際学会に、ロンドンのチェルトナム・レディース・コレッジに勤めていた数人の女性教師が参加し、そこでアメリカの発達心理学者G・スタンリー・

ホールと出会ったことで始まった。ホールに感銘を受けた彼女たちは、専門家による指導のもと、自分たちの手で子どもの観察を行なうグループを作ることを決意し、翌一八九四年、ロンドン子ども研究会（The London Child-Study Society）を立ち上げた（Beale 66; Cockburn 1–3）。彼女たちの活動の趣旨は地方にも広まり、同様の活動をするグループが複数できたのを機に（Gurjeva, "Everyday" 209）、これらを統括するかたちでロンドンに本部をおく英国子ども研究協会（The British Child-Study Association）が創設された。一八九八年のことである。翌一八九九年、機関誌『パイドロジスト』（*The Paidologist*）が創刊されると、[*5] 専門家による学術的な記事と教師による教育現場の報告とが、毎号並んで掲載されるようになった。巻末には個人宅で行なわれる勉強会の案内と、そこで教材として扱われるべき専門書のリストが掲載されたが、やがて勉強会の案内文に「教師だけでなく、親も参加するのが望ましい」（"British Child-Study Association Reading Circles" 110）との助言があらわれるようになる。

親たちを観察運動に積極的に参与させるという方針をもたらしたのは、ユニヴァーシティ・コレッジ・ロンドン（UCL）の教授で心理学者のジェイムズ・サリー（James Sully）を中心とした専門家たちであった。サリーは伝記的にもウルフとのかかわりが深く、実家のスティーヴン家とは家族ぐるみのつきあいがあり、ウルフの母ジュリアが存命だった頃には、『灯台へ』の舞台のモデルとなったセント・アイヴズの別荘に招かれて、彼らとひと夏を一緒に過ごしたりもしている（Sully, *My Life* 302）。[*6] しかしそれよりもここで重要なのは、彼の観察運動への貢献である。たとえば一九〇五年七月号の『パイドロジスト』には、協会運営委員会からの各支部に対する呼びかけが掲載されており、そこには「幼児の［観察記録をとる］場合、親と教師を協力させるための努力」（"Scheme of Work for Members" 95）

がどの程度なされているかについての調査依頼がある。その直後に「なぜ親に心理学が必要なのか?」と題する短いエッセイが続き、末尾に「協会の活動に参加されたい方、または新たに支部を立ち上げたい方」("Child-Study for Parents" 98) のための連絡先 (学会事務局秘書宛) が掲載されている。このことはつまり、機関誌が専門家や教師だけでなく一般家庭の親をも読者として想定するようになったことを意味しているが、こうした方針の拡大を導いたのは、それまでアマチュア有志に任せられがちであった協会の実務運営に積極的にかかわるようになった専門家たち、特に初代副会長のひとりをつとめたサリーであった。

そんなサリーがUCLの教授職に就いたのは五〇歳のときであり、それまでは非常勤講師としての給与や雑誌の原稿料などで生計を立てる身の上であった。[*7] 論理学や哲学の一部とみなされていた心理学の数少ない大学のポストが、科学的心理学者に回ってくることはまれであり、当初は彼もそうした就職難に悩まされる研究者のひとりにすぎなかった。そんな彼を有名にしたのは、学生などの初学者向けに執筆した心理学の教科書であった。「[教壇から] 自分の声を届けられないのならば、本を書いて届ければよい」(Sully, *My Life* 188) と考えたサリーは、発達心理学のわかりやすい教科書が一八八〇年の時点でまだなく、将来専門家を目指そうとする学生の間にニーズがあることに目をつける。その狙いは当たって、一八八四年に出版された『心理学概説』は非常によく売れたが、アメリカではイギリス以上の人気を博して、研究者の卵のみならず子どもの教育にたずさわる現場の教師たちの関心までもひくようになった。さらには海賊版が出回るほどになり、アメリカでの印税を憂慮した出版社は、この教科書をもとにした、教師向けの教科書を新たに執筆するよう彼に勧めた (190)。こうして一八八六年に出版された『教師のための心理学ハンドブック』は『心理学概説』以上に売れて(191)、サリーは専門家のみならず一般人の間でも有名になっていった。『コーンヒル・マガジン』などの知識人向け一般誌に加えて『イングリッシュ・イラストレイティッド・マガジン』などの、より大衆向けの雑誌にも執筆するようになった彼は、同時に研究者向けの本格的な心理学書『人間の精神』を一八九二年に上梓し、大学人の間でも実力ある研究者として定評を得る。こうして長い苦闘の末、一八九二年にサリーはUCLのグロート記念教授に推挙され、人生で初めて大学に正規雇用されたのであった。

興味深いことに、このようなサリーの就職にまつわる苦労と学問上の野望とが、大学人を含む専門家とは接点のなかった中産階級の親たち、特に母親たちに新たな「労働」をもたらした。このことは、当時彼女たちが、家庭にあって子どもとの間に感情的なつながりをもちながら、子育てそのものは乳母をはじめとした使用人などに任せる傾向にあったことと関係している。[*8] 教授職就任から二年目にして、サリーは英国子ども研究協会の副会長になった。その背景には、アマチュアの間における彼個人の人気がもちろんあったが、[*9] 長い間大学に求職しては袖にされ続けた末に夢をつかんだサリーには、心理学を科学として論理学や哲学から独立させようという強い野心があった。これを実現させるために、彼は心理学的理論とその実践を国民の一大関心事にしようとつとめたのである。このとき中産階級の母親は、心理学が科学研究の対象とみなす子どもとの間に、近くて遠い微妙な距離を保っているという点で、比較的冷静な観察データを収集できるようになる可能性を秘めているとみなされた。英国子ども研究協会のような、専門家とアマチュアを結ぶ団体の運営に積極的に関与して、こうした母親たちを心理学的に啓発することは、サリーにとってみずからの野望を達成するための理想的な近道であったのである。観察活動に母親が加わることで、子どものサンプルが増え、分析データから特異性が除かれて、心理学の科学としての信憑性そのものが高められたのはいうまでもない。だがそれだけでなく、発達心理学に興味をもつ人の裾野が広がることで、心理学の重要性が社会に広くアピールされるという、副次的効果もまた専門家の間で大いに期待されていたのであった。サリーらによるこうした長年の努力が実って、イギリス初の心理学教授（Professor of Psychology）のポストが創設されるに至ったのは、サリーの死後五年目にあたる一九二八年、UCLにおいてであった。一八七九年ないし八〇年に心理学実験室を設立したドイツ、および八七年から八八年にかけて実験心理学教授のポストを創設したフランスに遅れること半世紀、その間イギリス心理学のアイデンティティを支えていたのは、専門家による不断の努力のみならず、彼らの野望に知らず知らずのうちに「貢献」させられていた教師と母親という、無償のフィールドワーカーの存在だったといえる。

独立を果たした心理学は、その後科学としての特色を徐々に強めていき、主観の入りにくい手法を採用して、次第に脳科学に近い研究領域となっていった。心理学独立の前年にあたる一九二七年に出版された『灯台へ』は、このように見てくると、子育て中の母親であることが、学術的貢献の名のもとに学会政治に搾取される無償労働となりえた最後の時期に構想・執筆されたことになる。このことをふまえて、『灯台へ』という作品を特徴づける「子育て」表象と労働者との関係を読み直してみたい。

3 「母」の条件——ラムゼイ夫人とリリーの表象をめぐって

まず、当時の心理学が子どもの観察運動を通じて提示した、あるべき観察者としての母親の姿、すなわち「母」のありようとは具体的にどのようなものだったのかを確認してみよう。『教師のための心理学ハンドブック』において、サリーはアマチュア観察者が子どもを観察する際の心得を以下のように記している。

もし我々が観察技術に長けているだけなら、子どもの性質をきちんと見ることができないでしょう。なぜなら子どもがおかれた環境にわが身をおいてみることをせず、そこから子どもがどのような影響をうけるかを理解することができないからです。温かさと優しさに満ちた関心をもって先入観なく子どもと交わることは……子どものやり方や感じ方が大人のわれわれとは非常に多くの点で異なっているという事実をしっかり把握するために必要な条件であると思われます。その一方で、きちんとトレーニングされた観察能力なしに、ただ優しい気持ちだけをもって子どもを見るならば、子ども時代を理想化して、実際にはない素晴らしい性質を子どもに見いだしてしまう危険を冒すことになるでしょう。

(Sully, *Teacher's Handbook* 22)

ここに出てくる「きちんとトレーニングされた観察能力」とは、子どもの行動を観察者の個人的解釈によるのではなく、発達心理学の見解に添うかたちで客観的に記録・記述することのできる能力を指す。その一方で観察者には、既成の発達理論にとらわれすぎることなく、個人として子どもに感情移入し、子どもの世界をあるがままに記録することも同時に求められていることがわかる。このような客観性と主観性の微妙なバランスの上にしか成立しない、曖昧さをはらむ仕事を請け負うことが、アマチュア観察者に期待された役割であった。第一に、家庭においては母親が、子どもの観察運動を通じて学んだ発達心理学の基礎知識にもとづき、子どもへの愛情に溺れることなく、心的に「適切な」距離を保ちながら子どもと接することを求められる。第二に、その母親はまた、子どもの身に起こることをわが事としてとらえ、同情をもってその心情を理解する温かさを忘れることなく、個人としての主観性をあえて維持したまま、子どもの観察に臨むべきである。こうした互いに相反する二つの条件を同時に満たす母親こそが、正しい関心をもって子育てすることのできる「よい母親」であるとして推奨された。それは母親であるということが単なる事実ではなく、所与の条件を満たす行動を起こした結果として得られる社会的称号、記号としての「母」へと変化したことをも意味している。

ここで『灯台へ』におけるラムゼイ夫人が、彼女がケアする「子ども」に対して、いかなる「母」となりえているかを検討してみよう。彼女には、夫だけでなく実はそれ以外の「子ども」を対象とした「子育て」にも関与したいという熱意がある。それは夫人のサポートを必要とする貧しい人々、典型的には労働者階級にあって厳しい暮らしを強いられている人々をよりよく理解し、彼らを助けるために尽くす者になりたいという願いである。「暇があれば手にバッグを提げて、地域の未亡人や貧困に苦しむ主婦たちのもとを訪ねて話を聞く」夫人は、「偽善的な憤りへの気休めや好奇心の満足に終わりがちな慈善活動をする一個人などでなく……社会問題を徹底的に解明する調査員にこそなろう」(13)

という夢を抱いている。これは向学心に燃えて心理学を学び、子育てという私的なものであるはずの営為を、観察運動の公的な目的に捧げた母親たちに通じる面をもっているといえる。このようにラムゼイ夫人の「子育て」は、彼女の八人の子どもたちを相手とした文字通りの行為であるのみならず、彼女の励ましや庇護を受ける夫や労働者階級の人たちとの間で行なわれる活動ともなっているのである。

たしかに夫人には、「子ども」に対するきめ細かな関心という、観察者に不可欠な条件が備わっている。たとえばディナーの席で不機嫌になった夫の「目や額に、怒りが猟犬の群れのように飛び込んでゆく」(104) さまを見てとるほどの注意力と観察力が、夫人にはある。しかしながら彼女は、そうした夫や貧しい人々との間に心的な距離をとる能力に欠けている。彼女の同情を無慈悲なまでに要求する夫には、即座に「あふれるほどの活力の雨」を降らせ、「甘やかな豊饒さ、生命の泉と水しぶき」(42-43) となって彼を包もうとする。そうした魔術的な瞬間の創造が終わると、夫人は「たちまち……〔花咲く果樹が〕花びらを一枚ずつ折り重ねるようにして、わが身を閉ざし始め……疲れきった身体がくずれんばかり」(44) になる。これは、貧しい女性の家を訪れて快活に話し終えた直後の夫人が「まるでそこでは無理をして振る舞っていたが、やっと自分に戻れたとでもいうように」(18) ひと息ついて立ち止まるシーンにも共通している。こうして「子ども」に対する温かな感情をふんだんに持ち合わせながらも、「子ども」に近づきすぎて距離をとることができないラムゼイ夫人は、先述した観察者としての「母」に必要とされる二つの条件のうち、ひとつしか満たせていない。ラムゼイ氏のような「子ども」の要求が過大である場合も、逆に貧しい女性のような「子ども」から直接要求されることがない場合も、夫人は暗黙の期待に対し、過剰に応えようとしてしまう。いわば彼女は、自分に依存する「子ども」の存在に依存してしまっており、「子育て」の精神は、そんな彼女の中で（やや古風な）慈善精神と連続しているのである。その結果、リリーがのちに回想するように、夫人はただ「いつも与え続けていた。与えて、与えて、与えて、そしてそのまま亡くなって——」（163）という結末を迎えることになる。それは「子ども」との間に生まれてしまった共依存関係を自覚することなく、誠心誠意「子育て」に献身した結果としてもたらされたものであったといえる。[*10]

このとき、「子ども」としてのラムゼイ氏に「母」として接する人物が、夫人以外に実はもうひとりいることに目を向けてみよう。それは夫人の死後、灯台へ向かおうとするラムゼイ氏から、かつて夫人がしてくれたように自分を包んでほしいという、無言の圧力をかけられる画家のリリー・ブリスコウである。リリーは第一部においてラムゼイ家に招かれていた客人のひとりであるが、ジェイムズが殺意に近い感情を抱くに至ったラムゼイ氏の夫人に対する横暴な甘えぶりに接して、ラムゼイ氏というのは「けっして自分からは与えない人だ、と胸の中に怒りがこみ上げるのを感じ」る（163）。そしてそのラムゼイ氏が、夫人を亡くした後の第三部では「リリーのほうにのしかかるように迫ってきて、わしが求めているものを与えてくれるまで、そのキャンバスに手を触れてはならん、とでも言っているよう」（164）に感じて苛立つ。それまで「氏の視線を避けたくて、空のカップからコーヒーを飲むふり」（160）をするほど、徹底して「子ども」の視線を避け、「母」の役割に直面することから逃げ続けてきたリリーであるが、このときラムゼイ氏がどうしても彼女の前から去ろうとしないのを見て、「相手になってあげた方が話が早そうね。……私に差し上げられるものなら、何でも差し上げましょう」(164)と、半ばあきらめたような気持ちになる。こうしてリリーは、ラムゼイ氏を不承不承ながら自分の「子ども」として受け容れ、「夫人の表情を思い出しながら」(164)、彼の「母」として振舞うことに挑戦するのである。

当初リリーは、この役割をうまくやりおおせることができない。「［ラムゼイ氏の］示す並はずれた自己憐憫《れんびん》と共感への要求がどんどんあふれ出して、私［リリー］の足元に水たまりのように広がって……私がしたことといえば、濡れないようにスカートの裾を、くるぶしのあたりまで引き上げただけ」(167)。このときのリリーは、心理学が「母」たるものに要求した子どもに対する同情、主観的な関与に欠けていることになる。ところがふとした出来事が、彼女の感情を突如として目覚めさせ、少なくとも主観的なレベルでは、彼女をラムゼイ氏の「母」にしてしまう。その出来事とは、ラムゼイ氏が履いていた靴をリリーが時宜を得ずして称賛し、怒り出すかと思われたラムゼイ氏はむしろ嬉々として、リリーに靴紐の結び方をレクチャーしたという、ただそれだけのことである。一体なぜこれだけの出来事が彼女に激烈な変化をもたらすのか、テクストからはわからない。リリー自身、「ラムゼイ氏が私の靴の上にかがみ込んでいる。この何とも場違いな瞬間に、どうして遅ればせの強い同情が頭をもたげてきて、胸を苦しくさせるのだろうか」(168)と、みずからの変化を驚きの念をもってみつめている。しかしながらこのとき、ラムゼイ氏が自分の世界のディテールを夢中になって自慢する子どものように振る舞っていること、ラムゼイ氏という「子ども」の世界が彼独特の性格をもちあわせており(「自分のやり方で紐を結び、自分の流儀で靴を買う」(168))、そのことを強く意識したリリーが、それでも「何か彼に話しかけてみたい」(168)、すなわち彼という「子ども」の世界に積極的に関与してみたいという気持ちを起こすといった流れは、先に引用した『教師のための心理学ハンドブック』に挙げられていた、「子どものやり方や感じ方が大人のわれわれとは非常に多くの点で異なっているという事実」(Sully, *Teacher's Handbook* 22) の認識、およびその特異性に「温かさと優しさに満ちた関心をもつ」(22) という、心理学が「母」に与えた条件のひとつが満たされていく過程と読むこともできる。

一方で、故ラムゼイ夫人がそうであったように、「子ども」に対する温かな感情を持ち合わせているだけでは、やはり不十分であることがリリーの場合も示される。せっかくラムゼイ氏に対して「身内に温かい感情が湧き上がり……その感情をやっと差し出す用意ができた」(169) にもかかわらず、リリーはそれを彼にうまく伝えることができず、ラムゼイ氏が灯台行きの旅路に出るのを寂しく見送ることになる。その際「差し出しそびれた同情の念が重くのしかかってきて、ほとんど絵が描けなくなるほど」(185) だったリリーは、海路をゆく彼との間の距離がのびるにつれて、その重荷が不思議にも和らいでいくのを感じる。「距離というものには大変な力がある」(207) という自覚を得たリリーは、ラムゼイ氏が灯台に着いたと思しき頃、これで彼に「差し出そうとして差し出しそびれたものを、すっかりわたしてしまったような気がする」(225) という感覚を得て安堵する。そこには「子ども」との間に適切な距離を保ちつつ、「子ども」に対する温かな気持ちを失うことがなかったリリーが、ついに理想の「母」としてのアイデンティティを獲得するに至った様子が見てとれるだろう。こうして彼女は、ラムゼイ夫人を死に至らしめた「子ども」との間の共依存関係という罠を脱して、「子ども」を遠くに見やることで依存される状態を客観視し、その意味を暗黙のうちに理解して受け止めることに成功しているのである。

このように『灯台へ』において描かれているのは、実際には母親でも妻でもないリリーが、「母」という労働を行なう者として、自分よりひとつ前の世代に属する夫人がたどりきれなかったプロセスを、彼女に代わって完遂する物語と読むことができる。夫人がついに自力で獲得できなかった「子ども」との間の距離が、灯台へ向けて船出するラムゼイ氏とリリーの間に与えられるシーンにおいて、ラムゼイ氏に同行するのが労働者階級に属する漁師の父子とされる点も、これがリリーによる夫人のための代償行為であることを示しているといえるだろう。ラムゼイ氏と労働者階級の人々という、ともに夫人の「子ども」である者たちが、そろってひとつの舟に乗り込んでリリーから遠ざかっていくことは（しかもそこには夫妻の実際の子どもであるジェイムズとキャムさえも含まれているのだが）、「子育て」においてラムゼイ夫人が抱えていた距離の欠落という課題、つまり「子ども」との共依存関係から生まれてくる問題が、「子ども」すべてを相手として一時に解決されることを意味している。こうして夫人に代わり理想の「母」となったリリーの「とうとう終わった」(225) という安堵感は、志半ばにして倒れたラムゼイ夫人の思いを、自分が担い終えた安堵感とつながっている。このように『灯台へ』は、当時の心理学が提示したあるべき「母」の姿、適切な「子育て」を行なう女性労働者の主体形成が、ラムゼイ夫人からリリーへと世代交代する中で象徴的に実現されていくさまを描いた物語になっているのである。

4　同性愛的な「母」――『灯台へ』と女性労働主体をめぐる問題

ここまでの考察において、『灯台へ』という作品がいかに当時の心理学によって作り出された「母子関係」の枠組みをふまえているかを指摘してきた。最後にこの物語が、一方で発達心理学の言説からはまったく不必要とされるはずの、奇妙なねじれをもってクライマックスを迎えることの意義について考察してみたい。そのねじれとは、リリーがラムゼイ夫人に対して抱く同性愛的感情、そして理想の「母」の定義とは直接関係がないはずの、一個人としてのリリーの芸術的な自己実現が達成される結末である。

そもそも、リリーがラムゼイ夫人の課題を引き継ぐことは、心理学の面からすれば、あるべき「母」のありようを実現するための補完のプロセスとしての意味合いしか持ち得ないはずである。しかしながら、夫人の膝に頭をもたれさせながら、リリーが「ひとつの瓶に二種類の水を注ぎ込むように、[夫人と]分かちがたくひとつに溶け合うにはどうすればよいのか？」(57)と考えたり、夫人の死後、どうしても描くことのできない絵を前にして、涙を流しながら「ただラムゼイ夫人を呼び求める」(195–96)といった行動を起こすとき、そこに見られるのは、家父長的父親の女性に対する依存を「母」として受け止める知恵を夫人から得たいと願う気持ちだけではなく、ただ純粋に恋慕する相手と一体になり、相手の温もりに力を得て画家としての苦闘から救われたいという、一芸術家としての切なる思いであるといえる。リリーはときどき「私はあなたを慕っています」とラムゼイ夫人に打ち明けたいような衝動に駆られるが、それはリリーが、自分が描く対象「すべてに恋をしているんです」(24)という言い回しで表現したい気持ちと、奇妙に重ね合わされている。そんなリリーの想いに応えるように、夫人は亡くなった後でさえも幻影となって、キャンバスと向き合うリリーの前に現れ、謎めいたインスピレーションを与え続ける。いったんつかみかけた絵の構図をふたたび逃してしまいそうになったリリーが、動揺して夫人の名を呼ぶと、その幻影は「いかにも事もなげに、以前のように客間の椅子にすわり、編み針を左右に動かしながら赤茶色の靴下を編んでいて、踏み段には彼女の淡い影が落ちていた。そう、確かにここに夫人は座っていた」(219)。リリーの芸術家としての自己実現は、「母」としてのラムゼイ夫人というよりは、このように彼女の心の恋人としての夫人によって導かれていくのである。

しかしながら、リリーがついにみずからのヴィジョンを得てキャンバス上にそれをとらえることに成功したとき、夫人の幻影はリリーの目の前から忽然と消え失せてしまう。このことはなにを意味しているのであろうか。ラムゼイ氏らが到達したと思しき灯台の方を見やりながら、リリーはしばし安堵の思いに浸るが、すぐにキャンバスの方を振り返って「客間の踏み段をあらためて見る」(226)。すると、それまでそこにあったはずの夫人の淡い影が消え、すっかり「空っぽ」(226)になっている。このことは、リリーが「子ども」たちとの間に距離を得て「母」としてのアイデンティティを確立したことにより、夫人を「消化」して乗り越えたことの表れととることもできようし、あるいは「母」という異性愛を前提とするアイデンティティを得たことで、同性愛的感情の対象であった夫人の幻影は、リリーにとって不必要になったために消えたと解釈することもできるかもしれない。

しかしながら、幻影となっても影を落とすほどのリアリティをもち、リリーの恋慕の叫びに応えるようにして彼女の芸術活動に介入し続けてきた夫人が、たとえその場から消えてしまっても、彼女が導いてきた芸術活動そのものはついにかたちを成すというのが『灯台へ』の結末なのである。「母」となったまさにその瞬間、リリーは夫人が思い残した夢を自分のものとして生きることに成功するのであるが、このことは同時に、彼女が慕い続けた夫人とついに一体化するに至ったことをも意味している。「母」になることは、それゆえリリーにとっては、夫人に対する同性愛的な恋慕を成就させることと同意である。「求めてやはり得られず――なおも求めて、求め続けて――」(194)という苦しみを味わわされたこともあった、優しいながらもつれない恋人であった夫人の他者性は、「母」となることで夫人と一体化したリリーの前から、ついに消え失せる。踏み段の上にあった夫人の影がなくなったことを確認したリリーは、「その時突然激しい思いにかられて、一瞬それをはっきり見届けたかのように、キャンバスの真ん中に一本の線を描いた」。「そう、私は自分のヴィジョンをつかんだわ」(226)という、芸術家としての勝利の感覚をリリーが得たところで終わる『灯台へ』のクライマックスは、このように見てくると、実は「母」という異性愛的な規範と同性愛的なものとが重ね合わせられたダブルミーニングによって構成されていることがわかる。

つまりウルフは、この作品で、心理学によって与えられた「母」の概念に同性愛的な感情を上書きすることで、創作世界の独自性をうち出している。当時の心理学者が生み出した、彼らにとって都合のよい理想のケア労働者／情動労働者としての女性主体と、それを生み出す装置（子どもの観察運動）とは、ウルフによって「子ども」をもつ同性愛的な女性主体（リリー）と、それを生み出す装置（世代を超えた女性主体同士のつながりと一体化）が機能するための下地として用いられている。こうしたウルフの試みは、（社会のためではなく）自己実現とそのためのキャリア形成に邁進する女性主体の出現を、『灯台へ』において可能にしている。そのような女性主体は、当時の心理学が全く意図しなかったものであり、したがってラムゼイ夫人への愛を反映したリリーの絵は「屋根裏部屋に掛けられるのがせいぜいで、下手をすると処分されてしまうかもしれない」（225）。しかしながら、たとえ社会的貢献にはならなくとも、リリー個人にとっては大きな意義をもつこの絵が生まれ出てきたのは、まさに心理学が意図した、社会に役立つはずの「母」にリリーがなったからこそであったという皮肉が、この物語のクライマックスにはこめられているのである。

第1節で指摘したように、ウルフは実人生において、心理学的な「母」にとっての「子ども」に含まれるはずの労働者階級の人々に対する関心をあまり持ち合わせなかった。しかしながら、自伝集にウルフがよせた序文にみられるように、彼女が労働者階級の人たちに対して偽悪的ともいえるほどの冷淡さを示した原因のひとつには、みずからが直接身をもって経験することのない問題に、憶測でかかわるべきではないとの意識がウルフにあったためとも言われている（Chan 142-43）。労働者階級の人々を含めた「子ども」をケアする女性の情動労働とその搾取の問題に取り組むにあたり、ウルフが審美的解決策として同性愛的事象をもちこんだことは、自分自身同性愛者であった彼女が、この問題に自分のこととして取り組んだことの表れと見ることもできるかもしれない。それは同時に、ウルフが実人生において早く亡くしたがゆえに慕ってやまなかった母ジュリア——のちにウルフの中に年上の女性に対する恋愛感情を芽生えさせる一因になったとも言われる彼女への想い——を昇華して、母であると同時に個人でもあったはずのジュリアの人生を、芸術家が彼女になりかわる物語を書くことで象徴的に救い出そうとする試みでもあったといえるだろう。

注

＊1 『灯台へ』の和訳は原則として御輿哲也訳に従った。
＊2 ケア労働／情動労働の概念と女性の労働とのつながりについては、Hardt and Negri の特に第二章を参照。この問題の（日本における事例を含む）現代性とフェミニズムについては河野、三浦、山根に詳しい。
＊3 イギリスにおける学問としての心理学の確立にまつわる経緯と、一九世紀後半の大学における心理学の位置づけについては Rylance の特に第一部に詳しい。
＊4 一九世紀後半のイギリスの心理学が抱えていた学問的課題と、ディシプリンとしての独立をめぐる動き、および母親たちとの連携については、特に Gurjeva, "James Sully" を参照。
＊5 Paidology は「児童学」と訳される語だが、この雑誌の研究対象には、厳密には児童とは呼べない年齢の子どもも含まれていた。いわば「子どもにまつわる学問に熱意をもって取り組む人々」というくらいのニュアンスで掲げられたタイトルであり、衒学的であることもあいまって、後年タイトルが『子ども研究』（*Child Study*）という概括的な表現に変更されている。
＊6 この点についての詳細は Yaguchi, "'A Novel'" を参照。
＊7 サリーの生涯と仕事の全容については Yaguchi, "Towards a Unique Discipline of Psychology" に詳述。
＊8 当時の社会階級による母親業の違いについては、Ross, *Love and Toil*, 特に第五章を参照。ヴィクトリア朝期イギリスの中産階級の母親は、母乳による育児を推奨されながらも、実際には乳母に子どもを育てさせる習慣が一八七〇—九〇年代になっても廃れていなかったことの指摘については中田を参照。
＊9 『教師のための心理学ハンドブック』の出版が一八八六年、英国子ども研究協会の設立が一八九八年であることから、イギリスのアマチュアに対するサリーの影響力は、むしろアメリカを介して本国に逆輸入されてき

たものであるとわかる。

＊10　観察運動を通して子どものそばにいることは、心理学者たちの期待とは裏腹に、結果として中産階級の母親たちの間に、使用人を介さず直接子育てにかかわることへの関心を生み出すことにつながっていったと推測される。ラムゼイ夫人と彼女の「子ども」たちとの距離が、夫人によって意図的に近いものとされるのは、観察運動が中産階級の母親のあり方や家庭へのかかわり方を具体的に変容させつつあったことの表現としてとらえられるだろう。

引用文献一覧

Beale, Dorothea. "The Presidential Address." *The Paidologist: The Organ of the British Child-Study Association* 8.2 (1906): 66–70. Print.

"British Child-Study Association Reading Circles." *The Paidologist* 8.2 (1906): 109–11. Print.

Chan, Evelyn Tsz Yan. *Virginia Woolf and the Professions*. Cambridge: Cambridge UP, 2014. Print.

"Child-Study for Parents." *The Paidologist* 7.2 (1905): 96–98. Print.

Cockburn, John A. "Address Delivered before the London Child-Study Society on October 15, 1907." *Child Study* 1 (1908): 1–3. Print.

Gurjeva, Lyubov G. "Everyday Bourgeois Science: The Scientific Management of Children in Britain, 1880–1914." Diss. U of Cambridge, 1998. Print.

——. "James Sully and Scientific Psychology, 1870–1910." *Psychology in Britain: Historical Essays and Personal Reflections*. Ed. G. C. Bunn, et al. Leicester: BPS, 2001. 72–94. Print.

Hardt, Michael and Antonio Negri. *Multitude: War and Democracy in the Age of Empire*. 2004. New York: Penguin, 2005. Print.

Ross, Ellen. *Love and Toil: Motherhood in Outcast London, 1870–1918*. Oxford: Oxford UP, 1993. Print.

Rylance, Rick. *Victorian Psychology and British Culture 1850–1880*. Oxford: Oxford UP, 2000. Print.

"Scheme of Work for Members of the British Child-Study Association. Session 1905–6. (Drawn up by the Sub-Committee Elected by the Council, 1905)." *The Paidologist* 7.2 (1905): 93–95. Print.

Sully, James. *The Human Mind: A Text-Book of Psychology*. 2 vols. London: Longmans, 1892. Print.

——. *My Life and Friends: A Psychologist's Memories*. London: Fisher Unwin, 1918. Print.

——. *Outlines of Psychology with Special Reference to the Theory of Education*. London: Longmans, 1884. Print.

——. *The Teacher's Handbook of Psychology*. London: Longmans, 1886. Print.

Woolf, Virginia. "Introductory Letter to Margaret Llewelyn Davies." *Life As We Have Known It*. Ed. Margaret Llewelyn Davies. London: Hogarth, 1931. xv–xxxix. Print.

——. *Moments of Being*. Ed. Jeanne Schulkind. 1976. 2nd ed. San Diego: Harcourt, 1985. Print.

——. *Mrs. Dalloway*. 1925. London: Penguin, 1992. Print.

——. *Three Guineas*. 1938. Oxford: Blackwell, 2001. Print.

——. *To the Lighthouse*. 1927. London: Penguin, 1992. Print.『灯台へ』御輿哲也訳、岩波書店、二〇〇四年。

Yaguchi, Akemi. "'A Novel Is an Impression Not an Argument': Virginia Woolf and James Sully." *Woolf and the Art of Exploration: Selected Papers from the Fifteenth International Conference on Virginia Woolf*. Ed. Helen Southworth, et al. Clemson: Clemson U. Digital P, 2006. 220–24. Print.

——. "Towards a Unique Discipline of Psychology: James Sully and His Impact on British Culture and Academia from the 1870s to the 1920s." *Bulletin of Liberal Arts & Sciences of the National Defense Medical College*. 37 (2014): 59–83. Print.

遠藤不比人「エロスと暴力——大戦後の精神分析と文学」武藤浩史／川端康雄／遠藤不比人／大田信良／木下誠編『愛と戦いのイギリス文化史　一九〇〇—一九五〇年』慶應義塾大学出版会、二〇〇七年、一二一—三九頁。

河野真太郎「デモクラシー、メリトクラシー、女性の暮らし――二〇世紀イギリスのリベラリズムとジェンダー」三浦玲一／早坂静、一二七―五〇頁。

中田元子「リスペクタブルな未婚の母――ヴィクトリア時代の乳母をめぐる言説」『ヴィクトリア朝文化研究』第一号（二〇〇三）：四七―六一頁。

三浦玲一「ポストフェミニズムと第三波フェミニズムの可能性――『プリキュア』、『タイタニック』、AKB48」三浦玲一／早坂静、五九―七九頁。

三浦玲一／早坂静編『ジェンダーと「自由」――理論、リベラリズム、クィア』彩流社、二〇一三年。

山根純佳「ケア労働の分業と階層性の再編――「関係的ケア」から周辺化される労働」仁平典宏／山下順子編『ケア・協働・アンペイドワーク――揺らぐ労働の輪郭』大月書店、二〇一一年、一〇三―二六頁。

第5章　家事労働を語ること
家庭の天使、『波』のスーザン、ハウスワイフ2・0《ツーポイントゼロ》

麻生えりか

1　家庭の天使、ウルフ、フェミニズム

ヴィクトリア朝の家父長制的な家庭に生まれ育ったフェミニスト作家ヴァージニア・ウルフ（一八八二―一九四一年）が、中流階級の家庭礼賛イデオロギーである〈家庭の天使〉神話を嫌悪していたことはよく知られている。エッセイ『自分ひとりの部屋』（一九二九年）において女性の精神的、経済的自立を唱えたウルフは、一九三一年、ロンドン女性奉仕国民協会の会合で、「女性にとっての職業」と題する講演を行った。この講演は、「家庭の天使を殺す（Killing the Angel in the House）」（Woolf, "The Profession" 238）という過激な一節で有名である。家庭の天使とは、「自分自身の考えや願いを持たず、常に

ほかの人の考えや願いに寄り添うことを優先する」(237)良妻賢母の象徴である。ウルフは、その呪縛から解放されなければ女性作家の自立はあり得ないと述べたのである。彼女は、同時代のフェミニズム運動に理解を示しつつも、それに積極的にかかわることはなかった。[*1] だが、家庭の天使からの脱却を希求する彼女のフェミニズムの根底には、依存によって定義される当時の女性のあり方に異議を申し立て、女性の自立／自律を目指すフェミニズム運動と共通する信念がある。

ウルフはこの講演のなかで、女性作家の二つの課題として、家庭の天使の殺害と、女性が自身の声で真実を語ることを掲げる。「ひとつ目の挑戦、つまり家庭の天使を殺すことは解決済みです。彼女は死にました。しかし二つ目の挑戦、私自身の身体の経験について真実を語ること、こちらは未解決です。まだ解決した女性はいないのではないでしょうか」(241)。同性愛者でもあったウルフが、異性愛にとらわれない有職女性の表象になみなみならぬ意欲を示したことは不思議ではない。彼女は、小説『灯台へ』(一九二七年)において、ラムゼイ夫妻——気難しい哲学者ラムゼイ氏と、家族や客人に尽くし、第一次世界大戦中に亡くなる家庭の天使ラムゼイ夫人——を描いて以来、自身の両親の亡霊から解放されたことを日記で告白する(Woolf, *The Diary* 208)。その『灯台へ』でしばしばラムゼイ夫人と対比される画家リリーを描いたあとも、『歳月』(一九三七年)の急進的フェミニストのローズや医者ペギー、『幕間』(一九四一年)の脚本家ラ・トロウブなど、ウルフは非婚の有職女性たちの経験を描き、イギリス小説に新しい地平を拓いた。彼女たちは、第一波フェミニズム運動後に認められた権利を活かして社会で自立を模索する、いわば時代の最先端をゆく女性の姿を体現している。

その一方で、ウルフは、『波』(一九三一年)のスーザン、『幕間』のアイサなど、家庭にとどまって妻／母の役割を引き受ける専業主婦たちをも描き続けた。ヴィクトリア朝では家庭の天使と呼ばれ、家事や育児を召使に任せていた中流階級家庭の主婦たちは、後述するように、一九二〇年代以降、それらを一手に引き受ける専業主婦となった。スーザンやアイサはその過渡期を生きた主婦である。つまり、ウルフは家庭の天使を殺したと言いつつも、その後継者として家事労働を行なうようになった主婦にも目を向け続けたといえる。戦間期イギリスの主婦たちは、国家によるドメスティック・イデオロギーの強化、フェミニズム運動の分裂と停滞、グローバル資本主義の拡がりと消費社会到来のなかにあって、「幸せな専業主婦」――家政を司る妻、国家を守る母、進歩的な消費者――として主体化された。しかしそれは同時に、家事・育児という無償労働を提供しつつインフォーマル・セクター（公式の経済活動外）に追放される、つまり資本主義の影法師として「主婦化」（ヴェールホーフ　六五／ミース　一六〇）される過程でもあったのだ。消費活動や育児を含めた家事労働に従事する者として定義し直された主婦たちは、社会的変革とは無縁の、孤立した不可視の存在として、家庭という私的領域に囲い込まれたのである（Caine 202）。

本章では、戦間期のグローバル資本主義社会における「保守的なモダニティ」（Light, *Forever England* 10）によって鋳直されたイギリスの主婦／母親と家事労働を、ウルフが小説『波』においていかに描いたかを見ることで、ポストフェミニズム状況下の現在でも未解決の主婦／母親と家事労働の問題の解決策を探りたい。牧師の娘でありながら農家の主婦となる『波』のスーザンの人生は、もちろん有職女性の人生とは大きく異なるが、消費社会の主体とされた当時の勃興的な専業主婦の人生とも一致しない。消費社会に背を向け田舎の主婦の孤独と充実感を語るスーザンは、戦間期に隆盛した自然保護運動や第二次世界大戦中に本格化する女性団体ＷＩ（Women's Institute）が体現していた農業と家事を奨励する反資本主義、保守主義を彷彿させる。さらには、女性の地位向上と自然環境保護を同時に目指しつつ資本主義や軍国主義を批判して一九八〇年代、九〇年代に隆盛したエコフェミニズムの活動、そしてその流れを汲んで二一世紀のアメリカで「ハウスワイフ2・0現象」として話題を呼んでいるエコロジカルな手作り生活を実践する専業主婦志向を先取りしているようにも見える。

長い間、主婦／母親は、結婚という制度を問題視してきたフェミニズムと折り合いが悪かった。「単純化して言えば、フェミニズムとは「専業主婦」というあり方との闘いだったのだ。なぜ専業主婦であってはいけないのか。専業主婦という生き方が女性の欲求、欲望に対して抑圧的であるからだ」（藤野　四二―四三）。主婦たちが資本主義社会において二級市民として扱われてきたことは事実だが、女性が経済力をもつことによって男女共生社会が実現するわけではないことは、いまや誰の目にも明らかだろう。外での仕事に加え、家事という「セカンド・シフト」（Hochschild and Machung）を引き受けて疲弊した母親たちに育てられたために、今の若い女性たちは、フェミニズムの掲げた権利獲得や女同士の連帯に大きな意義を認めず、男性社会で出世する少数の「勝ち組」と安い賃金でやりがい搾取される大多数の「負け組」に分断され孤立している。[*2] 一方で、専業主婦の存在意義についての論争が多くの国のメディアを繰り返し賑わしてきたことは、「主婦」が、女性たちの共通経験としてよりは、むしろ女性たちを分断する装置として機能してきたことを示しているだろう。そのようななか、東日本大震災後のフェミニズムの可能性を命、家族、自然、母性の思想であるエコフェミニズムに見いだす長谷川啓は、「母の問題を取り上げることは、いわばフェミニズム思想にとってアキレス腱のようなものである」ことを認めつつも、「そろそろ女の身体・発想に根ざし、立脚する思想構築が求められているのではなかろうか」（長谷川　九九）と問題提起をする。日本だけでなく、アメリカ、イギリスにおいても、主婦／母親たち自身によるそのような動きが少しずつ目に見えるものとなってきている。

その運動は、女性や自然、他民族への差別の上に成り立つ消費社会に異議を唱え、実際の主婦に限らず「主婦化」される弱者すべてを救済する「ケアの倫理」（岡野　三四二）、言い換えれば自立（independence）／自律（autonomy）ではなく相互依存（interdependence）にもとづくオルタナティヴな社会の構築を志向する。つまり彼女たちは、自然と人間の尊厳を家父長制資本主義のイデオロギーから取り戻すために、依存を人間の条件とする、弱者に寄り添う社会へのシフトを実現しようとしているのだ。自然と共存し、家を守り、子どもを育て、病人や老人を介護し、貧しい人々に寄り添うことは、資本主義社会の到来以降、女性や主婦化された人々に押しつけられ、経済的価値を生み出さないものとして不可視化されてきた。このケアにかかわる仕事を漠然と理想化するのではなく、そこに内在する軋《あつ》轢《れき》を理解した上で、その倫理の非暴力性と豊かさに男女ともが積極的にかかわれる社会を作ることこそが、来るべき第三波フェミニズムの課題となるだろう。ハウスワイフ2・0たちは、「誰もまじめに論じないもの」（三浦　七八）になってしまった家事労働の意味を問い直し、女性に限らず男女双方をホームメーカーとして再想像／創造する（Hayes 43）。より多くの人を家事労働に巻きこみ、もっと自由な労働としてそれを自分たちの手に取り戻すその試みは、家庭から始める第三波フェミニズム運動の重要な一端になるにちがいない。

資本主義社会における女性の経済的、精神的自立を説いたウルフだが、彼女の描いた戦間期の主婦スーザンには、その後約一世紀をかけて資本主義社会の内から外へと視線を転じる主婦／母親たち自身の動きが、かすかにではあるが確実に刻印されている。その動きの先には、「進歩」と「成長」の名目で人間と地球環境への搾取を繰り返してきた家父長制資本主義からのパラダイムの転換があるはずである。グローバリゼーションと主婦化の進行によって経済格差、環境汚染がますます深刻化する現代の地点からスーザンを読み解くことは、「女性のための職業」でウルフが提示した、古くて新しい二つの課題——解決済みとされた家庭の天使／専業主婦の問題と、今後の課題とされた女性の身体の真実の体験を語ること——に、ふたたび向き合うことでもある。

2　「保守的なモダニティ」と専業主婦

イギリスで家事と育児が女性の仕事とされたのは一八世紀、産業革命以降の工業化社会においてである（Oakley 32–59）。公的領域における労働によって賃金を得る男性とは対照的に、家庭という私的領域に追いやられた主婦の労働は「無償であるがゆえに尊い」と理想化され、性別役割分業を固定化するドメスティック・イデオロギーが誕生した。ゆえに、主婦とは、家父長制近代資本主義の「社会が編み出した人工の産物」（ヴェールホーフ　七五）にほかならない。[*3] 生活水準が飛躍的に上がったヴィクトリア朝の中流階級以上の家庭の主婦は、経済的には夫に全面的に依存しながら、住み込み、あるいは通いの召使や乳母に家事や育児を任せ、家政全般に気を配りつつ慈善活動にも参加する良妻賢母とされ、コヴェントリー・パトモアの詩のタイトルをとって〈家庭の天使〉と呼ばれた。[*4] 結婚して家庭の天使になることこそが女性の幸せとされていた一九世紀後半にイギリスで本格化した第一波フェミニズム運動は、美化されるだけで政治的、経済的権利を持たない家庭の天使からの脱却のための法制度改正を目指したものであるが、家事労働は召使によって担われていたがゆえに「重要な論点ではなかった」のである（河村『イギリス近代フェミニズム運動の歴史像』二七七）。

第一次世界大戦後に女性に参政権が付与され、職業における男女差別を禁止した性差別撤廃法が成立すると、参政権獲得という統一目標を失ったフェミニズム運動は、その運動方針をめぐる対立を深め、分裂していく。その最大の対立は、レイ・ストレイチーに代表される、男女の完全な機会均等を目指す「旧フェミニズム」と、エリナ・ラスボーン率いる、男女の違い、とりわけ母性を尊重する「新フェミニズム」のあいだに生じた（Caine 173–221）。皮肉なことに、母性主義を支持し母親への現金支給を求めた新フェミニズムは、第二次世界大戦後に家族手当支給によって家事労働を実質無償化する国家のイデオロギーを間接的に後押しすることとなる（山口　一一五／吉田　一三）。多くの中流階級の女性たちは、第一次世界大戦中には男性の出征による人員不足を補うため外に働きに出ていたが、大戦後、疲弊した国家と家庭に安寧を求めた男性たちの家庭礼賛傾向により、家庭に戻って主婦業や母親業に専念するようになった。[*5] そして、大恐慌を経てファシズムの恐怖がヨーロッパを襲う一九三〇年代に入ると、女性たちは国を守る（男）子を産み育てる母としての役割を強化され、「国の象徴」（Garrity 261）、「国家の道徳の守護者」（290）と神聖化されたのである。

このような戦間期の保守的な空気のなかで、中流階級の主婦たちは、家事をしない家庭の天使から、電化製品を使って家事を担う現代的な専業主婦へと鋳直される。それは、主婦が伝統的な母の役割を強化される一方で大量消費社会の主体として進歩的に再定義される、つまり家父長制資本主義社会の求めた「保守的なモダニティ」に取りこまれることを意味した。グローバル資本主義が進んだ戦間期、召使の供給減少にともない家事をみずから行うようになった主婦たちは、企業によって「消費の女王」として主体化される。一九二〇年代には、『女性と家庭』、『グッド・ハウスキーピング』などの主婦向け雑誌が家事を簡便化するさまざまな商品の広告を掲載し、主婦たちの購買欲を刺激した。[*6] たしかに、洗濯機や掃除機、冷蔵庫のおかげで家事は重労働でなくなったが、それは、企業の宣伝する清潔さ信仰によって家事のハードルが上がり、主婦が消費者として資本主義のサイクルに取りこまれたということでもある (Cowan 69–101, 151–91)。さらに、育児の負担も新たに母親の双肩にかかるようになり、この時期に主婦の「無償労働の領域が大幅に拡大した」(丸山　viii)。こうして、おもに都市部や郊外の中流家庭の主婦たちは、進歩の象徴としてその名のもとに搾取される無償労働者へと、巧妙に「主婦化」されていったのである。

その一方で、田舎では、資本主義に対抗する反動的な運動が生まれていた。その代表的なものが女性団体WI（Women's Institute）による女性への啓蒙活動である。[*7] WIは、主婦の連帯による戦時の食料不足解決と家政技術の普及を目的に一九一五年にウェールズで設立され、イギリス各地に支部が設けられた。この活動の背景には、工場建設や宅地開発、戦争のために傷ついた「母なるイングランドの大地」を強力なリーダーシップのもとで癒し、ふたたび強い国家を目指そうという自然保護主義者や有機体論者の主張がある。WIの会員は定期的に集って伝統的な家事の技術を共有し、地産地消を目指してジャムに代表される保存食を作った。両者に共通するのは、自然を母的存在とみなし環境保護を実践するエコフレンドリーな点、そして男女の明確な役割分業――女性の居場所は家庭であり、その至高の役割は母であるとされた（Matless 142–43）――にもとづいて経済効率を優先しない社会の創生を目指す点である（101–70）。資本主義だけでなくフェミニズム運動をも否定するかのようなこれらの動きも、保守的にイングランドをモダナイズするもうひとつの動きであった。

一九三一年に出版されたウルフの『波』は、おそらくは世紀転換期から一九三〇年代にかけてのイングランドを舞台としている。ウルフは田舎の主婦スーザンの姿を、時代の規定した専業主婦の姿とも、それに対抗した主婦のイメージとも完全には重ねていない。ここに、主婦化される専業主婦と伝統的な母の役割に回帰する主婦とを分断する「保守的なモダニティ」に対するウルフの批判的な視線を読み取ることができるのではないだろうか。

3　『波』のスーザンの語り

『波』は、幼少期をともに過ごした中流階級の男女六人の独白からなる。三人の主要女性登場人物たちはみな、第一波フェミニズム運動や『自分ひとりの部屋』においてウルフが奨励した自立を旨とする女性像に近いとはいえない。学校や社会に溶け込めず自己の殻に引きこもるロウダ、その美貌と官能性によってロンドンの街と男たちをわがものとする娼婦（と思われる）ジニー、そして田舎の農家に嫁ぎ専業主婦となるスーザン。家庭生活という「平凡な幸せ（natural happiness）」（Woolf, *The Waves* 108）を手に入れるスーザンは、「国家の道徳の守護者」（Garrity 290）として戦間期に保守的にモダナイズされた母親イメージを背負うがゆえに、男たちから崇拝される。小説の後半で語りを独占するバーナードはスーザンに理想の女性像を見るし（*The Waves* 207）、植民地出身というコンプレックスに悩みつつグローバル・ビジネスを成功させるルイスもスーザンの包容力を称賛する（77-78）。植民地インドで落馬して命を落とす不在のヒーロー、パーシヴァルの想い人もスーザンである。つまり、イギリスのグローバル資本主義、帝国主義を体現する男たちは、彼らを無言で支えてくれる存在としてスーザンを理想化して安心するのである。

しかし、スーザン自身は男たちの称賛に違和感をおぼえ、家事の負担の増えた専業主婦の不自由さを必死に訴えようとする。牧師の娘である彼女は、故郷リンカンシャーに戻って農夫と結婚し、子どもを産み育てる。結婚前、将来は女中や下男を雇い、「エプロンをつけて静かに食器棚に鍵をかけるお母さまのように」（80）優雅な家庭の天使になることを夢見るスーザンだが、結婚後の彼女の家に召使の気配はなく、[*8] 電化製品とも無縁の彼女は休む間もなく立ち働く。「エプロンをつけてスリッパを履いて、私は一日中家のなかを歩き回るの。……はたきを手に部屋から部屋へ回るのよ」（142）。[*9] そしてようやくひとりになる夜、家事に追われる生活をため息まじりに振り返る。

「お眠り、と言うの、お眠り。……夜明けから日暮れまで開けたり閉めたりして動きまわり、追い立てられて、そのうち叫びたくなるの、「もういや、平凡な幸せにはうんざり」と。だけど、まだまだやってくる。子どもたちがもっと。揺りかごがもっと。台所にはバスケットと食べごろになったハムがもっと。輝く玉葱がもっと。……平凡な幸せには飽き飽きしたわ。皆がすわって本を読むとき、私はときどき針の穴に糸をあてながら願うのよ、この体の充満が消え去って、眠れる家が重みを失ってしまえばいいと。暗い窓ガラスにランプが火をともし、蔦《つた》の真中で火が燃えているわ。常緑樹のなかに灯りのともった通りが見える。小道を吹き抜ける風のなかに往来の音が聞こえる。切れ切れの声が、笑い声が聞こえるわ。ドアを開けて「いらっしゃいよ、いらっしゃいよ！」と叫ぶジニーの声が聞こえるわ。」　(143)

閉ざされた農家の居間から一瞬、華やかな消費社会ロンドンで生きるジニーに羨望さえ感じるスーザン。だが、大都会を嫌い、着飾ることにも化粧にも興味を持たない彼女が、資本主義の誘惑に乗ることはない。田舎の主婦として家にとどまる彼女は、ＷＩのような組織に加わってほかの主婦と連帯することもなく、かたくなに消費主義を拒否する。しかし、同時に彼女は自問しているようでもある。家族のために絶えず気を配り、家事労働で真っ赤になった手を見ながら、私は本当に幸せなのか、私の居場所は本当にここなのか、と。

『灯台へ』第一部の最後で、家庭の天使ラムゼイ夫人は、家族や客人、病人たちへの気配りに追われた一日を終えてもなお、そばにいる無言の夫からの愛の言葉の要求に悩まされつつ、居間で編み物を続ける（Woolf, *To the Lighthouse* 132–33）。情動労働で疲れ切ったラムゼイ夫人と比べても、終わりのない家事労働に従事するスーザンの疲労は大きく、その姿には家庭の天使の優雅さのかけらもない。一方で、その姿はスタイリッシュに家事をこなす新しい専業主婦のイメージともほど遠い。ライトは、一九三七年から『タイムズ』紙に連載され好評を博した、ジャン・ストラザーによる専業主婦の日常を描いたコラム「ミニヴァー夫人」に当時の社会の家庭礼賛傾向の典型を見るが、召使の用意したお茶を飲みながらひとりきりの時間を楽しむミニヴァー夫人は、スーザンの心身の疲れとは無縁である（*Light, Forever England* 113–55）。そこには保守的なモダニティによって鋳直された進歩的な主婦像を求める社会の願望が色濃く反映されている一方で、家事、育児の負担増にあえいでいた実際の主婦は不在だったのである。

スーザンは家父長制資本主義の言説にあらがって、主婦化されゆく主婦の本音を語ろうとするが、『波』において「帝国の中心の支配的な語り」から文化的に疎外され、「言語的に存在する場所を持たない」（Garrity 245）女たちは、歴史や文学の知識を披露しながら饒舌《じょうぜつ》に自分の人生と国家を語る男性たちと比べると寡黙である。幼いころの探険ごっこで、屋敷の庭とおぼしき戸外で座って書きものをする女性と箒《ほうき》で庭を掃く男性たちをスーザンがバーナードと盗み見て以来、「幻想の国」（*The Waves* 11）として思い描かれ、憧れの対象になったエルヴドンは、「高級文化」（Garrity 288）の実践場として、文明の継承者を自認するバーナードの語りの源泉となる。しかし、エルヴドンが一介の主婦スーザンを受け入れることはない。エルヴドンは、『波』のテクストの中心にある神格化された女性作家と文化的・言語的に周縁化された普通の女性のあいだに、けっして越えることのできない溝があることを露呈する（289–90）。[*10] 自分の感情を言語化することが苦手なスーザンがスイスの女学校時代以来自覚する「お腹のなかにできた重いもの」（*The Waves* 88）は、「平凡な幸せ」に対する彼女の違和感にほかならないが、幸せな主婦のイメージのもとに不可視の存在へ封じこまれた戦間期の主婦たちの声にならない声であるとも考えられるだろう。したがって、資本主義や帝国主義を象徴するエルヴドンの言葉では、それを語ることはできない。母親となったスーザンは、かつて探検したエルヴドンと現在の自分との距離の大きさを実感し、エルヴドンへの憧れを捨てる。[*11] それは、彼女が自分の居場所を家庭に見いだし、家事労働を肯定的に語りだす瞬間でもある。

私は平和で実り多い年月を過ごしてきたわ。目にするものすべてが私のもの。種から木々を育て、水蓮の大きな葉の陰に金魚が身をひそめる池を作ったわ。苺やレタスの苗床に網をかけ、白い袋を縫って梨やスモモを覆ってスズメバチから守ったわ。果実と同じように小さなベッドの中で網に包まれていた息子たち娘たちが網を破り、私よりも長い影を草むらに落として私と一緒に散歩するのを見てきたわ。……かつてエルヴドンに行って、ブナの木の腐った虫コブを踏みつけ、書きものをしている女の人や大きな箒を手にした庭師たちを見た私は、いま鋏《はさみ》を手にしてタチアオイを切りとるの。……いま私は、量を計り保存食を作るわ。夜には肘掛椅子に座って縫物を手にとるの。夫のいびきを聞きながら。通りすぎる車のライトが窓をまぶしく照らすと顔を上げ、ここに根を下ろした私の周りで、人生の波が高くなってはくだけるのを感じるわ。（158–60）

感覚的、身体的な彼女の言葉は、男たちのそれのように象徴的でも文学的でもないがゆえに、支配者の言説から自由である（Garrity 267）。スーザンにとっての家事労働は、ただ単に料理や裁縫や掃除をすることではない。それは、自然に寄り添って子どもを育て、その成長を惜しみつつ喜び、ともに歳月を重ねた夫をいつくしむこと、つまり自然のサイクルにしたがって生きることである。「目にするもののすべてが私のもの」という彼女の言葉は、所有欲ではなく、自然と家族を育て、育てられる依存関係の網の目のなかに自分がいるという母親の実感を表すだろう。ここに、家事労働はけっして資本主義的な労働ではないとする自然保護運動やエコフェミニズムの主張とも通じるスーザンの信念を読み取ることができる。

家事の負担増に苦労しながらもその労働の実りの豊かさを語る、つまりケア労働における不自由さと喜びとの相克を語るスーザンの独白は、主婦を主婦化する資本主義に対するひとりの女性の孤独な異議申し立てのようにも見える。しかし、国家によって規定され消費社会でもてはやされる進歩的な主婦像に違和感をおぼえていただろう多くの主婦たちの言葉にならない思いにウルフが光を当てたと考えることもできる。この資本主義社会に対する違和感は、第二波フェミニズム運動から生まれたエコフェミニストたち、そして二一世紀のハウスワイフ２・０たちへと継承されることになる。

4　第二波フェミニズムからエコフェミニズムへ

第二次世界大戦後、家事労働に再度人々の関心を向けさせたのは、女性の連帯を訴えて一九六〇年代後半に始まった第二波フェミニズム運動と、そこから生まれた数々の分派フェミニズムの活動である。この運動の端緒となった『新しい女性の創造』（一九六三年）の著者ベティ・フリーダンは、アメリカ郊外に住む専業主婦たちの「夫と子どもと家だけでなく、もっとほかの何かがほしい」（Friedan 29）という本音を暴露し、女性の社会進出と自立を訴えた。つまり、フリーダン的なリベラル・フェミニズムは、社会変革ではなく、女性の社会進出によって主婦の不満を解消しようとしたのである。

他方、「個人的なことは政治的なことである」というスローガンを掲げてリベラリズム批判を繰り広げたラディカル・フェミニストが問題にしたのは、性差別的な政治制度とその制度を支える思想や認識であった。彼女たちは「意識高揚運動《コンシャスネス・レイジング》」によって、無意識化された抑圧を女性たちに言語化させ、その意識変革を行なうとともに、ドメスティック・イデオロギーという女らしさの神話を攻撃したのである。

一九七〇年代半ばに家事労働を大問題として取り上げたのは、ラディカル・フェミニズムとも関係が深いイギリスの社会主義フェミニストたちである。主婦の労働を考察対象に含めないマルクス主義に反発した彼女たちは、生産労働に従事する男性の再生産を担う家事労働こそが資本主義の中核にあること、にもかかわらずそれが非資本主義的な無償労働とされてきたことを「発見」し、性による差別と抑圧の問題を批判した。家事労働に賃金を与えるべきだという、さらに急進的かつ根源的な主張をしたイタリアのマリアローザ・ダラ・コスタは、家事労働が男性労働力の再生産だけでなく、育児、高齢者介護、病人看護を含めた再生産にかかわる労働であり、しかも無償労働であるという意味で、二重に資本に搾取された労働であると批判し、労働の拒否によって資本と闘うことを女たちに呼びかけた。[*12] こうした運動も女性の社会進出を背景にやがて終息し、フェミニストたちの関心はより広い社会的コンテクストにおける女性と労働の問題の追及に向かったが、家事労働や主婦の問題を資本主義社会全体の問題としてフェミニズムの俎上《そじょう》に載せた点でも、第二波フェミニズム運動の功績は評価されるべきだろう。

第二波フェミニズムは、一方で、近代科学や資本主義による環境破壊への危機感から、女性は生まれながらにして地球の守護者であるという思想のもとに環境保護、平和運動を実践するエコフェミニズムを生み出した。フランス人作家フランソワーズ・ドボンヌが著書『フェミニズムか死か』（一九七四年）で女性によるエコロジー革命の可能性を示す語として「エコフェミニズム」を初めて使用して以来、その運動は一九八〇年代、九〇年代を中心に数多くの分派を生みながら世界規模で展開された。イギリスのグリーナム・コモンの平和運動やインドのチプコ運動、ケニアのグリーンベルト運動、そして日本各地の脱原発運動など、生活に根ざした環境保護運動や平和運動を主体的に担ったのは、環境破壊に危機感を募らせた第三世界の女性を含む多くの女性／母親たちであった。

エコフェミニストは、「男性的意識が自然、女性、第三世界文化など、「他者」とされてきたあらゆるものを傷つけ操《あやつ》ってきたこと」（Diamond ix–x）、つまり、男性と女性、文化と自然を優劣のもとに対立させる二元論にもとづいて、自然や母性の営みを軽視してきた家父長制資本主義社会のあり方を批判する。資本主義による搾取と破壊からの回復を目指し、オルタナティヴな社会の構築を目指すその理念は、戦間期イギリスの自然保護運動にも共通する。しかし、エコフェミニズムの大きな特徴は、生物学的にも経験的にも自然とかかわりの深い女性こそがエコロジーの担い手になるべきだと訴える点にあり、それゆえに第三波フェミニズムの一翼を担うとされる（Eaton & Lorentzen 1–5）。その近代知への批判において、東洋哲学や古代宗教、母系社会、アメリカ先住民の知恵など、前近代社会の知のもつ独特の死生観やコスモロジーが地球を癒す力として参照され、再評価される（Merchant Chapter 4–5）。

自然の共同体を再建する生命圏地域主義（bioregionalism）を掲げるエコフェミニスト、ジュディス・

プラントは、「エコ」のギリシャ語の語源である「オイコス」が「家庭」を意味することに注目し、「人間らしさの源」である「家庭こそがわたしたち人間のエコロジーの舞台」(Plant 160) だと言いきる。この文脈で、エコフェミニズムは一九八〇年代、九〇年代の連帯運動中心の姿勢から、二一世紀には日常生活におけるエコロジー実践を重視するつぎの段階に移行したとも考えられる。そのつぎの段階を担うのは、家事労働を消費活動ではなく生産労働としてとらえるアメリカのハウスワイフ２・０と呼ばれる主婦たち、そしてエコフレンドリーなホームメーカーたちである。

5　「ハウスワイフ２・０現象」[*13] と革命的なホームメーカー

ハウスワイフ２・０現象は、環境に優しい家事労働に積極的に取り組み、その成果をウェブやソーシャル・ネットワーキング・サービス（SNS）を通じて発信し、起業家としても活躍する若い高学歴女性たちの専業主婦志向を指す。アメリカのジャーナリスト、エミリー・マッチャーが著書『ハウスワイフ2.0』（二〇一三年）で紹介した。家事の外注化が進み、仕事と家庭を両立させるスーパー・ウーマン像がひとり歩きする新自由主義下のアメリカ社会で、一流大学を出たハウスワイフ２・０たちは、会社から「選択的離脱」(Matchar 178–81) をし、一昔前までは罪悪感のついてまわった「ホームメーカー」や「ハウスワイフ」をみずから名乗り、家庭菜園で有機野菜を育て、裏庭でヤギやニワトリを飼い、自給自足の生活を目指す。なかには、自作のジャムやピクルス、手作り雑貨やセーターをネット販売し、養蜂本や料理本まで出版するカリスマ主婦もいる。この現象は、一九世紀後半の西部開拓時代のアメリカを舞台に、大自然のまんなかで家族が助け合いながら自分たちの手で生活を築く喜びを描いたローラ・インガルス・ワイルダーの『インガルス一家の物語』[*14]（一九三二―七一年）を彷彿させる（実際、彼女たちはローラやその母にしばしば言及する）。この手作り志向、家庭重視傾向は、アメリカだけでなく、イギリスやオーストラリアでも支持を得ているという（188）。

ハウスワイフ2・0現象は、まぎれもなく新自由主義社会の産物である。労働環境に対する不安を生み出したこの社会において、女性間格差は拡大し、「勝ち組」と「負け組」に分断された女性たちはフェミニズムや連帯に多くを期待していない。企業にやりがい搾取される前に自主的に離脱するハウスワイフ2・0は、しょせん働く必要のない恵まれた女性に限られるという批判は当然あるし、実際、リーマンショック以降、不安定になった夫の収入に頼るハウスワイフ2・0たちの立場の危うさを認識するマッチャーは、著書の最後で女性に社会進出をうながしさえする（248–50）。[*15]

しかし、階級限定の選択肢のように見える家庭回帰現象は、実はもっと広い社会層に浸透している。マッチャーに先んじて『革命的なホームメーカー（*Radical Homemakers*）』（二〇一〇年）を出版したシャノン・ヘイズは、「革命的なホームメーカーは、家族、共同体、社会正義と地球の治癒を人生の最優先課題とすることを選択する男女を指す」（Hayes 13）と定義し、それに該当すると応答した人々のなかから二〇家族を訪ねてインタビューを行なった。その結果、彼らの大部分が貧困ラインの二倍程度の収入、つまり世帯所得の中央値を三七%から四五%も下回る収入で生計を立てていることが判明した（16）。夫婦ともに会社を辞め、質素で無駄の少ない自給自足生活を送るなかで、彼らは家事労働をきわめ、夫婦で等しく家庭に責任を持つ。二一世紀のホームメーカーたちは、自立ではなく相互依存という概念によって経済をとらえ直してエコロジーを推進する、画期的な生き方を実践しているのである（43）。

ヘイズは、消費単位ではなく生産単位としての家庭こそが、「新しい、喜びに満ちた、持続可能な社会的に公正な社会」（17）の実現に向けた変革の場になるべきだと主張し、その変革に必要な三段階の行動を「放棄（renouncing）」、「再生（reclaiming）」、「再建（rebuilding）」だとする。つまり、競争社会、大量消費社会に背を向け（放棄）、農業や日用品制作など自給自足の技術を学び（再生）、学んだ技術や成果を人々に発信し、新しい社会の構築に貢献するのだ（再建）（46–48）。とりわけ第三段階の再建によって、私たちは「社会の変化」（47）に参加し、人と自然の共存する「ほんものの地球共同体」（48）を創り上げることができるとヘイズが言う通り、ハウスワイフ2・0やホームメーカーの革新性は、その発信性によるところも大きい。第三波フェミニズムの強みが、さまざまに拡散した思想や行動をテクノロジーの活用によって緩やかにうながす点にある（McRobbie 2; Heywood & Drake 122）とするなら、それはまさに、ブログで家事労働の苦楽を発信し、多くのファンや仲間たちと交流する彼女／彼らが日々行なっていることである。

この現象がエコフェミニズムから生まれたものであることは言うまでもない。「環境を守る戦士、よい子どもを産む愛情深い母親、多くのファンを持つブロガー、そして安全な食べ物の生産者」（Matchar 170）であるハウスワイフ2・0たちは、ひとりひとりが地球に負担をかけない暮らしを家庭から始めることで、環境保護と平和に貢献する草の根エコフェミニストなのである。

ここで、元祖ハウスワイフ2・0のひとり、メイン州の農場で五歳から一五歳までの五人の子どもを育てる母親で、チャリティ活動のリーダーでもあるアマンダ・ブレイク・スーレのブログをのぞいてみよう。「スーレ家のママ」という名前で二〇〇五年の初めにスタートし、今では二五社以上のスポンサーを持つ彼女のブログには、自然のなかで家族と過ごす母親の息づかいが感じられる。

土曜の夜遅く、冷気とともに本格的な冬がやってくることを私は突然思い出した。カボチャが！　ジャガイモが！　というパニックめいた私の叫びを聞いたアデレーヌとハーパーが、即座に手伝いを買って出てくれた。頭につけた小さな灯りを頼りに、二人のおちびさんは納屋に残っていたバケツ入りのジャガイモと大きなカボチャをひとつ残らず家のなかに運び込んでくれた。……台所のテーブルは、これら全部と隣家の果樹園からきた大量のりんごで埋め尽くされ、週末はほぼずっと、このテーブルを片づけるために働いた。それぞれの保管場所を見つけ、できるものは保存食にする。そしてもちろん、作業の合間に食べるおいしいものを作るのだ。

(SouleMama, "Frost on the Pumpkin.")

季節の移り変わり、作物の収穫と保存作業、子どもの手伝い、節電、隣家との物々交換、食べること、生きること、子どもの成長を見守る大変さと喜びを語るアマンダの言葉は、自然と母性の営みを受け入れ、ケア労働の軋轢《あつれき》を語るスーザンの言葉を思い出させる。彼女たちは、資本主義からの解放というような大仰な言葉を用いることなく、身体感覚に根ざした言葉で自分の生活を語り、資本主義の外側につながる風景を私たちに見せるのだ。誰をも搾取せず、互いの依存関係を認めながら日々の生活の苦楽を分かち合うことの非暴力性と豊かさを、家事を語るホームメーカーたちは伝えてくれる。

6　おわりに

母性と家庭を重視する保守性と、グローバル資本主義と大量消費社会からの離脱を探る革新性の融合。そこには、「「母であること」を過大評価する必要はないが、否定する必要もない」（矢澤　五九）という、「産む性」を肯定的に語ることの困難に悩まされてきたフェミニズムへの反省と、経済効率を優先するがあまり自然環境や伝統文化の破壊をもたらした近代資本主義への批判がこめられている。その意味で、一九三〇年代に消費の女王として祭り上げられた主婦たちが、時を経てみずから消費者であることをやめ、家庭に根づいた自給自足の生活を実践する生産者となり、家事労働の苦楽をほかの主婦たちと共有する試みは、「わたしたち一人ひとりの生の意味を国家から取り戻す、批判的な営み」（岡野　二四二）であるといえる。

その動きの小さな萌芽を、「主婦」に違和感をおぼえながら家事というケア労働の軋轢《あつれき》を語る『波』のスーザンに見いだせる。仲間たちへの伝達手段を持たないスーザンは、小説内の独白というかたちで家事労働に従事する主婦の声を残したが、現代のハウスワイフ2・0やホームメーカーたちは家事の技術をSNSで伝え、受け手に活用される双方向のコミュニケーション（Williams 313）を通じて、家事労働という「共通文化」（317）から出発する持続可能でオルタナティヴな社会を模索している。家庭の天使の殺害と女性の身体の真実の体験を語ることを女性作家の挑戦に掲げ、資本主義社会における女性の自立を唱えたウルフの生み出した専業主婦スーザンは、家事労働を行なうこと、語ることを通じて、資本主義の外に相互依存にもとづく社会を想像するホームメーカーたちの先駆者であったといえるかもしれない。家事労働は、家族と地球を守り育てる真に人間的な営みであって、もっと自由に楽しむ人が増えればいい、そうすれば主婦化される存在のない、搾取のない社会を実現できるのではないか。スーザンたちの声にならなかった声は、今、インターネットで拡散され、人々にたしかに共有されている。

注

＊1　『自分ひとりの部屋』において、ウルフが参政権獲得よりも叔母の遺産の受け取りのほうがひとりの女性にとっては重要だと述べたことは、女性の政治的権利を得るために展開された第一波フェミニズム運動と経済的／物質的条件を重視するウルフとの距離を端的に示す（Woolf, *A Room* 123; Caine 210–13）。ウルフのエッセイ『三ギニー』（一九三八年）にみられるフェミニズム運動の影響については Black を参照。

＊2　ポストフェミニズム状況下の女性たちの「勝ち組」と「負け組」の分断については、河野「『アナと雪の女王』におけるポストフェミニズムと労働」を参照。

＊3　資本主義社会と家事労働については、Oakley, ドゥーデン／ヴェールホーフ、上野を参照。

＊4　〈家庭の天使〉に対するこの一般的な見方に異を唱え、ヴィクトリア朝の主婦の役割の多様性とフェミニズム運動との関連を論じた研究として Langland を参照。

＊5　この時期に高まったイングランド内部への人々の関心と、後期モダニズム作品におけるイングランド文化の称揚の分析については Esty を参照。

＊6　この時期の主婦の表象については本書第3章も参照。

＊7　WＩはカナダのオンタリオ州で一八九七年に創設され、その後の八年間のうちにカナダ国内で一三〇もの支部が生まれた。イギリスのWＩは二〇一五年に百周年を迎え、現在でも活発に活動を展開している。

＊8　ウルフのほかの小説――『ダロウェイ夫人』（一九二五年）、『灯台へ』、『歳月』など――に比べると、『波』における召使の存在感は薄い。『波』におけるキャラクターと情動労働については本書第6章を参照。

＊9　当初、『波』の主要女性人物は三人とも召使だったが、わずかな痕跡を残してその構想が消えたという（Light, *Mrs Woolf and the Servants* 188-206）。また、当時の電化製品は非常に高価で、イギリスでは一九三〇年代末になっても電気の通った家庭における電気掃除機の所有率はわずか六％、洗濯機の所有率は全家庭の四％だった（Rowbotham 190）。

＊10　エルヴドンの解釈については、Marcus, Ruddick, Minow-Pinkney を参照。

＊11　一九世紀イギリスで一世を風靡した花言葉文化において、「女性の野心」（Pickles 44-45）、また「豊かさ」、「母」（Scourse 32）という意味を持つ背の高いタチアオイの茎を切るスーザンは、かつて憧れを抱いたエルヴドンの言葉で語ることをあきらめると同時に、母として家庭に「根を下ろ」すことをみずから選ぶ（*The Waves* 60）と解釈することができる。

＊12　女性の再生産労働にかかわるダラ・コスタの主張については、ダラ・コスタの特に四八―八二頁、一三一―四八頁を参照。

＊13　マッチャーの原書における「新しい家庭回帰志向（New Domesticity）」（Matchar 4）は、翻訳版では「ハウスワイフ2・0現象」と訳されており、本章でもそれにしたがった。

＊14　このワイルダーの自伝的な九冊の小説の一部は、『大草原の小さな家』というタイトルでテレビシリーズ化され、日本でも放映された。

＊15　河野は、彼女たちの「連帯の不在」と「集団的な社会の変化のヴィジョンの不在」を問題視し、この現象がポストフェミニズム的な袋小路に入っていると指摘する（河野「ポスト新自由主義へ」二三四）。

引用文献一覧

Black, Naomi. *Virginia Woolf as Feminist*. Ithaca: Cornell UP, 2004. Print.

Caine, Barbara. *English Feminism 1780–1980*. Oxford: Oxford UP, 1997. Print.

Cowan, Ruth Schwartz. *More Work for Mother: The Ironies for Household Technology from the Open Hearth to the Microwave*. New York: Basic Books, 1983. Print.

Diamond, and Orenstein. Introduction. *Reweaving the World: The Emergence of Ecofeminism*. Ed. Irene Diamond and Gloria Feman Orenstein. San Francisco: Sierra Club Books, 1990. ix–xv. Print.

Eaton, Heather and Lois Ann Lorentzen. *Ecofeminism and Globalization: Exploring Culture, Context, and Religion*. Lanham, MD: Rowman & Littlefield, 2003. Print.

Esty, Jed. *A Shrinking Island: Modernism and National Culture in England*. Princeton: Princeton UP, 2004. Print.

Friedan, Betty. *The Feminine Mistique*. 1963. London: Penguin, 1992. Print.

Garrity, Jane. *Step-Daughters of England: British Women Modernists and the National Imaginary*. Manchester: Manchester UP, 2003. Print.

Hayes, Shannon. *Radical Homemakers: Reclaiming Domesticity from a Consumer Culture*. Richmondville, NY: Left to Write Press, 2010. Print.

Heywood, Leslie and Jennifer Drake. "'It's All About the Benjamins': Economic Determinants of Third Wave Feminism in the United States." *Third Wave Feminism: A Critical Exploration*. 2nd ed. Ed. Stacy Gillis, Gillian Howie, and Rebecca Munford. London: Palgrave Macmillan, 2007. 114–24. Print.

Hochschild, Arlie Russell and Anne Machung. *The Second Shift: Working Families and the Revolution at Home*. New York: Penguin, 2012. Print.

Langland, Elizabeth. *Nobody's Angels: Middle-Class Women and Domestic Ideology in Victorian Culture*. Ithaca:

Cornell UP, 1995. Print.

Light, Alison. *Forever England: Femininity, Literature and Conservatism between the Wars*. London: Routledge, 1991. Print.

——. *Mrs Woolf and the Servants: The Hidden Heart of Domestic Service*. London: Penguin, 2007. Print.

Marcus, Jane. "Britannia Rules *The Waves*." *Decolonizing Tradition: New Views of Twentieth-Century "British" Literary Canons*. Ed. Karen R. Lawrence. Urbana: U of Illinois P, 1992. 136–62. Print.

Matchar, Emily. *Homeward Bound: Why Women Are Embracing the New Domesticity*. New York: Simon & Schuster, 2013. Print.『ハウスワイフ　2.0《ツーポイントゼロ》』森嶋マリ訳、文藝春秋、二〇一四年。

Matless, David. *Landscape and Englishness*. London: Reaktion, 1998. Print.

McRobbie, Angela. *The Aftermath of Feminism: Gender, Culture and Social Change*. Los Angeles: Sage, 2009. Print.

Merchant, Carolyn. *Radical Ecology: The Search for a Livable World*. London: Routledge, 1992. Print.

Minow-Pinkney, Makiko. *Virginia Woolf and the Problem of the Subject: Feminine Writing in the Major Novels*. 1987. Edinburgh: Edinburgh UP, 2010. Print.

Oakley, Ann. *Woman's Work: The Housewife, Past and Present*. 1974. New York: Vintage, 1976. Print.

Pickles, Sheila. *The Language of Flowers: Penhaligon's Scented Treasury of Verse and Prose*. New York: Harmony Books, 1989. Print.

Plant, Judith. "Searching for Common Ground: Ecofeminism and Bioregionalism." Diamond and Orenstein. 155–61. Print.

Rowbotham, Sheila. *A Century of Women: The History of Women in Britain and the United States in the Twentieth Century*. London: Penguin, 1997. Print.

Ruddick, Sara. "Private Brother, Public World." *New Feminist Essays on Virginia Woolf*. Ed. Jane Marcus. Lincoln: U of Nebraska P, 1981. 185–215. Print.

Scourse, Nicolette. *The Victorians and Their Flowers*. London: Croom Helm, 1983. Print.
SouleMama. "Frost on the Pumpkin." Web. 20 Feb. 2016.
Williams, Raymond. *Culture and Society: Coleridge to Orwell*. London: Hogarth, 1993. Print.
Woolf, Virginia. *The Diary of Virginia Woolf: Volume 3 1925–30*. Ed. Anne Olivier Bell. London: Penguin, 1982. Print.
———. "Profession for Women." *The Death of the Moth and Other Essays*. San Diego: Harcourt Brace, 1970. 235–42. Print.
———. *A Room of One's Own and Three Guineas*. Oxford: Oxford UP, 2000. Print.
———. *To the Lighthouse*. London: Penguin, 2000. Print.
———. *The Waves*. Oxford: Oxford UP, 1998. Print.

上野千鶴子『家父長制と資本制――マルクス主義フェミニズムの地平』岩波書店、二〇〇九年。

ヴェールホーフ、C・v「「シャドウ・ワーク」か家事労働か：労働の現在と未来――イヴァン・イリイチにたいするフェミニストの批判」ドゥーデン／ヴェールホーフ、四九―一〇〇頁。

岡野八代『フェミニズムの政治学――ケアの倫理をグローバル社会へ』みすず書房、二〇一二年。

河村貞枝『イギリス近代フェミニズム運動の歴史像』明石書店、二〇〇一年。

河村貞枝／今井けい編著『イギリス近現代女性史研究入門』青木書店、二〇〇六年。

河野真太郎「『アナと雪の女王』におけるポストフェミニズムと労働」『POSSE』二三号（二〇一四年六月）：二二―三三頁。

――「ポスト新自由主義へ」『POSSE』二八号（二〇一五年一〇月）：二三六―四〇頁。

新・フェミニズムの会編『〈三・一一フクシマ〉以後のフェミニズム――脱原発と新しい世界へ』御茶ノ水書房、二〇一二年。

ダラ・コスタ、マリアローザ『家事労働に賃金を――フェミニズムの新たな展望』伊田久美子／伊藤公雄訳、インパクト出版会、一九八六年。

ドゥーデン、B／C・v・ヴェールホーフ『家事労働と資本主義』丸山真人編訳、岩波書店、一九八六年。

長谷川啓「三・一一後のフェミニズムに向けて」新・フェミニズム批評の会編、九四―九九頁。

藤野寛「なぜ小倉千加子は、フェミニズムは失敗した、と言うのか――あるいは、フェミニズムのジェンダー論的転回について」『ジェンダーから世界を読むII――表象されるアイデンティティ』中野知津／越智博美編著、明石書店、二〇〇八年、二八―五二頁。

丸山真人「訳者まえがき」ドゥーデン／ヴェールホーフ、v―xi頁。

三浦玲一「ポストフェミニズムと第三波フェミニズムの可能性――『プリキュア』、『タイタニック』、AKB48」三浦玲一／早坂静編『ジェンダーと「自由」――理論、リベラリズム、クィア』彩流社、二〇一三年、五九―七九頁。

ミース、マリア『国際分業と女性――進行する主婦化』奥田暁子訳、日本経済評論社、一九九七年。

矢澤美佐紀「「産む性」と原発――津島佑子を手がかりに」新・フェミニズム批評の会編、五七―六八頁。

山口菜穂子「愛と母性と男と女――イギリス大戦間期フェミニズム」武藤浩史他編『愛と戦いのイギリス文化史一九〇〇―一九五〇年』慶應義塾大学出版会、二〇〇七年、一〇六―二〇頁。

吉田恵子「イギリス両大戦間の女性労働――雇用労働からの後退と失業保険」『情報コミュニケーション学研究』第三号（二〇〇七年）：明治大学情報コミュニケーション学研究所、一―一四頁。

第6章　ヴァージニア・ウルフと「誰もの生」

『波』におけるハイ・モダニズム、キャラクター、情動労働

秦　邦　生

1　はじめに

「そんなものは無しで済ますつもりなのに、彼ら（『タイムズ』）が私のキャラクターたちを称賛するのは、なんて奇妙なのだろう」（Woolf, *The Diary* 47）——一九三一年、『波』刊行時の『タイムズ文芸付録』紙が掲載した書評を読んだヴァージニア・ウルフは、日記にこう書き残している。しばしばモダニズム小説の極北と見なされるこの作品は、人影のない海岸に繰り返し打ち寄せる波、植物、鳥など自然界の存在を三人称で描写する九つの「間奏曲《インタールード》」と、それに続く九つの「挿話《エピソード》」から構成される。各「挿話」は、バーナード、スーザン、ロウダ、ネヴィル、ジニー、ルイスという六人の男女の幼年

期からの人生をたどるが、それらは一人称による彼ら・彼女らの「劇的独白《ドラマティック・モノローグ》」から断片的に示されるのみで、人間関係の展開が明確に物語化されることはない。周囲からの遊離を印象づける六人の独白(時折の回想以外ほぼ現在時制)は、すべてウルフ特有の詩的文体で表現されており、結果的に六人の区別はしばしば曖昧化している。こうしたキャラクターたちの実在感《リアリティ》の希薄化は、ハイ・モダニズム期のウルフ作品のきわだった特徴と言えるだろう。当時のべつの書評が指摘したように、六人の独白者たちの「思考、言葉、はじめのうちの相互の差異は様式化され、ついにはひとつの言語的パターンへとなかば装飾的にはめ込まれる」に至るのである(Kronenberger 274)。

だが、『波』に対する当時の批判的書評が問題視したのは、まさにこうしたキャラクターたちの個性の抹消によってウルフが表現した「非個人性《インパーソナリティ》」の美学だった。たとえば『サンフランシスコ・クロニクル』紙は六人の男女を「六人のウルフ夫人にすぎない」(Anon. 284)と断じ、フランスの哲学者ガブリエル・マルセルもまた、ウルフは「主人公たちから距離を取ることに成功しなかった」と述べ、さらに「非個人化《ディパーソナライゼーション》の試みそのものが、彼女が具体化した人物たちにひとつの独自かつ明確な個人的《パーソナル》声音を付与してしまうことをまったく理解していない」と批判している(Marcel 296)。ここでの難点は、「非個人性」美学を表現するはずだったキャラクターたちの個別性の抹消が、特徴的な文体ゆえにむしろ作者ウルフ自身の特異な個性をきわだたせる結果に終わってしまう、という矛盾である。逆説的にも、キャラクターたちからの実在感の剝奪は、個人の区別を越えた共同性や集団性への希求と同時に、作家ウルフ自身の独我論的な他者不在や、さらに言えば社会から隔絶したハイ・モダニスト美学の自閉性をも暗示しかねないのだ。[*1]

このジレンマを受けて本章では、（ある意味でウルフ自身の主張に逆らって）「キャラクター」の問題こそが『波』のモダニズムの核心にあることを論じたい。ジリアン・ビアらが指摘したように、ウルフは『波』の初期草稿に「誰もの生（the life of anybody）」という副題をつけていた（Beer 90; Warner 75）。つまりウルフが模索していたのは、現実の社会的制約を越える真に包括的な「生」の表象だった。だがこの題が後に削除された事実は、そのような試みが逢着《ほうちゃく》した根源的な困難の存在を暗示している。フレドリック・ジェイムソンは、モダニズムの特異性を当時の帝国主義が生み出した表象の困難と関連づける洞察を示した。この議論によれば、ハイ・モダニズムは、海外植民地の拡大によって「経済システムの重要な構造的部分」が大都市《メトロポリス》／宗主国の日常生活から隠蔽された状況で、なお「表象不可能な全体性」を志向する美学のジレンマによって規定されていた（Jameson, *The Modernist* 159, 161）。私たちは、『波』におけるウルフの包括的「生」への希求と、その究極的挫折とに、この構図とはやや異なるが相似形のジレンマの徴候を見いだしうるのではないだろうか。

本章のねらいは、ジェイムソンが地政学と空間表象の観点から剔出《てきしゅつ》した問題を、『波』における情動的「生」とキャラクター表象の観点から再考することである。以下ではまず、自然主義作家アーノルド・ベネットからの批判を契機として書かれたウルフ自身のキャラクター論を再読し、モダニズム的実験の表明であるその議論が、彼女のフェミニズム的関心と緊密に連動していたことを確認する。ここで表明された「知られざる生」の表現を求めるウルフのキャラクター美学は、（第3節で詳述するように）『波』におけるリアリズム的「キャラクター・システム」の解体と、マイナー・キャラクターたちの台頭へと結実している。他方で、この小説のハイ・モダニズムは、そうしたキャラクターたちの相互触発が喚起する「情動」の次元を前景化することで、人々の個別・具体的な「生」を非歴史的な身体性へと還元する危険をおかしている。だがたとえ「誰も」が抽象的な意味では「生」を共有するはずであったとしても、その「生」の内実には、さまざまな断層が走っているのではないか。「生」を再生産する情動的な「ケア労働」の現実は、その提供者と依存者とのあいだに乗り越えがたい葛藤を生み出してはいないだろうか。具体的に言えば、それはジェンダーや階級によっていまだに分断され、差別化されているのではないだろうか。*2 最終的に本章は『波』の形式上の破綻が露呈するこのジレンマをひとつの歴史的視野に収めることで、ウルフが身をもって演じた困難と、現代フェミニズムの課題とが交錯する地点を浮き彫りにする。

2　ベネット氏とウルフ夫人

ではまず、よく知られたベネット／ウルフ論争を振り返ろう。ベネットは一九二三年三月『カッセルズ・ウィークリー』誌に「小説は衰退しているか？」と題するエッセイを掲載した。彼によれば、新世代の小説は「独創性と才気」はあってもリアルなキャラクターを創造できないという欠点を共有していたが、その典型として彼が名指しで批判した作品こそ、前年にウルフが出版した『ジェイコブの部屋』だった（Bennett 113）。これに対して彼女は、同年一二月にまず「ベネット氏とブラウン夫人」という小論を発表して反撃した。翌年ウルフは同じテーマをもとに五月に「フィクションのキャラクター」と題する講演を行い、その原稿にもとづくエッセイを同年七月の『クライテリオン』誌に掲載した。このエッセイはさらに一〇月に多少の修正を加え、ふたたび『ベネット氏とブラウン夫人』のタイトルでホガース・プレスのパンフレットとして刊行された。この出版経緯からは、ウルフがこの論考に込めた強い意欲が伺える。[*3]

「フィクションのキャラクター」におけるウルフの反批判を考える上でまず重要なのは、この時点の彼女がキャラクターの重要性という前提を論敵と共有していたことだろう。ウルフはベネットから「よいフィクションの土台はキャラクター創造であり、ほかの何でもない」という言葉を引用し、この点に同意する素振りを見せている（Woolf, “Character” 421）。だがウルフを含む「ジョージ朝作家」がベネット世代の「エドワード朝作家」と異なるのは、第一に、キャラクター創造の前提となるべき「人間性《ヒューマン・キャラクター》」認識の差異ゆえである。ウルフいわく、一九一〇年一二月に人間性は変わった。この例として彼女は、家の主人と、召使いである料理人との関係を挙げている。

> もし家庭の例を出してもいいのなら、人生におけるこの変化は、自分の料理人のキャラクターに見てとれる。ヴィクトリア朝の料理人は海獣《リヴァイアサン》のように階下の底に棲み、恐ろしく、無口で、闇に包まれ、測り知れない存在だった。ジョージ朝の料理人は日光と新鮮な空気を糧とする生き物だ。彼女は『デイリー・ヘラルド』紙を借りるためとか、帽子について意見を求めるためとかで、しきりに応接間に出入りしているのだ。　（422）

これに続けてウルフは、エドワード朝終焉以降「あらゆる人間関係——主人と召使い、夫と妻、両親と子どもの関係」が急激に変化した、と主張する。この時代に向き合う作家たちは、つかみどころなく変化する人間性（「ブラウン夫人」が寓意するもの）を表現する新たなキャラクター様式の創造をその使命とせねばならない。

このエッセイの第二の論点として重要なのは、「物事の構造を極度に強調する」ベネットの手法が、新しい人間性の表現には適さない、という主張である。ウルフは、キャラクターの物質的環境を重視するエドワード朝作家の自然主義的手法を家の建築に喩えつつ、それを拒絶する若手作家たちの苦闘を、「粉砕と破壊」の身振りで印象的に表現している（432–33）。ただし、ウルフの自然主義評価はやや両義的だった。この論の原型である前年の「ベネット氏とブラウン夫人」では彼女は、後の論考がウルフ自身の世代に帰した挑戦と破壊のジェスチャーを、いったんはエドワード朝作家によるヴィクトリア朝批判に見いだしていたのだ。ウルフいわく、サッカレーの『ペンデニス』のような小説は個性あふれるキャラクターたちを数多く生み出したが、その豊饒は、現実には階級的特権に依存していた。「サロンは豪華で食堂はおごそかでも、下水溝はひどく粗末だった。社会階層は腐敗に満ちていた。……ヴィクトリア朝様式の信用は失墜した。キャラクターたちがその庇護下に繁栄し肥え太った社会制度をすべて破壊することが、〔エドワード朝作家〕の責務だった」（Woolf, “Mr. Bennett” 386）。この指摘を敷衍《ふえん》するならば、翌年の「フィクションのキャラクター」が力説した「人間性《ヒューマン・キャラクター》」の変容――地階の闇から日光の下へと浮上する料理人――は、けっして突然変異ではなく、たとえ間接的ではあっても自然主義作家たちの恩恵を受けていたはずなのである。

だとすれば、ウルフ的モダニズムと自然主義との真の断層はどこに走っているのだろうか。ここで再確認すべきなのが、『自分ひとりの部屋』（一九二九年）が論じるフェミニズムの重要性である。この論考の語り手は「メアリ・カーマイケル」(架空の新進女性作家) の使命として、これまで周縁化されてきた女性たちの領域の探訪を求めている。ただ、この使命はメアリをただの観察者——内省の欠けた「自然主義小説家」——にしてしまうかもしれない、と語り手はいったん憂慮してみせる。だが、たとえば愛人や娼婦たちの部屋を訪れるとき、メアリは「私たちの性的蛮行の遺産である「罪」を前にした自意識にいまだに妨げられているだろう。彼女はまだ、階級という古い粗悪な足枷を着けているだろう」(Woolf, *A Room* 89)。つまり、セクシュアリティや階級の問題は、単に客観的に観察される外部には留まらず、観察者自身の内面をも深く蝕んでいる。ウルフのモダニズムは、自然主義が前提とした透明な観察者を、内面／外面の区別の脱構築によって解体する地点から開始されるのだ。

続く箇所で、ロンドンの街路を歩く女性遊歩者《フラヌーズ》と化した『自分ひとりの部屋』の語り手は、偶然に見かけたさまざまな労働者階級の女たち——「スミレ売り、マッチ売り、戸口に立つ老婆たち」など——を数え上げ、「こうした無限に知られざる生のすべて」を描くことをメアリに要求する。その直後にある小売店にたまたま立ち寄った語り手は、カウンターの後ろに立つ女子店員《ショップ・ガール》を目にして、つぎのように夢想する。「一五〇冊目のナポレオン伝や、キーツと彼のミルトン的倒置法についての七〇冊目の研究」よりも、この女子店員の「本当の歴史」を書くほうが、はるかに価値があるのではないか、と (81–82)。戦争の英雄やロマン派詩人よりも、ひとりの女子店員を——作家が自由であれば「以前とは違うところにアクセントが置かれる」だろう、というウルフの言葉 (Woolf, "Modern" 160) は、このような攪乱的価値転換、すなわち、階級の異なる男女の生の相対的重要性の逆転として理解すべきだろう。いわばウルフのキャラクター美学は、モダニズム的な「内面への転回」のみならず、知られざる女性たちの無数の生に光を当てるフェミニズムの関心によっても強く駆動されているのだ。

3　脇役たちの言い分

興味深いのは、二〇年代末までのウルフがこのように「キャラクター」を重視していたにもかかわらず、冒頭で確認したように『波』執筆時の彼女がその重要性を否定するような発言を残していることだろう。従来の批評もまた、この小説の特異な詩的文体がキャラクターを相対化する傾向を強調してきた。[*4] たしかに『波』の各挿話で語られる六人の男女の人生は、恋愛、結婚、出産といった重要なはずの出来事でも簡潔に触れられるのみだし、ロウダの自殺ですら、バーナードの独白のなかでついでに言及されるにすぎない (Woolf, *The Waves* 234)。いわば劇的独白の形式は、プロットとアクションによるキャラクターの差異化機能を失効させている。

だが、こうした特徴を即座にキャラクターの「抹消」と理解するのはやや性急だろう。『波』にはむしろ、従来のキャラクター表象に対するウルフ的ハイ・モダニズムの挑戦が確認できる。『小説の諸相』において、E・M・フォースターは「立体的登場人物《ラウンド・キャラクター》」と「平板な登場人物《フラット・キャラクター》」とのよく知られた区別を導入しつつ、後者は通常「単一の観念や性質を核に構築される」と指摘していた (Forster 73)。この区別をふまえると、『波』の六人の独白者たちは、主要キャラクターというよりも、逆説的にもマイナー・キャラクターに近い特徴をおびている。たとえば、バーナードのノートブック、スーザンのハンカチ、ロウダが水盤に浮かべた花弁、ネヴィルと林檎の木、ジニーのダンス、ルイスのオーストラリア訛りなど——それぞれの独白のなかでリフレインされるこうしたモティーフは、各人の生を規定する強迫観念の徴候であると同時に、読者が六人のとりあえずの区別を行なうための手がかりとしても機能しているのだ。

一九世紀リアリズム小説に関して、アレックス・ウォロックはつぎの洞察を示している。「小説の日常生活への傾注は、包括的かつ広範囲にわたる語りの視線を発達させるが、他方でその経験主義美学は、普通の人間の内面の重要性と本来性を強調する」（Woloch 19）。つまり、リアリズム小説は本来、①社会を構成する多様な人間を描く包括性、②個人の内面の豊かな心理描写、という二種類の要請に規定されていた。ところが、一冊の本の限られた頁数で筋の統一性を維持しつつすべてのキャラクターに平等な注意を払うことは実質的に不可能であり、それゆえにこの二つの要請は矛盾を生み出してしまう。リアリズム小説の人間関係（ウォロックが「キャラクター・システム」と呼ぶもの）には不可避的に、根本的な非対称性が刻印される。つまり、一握りの中心的人物の内面は豊かに掘り下げられて「立体的登場人物《ラウンド・キャラクター》」となる一方で、その他大勢の人物像は極度に単純化され、物語内で小さな機能を担うだけの「平板な登場人物《フラット・キャラクター》」と化すのだ。小説の伝統における「マイナー・キャラクター」とは、個々の人間性の尊重を掲げつつも、一部の特権的登場人物以外は、それらを物語の一機能へと還元せねばならないという矛盾の結果として生み出される人間像だったのである。そこには、いわば妥協と疎外の問題が潜在しているのだ。

『波』の最終挿話でバーナードは、「私たちの人生の激動を横切ってローマ街道のように敷かれた」伝記的スタイルへの郷愁を表明しつつも、「伝記作者」の死を宣告している（*The Waves* 216）。古代叙事詩との対照で、近代小説の「外的形式」は「本質的に伝記的」だと論じたのは『小説の理論』のジェルジ・ルカーチだった(Lukács 77)。ルカーチによれば、有機体的共同性を喪失した近代の小説において、その形式を擬似有機体的に統一しうるのは、伝記的個人としての主人公を核とする求心的構造以外にはなかった。しかし、『波』でそうした求心性を持ち得たのは、バーナードに「英雄《ヒーロー》＝主人公」と呼ばれる一方、皮肉にも植民地で急死するパーシヴァルだけだろう(*The Waves* 100)。多くの読者が指摘してきたように、インドの混沌に「秩序」をもたらすと期待されていたパーシヴァルの急死には帝国主義批判が込められている。だがパーシヴァルの死は、伝統的小説の求心的キャラクター・システムに内在した階層秩序を暴露する、一種の批評的パロディとも理解しうるのではないか。

　言い換えれば、『波』における六人の男女とパーシヴァルとの関係は、中心化された主人公と周縁化された脇役たちから成るリアリズム的キャラクター・システムの反転であり、その特異な独白形式はこれまでは日陰に置かれてきた「脇役たちの言い分」に耳を傾ける試みにほかならない。『波』のハイ・モダニズムはこの点で、前節で確認した『自分ひとりの部屋』における「ナポレオンよりも女子店員を」という呼びかけに部分的に呼応する。だが留意すべきなのは、「紳士の子ども」(14)とされるバーナードやネヴィルなど六人の独白者たちと「女子店員」との端的な差異だろう。近年の批評は、最終挿話でバーナードが宣言するキャラクターたちの個別性の抹消と融合を受け、六人の複雑な関係が織りなす集団性の政治的含意を強調してきた(Tratner; Berman)。だがここでむしろ重要なのは、結局は狭い階級の内側に留まった六人の友人関係の外部に、『波』のテクストが「その他大勢」の無数の匿名的な存在を書き込んでいるという事実ではないだろうか。最終挿話でバーナードが述懐するように、「顔、顔、顔が浮かんでくる——私の気泡の壁に彼らの美が押しつけられる——ネヴィル、スーザン、ルイス、ジニー、ロウダ、そしてほかの無数の者たち」(*The Waves* 214；傍点は引用者)。

　そうした匿名的他者たちを描くために、『波』は都市や交通機関など、近代《モダニティ》の公共空間を繰り返し舞台としている。鉄道の中で、あるいは都心の街路やレストランの中で、六人の独白者たちはみな見知らぬ他人と出会い、視線を交わし、その印象を心に刻みつける。ジェイムズ・ヴァーノンは、急激な人口増、都市化、交通網の発達によって、イギリスでは一九世紀半ばまでに「他人たち《ストレンジャーズ》の社会」という近代特有の状況が台頭したと指摘している。それと並行して、かつて産業生産の場と不可分だった家庭空間は、公共領域を埋め尽くす匿名的他者への反動から、情動的紐帯を核とする「親密圏」として再編されることになった(Vernon 45)。興味深いことに『ダロウェイ夫人』や『灯台へ』などの前作とは対照的に、『波』においてウルフは、近代の匿名性への防壁となるべき家族的親密性にはいかなる特権をも付与していない。[*5] むしろ大都市ロンドンの中心で無数の欲望の交錯に身を任せ、つねに「見知らぬ誰か」(*The Waves* 162)との新しい情事を謳歌するジニーの生こそが、『波』の開いた新機軸であると同時に、無数の匿名的他者の存在に開かれたハイ・モダニズムの拡散的キャラクター・システムの極点を示しているだろう。[*6]

　ジェイムソンによれば、リアリズム小説末期におけるキャラクターの複数化は、間主観的相互触発による「情動の連続体」を開示することで、個人の自己充足性という従来の主体観を破綻させることになった(Jameson, *The Antinomies* 93)。ここまで論じてきたウルフの実験は、この展開の延長線上に置くことができる。だが他方で、『スクルーティニー』誌上でのM・C・ブラッドブルックによるウルフ批判がいちはやく問題化したように、『波』が描きだす無数の人物たちの匿名的な相互触発は、「生」を抽象的な普遍性へと均質化する傾向を持っている。この小説には「内実のあるキャラクターも、明確に定義された状況も感情の構造もなく、たんなる真空内の身体感覚《センセイション》しかない。……感情はその身体的付随物の描写に還元されている」のだ（Bradbrook 312）。情動的身体性の特権化は、この小説を「誕生、成長、老衰、死」のごとき非歴史性の隘路へと導きかねない。情動のみに還元された生は、いわゆる「剝き出しの生」と紙一重なのかもしれないのだ。*7

それでは、「主人公」パーシヴァルの死による小説の求心的構造の解体を経て、無数のキャラクターたちの集合的情動を、なお形式的かつ政治的に意味づけることは可能なのか。パーシヴァルの急死が知らされた第五挿話で、大都市の街路をゆくロウダのつぎの独白は、中心の喪失が解放した匿名の他者たちの存在を不気味に触知している。

> パーシヴァルは死ぬことで、この贈り物を与え、この恐怖を開示し、この恥辱を私に味わわせたのだ――無数の顔、顔。皿洗いたちが差し出すスープ皿のよう。粗野で、貪欲で、無頓着な顔。包みをぶらさげながらショーウィンドウを覗く顔。色目を使い、かすめて通り、すべてを破壊し、汚い指で触って、愛すらも汚してしまう顔。
> （*The Waves* 131）

この直後、小売店に立ち寄った彼女は、そこで出会った女子店員の声に「羨望や嫉妬や憎しみや恨み」を感じとり、さらに絶望感を深める（132）。前節で見た『自分ひとりの部屋』における女子店員との出会いを明らかに反復するこの場面は、店員の真の人生の開示とは奇妙にもかけ離れた、階級的嫌悪に彩られている。では『波』は、結局は「階級という古い粗悪な足枷」にとらわれ、「ナポレオンよりも女子店員を」というキャラクター表象の使命に挫折しているのだろうか。いや、むしろこの場面は包括的な「生」の抽象的表象を妨げる現実の社会的分断を記録してはいないだろうか。バーナードが言うように、人々を「正しく秩序づけたり、ひとりを分離したり、あるいは――また音楽のように――全体の効果を与えることは、なんと不可能なのだろう」(214)。いわばこの不可能性の次元で、『波』のハイ・モダニズムは〈歴史〉をみずからに刻印するのだ。

4　情動から情動労働へ

ただし『波』における階級的他者表象の問題は、作家ウルフの階級的限界以上の問題をはらんでいる。第2節で見たベネット／ウルフ論争に際して前者の側に立った作家フランク・スウィナートンは、ウルフが新しい人間性の実例として「料理人」を挙げたことに異を唱えていた。彼によれば、料理人が「海獣《リヴァイアサン》」のように地階に棲み、主人から隔離されていたのはかつての大邸宅だけで、小規模な家庭では以前から召使いは女主人と親密な関係を築いていた。つまり、「召使いは一九一〇年以前から人間だった。変化したのは人間性ではない。ウルフ夫人が自意識的になっただけなのだ」(Pure 195)。この批判は一見、ウルフの伝記的経験を奇妙にも言い当てている。

アリソン・ライトが詳細に跡づけたように、ウルフと召使いたちとの関係は時代とともに急速に変化していた。一九〇四年、二二歳まで住んだ父レズリー・スティーヴンの邸宅では九人の召使いが一一人の家族に仕え、たしかに屋根裏や地階に隔離された生活を送っていた（Light 9）。だが父の死後、レナード・ウルフとの結婚を経て一九一五年から住んだリッチモンドでは、ロティとネリーという使用人二名だけを雇い（134）、一九二四年に移住したタヴィストック・スクウェアでは、ウルフ夫妻はついにネリーだけを料理人兼雑役女中として住まわせるようになる。ライトが言うように、同年の「フィクションのキャラクター」における女主人と料理人の親密さは、ヴァージニアとネリーとの関係の理想化された表象だったのかもしれない（168）。じっさいには、一九三四年にネリーを解雇するまで、一八年に及ぶ二人の関係はつねに葛藤に満ちていたのだが。

しかしながら、この問題の階級的側面だけを強調するならば、伝統的に「女性化された労働」としてのケア労働を担ってきた召使いたちが投げかける真の歴史的問題を見誤ることになるだろう。[*8] そもそもウルフが作家として創作に専念するためには、彼女に代わり家事を担当する使用人が不可欠だった。他方、時折の精神疾患に苦しんだ彼女にとって、料理や掃除から看護までを他者のケアに「依存」する関係はいつでも支配や抑圧へと転化しかねないものだった。また新時代のフェミニストとして「自立の理念」を奉じたウルフは「依存」を嫌悪していた、とライトは指摘する。だが、「もし召使いが依存嫌悪を鏡のようにウルフに映し返し、彼女がフェミニズムゆえに依存から「まといつく人形ヒロイン」や家庭の天使の従順さを連想したとしても、依存の必要性や、自己と他者の依存を寛容に扱う必要性を、ただ取り除いてしまうことはできないのだ」（Light 218）。言い換えれば、「生」の再生産を担うケア労働は必要不可欠である。だがそれゆえに、家父長制下でケア労働が「女性化」された状況で女性が職業参加するには、ケアを自分とはべつの女性に委託せねばならない。そこに生まれる「依存」

は女性たちを分かちがたく結びつけつつも、同時にそこに介在する階級格差は、その関係を「依存嫌悪」によって引き裂くことになるのだ。

この特殊な困難は、ケア労働にともなう自立と依存の相克というフェミニズムの現代的ジレンマと相似形を成している。エヴァ・フェダー・キテイによれば、依存者のニーズを優先する（主婦や母親のような）ケア提供者は自己利益を追求できず、結果的に夫など稼ぎ手への「二次的依存」におちいってきた（Kittay 46–7）。他方でアイリス・マリオン・ヤングが言うように、自立を重視する近代の価値観は、依存を軽視・隠蔽する傾向にある。「女性の多数が労働に参加するにつれて、全員が自立した労働者になるべきという期待はさらに一般化している。かくして、依存に付与されたスティグマは増大している」（Young 125）。核家族化にともない家族内ケアが女性の無償労働となった状況を問題化したのは、第二波フェミニズムの洞察だった。だが一方で、ナンシー・フレイザーが論じるように、女性の職業進出を唱えた第二波フェミニズムの一部は、賃金労働を規範化することでケア労働の価値低下に加担してしまった。他方で家事労働の不均衡な配分への批判は、本来はケアの「公的重要性」を再確認し、（男性的）賃金労働を中心化する社会構造の変革を目指す可能性もあったはずなのだ（Fraser 238–39）。しかし、ケアの低賃金労働化が進む現状で、この課題は現代まで積み残されてしまっている。

『波』におけるウルフの包括的「生」への希求とその挫折とが究極的に暗示するのは、まさしく「生」が不可避的にともなうこのような依存のジレンマなのである。この点で、ジェイン・マーカスとパトリック・マッギーが交わした論戦は示唆的である。テクストの細部に召使いたちの姿が描かれていることに着目したマーカスは、他者に依存する家父長制的キャラクターたちへのウルフの批判をそこに読み込んでいる（Marcus 157）。これに対して、ウルフは自身の創作活動もまた経済的特権と他者の労働への構造的依存をともなうことを痛切に自覚していた、とマッギーは論じる。これを考慮すれば、テクスト中で反復される貴婦人／作家のモティーフ（*The Waves* 12）は、「彼女自身の創作過程の下に横たわる社会的矛盾の比喩形象」なのではないだろうか（McGee 634）。この双方の議論はともに一定の妥当性を有しているが、ここでさらに踏み込んで考察すべきは、依存者のみならず、労働者としての「女性」を描くこと自体の困難なのである。

マーカスが指摘したように、たしかに『波』の周縁部にはしばしば匿名の女性使用人やケア労働者の姿が、まさしくマイナー・キャラクターとして書き込まれている。つまり、ハイ・モダニズム的キャラクター・システムが織りなす間主観的「情動の連続体」の背後には、起源でそれを構成し、その存続を支える彼女たちの「情動労働」の存在が暗示されている。注目すべきことに、そもそも幼年期にあたる『波』の第一挿話は六人それぞれの家庭環境ではなく、「ミス・ハドソン」や「ミス・カリー」などの女性教員たちが運営する「保育園《ナーサリー・スクール》」を舞台として、子どもたちの情動の複雑な相互作用が、やがて別個の自我形成をうながすさまを描出していた（*The Waves* 13; 16）。[*9] そこで子どもたちの身の回りの世話をしているらしきミセス・コンスタブルにスポンジで身体を洗われたバーナードは、「矢のような身体感覚《センセイション》」が走るのを感じ、後年も繰り返しこの時を想起する（19; 101; 200）。彼の身体的知覚が意識化されたのはこの瞬間だったのだ（241）。独白者たちの成人後の生活もまた、いたるところで使用人の労働に依存している。バーナードは、他人たちの人生を描く無数の物語を思い描いては中断し、

「燃え殻」のように散乱する想像力の断片を掃き清める家政婦と思しき女性に、繰り返し訴えかけている――「ミセス・モファットが来て、掃除するだろう」(65; 109; 154)、と。

こうしたケア労働が描かれたテクストの周縁的細部は、ある意味では「枠組み」として、『波』自体の想像力の可能性そのものを規定している。バーナードによって六人の独白者の融合が宣言される最終挿話において、一瞬のあいだ彼は、それまで「間奏曲《インタールード》」が詩的に描いてきた海、波、植物などの自然界を眺望する特権的な視野を獲得する。ひとりのキャラクターが全体の語り手にも等しい視点を享受するこの例外的な瞬間は、だがその直後に、ある「年老いた乳母」が子どもに見せていた「絵本」であったことが判明する(240)。すなわち、非人称の特権的視点もまた匿名的なケア労働者に依存している。この小説内で無数の匿名的存在を描いては挫折するバーナードの試みが、『波』における作者ウルフ自身の美学の自己言及的表象であるとするならば、最終的に「紙屑」のように床に打ち捨てられる彼のノートブック――『波』自体の挫折の寓意――は、それを掃き清める「掃除女」の存在を構造的に必要としているのである(246)。

ただし留保すれば、以上で列挙してきたキャラクターたちはあくまでも一瞬言及されるだけの、とらえがたい影のような存在でしかない。『波』においてはこのキャラクターたちが自分自身の「声」で語りだすこともなければ、ケアの提供者と依存者とのあいだに存在するはずの濃密な情動的葛藤が浮上することもない。言い換えれば、リアリズム的キャラクター・システムを反転させる戦略にもかかわらず、『波』はこうしたケア労働者たちの姿をテクストの周縁部に書き込むことしかできなかった。ウルフ自身の言葉を借りれば、このキャラクターたちは依然として、「海獣《リヴァイアサン》」のように「測り知れない存在」のままなのだ。[*10] 彼女のハイ・モダニズムの限界点をここに見ることもできよう。

それでもなお、こうした匿名的な「女性の労働」は、本章の第1節で導入した『波』の「非個人性《インパーソナリティ》」美学の問題、すなわち、美的文体がキャラクターたちの個別性を抹消してしまう傾向への抵抗となっている。「生」の起点である幼年期や、他人たちの「生」を描く想像力の限界点に姿をあらわす彼女たちの労働は、他者性の欠けた「非個人性」には融合されえない特異点なのである。このような形象の背後にかすかに触知される「知られざる生」――『自分ひとりの部屋』でウルフが希求したもの――は、たしかにテクスト自身の破綻の徴しであるだろう。だがふたたびジェイムソンの定式を応用すれば、「表象不可能な全体性」を志向する美学は、「システムの重要な構造的部分」としての女性たちの情動労働を、表象の限界の彼方にある実現されざる可能性として、挫折の身振り自体をつうじて指し示してはいないだろうか。つまり『波』のテクストは包括的な「生」の表象を抽象的に実現することを拒絶している。それはむしろ、現実社会を分断するケアと情動労働の具体的な困難を露呈している。いわばハイ・モダニズムは、その美学的破綻を通じて、「生」をより十全に表現するキャラクターの追求という未完の使命を読者へと受け渡すのだ。

5　おわりに

ウルフが生きた二〇世紀前半には、一方では女子店員や事務員など新しい職種の労働需要のために、他方では徐々に進行した核家族化のために、伝統的な家事使用人となる女性は減っていた。第二次世界大戦時の労働力不足もあって、晩年のウルフは、当時雇用していた使用人が留守にした短期間、家事をみずからこなす「ほぼ完璧な主婦」となったこともあったらしい（Light 261）。もし二〇世紀半ばのイギリスに召使い文化の衰退と「主婦」の台頭を見るなら、ウルフの召使いへの依存と葛藤は前時代の逸話のように思われるかもしれない。だが、この時期の郊外型主婦の典型化が一面の事実ではあっても、召使いの「消滅」に歴史の断絶を見ることはできない。この時期実際に起こっていたのは、住み込み使用人から通いの雑役婦への労働形態の変化でしかなかった。つまり低賃金の家事手伝い《ドメスティック・サーヴィス》労働は、セリーナ・トッドも述べるように、かたちを変えつつも相変わらず階級関係を規定し続けていたのだ（Todd, "Domestic" 203）。

事態を複雑化しているのは、二〇世紀後半の第二波フェミニズムの台頭と並行した中流女性たちの職業進出が、ケアの問題を解決しえぬまま進展したという事実である。結果として女性の二重労働が深刻化する一方で、ケア労働の市場化（ネグリ＝ハートのいう「情動労働」の台頭）も進んでいる。「二〇世紀末の数十年には、フェミニズムにもかかわらず、いやそれゆえに、「金銭的に豊かでも時間の貧しい」共稼ぎの専門職カップルがほかの女性を雇って掃除をさせ、子育てからケータリングまで、洗濯から犬の散歩まで、さまざまな家事手伝いを買いつけるようになった」（Light 313）。商品化されたさまざまなケア労働は、現代ではしばしば貧困国からの女性移民労働者たちによって担われている。[*11] 雇用の不安定化と家族形態の多様化によって、男性を稼ぎ手、女性をケア提供者とする核家族的性分業と、それを前提とした社会保障体制は崩壊しつつある、とフレイザーは言う。この状況で求められるのは、（今実際に起こっている）あらゆる労働の市場化でも、（福祉国家が提供してきた）家庭内の無償ケアへの間接的支援でもない。むしろ、ジェンダーを問わず誰もが従事するケア労働の「普遍化」こそが、真にこの苦境を越える唯一の道だろう（Fraser 133–35）。だが現実には、一部の特権的女性から階級的・人種的他者の女性へとケアが委託される傾向は、性別役割分業を温存したまま、その低賃金労働化を加速させている。このジレンマに解決を見いだせなければ、私たちを待ち受ける未来の姿は、ウルフが生きた過去と奇妙に似通ったものになるかもしれない。

本章の読解が『波』のハイ・モダニズムに逆説的な現代性を見いだすのはこの地点においてである。召使いへの依存と依存嫌悪に引き裂かれたウルフの葛藤は、ケアのジレンマにとらわれた私たち自身の姿とどこまで異なっているのか。ただし、歴史横断的な問題意識の共有からさらに一歩を踏み出すには、『波』の形式が抑圧した物語的読みの誘惑に乗ってみるべきかもしれない。六人の男女たちのなかでは、ただロウダとルイスのみが幼馴染みの関係を越える男女の恋愛関係を結んでいた。六人の独白はキャラクター同士の会話をほとんど構成しないが、テクスト中に開かれた括弧のなかで、ロウダとルイスは例外的に二度、「共謀者」のような親密なささやきを交わしている（*The Waves* 114–5; 188–9）。それぞれの家庭や地位に安住したほかの四人とは異なり、孤立に苦しんだ青年期のルイスとロウダはともにみずからを「裸」の子どもに喩《たと》え、庇護の欠如を訴えかけていた（78; 86）。ロウダはつぎのように叫ぶ。「私をかくまって、護ってちょうだい。私は、いちばん幼くて、あなたたちのなかでいちばん剝き出しなのよ」（86）。しかし二人の関係は永続せず、一方の男は商業帝国の建設に「秩序」を求め（139）、他方の女はアイデンティティを見失いみずから死を選ぶに至る（234）。なぜこの二人は互いの孤立を癒せなかったのか。男女の運命の分岐点はどこにあったのか。このロマンスの終わりに失われた可能性を見るのは感傷的にすぎるだろう。それでもなお、誰もが「子ども」のように誰かに依存することの不可避性、そして互いへのケアのなかで関係を紡ぎ直す必要性を、この別離と死の物語は暗示しているように思える。この認識を出発点として、はじめて私たちは「誰もの生」を思い描く試みをウルフから引き継げるのではないか。

注

＊1　マイケル・ウィットワースによれば「ハイ・モダニズム」という用語は新批評的な「文学の自律性」とほぼ同義とされ、一九七〇年代のポストモダニズム台頭とともに世紀前半のモダニズムを区別する意味で使用されてきた（Whitworth 274-75）。本章では第一義的に、最盛期ブルジョワジーの日常生活が〈歴史〉を抑圧し、資本主義の爛熟が政治を無意識化する段階にあわせて台頭した形式としての「ハイ・モダニズム」というジェイムソンの定義を参照する（Jameson, *The Political* 280）。

＊2　メアリー・デイリーらの定義によれば、ケアとは「依存的な存在である成人または子どもの身体的かつ情緒的な要求を、それが担われ、遂行される規範的・経済的・社会的枠組みのもとにおいて、満たすことに関わる行為と関係」である（上野に引用　三九）。ヒラリー・グレアムの指摘では、一九七〇年代以降のフェミニズムが彫琢したケア概念は、女性の家族内での不払い労働に特化することで、ジェンダーのみならず階級や人種の要因がケア労働の不均衡な配分に影響する事実を見逃してきた。これに対する批判的修正としてグレアムは、従来の意味のケアと、（召使いたちの家事手伝い《ドメスティック・サーヴィス》のような）サーヴィス労働とを統合するケア概念の拡張を提案している（Hilary Graham 65-66, 74）。ネグリ＝ハートのいう「情動労働」もまた示唆するように、現代におけるケア労働の一層の市場化は、狭義の家族内ケアとサーヴィス労働との区別を横断する概念を要請している（Hardt and Negri 110）。以上の理由から、本章では「ケア労働」と「情動労働」とを一定の互換性のある用語として扱う。

＊3　以下本章では混同を避けるために一九二三年のエッセイを「ベネット氏とブラウン夫人」、一九二四年のエッセイを「フィクションのキャラクター」と呼称する。なお、これらのエッセイにおいて「キャラクター」という用語は現実の人間の「性格」や「人間性」と、フィクションの「登場人物」という二重の意味で用いられている。ここで問題となるのは、現実社会の変化にあわせて変貌する「人間性」と、本来それを表現すべきキャラクター様式とのズレが生み出す批評意識と実験精神である。

＊4　たとえばJ・W・グレアムはそもそも「キャラクター」という用語は「この作品の特性を探るには適さない」と論じている(J. W. Graham 193)。

＊5　ただし『波』において親密圏の問題は主婦スーザンと家事労働の表象に描かれている。この点については本書第5章を参照。

＊6　なお、中心的キャラクターの空洞化と脇役的キャラクターの増殖という点で、『波』はウルフの他作品中では『ジェイコブの部屋』(一九二二年)に最も近い。デイヴィッド・ギャレフによれば、後者には約三三〇人の固有名を持ったキャラクター、五〇〇人近い匿名のキャラクターが登場する(Galef 114)。

＊7　情動の前景化と(ジョルジョ・アガンベン的な)「剝き出しの生」の関係については、現代英語圏小説の「情動的転回」に関するナンシー・アームストロングの議論を参照(Armstrong 461-62)。

＊8　男性の職種が増加したために、一九世紀を通じて男性召使い数は減少し、一八八一年には使用人の男女比は一対二二だった(Horn 10)。一九二一年の段階で召使い業は若い就労女性の二二パーセントを占める最大の職種だった(ただし三〇年代以降この数は減少してゆく)(Todd, "Young" 792-93)。

＊9　デイヴィッド・ブラッドショーは最近、この保育園《ナーサリー・スクール》のモデルが、先駆的フェミニストのバーバラ・ボディションが一八五四年に創設したポートマン・ホール・スクールではなかったかと推測している(Bradshaw xvii)。

＊10　スーザン・ディックやクララ・ジョーンズの近年の研究は、生前未刊行の草稿のなかに、女性労働者の「声」を再現するウルフの苦闘の跡を探っている(Dick; Jones)。本章にとって重要なのは、こうした草稿が結

局は未完成に留まらざるを得なかったという事実である。

＊11　バーバラ・エーレンライクらが指摘するように、一九七〇年代以降の貧困国から富裕国への女性移民ケア労働者の増加は、前者からのケアと情動の流出・剝奪である。このグローバルな状況下では、富裕国と貧困国の女性たちは、かつて第二波フェミニズムが想像した「姉妹《シスターズ》」としてではなく、残念ながら「女主人」と「召使い」、雇用者と被雇用者として出会っている。もちろん、問題の根源のひとつは男性たちのケア労働への不参加というまだ支配的な傾向である（Ehrenreich and Hochschild 11）。女性移民ケア労働者においては、ジェイムソンのいうモダニズムの「表象の限界」としての海外植民地という歴史的問題と、本章が重視した不可視化されるケア労働の問題とが交錯している。これと関連して、マリア・ミースのいう「主婦化」については、本書第8章を参照。

引用文献一覧

Anon. Unsigned Review. *San Francisco Chronicle.* 6 December 1931; reprinted in Majumdar, 283–84. Print.

Armstrong, Nancy. "The Affective Turn in Contemporary Fiction." *Contemporary Literature* 55.3 (Fall 2014): 441–65. Web. 25 March 2015.

Beer, Gillian. *Virginia Woolf: The Common Ground.* Edinburgh: Edinburgh UP, 1996. Print.

Bennett, Arnold. "Is the Novel Decaying?" *Cassell's Weekly* 28 March 1923, 47; reprinted in Majumdar, 112–14. Print.

Berman, Jessica. *Modernist Fiction, Cosmopolitanism, and the Politics of Community.* Cambridge: Cambridge UP, 2001. Print.

Bradbrook, M. C. "Notes on the Style of Mrs Woolf." *Scrutiny.* May 1932: 33–38; reprinted in Majumdar, 308–13. Print.

Bradshaw, David. Introduction. *The Waves.* Virginia Woolf. Oxford: Oxford UP, 2015. xi–xxxix. Print.

Dick, Susan. "Virginia Woolf's 'The Cook.'" *Woolf Studies Annual* 3 (1997): 122–42. Print.

Ehrenreich, Barbara, and Arlie Russell Hochschild, eds. *Global Woman: Nannies, Maids, and Sex Workers in the New Economy*. New York: Holt, 2002. Print.

Forster, E. M. *Aspects of the Novel*. Ed. Oliver Stallybrass. London: Penguin, 2005. Print.

Fraser, Nancy. *Fortunes of Feminism: From State-Managed Capitalism to Neoliberal Crisis*. London: Verso, 2013. Print.

Galef, David. *The Supporting Cast: A Study of Flat and Minor Characters*. University Park: Pennsylvania UP, 1993. Print.

Graham, Hilary. "The Concept of Caring in Feminist Research: The Case of Domestic Service." *Sociology* 25.1 (February 1991): 61–78. Web. 24 July 2015.

Graham, J. W. "Point of View in *The Waves*: Some Services of the Style." *Virginia Woolf: A Collection of Criticism*. Ed. Thomas S. W. Lewis. New York: McGraw-Hill, 1975. 94–112. Print.

Hardt, Michael, and Antonio Negri. *Multitude: War and Democracy in the Age of Empire*. London: Penguin, 2004. Print.

Horn, Pamela. *The Rise and Fall of the Victorian Servant*. Brunswick: Allan Sutton, 1986. Print.

Jameson, Fredric. *The Antinomies of Realism*. London: Verso, 2013. Print.

——. *The Modernist Papers*. London: Verso, 2007. Print.

——. *The Political Unconscious: Narrative as a Socially Symbolic Act*. Ithaca: Cornell UP, 1981. Print.

Jones, Clara. "Virginia Woolf's 1931 'Cook Sketch.'" *Woolf Studies Annual* 20 (2014): 1–24. Print.

Kittay, Eva Feder. *Love's Labor: Essays on Women, Equality, and Dependency*. New York: Routledge, 1999. Print.

Kronenberger, Louis. "Poetic Brilliance in the New Novel by Mrs. Woolf." *New York Times Book Review*. 25 October 1931; reprinted in Majumdar 273–75. Print.

Light, Alison. *Mrs Woolf and the Servants*. London: Penguin, 2007. Print.

Lukács, Georg. *The Theory of the Novel*. Trans. Anna Bostock. Cambridge, Mass.: MIT P, 1971. Print.

Majumdar, Robin, and Allen McLaurin, ed. *Virginia Woolf: The Critical Heritage*. London: Routledge & Kegan Paul, 1975. Print.

Marcel, Gabriel. Review. *Nouvelle Revue Française*. 1932 February 303–8; reprinted in Majumdar 294–98. Print.

Marcus, Jane. "Britannia Rules *The Waves*." *Decolonizing Tradition: New Views of Twentieth-Century "British" Literary Canons*. Ed. Karen R. Lawrence. Urbana: U of Illinois P, 1992. 136–62. Print.

McGee, Patrick. "The Politics of Modernist Form; or, Who Rules *The Waves*?" *Modern Fiction Studies* 38.3 (Fall/Winter 1992): 631–50. Web. 5 June 2015.

Pure, Simon [Frank Swinnerton]. "The Londoner." *The Bookman* (New York) October 1924: 189–96. Web. 27 June 2015.

Todd, Selina. "Domestic Service and Class Relations in Britain 1900–1950." *Past and Present* 203 (May 2009): 181–204. Web. 8 December 2015.

——. "Young Women, Work, and Leisure in Interwar England." *The Historical Journal* 48.3 (2005): 789–809. Web. 19 June 2015.

Tratner, Michael. *Modernism and Mass Politics: Joyce, Woolf, Eliot, Yeats*. Stanford: Stanford UP, 1995. Print.

Vernon, James. *Distant Strangers: How Britain Became Modern*. Berkeley: U of California P, 2014. Print.

Warner, Eric. *Virginia Woolf: The Waves*. Cambridge: Cambridge UP, 1987. Print.

Whitworth, Michael, ed. *Modernism*. Oxford: Blackwell, 2007. Print.

Woloch, Alex. *The One vs. the Many: Minor Characters and the Space of the Protagonist in the Novel*. Princeton: Princeton UP, 2003. Print.

Woolf, Virginia. "Character in Fiction." *The Essays of Virginia Woolf*. 420–38. Print.

——. *The Diary of Virginia Woolf: Volume 4 1931–35*. Ed. Anne Olivier Bell. Harmondsworth: Penguin, 1983. Print.

——. *The Essays of Virginia Woolf: Volume Three 1919–1924*. Ed. Andrew McNeillie. San Diego: Harcourt Brace Jovanovich, 1988. Print.

——. "Modern Novels." *The Essays of Virginia Woolf*. 30–37. Print.

——. "Mr Bennett and Mrs Brown." *The Essays of Virginia Woolf*. 384–89. Print.

——. *A Room of One's Own/Three Guineas*. Ed. Michele Barrett. London: Penguin, 1993. Print.

——. *The Waves*. Ed. Gillian Beer. Oxford: Oxford UP, 1992. Print.

Young, Iris Marion. *Intersecting Voices: Dilemmas of Gender, Political Philosophy, and Policy*. Princeton: Princeton UP, 1997. Print.

上野千鶴子『ケアの社会学——当事者主権の福祉社会へ』太田出版、二〇一一年。

コラム③ 娼婦、それは連帯するポストフェミニスト （丹羽敦子）

ヴァージニア・ウルフの小説では、娼婦や娼婦と思しき女が登場することがある。たとえば『オーランドー』では、貴婦人オーランドーに身の上話をし、本音を漏らす娼婦ネル。「女は女を愛することができないし、お互いに嫌悪しあっている」（152）などと言う男たちを尻目に、二人は女同士のおしゃべりを楽しむ。また『ダロウェイ夫人』では、ピーター・ウォルシュが、かつての恋人で今は国会議員の妻であるクラリッサを想いつつ、一方で、街で見かけた女を密かに追う。彼は、その女が「つぎつぎとベールを脱いで、自分が心に描く通りの女になっていく」（57）と夢想し追跡するが、女は勝ち誇ったような一瞥を彼に向け、娼家らしき家の中へ消えてしまう。このように男に挑戦的とも見える娼婦を、ウルフは描いている。

実はウルフは、こうした小説が検閲対象となることを恐れていたという。当時、娼婦は性的にふしだらな女とみなされ、娼婦が登場する官能的で不道徳な小説を書く女は堕落すると考えられていたからだ。男による女の性の二重基準《ダブルスタンダード》は古くからあったが、ヴィクトリア朝時代以降、とくに中産階級で性を公然と語ることが否定されると、娼婦はそれまで以上に周縁化され蔑《さげす》まれるようになる。殊に近代国家では、夫婦間の生殖こそが正当な性のあり方とされていたため、「家庭の天使」である妻／母の「よい女」に対して、娼婦は性的に穢《けが》れた「堕ちた女」とされた。そうした風潮の中で、ウルフは作品の評判を懸念したのである。

だがそれらが検閲されることはなかった。それは、ウルフが娼婦ひとりひとりに主体性を持たせ、彼女たちを「堕ちた女」の象徴としては描かなかったからだと言われる（Marshik 94）。オーランドーと友情を育むネルも、ピーターが追いかけた女も、人格を持ったひとりの女として焦点が当てられている。しかも彼女たちは、女を二重基準でとらえようとする男たちをあざ笑っているようにも見える。ウルフの娼婦たちはひとりの女として、女を二分し自分たちを蔑む社会に抵抗しているのである。

ウルフの小説から半世紀後の一九七五年、フランスの娼婦たちがストライキを起こした。それを契機に、世界各地の娼婦たちは、みずからの身体をコントロールする権利や労働条件をみずから決める権利などを求める運動を始める。そして一九八五年には第一回世界娼婦会議を開き、「娼婦の権利のための世界憲章」を起草して、娼婦たちに対する社会的差別の廃止を訴えた。さらに翌年の第二回会議では、「売春とフェミニズムに関する声明」が出され、フェミニストの立場から、女が連帯する必要性が説かれた。この「声明」が、性的自己決定権や個人の力とともに、自主独立と経済的自立をフェミニズムの価値観として支持していることから、この会議がポストフェミニズム的な性格を持つことがわかる。

だが「声明」は同時に、ポストフェミニズムとは矛盾しうる女の連帯も、その価値観のひとつとして掲げている。売春は自由選択にもとづく労働だとしながらも、自身の権利回復のためには娼婦ではない女たちとつながる必要があること、ひいてはそれが、性的被抑圧者としての全女性の権利獲得にもなると、彼女たちは考えるからである。事実、性的虐待を糾弾するフェミニストと、あるいは性的マイノリティとしてのレズビアンやゲイと連携した娼婦たちもいる。娼婦たちは、連帯するポストフェミニストとして闘おうとしている。

しばしば連帯の欠如が問われる昨今のポストフェミニズムだが、女の中でもいわば他者化されてきた娼婦たちによるこうした連帯の試みは、その現状打開に何らかのヒントを与えてくれるのではないだろうか。あるいは、オーランドーとネルの気が置けない女同士の愉快な集いの中に、そのヒントを見つけることはできないものだろうか。

コラム④　居住空間と女性建築家　（菊池かおり）

二〇〇四年に建築界のノーベル賞と呼ばれるプリツカー賞を女性ではじめて受賞したザハ・ハディッド（一九五〇―二〇一六年）。彼女の名を日本で一躍有名にしたのは、二〇一二年に行なわれた新国立競技場の国際デザイン・コンクールだ。脱構築主義を掲げ、ロンドンを拠点に世界で活躍する「アンビルト（設計しても建築されない）の女王」が手がけた流体的な設計案は、日本の建築プロジェクトでは類を見ない論争を巻き起こした。そんな彼女が英国紙のインタビューで、建築界に蔓延《まんえん》する「女性嫌悪の習性」について語っている（Thorpe）。事実、建築業に従事する男女間の格差はいまだに克服困難な問題として残っている。この問題は、出産や育児などにまつわる経済的活動の問題だけではなく、私たちの居住空間におけるジェンダー問題とも密接な関わりを持つ。

第二波フェミニズムを背景に、イギリスで設立された女性建築家組合「マトリクス」。彼女たちが女性建築家の活動支援を訴えた大きな理由は、女性の日常生活を肉体的かつ精神的に統制する〝man made environment〟（男性主体でジェンダー化された居住空間）を脱構築することだった（Darke 11）。この時期、ジェンダーの視点を取り込みながら日常的な性差別の撤廃に踏み込むと同時に、建築史に埋もれた女性建築家の発掘が行なわれ、女性性からの再読が進められた。しかし女性の経験と知識の再評価は、無意識に性差を強化することにつながりかねない。では、歴史に埋もれた女性建築家たちをどのように再読し、位置づければよいのか？

近代建築史のテクストにアイルランド出身の女性建築家、アイリーン・グレイ（一八七八―一九七六年）を取り上げているものはほとんどない。彼女が設計した白い住宅「E.1027」（一九二九年）は、ピロティや横長の窓など典型的なモダニズム建築の特徴を示し、一見するとル・コルビュジエの作品に匹敵するほど完全な近代建築に思われる。しかし細部に目をむけると、教条主義的に近代建築の原則に従っているわけではないことがわかる。たとえばリビングの一角に取り付けられた棚は、サイドテーブルや枕などを収納するためのものであり、ソファーをベッドに、リビングを寝室に変貌させる役割を担っている（図版参照）。グレイは、環境衛生や純粋性を追求する近代建築の方針は認めていたが、理論や知性に偏重することには懐疑的であり、当時の建築家たちの偉大なマニフェスト〈機能主義にもとづいた住居の標準化・画一化〉からは一線を画した、居住者のための空間作りを試みた。

昨今の研究においてグレイのデザインは、異性愛のロジックに収まらない彼女のセクシュアリティと結びつけて議論される傾向がある。このような動向は、フーコーなどの現代思想を援用したセクシュアリティ論を建築の領域で展開しようとする試みであり、また学際的に居住空間と性の生産的な関係を模索するものだ。たとえば、先に見たリビングと寝室の境界線を曖昧にするグレイのデザインは、ジェンダー化された空間の認識と役割分担の枠組みに対する挑戦であり、伝統的な女性性の概念にとらわれない彼女の姿と関連づけて考察されている（Bonnevier 166–67）。つまり、近代建築が居住者の生活を画一化するのであれば、その空間から排除される願望や実生活が彼女独自のデザインに反映されていることになる。だとしたら彼女のデザ

「E.1027」のリビングルーム
（撮影　アイリーン・グレイ）
〔© National Museum of Ireland〕

インは、近代建築の歴史に回収されるものでも、その歴史の外に短絡的に位置づけられるものでもない。むしろ、当時の建築に対する批判から生まれながらも、その技術を巧みに取り込みつつ居住空間への異なるアプローチを提示するグレイのデザインは、女性建築家と居住空間の関係性をより一層幅広い視点から論じる必要性を示唆する。

コラム⑤ ドリス・レッシングと家事労働の「外注化」（髙島美和）

中産階級の女性たちが男性同様社会進出を目指したウーマン・リブ運動、つまり第二波フェミニズムの気運が欧米諸国で高まりつつあった一九六二年にドリス・レッシング（一九一九―二〇一三年）の『黄金のノート』は出版された。一九七一年に追記された序によると、本書は、「『人間崩壊』をテーマ」(xi) とし、「女性の持つ攻撃性、敵意、憤りなどさまざまな情念について書いた」(xii) ということだが、その意に反して、男女間の対立を描いていると評価され、作者はフェミニズムの旗手として祭り上げられた。確かに、『黄金のノート』における子育て中の舞台女優や女性小説家たちは経済的に自立し、表面的には成功していたかもしれない。しかし、そんな「自由な」女たちもキャリアと子育ての狭間で苦しみもがいている。

ドリス・レッシング〔Publicity photo for *The Golden Notebook* (1962)〕

一方、同時期に、家事と育児だけでは心が満たされず、精神的に病んでいくアメリカの高学歴専業主婦の姿をインタビューによって浮き彫りにしたのが、ベティ・フリーダンの『新しい女性の創造』(一九六三年)である。当時、出産して育児に専念することは女らしさと深く結びついていた。フリーダンは主婦たちの精神的な病を治すため、家事や育児をベビーシッターやお手伝いにまかせて仕事を持つか、将来的に仕事をするために大学の講座に通うことを薦めている。では、主婦の社会進出の物理的、精神的足枷《かせ》となっていた家事と育児を外注した場合、女性の抱える問題は解決するのだろうか。

その問題を追及したのが、母親および妻の家事育児の放棄をテーマにしたレッシングの短編「一九号室へ」(一九七八年)と長編小説『破壊者ベンの誕生』(一九八八年)だといえるかもしれない。前者では、広告代理店勤務のスーザンが結婚後、専業主婦となり、四人の子供に恵まれ、ロンドン郊外の一軒家で典型的な中産階級の家庭を築いていた。夫婦になったといえども、必ずしも一生夫婦でいるとは限らないということを冗談めかして話していた二人であった。しかし、夫に不貞行為を告白されると、事実について了解はした妻であったが、それが心のわだかまりとなり、家族における自分の存在意義を見失った。その結果、自己実現のために自由な時間を求めて家事育児を放棄し、家事は未亡人のお手伝いに、育児はドイツ人オペアガール(住み込みで家事・育児を手伝う、通例は若い女性の外国人)に外注する。しかし、自由を手にした妻は、自分の代わりとなった使用人たちを屋外から見た時、家庭に自分の居場所がないことを悟り、自殺を図る。この状況は家庭が階級や国籍を超えた女の連帯の空間にはなりえなかったことを示している。後者の作品では、結婚を機に大邸宅を購入したハリエットとデヴィッドが毎年親類を招き、クリスマスパーティを催す。しかし、ホームパーティは、連続的に五人の子どもを妊娠するハリエットに代わって労働者階級と思われる彼女の母と妹が献身的に家庭を切り盛りすることと、デヴィッドの父親の再婚相手が経費の大部分を経済的に援助することによって成り立っていた。このホームパーティは女性の連帯によって行なわれているにもかかわらず、皮肉なことに、「持つ者」と「持たざる者」という家族内での階級格差が顕在化する空間となっている。

戦後福祉国家では家事や育児は母親である女性の役割として当然視されてきたが、両作品では母親以外の誰かによって容易に代替されてしまう。社会的立場は違うかもしれないが、それはキャリル・チャーチル（一九三八年生まれ）の戯曲『トップ・ガールズ』（一九八二年）のマーリーンが娘の養育を姉にゆだね、独身キャリアウーマンとして社会での地位確立を目指す姿と重なるかもしれない。家事や育児の外注化は、一部の女性が「ガラスの天井」を打ち破ることに貢献するかもしれないが、一方で、女性たちの内部に新たな階級の分断を生み出す可能性も否めない。レッシングはその問題をいち早く提起していたのかもしれない。

引用文献一覧

Bell, Shannon. *Reading, Writing, and Rewriting the Prostitute Body*. Bloomington: Indiana UP, 1994. Print.『売春という思想』山本民雄／宮下嶺夫／越智道雄訳、青弓社、二〇〇一年。

Bonnevier, Katarina. "A Queer Analysis of Eileen Gray's E. 1027." *Negotiating Domesticity: Spatial Productions of Gender in Modern Architecture*. Ed. Hilde Heynen and Gülsüm Baydar. London: Routledge, 2005. 162–80. Print.

Darke, Jane. "Women Architects and Feminism." *Making Space: Women and the Man Made Environment*. Ed. Matrix. London: Pluto, 1984. 11–25. Print.

Lessing, Doris. *The Golden Notebook*. London: Flamingo, 1993. Print.『黄金のノート』市川博彬訳、エディ・フォア、二〇〇八年。

Marshik, Celia. *British Modernism and Censorship*. Cambridge: Cambridge UP, 2006. Print.

Thorpe, Vanessa. "Zaha Hadid: Britain Must Do More to Help Encourage Its Women Architects." *Observer*. 17 February 2013.

Web. 12 December 2015.

Woolf, Virginia. *Mrs. Dalloway*. 1925. London: Penguin, 2000. Print.

——. *Orlando*. 1928. Harmondsworth: Penguin, 1993. Print.

第Ⅲ部
ポストフェミニズム状況下の労働と共通文化

第7章　フェミニズムの戸惑い

第二波フェミニズム前後の「働く」女の「自伝」

松永典子

1　はじめに

今日のフェミニズムの評価はどこかしら否定と肯定の混乱状態《ジレンマ》にあるようだ。たとえば日本では、二〇一五年の東京都渋谷区同性パートナーシップ条例にみられるように、家庭内／私的空間において選択の自由が拡大したかにみえる一方で、事実婚の法的保護などを含む戸籍制度の見直しはなく、伝統的家族観も不問のままである。いわば現在はリベラルと保守主義の混合状態である。今日のそうしたフェミニズムの混乱は、ポストフェミニズムという批評用語で説明される。[*1] この語が意味するのは、単純なバックラッシュではなく「一九七〇年代、八〇年代のフェミニズムの成果を根底から壊す活発な動き」（McRobbie 27）である。こうしたフェミニズム（研究）の困難の理由を「フェミニズムが際立って文化ポリティクスになった」からだと、主体性の問題と関連させて説明する研究者もいる（Waugh 602）。つまり、女という統一的主体を失ってしまった今日、どのような女の表象《レプレゼンテーション》／代表があり得るのかが問われているのであろう。また、その問いが求めているのは、文化か経済か、承認か再分配かのように一方が他方を排除することなく、女という集団の物語と個々人の経験をともに語ることを可能にする言語であり文化ではないか。

右記のような問題をふまえた本章の関心は、二一世紀にはどのような「女」の文学があり得るのか、もしくはすでに存在するのか、を探ることにあり、そのために第二波フェミニズム以前およびその後の女たちによる自伝（的）作品を通時的に考察する。とはいえ、文学ジャンルとしての自伝の定義は難しい。自伝とは実在の人物がその人自身の生活について語る回顧的散文だとするフィリップ・ルジュンヌの定義はたしかに受け入れやすい（ルジュンヌ　一六）。語る主体、語られる客体、作者が同一なのが自伝である、というのがルジュンヌの考えだ。しかし自伝はまた、ポール・ド・マンのいうとおり「ジャンルでも様式でもなく……あらゆるテクストの読みもしくは理解の形態」（de Man 921）でもある。ド・マンの自伝解釈が示唆しているのは、自伝とは書き手のみの営為ではなく、読み手との間におこる出来事であり、自伝が読みの可能性の上に成立するということだ。その読みは作者と読者間のものだけではない。さらに読みが一度かぎりではなくつねに反復的であることを思い出すならば、ジャック・デリダが解釈するように、書き手もみずからの自伝の読み手ともなる。すなわち、「自伝」を読む者はその書き手も含めて「他者の耳」の持ち主となる（Derrida 49–55）。こうした自伝的読みを中井亜佐子が鋭くも「他者の自伝」と名づけたように、自伝は、自己と他者へ応答する／責任をもつ読みの営為である（中井　六一一〇）。こうした議論にしたがって自伝を理解すると、読解という行為を媒介として、自伝は、作者もしくは読者いずれかのみの行為ではなく、両者にゆだねられる反復的行為であり、また個別性（自己を語る）と対話性（他者の物語を聞く／読む）という対照的な特質を備えると考えられることから、本章においては、通常は自伝に定義されない手紙や日記も含めて広義に解釈する。

多様かつ長い歴史をもつフェミニズムは一般に、二〇世紀初頭の参政権運動に代表されるような政治的権利を求めた第一波フェミニズム、一九六〇年代後半から七〇年代にかけて文化的・社会的承認を求めた第二波フェミニズムのように図式的に説明されるが、本章においては、今日のフェミニズムに多大な影響を与えた第二波の代表的文学（研究）の成果（とくに後述する意識高揚運動）を検証するために、第二波の前後それぞれの世代における「働く」女たちの「自伝」を考察する。ナショナルおよびグローバルな文化において変容するかに思えるフェミニズムを、断絶ではなく継続の観点からとらえ直すことによって、ポストフェミニズムの批評的可能性を、個別と対話という特徴を持つ自伝から読み取りたい。自分を語るというきわめてフェミニズム的な文学である自伝の考察を通して、フェミニズムをめぐる戸惑いを紐《ひも》解きながら、[*2]文学におけるフェミニズムの意義を再定位することが本章のねらいである。

2　フェミニズムの読み書き能力《リテラシー》——意識高揚小説

フェミニズム文学を考えるとき、第二波のムーブメント拡大に寄与した意識高揚《コンシャスネス・レイジング》（通称ＣＲ）を忘れてはならないだろう。それは「個人的なことは政治的なこと」というスローガンのもと、個人の経験を「私たち」の物語へと昇華させ、広く共有していく理論かつ実践である。そうしたフェミニストたちの目標は「シスターフッド」という言葉に集約されるが、それが意味するものはきわめて多様であることをＣＲの歴史は物語っている。初期のＣＲの活動は、一ヶ月から半年ほどの間に一〇名程度が定期的に集まり、個々人の経験や悩みを語り合い、具体的な活動へと発展させていくグループ活動だった（Koedt, Levine, and Rapone 280）。集団といっても個々の経験を重視するＣＲでは個人の声も重視され、小説はそうした個別の声を聞くための手段、つまりはそこにはいない人物の証言（Hogeland 24）として重要な役割を果たした。小説を読む行為がその場にいない女たちの経験を想像する契機となったのである。政治的変革を理解する方法としてＣＲを用いた女たちの意識高揚の過程を描いた小説が書かれ、それらをリサ・Ｍ・ホグランドはＣＲ小説と名づけている。一九七〇年代のこれらの小説が読者に求めたのは、小説の結末に満足するのではなく、結末後に何が起こりえるのかを想像することであり、完結しない未来に参与することである（44）。（たとえば一九七三年に出版された、エリカ・ジョングのベストセラー『飛ぶのが怖い』の結末はＣＲ小説の特徴をよく表している。この小説は、夫を捨てて新たな恋人を作った主人公の既婚女性が、夫が宿泊するホテルの部屋に、彼の不在の間に勝手に入り、シャワーを浴びる場面で終わる。まさに、二人の未来を説明しないオープンエンディングだ。）さらに七〇年代後半になると、CRには個人の経験を重視するソフトと、理論化を求めるハードという分化の動きがあり、前者はおもに運動において、後者はおもに学究世界において発展し、互いに分裂しながらもフェミニストとしての読み書き能力《リテラシー》の育成に寄与したと、ホグランドは説明する（30–32）。こうしたCRの実践によってフェミニズム文学および理論は著しく発展した。

　第二波の始まりはベティ・フリーダンの『新しい女性の創造』（一九六三年）やジャーメイン・グリアの『去勢された女性』（一九七〇年）などが刊行された六〇年代後半頃からとされるが、アカデミズムにおいて具体的な成果が出てくるのは七〇年代に入ってからだ。ケイト・ミレット『性の政治学』（一九七〇年）、ジュリエット・ミッチェル『精神分析とフェミニズム』（一九七四年）のような優れた批評が数多く出版されるが、なかでも米国のエレイン・ショウォールターによる『女性自身の文学（*A Literature of Their Own*）』（一九七七年）は第二波の代表的文学研究である。女性解放運動の活動家でもあった彼女は、「悪名高い英国ストライキ、労働争議、計画停電のあった一九七三年の冬」の英国に渡り、「ときにはロウソクを点《とも》して本を読んだ」（Showalter, “Twenty” 400）。その時に執筆されたという意味で、本書は新自由主義萌芽期の著作でもある。[*3]

　ショウォールターは、第二波の運動がもたらした学問的成果を「女性作家の〈失われた〉作品の掘り起こしと再解釈、およびその作家たちの生活とキャリアの実証」（Showalter, *A Literature* 8）と位置づけ、女たちの文学の伝統を、発展的というより沈殿し蓄積していくものとして段階的に区分して提示する。つまり女たちの失われた歴史の回復を追求するのである。同書は、出版二〇年記念論文で著者が回想するように「あらゆる観点から、フェミニズム解釈サークルに攻撃された」（Showalter, “Twenty” 402）

という。しかし、時代区分や人種・セクシュアリティの観点などからの反論を含め、そうした反応は、本書がそれだけ幅広く読まれた証でもある。換言するならば、『女性自身の文学』は、男の歴史から忘れられた女の物語・経験を聞きとる試みである。そうした試みによって「女性特有の自己認識はどの時代においても文学を通して明らかになる」と幅広く認知され、心理学、社会学、社会史学、美術史学における文学への関心は高まり、今日では当然となった学際性をフェミニズム研究にもたらした（Showalter, *A Literature* 8）。

『女性自身の文学』が主張する女性物語の掘り起こしの特徴は、職業作家を分析対象と想定する点にある。「報酬と出版を求める職業作家」（12）という対象の選択は社会的承認と経済的再分配を求めた女性作家を考察することであり、ショウォールターは私的空間から出版という公的空間に進出しようとした女の経験の分析に挑戦したと言えるだろう。とりわけ代表的女性職業作家として論じられるブロンテ姉妹、ジョージ・エリオット、ヴァージニア・ウルフ、ドリス・レッシングの作品は、今日にいたるまでイギリス女性文学の古典と考えられている。『女性自身の文学』が考察する時代はおもに一九世紀以降だが、そのタイトルが示唆するとおり、ウルフは、これらの女性作家のなかでも重要な位置を占めており、とくに評価されるのは女の職業作家の可能性を論じた『自分ひとりの部屋（*A Room of One's Own*）』（一九二九年）である。しかしながら、こうした手法は、日記や手紙の書き手を、結果として研究対象の枠組みの外に置く。金銭という再分配の重視は対象の限定につながり、それゆえ女性作家の枠組みを中産階級に限定する方向がもたらされたと言ってもよいだろう。つまり『女性自身の文学』における女性文学の掘り起こしは、職業作家の焦点化によって、労働者階級女性の書き手を傍流におくという、皮肉な結果をフェミニズム文学研究にもたらした。

その一方で『女性自身の文学』でおもに論じられる作家とウルフには決定的な相違点が二つある。彼女が不労所得者であったことと、第一波の主たる目的とされた男女平等の参政権獲得《サフラッジ》（一九二八年）の以前および以後に執筆した作家であることだ。ウルフは、第一波フェミニズム世代であると同時に、ポストサフラジスト世代でもあるがゆえに、他の作家とは異なる課題を時代から要求されたように思われる。

それが、ショウォールターの『女性自身の文学』で存在を言及されながらも、論じられなかった『私たちが知っている生活／人生《ライフ》――労働者階級女性の声』（以下本書では『生活／人生』と呼ぶ）（一九三一年）に見て取れる。これは、女性協同組合で働く女たちがみずからの経験を自身の言葉で綴った手記集で、ウルフはそこに序文「マーガレット・ルウェリン・デイヴィスへの序文としての手紙」を寄せている。労働者階級女性の、とくに既婚女性の会員から構成される本組合は（Scott 18）、英国の協同組合運動のひとつであるが、国家と家庭における女性の地位に関する事柄に取り組む独立組織でもあり、一九一五年時点で三万二千人近くの加入者数と六一一支部を有し、同種の運動でも有力組織だったという（Davies, *Maternity* 1）。[*4] 協同組合は、たとえば現代日本では生活協同組合（生協）として定着しているため小売業のひとつにすぎないと思われがちだが、そうではない。「協同組合は大革命の始まり」だった。なぜなら、組合員が自分たちに必要なものをみずから製造し流通にも従事することで「業界の管理権を掌握する」からだ。これは、同組合の会長を長きにわたって務め、『生活／人生』を編纂した女性運動家で平和運動家のマーガレット・ルウェリン・デイヴィスの説明だ。前述の文に続けて、彼女は「協同組合の運動が示しているのは……資本家ではなく、コミュニティに主導権があることを望む人々の願いは幻想でも不可能でもないということだ」(Davies, *Life* 164-65) と述べる。[*5] そうした運動の革命性を自覚していたデイヴィスに、本手記への序文を依頼されたウルフが書いたのが「手紙」である。

「手紙」に記された出来事は三つの時間で構成される。第一は一九一三年にウルフが女性協同組合の大会で演説する女たちを見た時で、ウルフは大会で見聞した離婚法改正、地価課税、最低賃金、母性保護、子どもの教育など、労働者階級女性の主張の多様性を解説する。第二はその大会後のデイヴィスとの会話の過程で、ウルフが『生活／人生』の元となる女性労働者たちによる手記の存在を知る時である。フェルト帽製造業に従事していたスコット夫人の劣悪な生活環境、レイトン夫人のマッチ工場での過酷な労働。ほかにも、農作業後の凍える冬の寒空を仰いで冷たい食事を取ろうとする若き日の自分を、初対面にもかかわらず家に招き入れてくれた老女を思い出すバロウズ夫人 (Woolf, "Introductory" xxxv) らの手記が言及されたのち、第三に、ウルフが序文となる手紙を書く現在へと時間は移り、「働く女たち」の「声が沈黙からやっと聞き取れる言葉になろうとしている」(xxxvi) という言葉で締めくくられる。

女の協同が何よりも大事だという書き手それぞれの記述から判断されるように、彼女たちの主張がシスターフッドであることは明らかだ。集会の後に自宅に組合員たちを招いたミス・キッドは、仲間と共に過ごすその場所が「共感と愛に充ちていた」と証言し、また招かれた者も「小さな彼女の部屋に泊まったものは、そこでのおしゃべりや議論を、みな忘れることはないだろう」(Davies, *Life* 87) と述べる。またスコット夫人は「来たるべき未来に、女たちが更なる自由や参政権（本当に多くの扉を開ける鍵）を手に入れれば、良き種から長きにわたる収穫を得るだろう」（112）と参政権獲得の重要性を語る。だからヤーン夫人が夢見る旅行とは、未知なる国際女性協同組合員と出会い、「真の友情」を育むことであり、「それが戦争を防ぐ」（118）と反戦の立場が明確にされるのである。彼女たちの希望や願いは、まさにフェミニズムのそれである。

ところがウルフの「手紙」は、「あなた宛」（Woolf "Introductory" x）という読者を想定するが、その「あなた」とは誰なのか実のところ判然としない。協同組合の会議中に「黙って座っていることを強要された中産階級の参加者」としての自分を悩ませた「矛盾した複雑な感情」（xxiv）について、ウルフは、「彼女たちは風呂と金銭が欲しい」が「私たちは風呂も金銭も持っている。したがって、どんなに私たちが共感したとしても、それは大部分見せかけのものだ」（xxi）と述べる。しかも、その感情を、一八八九年から同組合会長を務め、「個々の組合員との結び付き」（Dallas n. pag.）をもつはずのデイヴィスも共有していたのだ。そのデイヴィスがウルフに「私たちがこれらを読めば、この〔組合の〕女たちは象徴でなくなり、個人になるかもしれません」（Woolf xxv; 強調引用者）と言って手渡したのが、後に『生活／人生』の一冊にまとめられる手記の束である。その手記に対する返答が「手紙」という私的媒体で書かれ、デイヴィス宛と明記されていることを考えると、狭義には「あなた」はデイヴィスおよび中産階級の読者を想定していたといえるだろう。

しかし、「手紙」にミス・キッドの人生を引用するウルフの言葉は、「あなた」の解釈の可能性がそれほど限定的ではないことを示唆している。ウルフは、女性協同組合の建物を訪れた一九一三年に、組合の事務室でタイピストとして働くキッドを初めて見かけ、彼女を「中産階級の来訪者を追い払おうとする番犬」(xix) のようだと呼ぶ。その比喩からは不必要とも思えるウルフの彼女への緊張が伺いしれよう。その彼女の人生をウルフは手記で知ることになるわけだが、キッドは本書の出版時にはすでに他界していたため、同書に収録される「組合事務所の事務員」と題された章はキッドの執筆ではなく、残された彼女の手紙をもとに、編者デイヴィスが書いた伝記である。ウルフに引用されるのは古い手紙だ。それは、組合の事務員として務めて欲しいという依頼の手紙に対して、「この手紙を書くことは人生のなかで……何よりも辛い務めです」という言葉で始まり、彼女自身の経験を伝える返信である。

一七才の私が、当時の雇用主で、身分高く町での地位も高い紳士に、ある晩、住まいに荷物を取りに来いと言われて行ってみると、それは表向きの理由で、実際にはまったく異なる目的で呼ばれたのでした。お屋敷に行くと一家揃って出かけていて、彼は自分に身を任せなければ帰さないと命令したのです。一八才のとき私は母親になっていました。

(Davies, *Life* 84–85 quoted in Woolf xxxv)

今日の視点から彼女の手紙を読む者ならば、経験を組合仲間と共有するキッドの手紙に、CRの原型を見て取るだろうが、ウルフはキッドを「象徴のような」存在と描写する (xix)。だが、それが何の象徴なのかを説明しない。彼女を番犬と呼び、みずからを中産階級だと自認するウルフの言葉が示唆するのは、キッドとは「貧困」もしくは「労働者階級」(xxii) の困難の象徴であるということであり、先の引用から具体的に考えるならば働くシングル・マザーの象徴ともいえるだろう。

さらに「あなた」を現代女性と接続させて読むならば、キッドが象徴する「労働」は、敷衍《ふえん》して考察されるべきである。というのも、女性協同組合の女たちが従事する仕事は、未来の中産階級女性たちの仕事でもあるからだ。キッドをはじめ手記の書き手は肉体労働者でも熟練工でもない、事務職従事者である。一九世紀半ばから第一次大戦開戦までに事務職員数はおよそ九倍に増加するが、とりわけ女性事務職員数の増加は八三倍と著しい（Zimmeck 154）。前述の引用でウルフが取りあげた女たちも、きょうだいの多い家庭に生まれ、幼少期はいわゆる肉体労働（女中、工場労働、農業）に従事していたが、組合では事務職（タイピスト、会計、事務局《セクレタリー》、副会長）の従事者である。その意味で、「世の中の重荷が彼女の肩にのしかかるかのようにタイプを打っていた地味な紫色の人物」（Woolf, “Introductory” xxxv）のキッドをはじめ『生活／人生』の手記の書き手たちはみな、まさに肉体労働から解放され、新たな「労働」に従事する労働者の第一世代でもある。同時に、『自分ひとりの部屋』において、ウルフが生みだした架空の作家であり、未婚で望まぬ子を宿し、その子を産むことなく自殺したジュディス・シェイクスピアの死に場所がロンドンのエレファント・カースルだったことを思い出すならば（Woolf, *Room* 62）、そこは女性協同組合員たちの生活圏であり、ジュディスは、そこで生き延び、彼女たちの友《シスター》となる可能性もあったはずだ。このように考えるならば、「あなた」とはデイヴィスだけでなく、ジュディスも、その彼女のシスターの女性協同組合の組合員たちも「あなた」に含まれるだろう。

ウルフの「手紙」を自伝的に読むならば、女性協同組合員たちの手記はCR小説の先駆的文学であり、そこには労働組合という職場／共同体にもとづくシスターフッドが実現していた。そしてキッドを始めとする彼女たちが象徴していたのは、肉体労働から事務職への女の労働の変化である。ウルフが未来の女性労働者の姿をどのように想像していたかは定かではないが、第二次大戦後に事務職が女性労働者の主要な割合を占めることを考えるならば、ウルフは戸惑いながらも、新たな、働く女の兆し《シンボル》を読み解こうとしたと言えるだろう。

3　ポストフェミニズムの告白

では、第二波以前に兆しのように存在した意識高揚運動もしくはCR小説を、第二波が顕在化させたとするならば、CRは、第二波以降、女の経験を共有する言語として受容されたのか。一九九〇年代以降のリアリティ・テレビ番組の流行をみると、ある種の経験の共有は流行となったようにみえるが、女たちの文体は「自伝」ではなく告白が主流になったように思われる。そうした情況の中で、告白が国家に、家父長制国家に、グローバルに専有され、また今日のフェミニズムの困難は共通のアイデンティティの喪失にある（Waugh 188–91）という、イギリス女性文学研究者パトリシア・ウォーの主張は感覚的にはもっともであるし、少なくとも部分的には正しい。

しかしながら、告白が女の文学の重要な要素だったとするウォーの主張には完全には同意しがたい。自由主義的国家における（政治経済的）家父長制構造を転覆させるために、組織化された、女性中心の文化が政治的連帯をつくりだす試みとして、ウォーは告白という形式を高く評価する（200）。だが告白は、権力と結びついて個を監視する役割を果たしていた、というミシェル・フーコーの指摘を考慮に入れた上で（Foucault Chapter 3）、ポストフェミニズムの文学と呼ばれるチック・リットの代表的作品を読むと、ウォーの主張には疑問が残る。

チック・リットとは、ポストフェミニズム状況におかれた女性読者の、女性読者による、女性読者のためのフィクションである。このジャンルの典型的ヒロインは、中・上流階級出身で白人の異性愛者であり、大卒で知性があり、年齢二〇代後半から三〇代半ばの独身（Harzewski 29–30）で、キャリア志向の有職女性《ワーキング・ウーマン》である。高等教育を受けている点は古典的有職女性である一九世紀英国のガヴァネスと共通するが、彼女たちのように住み込み仕事で拘束されることはない。また働くといっても肉体労働ではなく、高給取りのシングル女性として、ヒロインたちは「自由」な生活を送る。その代表例が、ジャーナリストとして執筆していたヘレン・フィールディングの『ブリジット・ジョーンズの日記』（一九九六年）である。本作は、『インディペンデント』紙に、ロンドンのシングル女性の生活に関するコラムを依頼されたフィールディングが、「大仰で、おもしろおかしいフィクションのキャラクターを使って」匿名で書いたものである（Fielding, “Foreword”）。つまり主人公はメディア先行型の「作品」である。ジョーンズというありふれた姓は、まさにその一般性を強調する仕掛けであろう。いくつかの特徴さえ保持していれば、あなたも私もブリジットだ。三〇代という年齢が示唆するように、ブリジットは立派な成人でもある。にもかかわらず、彼女たちはひよっこ《チック》と呼ばれ永遠に未熟とみなされる。永遠の「若さ」と引き替えに彼女たち（登場人物、読者、書き手）は、永遠に未熟であり、したがって自己鍛錬が独身女性《チック》に与えられた永遠の課題だ。本作が日記体であるのは、その自己鍛錬すなわち自己規律が生涯続くことを暗示している。

ただし日記と題されてはいるが、「語る主体がその語る内容の主語と同一である」（Foucault 61）という点で、その語りはフーコーの意味での告白である。小説は「新年の決意」という新年の抱負で始まり、その達成度の精査で終わるが、その決意には、禁煙、禁酒といった生活習慣を改善する、自己主張する、自信をもつ、男性への過剰依存をやめるなどの精神面での鍛錬《メンタル・トレーニング》が列挙される。アルコール摂取は一週間あたり一四単位に制限、腿を左右合わせて七・五センチ細く、週に三回ジムに通う、など「決意」を数値化していく（Fielding, *Bridget* 3）。これらは日々の記録（日記）ではなく、目標達成の告白である。こうした目標すなわち欲望をブリジットが語りかけるのはその場にいない権力に対してであって、その権力こそが、告白をせよ、と強制し、強化し、裁き、許し、また告白を誘導するのだ（Foucault 61）。

また、新自由主義の文脈に即して考えるならば、ブリジットの告白は「承認」のそれである。承認とは、アクセル・ホネットにしたがうと、愛・人権尊重・業績評価に三分類される。*6 このうち人権尊重はジェンダー論においては解決済みと整理されることもあるが、それは正確ではない。先進国では解決済みで発展途上国では未解決という意味ではなく、そもそも先進国内においてすら実現されていない。そうした例がブリジットのジャーナリストとしての活躍場面に見られる。出版社退職後、第二のキャリアをテレビの報道業界に求めた彼女は、殺人事件の女性被告へのインタビューを命じられる。「外国語なまり」（Fielding, *Bridget* 242）の非英語母語話者を描く本場面はブリジットの物語であるだけでなく、他者の女の物語でもある。しかし奇妙なことに、存在すべき両者の会話は作品中には言及されない。作品で被告女性が発するのは「クオリティ・ストリートをお願いしたのにデイリー・ボックスを買ってきたのね」(242)というチョコレート菓子の商品名だけであり、それはブリジットに向けられた言葉ですらない。英国商品の知識の所有は英国文化の熟知を意味し、そうした「知」を所有する彼女の属性はあたかもブリジットと何ら変わりがないかのようだ。しかし実際のところ、その取材対象は、乳母として働く彼女を繰り返しレイプし一八ヶ月も監禁した雇い主を殺害した殺人事件の被告である(240)。被告女性への独占インタビューの実現によって仕事で大成功を収めたというのに、同時代に生きる女が抱えている人権、ケア(育児)、貧困(経済格差)、いずれの問題についてもブリジットが目を向けることはない。乳母とジャーナリスト。有職女性という点で共通項を持つ二人であっても、彼女たちの経験が共有されない点において、被告女性は語ることができないサバルタンである。[*7]彼女は、ブリジットの日記ではキャリアにおける成功のエピソードの一部でしかなく、未来の恋人でやり手弁護士のマークとの関係の強化の背景となるだけだ。ブリジットの日記で記録し承認されるべきは、自己への愛と業績評価だけなのだ。

　本作の女たちは経験を共有しているものの、それは構造上の共有であるがゆえに、暗示的にしか示されない。そもそも、ポストフェミニズム世代を描いたと言われる本作だが、実際は、ポストフェミニズム世代だけでなく、その母世代すなわち第二波フェミニズムの欲望も描いている点に留意すべきだろう。専業主婦の母パメラは「私は、必要なものすべて持っていますよ」(9; 強調原文)と言いながら、「キャリアが欲しい」(71)と娘のブリジットに訴える第二波世代だ。パメラを介して、女たちの経験は重層的に接続される。パメラは、テレビ番組のキャスターの職も恋人も、娘より先に手に入れる。キャリア志向、恋愛至上主義という点で母娘の経験は(恋人に騙され裏切られることも含めて)酷似しており、第二波とポストフェミニズムの欲望は無縁ではないことを示している。他方、パメラは恋人が起こした詐欺事件に共謀する加害者／被害者でもある（彼女が事件の詳細をどの程度知っていたか、関与したかが作品で言及がないため、加害者と被害者の区別は判然としない）。男の暴力（違法行為）の被害者という点で前述の乳母とも経験を共有する。加えて、彼女は、弁護士マークの法の力で無罪となり、その結果ブリジットと彼の親密さが深まる。その点でもパメラと乳母の経験は重なる。第二波とポストフェミニズム世代、専業主婦とケア労働者／性暴力被害者。パメラを経由して三者の相似形が暗示するのは、ポストフェミニズムの被害者性（男からの暴力）であり、かつ加害者性（人権への無関心）だろう。それは本作の結末にも反映される。恋人獲得という娘にとってのハッピーエンディングは、母にとっては持っていたすべて（恋人、仕事、希望）を失う瞬間でもあるが、その最大の経験を二人は言語化しない。そのことを出来事としては明快に、事象の説明としては言外に、読者に提示しながらも、本作が――加害者性はすべて第二波世代に押しつけ、女の現実（暴力、ケア問題）を知りつつ目をそむけながら――強調するのは、対話ではなく選択をせよという欲望の促進であり、その拡散であり、強制である。

本作はポストフェミニズム時代の女たち二世代のキャリアの盛衰を描くことで、ポストフェミニズムが世代の問題ではなく、時代の問題であることを指摘する。また、働く女の経験が語られるという点でブリジットの物語は女の経験の告白でもある。しかし、みずからの欲望を語り、語ることでその欲望を拡散する告白はCR小説の系譜にはない。働く女の経験が前景化されたとしても、人権が不問にされるのであれば、それはもはやフェミニズムの不在ではなく否定でしかないだろう。ブリジットの日記は自己管理の手段であって、業績（目標達成）という承認を求める告白であるという意味で、CR小説のような協同空間をもたらさない。

4　セレブの自伝——「私はフェミニスト」

二〇〇八年のリーマンショックなどの世界金融危機以降、二〇一〇年代には、実在の人物がみずからを対象として語るというルジュンヌの意味での自伝が流行するが、その最大の特徴は、おもにビジネス、ジャーナリズムなどの分野で活躍するセレブリティが著者であることだ。各界で活躍する現役女性著名人が自身の失敗談を交えながら成功体験を語る。そうした代表例が、米国フェイスブック社の最高執行責任者シェリル・サンドバーグによる大ベストセラー『リーン・イン』（二〇一三年）である。[*8] 初版の翌年には大学院生向けの改訂版が出版されたように、本書の想定読者は、「自分の領域でトップに就く可能性を高めたい、全力でゴールを目指したいという望みを持つ女性たち」である。女から女への呼びかけと言っても「フェミニストの書ではない」（Sandberg 10）と断り書きを入れるほど、著者はフェミニズムに慎重な態度を取る。そのかわりに彼女が推奨するのは、フェイスブック的交渉術とでも呼べそうな、みんなに好かれる「私たち」（47）の語りである。そこにはある種のCR的語りがたしかに含まれているが、そうしたサンドバーグの主張を、ドーン・フォスターは、企業において出世のはしごを駆け上り、ガラスの天井を打ち破るための企業フェミニズムと呼ぶ（Foster, "Why Corporate"）。「企業フェミニズムが極度に富裕な女性像を目立たせようとするのは、ますます進む構造的不平等の象徴としてではなく、女性性の救世主としてである。彼女たちが成功したのだから、あなたにもできる」(Foster, *Lean Out* 20)。だから、企業人としての意識を高揚させるサンドバーグの語りとは「企業が望みうる最良の労働者たれ」(Foster, *Lean Out* 57)と女たちに発破をかける語りなのである。キャリアでの成功を目指すその語りは、ブリジットと同じく承認を求める告白であり、したがってサンドバーグの語りは告白的CR文学といってよいだろう。しかしながら、それが新自由主義下にある今日に求められる語りではないことを、二人の英国の労働者階級の女性表象から本節で検討したい。

『リーン・イン』が米国女性の自伝だとすると、『女になる方法』(二〇一一年)は英国のそれだが、本書の作者で人気コラムニストのケイトリン・モランは、ハーバード大卒のサンドバーグとはいくつもの意味で対照的である。彼女は、公営住宅《カウンシル・ハウス》で育った労働者階級出身で、一一才から学校に行かず、自宅学習した彼女は学歴らしい学歴をもたない。学歴なし、コネなしの彼女の唯一の学びの方法は、図書館での自助努力だ。だから彼女に与えられた職業選択は、モラン曰く売春婦、スーパーマーケットのレジ打ち、作家の三択しかなかった(Moran, *Moranthology* 1)。

『女になる方法』の最大の魅力は中絶経験(第一五章)などの実体験について語る率直さと、自分の経験をほかの女たちと共有していこうと呼びかける文体にある。口にするのが憚《はばか》られることでも、それが悩みのもとならば積極的に話していこうと読者に繰り返し呼びかける彼女の語りにはCR小説の系譜が確実に読みとれる。しかし、彼女が男と家父長制について語るとき、みずからを「断固たるフェミニスト」と名乗るモランの不安が垣間見える。「私たち[フェミニスト]は、世界すべてを求めて論争しているのではない。求めているのは自分たちの取り分／株(share)だけだ。男たちはなにひとつ変える必要はない」し、また「男たちがやっていることを止めて欲しいと思っているわけではない。私が望むのは、根本的な市場の力だ。選択肢が欲しい。多様性が欲しい。もっと欲しい。女が欲しい。私は女に世界をもっと所有してほしい」(Moran, *How to Be* 308–9; 強調原文)とまで言う。公平ではなく、経済の自由を、選択の自由を要求するモランの主張の終結点は、「歳月が経って考えてみると、私が本当になりたいものはつまるところ人間だと気がついた」(309)というフェミニズムの肯定の中断であり、ヒューマニズムの選択である。株を求め、市場を肯定し、核兵器を肯定し、選択肢を要求する彼女の右記の言葉をみると、あたかも彼女は新自由主義社会を肯定しているように思える。

同時に、モランはフェミニズムを強く称揚する。文字通り、作者は読者たちにフェミニストになろうと読者に呼びかける。「皆さんにぜひともやって欲しいのは「私はフェミニスト!」と口に出すことです。できれば、どうかイスの上に立って「私はフェミニストだ」って叫んでほしい」(72)。だからこそ彼女は書籍だけでなく、ソーシャル・ネットワークを通じて読者と直接対話し、呼びかける。[*9] モランおよび彼女の著作の人気は、「私はフェミニストだ」と言葉にするというただそれだけのことが、いかに困難であるかを示しているのだろう。[*10]

モランのフェミニズムへの不安定な発言は、セレブと対照的な、しかし現代英国女性表象という点で共通点を持つチャヴの言葉を想起させる。チャヴとは、ロマ語で「若者」を表すchaviを語源とするが、むしろ一般には、公営住宅に居住する乱暴者(Council Housed and Violent)の略称とされ、低所得者層もしくは(形容矛盾に聞こえるだろうが)労働をしなくなった労働者という誤用が流布している。興味深いことに、表象として注目されるのは男より女のチャヴである。なかでも悪名高いチャヴ女性

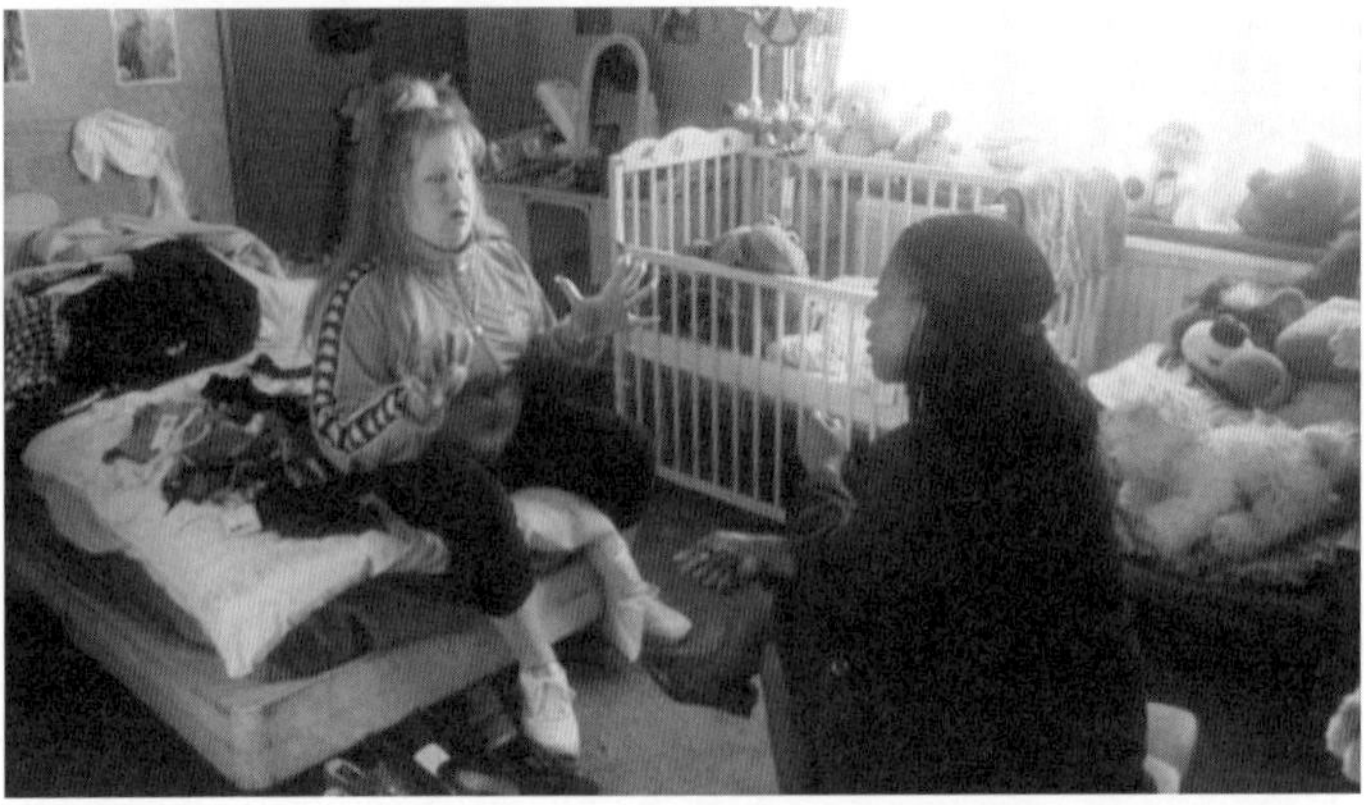

図版A　ソーシャルワーカー（右）の訪問を受けるヴィッキー（左）

が、大英帝国ならぬ『小英帝国《リトル・ブリテン》』という英国のコメディ番組（二〇〇三年から〇七年にテレビ放映）で男性コメディアンによって演じられた登場人物である、女子高生のヴィッキー・ポラードである。ヴィッキーの強烈な個性は、女子高生が中年男性によって演じられるという奇抜さだけでなく、その過激かつ過剰な発言にある。なかでも彼女の「そう、でも、そうじゃなくって、ていうかそうで、じゃなくって、でも……（Yeah but no but yeah but no but...）」と無限に続く否定と肯定の口癖は、二〇一五年になってもニュース番組で優柔不断の比喩として用いられるほど有名であり、同時に役柄を越えて、チャヴ女性の支離滅裂さを表すようになっている。

同番組が描くのは、現代英国における文化的アイデンティティ獲得の失敗であり、高校中退後にシングル・マザーとなるヴィッキーはそうした文化的アイデンティティ獲得に失敗した女性労働者の表象／代表である。彼女が登場するほとんどの場面には英国で生まれ育った移民系の英国人が登場する。図版Aは、未婚のまま子どもを産んで間もないヴィッキーの自宅に母子の様子を確認しに訪問する黒人女性ソーシャルワーカーが登場する場面だが、その女性が話すのは、白人ヴィッキーの早口で無秩序な言葉（遣い）と対照的に完璧な標準英語である。彼女たちの言語能力の差は、両者の「教育」の差を含意し、さらには本人の能力や努力の有無を暗示する。それゆえ別の場面で描かれるヴィッキーの失業は生来の努力の欠落の結果と解され、悲劇ではなく嘲笑の対象となる。オーウェン・ジョーンズが『チャヴ――悪魔化された労働者』で労働者の表象／代表から疎外された存在がチャヴなのだと論じたとおり、公営住宅出身のヴィッキーは明らかに労働者階級であるにもかかわらず、そう見なされず、気分屋で無気力で無知なチャヴとされる。それゆえ高等教育を受けていないという共通点を持つ二人であっても、ヴィッキーとモランは、前者は働いたとしても長続きしない労働者もしくは無職者として、後者は人気作家というクリエイティブ労働に従事する成功者として、区別される。[*11] 努力と成功は必ずしも等式で結べるわけではないのに、成功者は元労働者階級とみなされるが、無職者は労働者階級ですらなくアンダークラスの代表／表象とみなされるのだ。では、モランはポストフェミニストなのだろうか。おそらくそうした問いはフェミニズムを文化的アイデンティティの問題に還元するだけであろう。

「私はフェミニストだ」と口にすることはみずからの名づけであると同時に、他者への応答でもある。再分配と承認の問題をたびたび論じた竹村和子は、『愛について』の中でアイデンティティにおける孤独の必然を指摘する。これは、アイデンティティが何か／誰かと同一視する行為であるとするならば、奇妙に思えるかもしれない。しかし「この孤独こそが、逆説的に、親密さにもっとも近づくことができるものであり、この自己へのはたらきかけこそ、自己が他者にはたらきかけるための唯一最良の方法である」と竹村は言う（竹村　二五九）。ここでいう孤独とは、アイデンティティの過剰さに向き合うことである。わたしは誰かと決定づけるという行為は「見知らぬもの、不気味なもの、錯綜しているもの、真の意味で誰とも共有できないものに出会うことである」。「決定の否定（名づけないこと）ではなく、名づけが過剰に存在していることである」。そうした自己の名づけは、自己および他者へ応答する／責任をもつことである、という（竹村　二五八―五九）。

そして孤独との距離が、西洋文学では同系譜におかれる告白と自伝とを区分するように思われる。自伝概念に、竹村の言う、名づけにおける孤独の必然を加えるならば、告白と自伝との違いは明らかだ。前者は他者が欠落した権力に対する語りであるのに対して、後者は孤独という自己／他者への応答を通じた対話的な語りだと言えるだろう。このように告白と自伝を区分して考えるならば、『女になる方法』のモランの語りは自伝（フェミニストになろうという対話的呼びかけ）でもあり告白（ポストフェミニスト的選択への傾倒）でもある。つまり今日のフェミニズムに求められているのは、このように他者に語りかけ、自己に応答する自伝的CR小説なのである。それはつまり、フェミニストとしてのモランの戸惑いを自伝として読むこと――孤独に対峙しながら同時に他者と対話すること――であり、そしてシングル・マザーのヴィッキーの永遠に続く否定と肯定が今日の女たちのジレンマを表しているのだとすれば、労働者表象から疎外されたヴィッキーの来たるべき自伝を読むことであろう。

5　おわりに

本章においては、第二波の提示した女の経験の共有がフェミニズムにとって今も変わらず重要な課題であることを確認するとともに、その課題を追及するためには告白でも告白的CRでもなく自伝的読みが有効であることを考察した。ポストサフラジスト世代の作家ウルフが彼女にとって未知なる女性労働者像を描いたのは偶然だったかもしれない。たとえ彼女たちをシスターと呼ばずとも、戸惑いながら彼女たちを描いたウルフは自伝的対話を実現していた。読み手の解釈に依拠する不安定な形態の自伝は、「女」の多様性を否定せずに彼女たちの物語を実現する読みの可能性を持っている。そのような読みの実践は、フェミニズムの戸惑いと挑戦によって可能になるのではないだろうか。また、その実践を確実に行なうためには、フェミニズムの文脈で「自伝」を読むことが求められている。CRというフェミニズムの成果によって手に入れた言語も、それによって蓄積された文化も手放す時はまだ来ていない。

＊本研究は、日本学術振興会科学研究費16K02465の助成を受けている。

注

＊1　河野（一五一―五五）、三浦（六二―六七）、McRobbie（1-2）参照。
＊2　山口／斉藤／荻上は、二〇〇〇年代の学問および運動としてのフェミニズムの現状の困難を「戸惑い」と

名づけ、保守運動の実体を明らかにすることで、その理由を実証的に考察している。

＊3　新自由主義の開始時期については諸説あり、一九五〇年代と考える研究者もいるが (Brown 50–52)、ここではハーヴェイの唱える一九七〇年代説 (三章) に準拠した。

＊4　女性労働者組合については Scott および浜林を、デイヴィスについては Oldfield をそれぞれ参照。また、同組合はほかにも、労働者階級女性の「手紙」を *Maternity* と題して一九一五年に出版しており、編者であるデイヴィスはその序文で、出産、育児にまつわる女たちの苦難を社会的経済的政治的問題と指摘している。

＊5　離婚法改正および母親手当の実現を支援した女性協同組合は、労働者階級女性にとっての、公的生活 (政治・経済) と私的生活 (家族との関係) と両者の変革の重要性を見据えていた (Scott 18–189)。そうした点も、同団体の革新性を示しているだろう。

＊6　ホネットの承認論については藤野を参照。

＊7　サバルタンとは、グローバルな文脈において、何重にも声を抑圧され、発話がつねにほかの言語体系によって翻訳され、そしてその言語の構造的他者としての位置を余儀なくされている発話者の語ることができない状態を指す (Spivak, Chapter 3)。

＊8　二〇一五年七月時点で、『リーン・イン』は Amazon.com「女性とビジネス」部門で、『女になる方法』は Amazon.co.uk「フェミニズム批評」部門で、それぞれ第一位であった。なお、二〇一〇年代の景気後退期における有名人女性による自伝の研究については、女性起業家による自伝の流行を新自由主義の観点から論じる Negra を参照。

＊9　モランは、Twitter 上で最も影響力のある英国ジャーナリストと言われ (“Mainstream Media ‘Still Dominate Online News’”)、二〇一四年の英国放送協会のラジオ番組『女の時間』企画の「女の時間パワー・リスト　二〇一四年に変革をもたらす人たち」などさまざまな賞を受賞している。

＊10　「私はフェミニストです」という名乗りの困難を考察する代表例として Adichie のとくに Introduction を参照。

＊11　二〇世紀を労働者階級の盛衰の時代と考えるフロリダは、世紀後半から徐々に存在感を増してきた知的産業の職業を称して「クリエイティブ・クラス」と位置づけている。従来の労働者階級やサービス階級（飲食業、介護福祉職、秘書、事務職など）と区別されるこの階層は、「クリエイティビティを通じて経済的価値を付加する人々」であり、「経済的機能にもとづいて社会的集団や共通のアイデンティティが形成」される（フロリダ八四）。その具体的な職種の分野として、科学、エンジニアリング、建築、デザイン、教育、芸術、音楽、娯楽などが挙げられる。

引用文献一覧

Adichie, Chimamanda Ngozi. *We Should All Be Feminists*. London: Fourth Estate, 2014. Print.

Brown, Wendy. *Undoing the Demos : Neoliberalism's Stealth Revolution*. New York: Zone Books, 2015. Print.

Dallas, Gloden. "New Introduction." Davies. *Maternity*. n.p.

Davies, Margaret Llewelyn ed. *Life As We Have Known It: The Voices of Working-Class Women*. London: Virago, 2012. Print.

——. ed. *Maternity: Letters from Working-Women*. London: Virago, 1989. Print.

de Man, Paul. "Autobiography as De-Facement." *MLN* 94.5 (1979): 919–30. Print.

Derrida, Jacques, and Christie V. McDonald. *The Ear of the Other: Otobiography, Transference, Translation*. Lincoln: U of Nebraska P, 1988. Print.

Fielding, Helen. *Bridget Jones's Diary : A Novel*. London: Picador, 2012. Print.

——. "Foreword." *Independent Columns*. August 2005. Web. 22 July 2015.

Foster, Dawn. *Lean Out*. London: Repeater, 2015. Print.

——. "Why Corporate Feminism Is Convenient for Capitalism." *Guardian*. 11 December 2013. Web. 21 March 2016.

Foucault, Michel. *The History of Sexuality 1: The Will to Knowledge*. Trans. Hurley, Robert. London: Penguin, 1998. Print.

Harzewski, Stephanie. *Chick Lit and Postfeminism*. Charlottesville, VA: U of Virginia P, 2011. Print.

Hogeland, Lisa Maria. *Feminism and Its Fictions: The Consciousness-Raising Novel and the Women's Liberation Movement*. Philadelphia: U of Pennsylvania P, 1998. Print.

Jones, Owen. *Chavs: The Demonization of the Working Class*. London: Verso, 2011. Print.

Koedt, Anne, Ellen Levine, and Anita Rapone, eds. *Radical Feminism*. New York: Quadrangle, 1973. Print.

"Mainstream Media 'Still Dominate Online News'." *BBC News*. 12 June 2014. Web. 22 May 2016.

McRobbie, Angela. "Postfeminism and Popular Culture." *Interrogating Postfeminism: Gender and the Politics of Popular Culture*. Ed. Tasker, Yvonne and Diane Negra. Durham, N.C.: Duke UP, 2007. 27–39. Print.

Moran, Caitlin. *How to Be a Woman*. London: Ebury, 2012. Print.

——. *Moranthology*. New York: Harper Perennial, 2012. Print.

Negra, Diane. "Claiming Feminism: Commentary, Autobiography and Advice Literature for Women in the Recession." *Journal of Gender Studies* 23.3 (2014): 275–86. Print.

Oldfield, Sybil. "Margaret Llewelyn Davies and Leonard Woolf." *Women in the Milieu of Leonard and Virginia Woolf: Peace, Politics, and Education*. Ed. Wayne K. Chapman and Janet M. Manson. New York: Pace UP, 1998. 3–32. Print.

Sandberg, Sheryl. *Lean In: Women, Work, and the Will to Lead*. London: WH Allen, 2013. Print.

Scott, Gillian. "A 'Trade Union for Married Women': The Women's Co-Operative Guild 1914–1920." *This Working-Day World: Women's Lives and Culture(s) in Britain, 1914–45*. Ed. Sybil Oldfield. Bristol, PA: Taylor & Francis, 1994. 18–28 Print.

Showalter, Elaine. *A Literature of Their Own: From Charlotte Brontë to Doris Lessing*. London: Virago, 2003. Print.

『女性自身の文学』川本静子他訳、みすず書房、一九九三年。
——. "Twenty Years On: *A Literature of Their Own* Revisited." *Novel: A Forum on Fiction* 31.3 (1998): 399–413. Print.
Spivak, Gayatri Chakravorty. *A Critique of Postcolonial Reason: Toward a History of the Vanishing Present*. Cambridge: Harvard UP, 1999. Print.
Waugh, Patricia. "The Woman Writer and the Continuities of Feminism." *A Concise Companion to Contemporary British Fiction*. Ed. James F. English. Oxford: Blackwell, 2006. 188–208. Print.
Woolf, Virginia. "Introductory Letter to Margaret Llewelyn Davies." Davies, *Life As We Have Known It*. ix–xxxvi.
——. *A Room of One's Own and Three Guineas*. Oxford: Oxford UP, 1998. Print.
Zimmeck, Meta. "Jobs for the Girls: The Expansion of Clerical Work for Women, 1850–1914." *Unequal Opportunities: Women's Employment in England 1800–1918*. Ed. Angela V. John. Oxford: Blackwell, 1986. 152–77. Print.

河野真太郎「おれたちと私たちはいかにして貧しさを失ったのか?——「世代問題」と文化と社会の分離」『言語社会』七巻(二〇一三年):一五一—六四頁。

竹村和子『愛について——アイデンティティと欲望の政治学』岩波書店、二〇〇二年。

中井亜佐子『他者の自伝——ポストコロニアル文学を読む』研究社、二〇〇七年。

ハーヴェイ、デヴィッド『新自由主義——その歴史的展開と現在』渡辺治他訳、作品社、二〇〇七年。

藤野寛「承認論とジェンダー論が交叉するところ」『ジェンダーにおける「承認」と「再分配」——格差、文化、イスラーム』越智博美/河野真太郎編著、彩流社、二〇一五年、一七—三九頁。

フロリダ、リチャード『クリエイティブ資本論——新たな経済階級の台頭』井口典夫訳、ダイヤモンド社、二〇〇八年。

三浦玲一「ポストフェミニズムと第三波フェミニズムの可能性――『プリキュア』、『タイタニック』、AKB48」『ジェンダーと「自由」――理論、リベラリズム、クィア』三浦玲一／早坂静編著、彩流社、二〇一三年、五九―七九頁。

山口智美／斉藤正美／荻上チキ『社会運動の戸惑い――フェミニズムの「失われた時代」と草の根保守運動』勁草書房、二〇一二年。

ルジュンヌ、フィリップ『自伝契約』花輪光訳、水声社、一九九三年。

映像作品一覧

『リトル・ブリテン――ファースト・シリーズ2』マット・ルーカス／デヴィッド・ウォリアムズ作／演出／出演、キネティック、二〇〇七年。DVD.

図版情報

図版A 「ソーシャルワーカーの訪問を受けるヴィッキー」『リトル・ブリテン』(00:57:18)

第8章　ポストフェミニズムからポスト新自由主義へ

『めぐりあう時間たち』と『メイド・イン・ダゲナム』における女たちの「連帯」

河野真太郎

1　はじめに

本章では、現在のフェミニズムがおかれている状況を「ポストフェミニズム」と定義し、その背景に新自由主義やポストフォーディズムと呼ばれる状況が存在していることを検討したい。その検討を通じて最終的にたどり着きたい地点とは、タイトルにかかげた「ポスト新自由主義」と呼びうる新しい時代のフェーズである。二〇〇八年のリーマン・ショックを分水嶺とすれば簡便ではあろうが、それに前後して新自由主義に対する対抗的な運動——たとえば二〇一一年からの「ウォール街を占拠せよ」運動——が確実に起こっており、フェミニズムという観点ではポストフェミニズム状況の克服と、それを克服したフェミニズム（第三波フェミニズム）の勃興が起こっているのではないか。その変化の、文化の面における兆しを看取するのが本章の目的である。

本章ではそれを、二つの映画作品の比較を介して行ないたい。ひとつは、マイケル・カニンガムの小説（一九九八年）を原作とするスティーヴン・ダルドリー監督、デイヴィッド・ヘア脚本の『めぐりあう時間たち』（二〇〇二年）、そしてもう一本の映画はナイジェル・コール監督、ウィリアム・アイヴォリー脚本の『メイド・イン・ダゲナム』（二〇一〇年）である。[*1]

2　ポストフェミニズムとは何か

まず、ポストフェミニズムの定義からはじめたい。ポストフェミニズムと、第三波フェミニズムの定義については、現在進行形の事態につけられた名前であるがゆえに、論者によって大きな差異が見られる。この用語（〝ポスト〟フェミニズム」と、「ポスト」に引用符をつけたかたちだが）を日本で最も早く導入したとおぼしき竹村和子は、「第三波フェミニズム」という言葉を使うことへの躊躇《ちゅうちょ》を表明しつつ、「ポストフェミニズム」における「ポスト」は、過去との切断ではなく過去への「自己参照」を含んでいるとする。つまり、後に述べる、第二波フェミニズムとの連続性を取り戻した第三波フェミニズムに近い意味でこの言葉を使っている（二一―三）。逆に、田中東子が「第三波フェミニズム」という言葉で意味しているものは、むしろここで論じるポストフェミニズムに近いし（一五―一七）、二〇〇四年に出版の『ジェンダー研究五〇のキーコンセプト』も、第三波フェミニズムを、主にアカデミックな領域から生じた文化運動としてとらえている (Pilcher and Whelehan 169–72)。

これらとは違って、本章では、ポストフェミニズムを、ある「状況」の名前として使いたい。時代としては一九八〇年代の後半から九〇年代以降のフェミニズムおよび女性一般をめぐる状況の名前であり、その状況においては、かつての (第二波以前の) フェミニズムはもはや無効になったと考えられる、もしくは単に忘却され、女性たちは自分たちが「参画」することを許された社会 (新たな雇用と消費の世界) で新たな生を送りはじめたと考えられる、そのような時代の状況である。

この定義は全くの独創ではない。たとえばシェリー・バジェオンによれば、

> 平等は達成されたと主張することで、ポストフェミニズムの言説は、ライフスタイルや消費の選択の称揚に典型的に示されるような、個人化された自己定義と自己表現のプロジェクトに乗り出すよう女性たちに推奨し、女の達成を強調する。 (Budgeon 281)

平等は達成された、第二波フェミニズムまでの政治的目標は達成された、とポストフェミニズムの言説は主張する。女性たちはすでに、女性を「家庭の天使」として核家族の中に閉じ込めてきた制度から自由になり、受動的な性役割からも自由になった。その自由は、ライフスタイルや消費の選択の自由を女性たちが手にしたことで示される。

ここでの問題は、女性たちが「社会に参画」できるようになったと考えるとして、その「社会」とはいかなる社会であるか、ということだ。三浦玲一はつぎのように述べている。

ポストフェミニズムの特徴は、日本で言えば一九八六年の男女雇用機会均等法以降の文化だという点にある。それは、先鋭的にまた政治的に、社会制度の改革を求めた、集団的な社会・政治運動としての第二波フェミニズム、もしくは、ウーマン・リブの運動を批判・軽蔑しながら、社会的な連帯による政治活動という枠組みを捨て、個人が個別に市場化された文化に参入することで「女としての私」の目標は達成できると主張する。このようなポストフェミニズムの誕生は、同時代のリベラリズムの変容・改革とかなりはっきりとつながっている。それは、バジェオンやギルも指摘するように、新自由主義の誕生であり、新自由主義の文化の蔓延である。*2　（三浦　六四）

集団的政治実践ではなく、個人化された雇用とキャリア、消費と選択の自由を中心とするポストフェミニズムは、新自由主義と明確につながっている。労働という側面から見た場合、それはポストフォーディズム的な労働における女性の労働力化／労働の女性化と結びつく。フォーディズム／福祉国家における典型的な労働であった男性的な肉体労働はもはや過去のものとなり、典型的な労働は、組織化されておらず（組合がなく）、流動的な労働であり、生産労働ではなく「クリエイティヴ労働」とでも呼べる、非物質的な労働だとされる。*3

三浦の説明にひとつ修正を加えるとすれば、以下の点である。確かにポストフェミニズムは第二波フェミニズムとの切断を強調する。それは、もはや自分たちの問題に対応するものではないと。そして第二波フェミニズムの「集団性」は自分たちが求める自由を与えてはくれないと。しかし実のところ、第二波フェミニズムの中に部分的に胚胎していた個人主義的な衝動と、新自由主義的ポストフェミニズムは連続しているとも見ることができるのだ。第二波フェミニズムは、政治運動である以上集団的なものだったかもしれないが、そこには逆説的にも、集団性から逃走しようとする衝動も内包されていた。[*4]

それを言い換えるとすれば、第二波フェミニズムはリュック・ボルタンスキーとエヴ・シャペロが『資本主義の新たな精神』で論じているような「批判」にほかならないということになるだろうし、パオロ・ヴィルノが論じる「反転された革命」の一部であったとも言えるだろう。彼らが意味するのは一九六八年的な資本主義批判（福祉資本主義批判）がその後の新自由主義的な資本主義の隆盛に力を貸してしまったということである。ボルタンスキー／シャペロによれば、新自由主義やポストフォーディズムは先行する資本主義に対する（主に左翼による）批判に生命を得た（第三章）。しかるに、第二波フェミニズムの政治の一部――その「一部」以外の部分を見いだすのが本章の目的だが――は、福祉国家を批判し、女性を核家族から労働市場へと解放することを目指したわけだが、それは、福祉国家と家族給体制を解体し、流動的な労働力を求める新自由主義のもくろみと一致してしまったのである。第二波フェミニズムとポストフェミニズムは連続してもいるのだ。

それが正しいとすれば、ポストフェミニズムの克服を思考するための最大の鍵にして難問は、「連帯」の問題だということになるだろう。連帯というのは単に情動的な問題だけではなく、「女性」があらためて組織体／階級となり、集団的に社会の問題に対処することである。また、アイデンティティの承認というだけではなく、後に述べるように、再分配の問題に対処することでもある。ポストフェミニズムが「個人」をベースとした変化（例外的な個人による「ガラスの天井」の突破）しか構想できず、それが「資本主義の新たな精神」と矛盾しないものになってしまったとすれば、超えるべきは個人主義である。ポストフェミニズムを超える「第三波フェミニズム」が構想されるとして、それは連帯と再分配の問題をめぐるものとなるべきだろう。以下の考察は、そのような連帯のあり方を探る試みである。

3　『めぐりあう時間たち』のポストフェミニズム

映画『めぐりあう時間たち』は、第二波フェミニズムとポストフェミニズムとの間の困難な関係を主題とする作品である。この作品はマイケル・カニンガムの原作にのっとり、一九二三年のヴァージニア・ウルフ、一九五一年（原作では一九四九年）のロサンゼルスの主婦ローラ・ブラウン、そして二〇〇一年（原作では一九九〇年代末）のニューヨークの編集者クラリッサ・ヴォーンという三人の女性たちを主人公とする物語である。まず注目すべきなのは、ロサンゼルスとニューヨークとの関係であろう。この二つのパートの関係から、まずはこの映画をポストフェミニズム的な作品として考えることができる。端的に言えば、ロサンゼルスのパートは福祉国家期とその下での第二波フェミニズムを、そしてニューヨークのパートは新自由主義下でのポストフェミニズムを表象している。まず、クラリッサが編集者であること、さらには原作ではそのパートナーであるサリーがご丁寧にもテレビのディレクターであることは、典型的である。女性たちがクリエイティヴ労働に従事しているという意味で。この作品のヴァージニア・ウルフは、現代の女性労働者たちとの連想関係に置かれることによって、ポストフェミニズム的な人物（クリエイティヴ産業に従事する女性労働者）へと鋳直されている。現実にはウルフは不労所得階級であり、彼女の創造活動はポストフェミニストたちの労働とは本質的に異なっていたにもかかわらず。[*5]

また、クラリッサは「女性としての解放」を通り越して、異性愛的な規範からも解放されている。彼女は、現在はサリーとレズビアン・カップルの関係にあるが、かつてはリチャードと恋愛関係にあったことが語られるので、バイセクシュアル、というより異性愛関係にしばられないセクシュアリティを持っていると察せられる。さらには、クラリッサは人工授精によってジュリアという娘を産んでおり、十全な自律的リプロダクティヴ・ライツを享受しているといえる。クラリッサは現代アメリカの進歩的な中産階級リベラルの支配的価値観を見事に体現した人物である。

クラリッサが享受しているものは、第二波フェミニズムの成果であると言っていいだろう。では、クラリッサたちは、彼女らが享受する「自由」の出所に対して意識的であろうか。映画では、クラリッサ自身の台詞などからそれを読み取るのは困難である。鍵となるのは、リチャードを捨てた母親、ローラ・ブラウンの位置づけということになる。

ローラは、意識的ではないが、確実に第二波フェミニズム的な衝動を抱え持った人物である。彼女は、夫のダンが理想化する一九五〇年代アメリカの豊かな核家族、一軒家や自動車、冷蔵庫などが象徴する豊かな福祉国家的核家族を牢獄だと感じる。彼女は五〇年代の幸福な核家族の妻そして母の役割に違和感を覚えている。

この違和感の一部は、隣家の主婦のキティに対してローラが抱く半同性愛的な感情の、異性愛規範による抑圧に由来するものであろう。この同性愛の欲望は、ウルフとローラとクラリッサの三人に共通するものであるが、現代のクラリッサはそれを異性愛規範によって抑圧されることが少ない。理由はどうあれ、ローラは、一度は自殺をしようとして思いとどまるが、最終的には子供と夫を捨て、カナダへと家出してしまう。母に捨てられる経験は、リチャードの心にトラウマを与える。

おおまかなプロットの水準だけ見ると、ローラの福祉国家・核家族批判、すなわち第二波フェミニズム的衝動は、政治的なものとしてとらえられるどころか、基本的にはリチャードに心の傷を与える「身勝手」な行為へとおとしめられている。実際は、ローラの抱いた解放への衝動は、クラリッサやリチャードが生きる現在の礎になっているのであるが、その連続性をこの作品が認めることはないように、ひとまずは見える。(なにしろ、二人が幸福そうには見えない、ということによって。)

ブロンウィン・ポラシェクは、この映画の三人の女性の間に「シスターフッド」を見いだしている。ポラシェクは「家父長制の制約」を受けている(Polaschek 107)という一点において三人の間に矛盾なきシスターフッドを見いだす。しかしとりわけ、ローラとクラリッサが対峙する最終場面について、かなり曖昧ではあるものの、クラリッサがローラの「選択」を理解し、その選択こそがみずからの立つ現在を生み出したのだという認識に到達した、と読み取るのは困難ではないか。だが、この映画について問われるべき問題はまさにそこなのだ。つまり、ローラ・ブラウンとクラリッサ・ヴォーンの間の連帯は、分断と矛盾を超えた連帯であるからこそ重要だと言えないかどうか。この矛盾と分断とは、ポラシェクの議論の前提とは異なって、この作品の三人の女性は異なる階級に属する(中産階級であることに変わりはないが、その中産階級とその中での女性の地位、労働の様態が歴史的に異なる)ということに集約されるだろう。その差異は、とりわけローラとクラリッサの場合には第二波フェミニズムとポストフェミニズムとの間の差異として表面化する。だが、第二波フェミニズムとポストフェミニズムとの間の矛盾をはらんだ連続性が、新たな女性のコミュニティへと展開する可能性を、そこに見いだすことはできないのか。この疑問を胸に、もうひとつの作品を見てみたい。

4　『メイド・イン・ダゲナム』のポストフェミニズム

『メイド・イン・ダゲナム』は、一九六八年の女性労働者ストライキの実話を題材にとっている。主人公はフォードのダゲナム工場（ロンドン東部郊外）でミシン工をつとめるリタ。夫のエディもフォードの工場労働者である。ダゲナム工場の労働組合は、一八七名のミシン工の女性たちが「非熟練労働者」として差別待遇を受けていることに抗議し、「同一労働同一賃金」をスローガンにストライキに入る。リタは、それまでは意識的に政治運動に関わってこなかったが、その機転とスピーチの能力を買われて、ストライキの先頭に立つことになる。非協力的な労働組合、多忙な運動にコミットすることによる家庭内の不和、女性労働者のリーダー的存在であったコニーの夫の自殺などの障害を乗り越え、リタたちはついに労働大臣バーバラ・キャッスルとの面談を実現させ、女性労働者に男性労働者の九割以上の賃金を支払うことをフォード社に同意させる。この運動は、一九七〇年の男女同一賃金法に結実することになる。

この作品は第二波フェミニズム、その中でも社会主義フェミニズムを主題とする映画のように思われるかもしれない。しかし、この作品もまた、あくまで二〇一〇年の作品であり、ポストフェミニズム的な要素を抱え持っていることは見逃せない。

まずは、労働組合の表象の問題がある。『メイド・イン・ダゲナム』の労働組合執行委員会の幹部たち（もちろん全員男性）は、リタたち女性労働者の活動に非協力的であるのみならず、集会の前に組合の予算で高級レストランで食事をするなど、腐敗したものとして描かれる。それとの対照で、男女同一賃金という原則を曲げないリタの颯爽たる態度が際立つ構図になっているのだ。ここでは、先ほど確認したような、福祉国家批判および大企業批判と、労働組合批判がないまぜになっている。言い換えればそれはフォーディズム批判――もちろん、ほかならぬフォード社の生産体制と労使関係から命名された言葉[*6]――ということであり、そのような批判が反転して新自由主義へとなだれこんだことは先述の通りである。

もうひとつの問題は、リタたちの要求、つまり男女同一賃金は、本来あくまで経済的な問題であり、再分配の問題であるはずだが、映画を通して、それは女性の尊厳の問題へと切りつめられているように見えることだ。もちろん、労働者階級の女性たちの経済的な窮状が描かれないわけではないが、それは副次的なものであり、彼女たちはあくまで「プライド」のために運動を行なっているかのようなのだ。たとえば物語の序盤で、リタが組合と経営陣との交渉に出席する場面を見ればよい。そこでリタは、車のシートの材料を机の上に出し、自分たちは図面もなしに長年の経験と勘でそれを縫い合わせているのだと言う。それを「非熟練労働」に分類されるのは許せないと。そこで求められているのは、まずは熟練労働者としての「承認」なのである。これは映画だけの問題ではないかもしれない。

映画公開時に『ソーシャリスト・レヴュー』誌は、当時ストライキに参加したドーラ・チャリングワースとシーラ・ダグラスにインタヴューを行なっている。ストライキはもともと、女性の職能階級がほかの男性労働者とおなじCランク（準熟練労働者）ではなくBランク（非熟練労働者）となっていることへの抗議の意味があったが、その目的が労働組合の承認を得て拡大していくに際して「男女同一賃金」へと変わっていったことが述べられている。これに関連して、インタヴュアーは、職能階級の問題を重視するダゲナム工場の女性たちと、男女同一賃金を強調するほかの労働運動のあいだに齟齬《そご》があったのではないかというニュアンスの質問をしている。それに対するチャリングワースの答えは以下の通りである。

おっしゃることは分かりますが、ダゲナムの女性たちはその技能の承認を（recognised）求めていたのです。あの仕事に就くためには技能が必要だったのに、非熟練に分類されたんですから。

(Sagall and McGregor n.p.)

政治哲学者のナンシー・フレイザーは、現在におけるフェミニズムの問題の本質を「承認と再分配のジレンマ」に見いだしている（Fraser Ch. 1）。フレイザーによれば、九〇年代以降のフェミニズムの政治は、アイデンティティの政治、つまり文化的な主体の承認の問題に偏ってしまい、社会経済的な格差の問題、つまり再分配の問題が問われなくなってしまった。この承認への偏りもポストフェミニズムの一側面だと言えるだろう。[*7] リタたちによる要求は、社会主義フェミニズム的な要求であるにもか

図版A　「ダゲナム工場ストライキの女性たち」

図版B　「サンドラの水着姿」『メイド・イン・ダゲナム』

かわらず、文化的承認の要求として表象される。

　それと関連するのが、ミシン工たちの女性性である。本頁の図版Aは、ダゲナムでのストライキをした女性たちの実際の写真である。たとえばこれと、映画でのサンドラという女性労働者の水着姿（図版B）を比較していただきたい。もちろん映画の面白おかしい演出ということもあるが、ミシン工たちに現実離れしたかたちで女性性のセクシュアリティを備えさせることで、彼女たちを実際以上にポストフェミニズム的な人物にしてしまっている。ロザリンド・ギルが論じるように、ポストフェミニズムにおいては性的差異がふたたび強調され、女性性を管理することが女性にとって重要な要件となる（Gill 158–59）。日本のアニメなどにおける「戦闘美少女」たちは、三浦が指摘するように、男性性を獲得するのではなく女性性を高めることで戦闘力を高めるが、それはこれと地続きの現象である（六〇―六一）。

そして、すべては、映画の題材となっているダゲナムのストライキの歴史的位置づけと無関係ではない。世界的な広がりを見せた一九六八年の学生運動のひとつの問題は、それが従来的な労働運動とたもとを分かち、マルクス主義や労働運動を中心とはしない「新しい社会運動」へと分裂し、最終的には新自由主義への道を均してしまった部分があるということであった。[*8]『メイド・イン・ダゲナム』で描かれているのは、女性たちによる労働運動であるにもかかわらず、その歴史的位置づけは、一九六八年の学生運動と同じく、労働組合とそれを重要な構成要素とする福祉資本主義の「批判」なのである。

さて、このような問題を抱えつつも、私は『メイド・イン・ダゲナム』はまさにそのポストフェミニズムを克服する道を指し示していると考えている。ポストフェミニズムを克服することとは、それを否定することではなく、先に述べたように、第二波フェミニズムとポストフェミニズムの連続性を見すえ、その先に、それらの対立を乗り越えた第三波フェミニズムを構想することになるだろう。

5　ポストフェミニズムと第三波フェミニズムの連帯へ

対立を乗り越えた第三波フェミニズムの可能性について、冒頭に引用した三浦はつぎのように述べている。

最後に気付かなくてはならないのは、市場における自己実現をしようとするポストフェミニストの主体に対して、個人主義を批判しながら新しい連帯としての第三波フェミニズムを説く指導的な女性主体という構図そのものが、おそらく階級分化に冒されており、階級分化による衝突の一ヴァージョンに過ぎないという可能性だ。……女の連帯を切り裂き、それを分割統治することで支配の構造を永続させることは、性差別の綿々と続く技術である。ポストフェミニズムと第三波フェミニズムの関係も、その一つの変奏に過ぎない。階級をこえた女の連帯を構想するという意味においてこそ、新自由主義下における運動として、第三波フェミニズムは意味を持つ。

（三浦　七五―七六）

階級を超えた女の連帯とは、端的に言えば、私が「勝ち組」と「負け組」と名づけた二種類のポストフェミニストのあいだの連帯であるし（河野「『アナと雪の女王』におけるポストフェミニズムと労働」）、また繰り返せば、第二波フェミニズムとポストフェミニズムの連続性のことでもあるだろう。それは、第二波が新自由主義を準備したという否定的な連続性であると同時に、それが確実に自由をもたらしたという肯定的な連続性でもある。『メイド・イン・ダゲナム』は、そのような連続と連帯の可能性を感動的なかたちで劇化している。

その連帯とは、主人公リタと、フォードの工場長ピーター・ホプキンズの妻であるリサとの連帯である。リサは、ケンブリッジ大学の出身であり、時代が時代なら専門職について自己実現をするポストフェミニスト――「勝ち組」ポストフェミニスト――になっていておかしくない人物だ。しかし彼女は家庭の中に閉じ込められ、主婦として自分を押し殺している。以下に引用するのは、工場長の夫ピーターが自宅に、スト対策でアメリカから渡ってきた上司ロバート・トゥーリーを招いて食事をしている（そしてリサは主婦として給仕をしている）場面である。

ピーター：（リサに）ブランデーグラスを頼む。
トゥーリー：リサと呼んでも？　大変な才女だと聞いた。ケンブリッジで歴史学を専攻したんですって？
リサ：そうです。
トゥーリー：工場の問題についてぜひ意見をうかがいたい。ご主人は手ぬるいと？　甘すぎる？
リサ：いいえとんでもない。その逆ですわ。ヴォクソール社ではストが起きていない。親会社のゼネラル・モーターズ側に理解があるからよ。でもフォードは……組合を厄介者だと思ってるでしょ？　だから労働者側も会社を敵視するんだわ。
（気まずい沈黙。）
トゥーリー：これは驚いた。ずいぶん進歩的な奥さんだ。
ピーター：チーズを。
リサ：え？
ピーター：チーズを持ってきてくれ。
（1:00:00–1:01:13）

リサとリタは、作品の前半で、お互いの立場を知らないままに結びついている。それは、二人の子供たちの担任教員による体罰に対する抗議活動を通じた結びつきであった。そしてつぎに引用するの

図版C　「リタを励ますリサ」
『メイド・イン・ダゲナム』

は、コニーの夫が自殺をし、ストライキも追い詰められた危機的な状況下の場面である。ここでは、リサが突然リタの自宅を訪問し、二人が抗議運動をしていた体罰教師が更迭されたことを報告する。報告を済ませて帰ろうとしたリサは、思いとどまってリタに語りかける（図版C）。

リサ：私の夫はピーター・ホプキンズなの。
リタ：え？
リサ：工場の。あなた、そのことを知らないみたいだったので。私もあなたが何者だか知らなかった。ストのこと。
リタ：どういうこと？　ストをやめろと言いに来たの？　だとしたら、ごめんなさい、冗談じゃなく、大変な一日だったものだからもう……。
リサ：ちがうの。ストを続けてほしいの。私がどういう人間だか知ってる？　実際は？
リタ：いいえ、知らないわ。
リサ：私はリサ・バーネット。三一歳。世界有数の名門大学を優等で卒業した。なのに夫は私をバカ扱い。学位を取るために勉強していたときは、私はとても幸せだった。勉強がとても楽しくて。歴史を作った偉大な人たちについて読むのが本当に楽しかった。そんなふうに歴史を作るのはどんな感じだろうと。だから、あなたが歴史を作り終えたら、どんな気分だったか教えてね。負けないで。約束よ。

（1:20:00–1:21:27）

リタは、リサのこの言葉を受けとめて、組合の大会に乗り込む決意をする。もちろんリサは、『めぐりあう時間たち』のローラと同じく、福祉国家の核家族制度にとらわれて自己を実現できないでいる人間であり、その解放への願望を受けとめるリタは、福祉国家批判を新自由主義と共有する第二波フェミニストにしてポストフェミニストに、この瞬間になるのだと言える。しかしここでは、労働者階級と使用者階級との分断が乗り越えられてもいて、二人の連帯を単にポストフェミニズム的と退けることはとうていできない。リサのかなえられなかった願望を、階級を超えて受け渡すこの場面は、純粋に感動的である。リタは労働大臣との面会にあたって、リサに借りたドレスに身を包む。ここには確実に、力を与えるシスターフッドのかたちがある。

リタとリサの連帯が可能にするものは何だろうか。それは、マリア・ミースの言葉を借りれば、「主婦化する労働」に対する抵抗である。「主婦化」とは、資本蓄積のプロセスに家事労働（無償労働）が果たす役割を強調する言葉だ。

主婦化とは、資本家が負担しなければならないコストを外部化することだ……。これは女性の労働が簡単に手に入る空気や水のような天然資源と考えられているということだ。主婦化とは同時にこれらの隠れた労働者を一人ひとりばらばらにすることである。これは女性が政治力を欠いているだけでなく、団体交渉の力を欠いているためでもある。

（ミース　一六八）

リタとリサは、それぞれのかたちで「主婦化」されている。リサは文字通りの主婦となることによって。そしてリタは、非熟練労働のカテゴリーに入れられて賃金を抑制されることによって。二人の「連帯」はこの二つの主婦化が、資本蓄積への貢献という意味では同じ水準にあることを明らかにするのだ。

だが、この二人の連帯はかなり複雑な構造を持っている。おそらく時代が下って一九九〇年代、さらには二〇〇〇年代になれば、リタはアンダークラスの貧困女性となり、リサはガラスの天井を破って新自由主義的な労働市場を力強く生き抜くキャリア女性になったことだろう。つまり、二人は負け組ポストフェミニストと勝ち組ポストフェミニストへと分断されていただろう。[*9] しかしこの一九六〇年代の時点では、二人の立場は逆(リタは女性の「自由」を獲得する前衛であり、リサは中産階級でありこそすれ自由を奪われた主婦という立場)で、それゆえにこそ連帯が可能だった。そのような連帯の可能性は、現在では決定的に失われてしまったことを、この二人の連帯はむしろ痛感させる。それでも、現在では失われた連帯の可能性を、二〇一〇年の映画『メイド・イン・ダゲナム』が描くのは、なぜだろうか。それは、やはりミースの「主婦化」の観点から説明できるだろう。現代において、主婦化された労働とは家庭内無償労働に限られたものではない。ミースは「主婦化」をポストフォーディズム的な、労働のフレックス化の総称という広い意味で使っている(二一五)。現代の資本主義は、女性の労働力を賃金がよく安定したフォーマル・セクターから追放し、低賃金または無償の不安定な労働に押しやることで利潤を蓄積している(二一三)。それによって生み出されるアンダークラスの貧困女性の存在を、ガラスの天井を突き破って働く「勝ち組」の女性像が覆い隠している。この分断統治が現在の資本主義の「本源的蓄積」にとっての重要な戦略であるならば、逆に、この分断を乗り越えることこそが現在の資本主義の「最も弱い鎖」を撃つこととなる。この映画は、それを呼びかけているのである。それは、ポスト新自由主義への呼びかけだ。

最後に、『めぐりあう時間たち』に戻って本章を締めくくりたい。私は先ほど、ローラ・ブラウンとクラリッサ・ヴォーンとの連帯の可能性はないかという疑問を提示した。その疑問に対する解答は、少しひねりの加えられたものとなる。『めぐりあう時間たち』の最後の場面では、居間でクラリッサとローラが対峙した後、残されたローラと、クラリッサの娘ジュリアとのやりとりの場面がある。ジュリアはローラのためにお茶を持ってきて、空腹ならパーティーの残り物を用意すると言う。「あなたはどこで寝るの?」というローラに、「ソファで」と答えるジュリア。「ごめんなさい」と言うローラを、ジュリアは黙って抱擁する（図版D）。

図版D　「ローラとジュリアの抱擁」
『めぐりあう時間たち』

マイケル・カニンガムの原作には存在しないこの抱擁は、この映画の対立や矛盾を解決する魔法の抱擁である。ローラとクラリッサの関係は、二人の対峙の間、曖昧な緊張関係のままであるように見える。結局のところ、ポストフェミニストたるクラリッサには、ローラの言っていることが本当の意味では理解できなかったのかもしれない。ローラが彼女のことを「幸せ」だというのはなぜか、理解できていないのかもしれない。ローラは、子供たちを捨てたことを誰も許してはくれないだろうし、それは仕方がないと言う。しかし、最後のジュリアによる抱擁は、選択の余地のなかったローラの選択をすべて抱擁し、許すかのようである。

このジュリアという人物像は、この作品の下敷きになっているウルフの『ダロウェイ夫人』の主人公クラリッサ・ダロウェイの娘、エリザベスをベースにしていると思われる。エリザベスは、保守的な母と比較して、解放された、新たな世代の女性として描かれる(Bowlby 70)。この映画におけるジュリアも、主人公たる三人の女性にはもはや想像もつかないような、新たな世代の女性ということになるだろう。人工授精で生まれた、父を知らない娘、原作によれば大学でクイア理論に夢中になっているジュリア。ジュリアは若さゆえに、まだ人生の苦悩にとらえられていないという見方もできる。しかし、この最後の抱擁は、第二波フェミニズムのもたらした自由と苦悩、そしてポストフェミニストたちの抱える自由と苦悩のすべてを抱擁するかのようである。そして、それらの矛盾こそがジュリアが表象する新たな時代、勃興的なものを準備したのだと諭《さと》しているようである。もちろん、このような「矛盾の解決」はイデオロギー的な幻想であると言うこともできる。しかし、イデオロギー的幻想とユートピアのヴィジョンは常に背中合わせなのだ。ジュリアが表象する、まだ私たちの知らない未来が、リタたちとリサたちが抱擁しあう未来となるかどうか。『めぐりあう時間たち』はあくまで中産階級的な人間関係に限定された物語であるが、ジュリアの未来にはそれを拡張した女性たちの連帯も含まれることになるのか。それが、これらの作品の問いかけなのである。

注

＊1　『メイド・イン・ダゲナム』は日本では公開されておらず、DVDも発売されていないが、Apple社のiTunesビデオまたはAmazon社のインスタントビデオで配信購入することができる。その際の邦題は『ファクトリー・ウーマン』とされているが、本章では原題をそのままカタカナ表記して『メイド・イン・ダゲナム』で統一する。

＊2　ここで触れられているバジェオンは先述の文献であり、ギルについてはGillを参照。

＊3　女性の労働力化／労働の女性化というのは、女性がポストフォーディズム下において流動的な非正規雇用の労働力として利用されることによって、労働そのものが女性的な労働を典型としていくような流れのことを指す。これについてはPowerを参照。また、労働の女性化といわゆる「情動労働／感情労働」の中心化も重要なかたちでつながっている。感情労働は、キャビンアテンダントの労働をフィールドワークしたホックシールドによって先鞭をつけられた用語であるが、たとえばハートとネグリは『〈帝国〉』において、ポストフォーディズム的な労働形態としての情動労働を重視している。これらの点と、その観点からの宮崎駿監督のアニメ作品の分析については河野（「『千と千尋の神隠し』」）を参照。第二次産業的な生産労働がもはや中心ではないという意味での「労働の終焉」のヴィジョンについてはベル、Rifkin, ドラッカーを参照。「クリエイティヴ労働」に関しては、フロリダによる「クリエイティヴ経済」の観念を参照。

＊4　この点については河野（「おれたちと私たちは」）およびWalkerdineを参照。

＊5　この後論じるポラシェクは、『めぐりあう時間たち』の三人の女性たちが芸術的創造を通じて連帯していることを指摘している（113）。この指摘はそれ自体は正しいかもしれないが、この作品において芸術的創造を担う女性の主体がポストフェミニズム的なそれ（ポストフォーディズム的な非肉体労働を担い、富を創造すると想定される女性主体）であり、ウルフやローラの「労働」が非歴史的に取り扱われていることが、ポラシェクの議論ではとらえられていない。ウルフが不労所得階級であったことについてはLee（556–78）を参照。また、

残滓的になりつつあった不労所得階級のウルフと、勃興的なメリトクラシー階級としてのQ・D・リーヴィスとの対立については河野（「デモクラシー、メリトクラシー、女性の暮らし」）を参照。この対立においては、個人の立身出世のイデオロギーを奉ずるリーヴィスが、本章で述べるような新自由主義的なものの勃興的形態だとすれば、ウルフの不労所得階級イデオロギーは、新自由主義をあらかじめ批判するものとして立ち現れる。

＊6　フォード社（フォード・オヴ・ブリテン）の労働組合の歴史と六八年ストライキについてはCohenを参照。Cohenは一九〇〇年代の米国フォード社の誕生から九〇年代までの労働運動の歴史を描いており、その中で六八年の女性ストライキは、組合による労働運動と切り離されていたどころか、敗北に向かっていた労働組合運動に新たな力を吹き込んだものとして位置づけられている（特に第三章を参照）。

＊7　フレイザーによる承認と再分配のジレンマをめぐる議論、そしてそれに対するアクセル・ホネットやジュディス・バトラーの反論を検討し、さらにはそれをベースに文化的なテクストやイスラーム女性をめぐる問題を考察する書籍としては越智／河野を参照。

＊8　イギリスにおける一九六八年の運動の位置づけについては、河野（「イギリス――ニューレフト」）を参照。

＊9　リタ役のサリー・ホーキンスとリサ役のロザムンド・パイクの、最近のほかの映画における役どころはこの観点からは非常に興味深い。ホーキンスはウディ・アレン監督の『ブルージャスミン』（二〇一三年）で、ニューヨークでのセレブ生活から没落した主人公ジャスミンの妹で、プア・ホワイトと言ってよいジンジャーを演じている。その一方でパイクはデヴィッド・フィンチャー監督『ゴーン・ガール』（二〇一四年）で、出版不況でライターの職を失い、夫の田舎のミズーリ州で専業主婦となることを強いられる女性エイミーの役を演じている。いずれもポスト・リーマン・ショックの不況を背景とする作品であり、ホーキンスがアンダークラス的な労働者階級を、パイクが没落したクリエイティヴ階級（そして強いられた主婦）を演じていることは非常に興味深い符合である。

引用文献一覧

Bowlby, Rachel. "Thinking Forward through Mrs Dalloway's Daughter." *Feminist Destinations and Further Essays on Virginia Woolf*. Edinburgh: Edinburgh UP, 1997. 69–84. Print.

Budgeon, Shelley. "The Contradictions of Successful Femininity: Third-Wave Feminism, Postfeminism and 'New' Femininities." *New Femininities: Postfeminism, Neoliberalism and Subjectivity*. Ed. Rosalind Gill and Christina Scharff. New York: Palgrave Macmillan, 2011. 279–92. Print.

Cohen, Sheila. *Notoriously Militant: The Story of a Union Branch*. London: Merlin, 2013. Print.

Fraser, Nancy. *Justice Interruptus: Critical Reflections on the "Postsocialist" Condition*. New York: Routledge, 1997. Print. 『中断された正義――「ポスト社会主義的」条件をめぐる批判的省察』仲正昌樹訳，御茶の水書房，二〇〇三年。

Gill, Rosalind. "Postfeminist Media Culture: Elements of a Sensibility." *European Journal of Cultural Studies*. 10. 2 (2007): 147–66. Print.

Lee, Hermione. *Virginia Woolf*. London: Vintage, 1997. Print.

Pilcher, Jane and Imelda Whelehan. *Fifty Key Concepts in Gender Studies*. London: Sage, 2004. Print.

Polaschek, Bronwyn. *The Postfeminist Biopic: Narrating the Lives of Plath, Kahlo, Woolf and Austen*. New York: Palgrave Macmillan, 2013. Print.

Power, Nina. *One Dimensional Woman*. Winchester: 0 Books, 2009. Print.

Rifkin, Jeremy. *The End of Work: The Decline of the Global Labor Force and the Dawn of the Post-Market Era*. New York: G. P. Putnum's Sons, 1995. Print.『大失業時代』松浦雅之訳，阪急コミュニケーションズ，一九九六年。

Sagall, Sabby and Sheila McGregor. "When History Was Made in Dagenham." *Socialist Review*. 351 (2010): n. p. Web. 28 January 2016.

Walkerdine, Valerie. "Reclassifying Upward Mobility: Femininity and the Neo-Liberal Subject." *Gender and Education*. 15. 3 (2003): 237–48. Print.

ヴィルノ、パオロ「君は反革命をおぼえているか?」酒井隆史訳『現代思想』二五巻五号（一九九七年五月）：二五三—六九頁。

越智博美／河野真太郎編『ジェンダーにおける「承認」と「再分配」——格差、文化、イスラーム』彩流社、二〇一五年。

河野真太郎「『アナと雪の女王』におけるポストフェミニズムと労働」『POSSE』二三号（二〇一四年六月）：二二—三三頁。

——「イギリス——ニューレフト」西田慎・梅崎透編『グローバル・ヒストリーとしての「一九六八年」』ミネルヴァ書房、二〇一五年。二三三—五二頁。

——「おれたちと私たちはいかにして貧しさを失ったのか?——「世代問題」と文化と社会の分離」『言語社会』七号（二〇一三年三月）：一五一—六四頁。

——「『千と千尋の神隠し』は第三波フェミニズムの夢を見たか?——アイデンティティの労働からケア労働へ」『POSSE』二五号（二〇一四年一二月）：一八九—二〇五頁。

——「デモクラシー、メリトクラシー、女性の暮らし」『〈田舎と都会〉の系譜学——二〇世紀イギリスと「文化」の地図』ミネルヴァ書房、二〇一三年、二〇九—二七頁。

竹村和子編『〝ポスト〟フェミニズム』作品社、二〇〇三年。

田中東子『メディア文化とジェンダーの政治学——第三波フェミニズムの視点から』世界思想社、二〇一二年。

ドラッカー、ピーター・F『新版　断絶の時代——いま起こっていることの本質』上田惇生訳、ダイヤモンド社、二〇〇七年。

ハート、マイケル／アントニオ・ネグリ『〈帝国〉』水嶋憲一他訳、以文社、二〇〇三年。

フロリダ、リチャード『クリエイティブ資本論――新たな経済階級の台頭』井口典夫訳、ダイヤモンド社、二〇〇八年。

ベル、ダニエル『脱工業社会の到来――社会予測の一つの試み（上・下）』内田忠夫他訳、ダイヤモンド社、一九七五年。

ホックシールド、A・R『管理される心――感情が商品になるとき』石川准／室伏亜希訳、世界思想社、二〇〇〇年。

ボルタンスキー、リュック／エヴ・シャペロ『資本主義の新たな精神（上・下）』三浦直希他訳、ナカニシヤ出版、二〇一三年。

三浦玲一「ポストフェミニズムと第三波フェミニズムの可能性――『プリキュア』、『タイタニック』、AKB48」三浦玲一／早坂静編『ジェンダーと「自由」――理論、リベラリズム、クィア』彩流社、二〇一三年、五九―七九頁。

ミース、マリア『国際分業と女性――進行する主婦化』奥田暁子訳、日本経済評論社、一九九七年。

映像作品一覧

Blue Jasmine. Dir. Woody Allen. Perf. Cate Blanchett and Sally Hawkins. Warner Home Video, 2014. DVD.
Gone Girl. Dir. David Fincher. Perf. Ben Affleck and Rosamund Pike. 20th Century Fox Home Entertainment, 2015. DVD.
The Hours. Dir. Stephen Daldry. Perf. Nicole Kidman, Meryl Streep, Julianne Moore, and Ed Harris. TF1/Miramax, 2002. DVD.
Made in Dagenham. Dir. Nigel Cole. Perf. Sally Hawkins and Rosamund Pike. Paramount Home Entertainment, 2011. DVD.

図版情報

図版A「ダゲナム工場ストライキの女性たち」
The Guardian http://www.theguardian.com/society/2009/feb/25/ford-dagenham

図版B「サンドラの水着姿」『メイド・イン・ダゲナム』（1:12:57）

図版C「リタを励ますリサ」『メイド・イン・ダゲナム』（1:20:29）

図版D「ローラとジュリアの抱擁」『めぐりあう時間たち』（1:48:35）

第9章　女性は「すべてを手に入れる」ことができるのか？

ワーク・ライフ・バランスをめぐる「マミー・リット」の模索

英　美由紀

1　「マミー・リット」が提起する問題

一般に、望みをすべてかなえることを表す英語の“have it all”という表現は、しばしばフェミニズムの進展の文脈において、女性が職業キャリアと私生活の充実の「すべてを手に入れる」という意味で用いられる。そしてその実現可能性は、ポピュラー小説のあるジャンルで模索される主題ともなっている。

一九六〇、七〇年代の、主にアメリカの女性作家によるポピュラー小説を、同時代に展開されたフェミニズムとの関連においてとらえる研究は、イメルダ・ウィラハンらにより、一九九〇年代のイギリスに端を発する「チック・リット（chick lit）」にも拡大された。つまり一九六〇、七〇年代のテクストがフェミニズムとの直接的な対話であるのに対し、チック・リットは間接的なそれとするものである（Whelehan 5）。またステファニー・ハジェフスキーはより端的に、後者がポストフェミニズムと称される時代に現れ、しばしば「フェミニズム衰退の証」と指摘されることをふまえ、「フェミニズムの媒介に十分目を向けることなしには、チック・リットの分析は表面的なものになる」（Harzewski 8）として、両者の関連性を強調している。

チック・リットは、「女性による、女性のための、女性についての文学。典型的には女性の社交生活や人間関係に焦点を当て、しばしば同様の経験を持つ読者に向けられる類の小説」と定義されて『オックスフォード英語辞典』にもエントリーされているように、現在ではフィクションの一ジャンルとして認識されている。代表的なテクストとしては、独身女性の仕事と恋愛に焦点を当てた、ヘレン・フィールディングの『ブリジット・ジョーンズの日記』（一九九六年）が挙げられることが多い。チック・リットからは多くのサブジャンルが派生したが、そのひとつがヒロインの結婚、出産に続く「つぎの段階」（Hewett 119）を描く「マミー・リット（mommy lit）」である。[*1] 多くは白人中産階級女性によって書かれるが、ジャンルの鍵となるキャラクターや要素を確立したとされるミーブ・ハランの『キャリアマザーの選択』（一九九二年）の原題 *Having It All* にも表れているように、職業と家庭の「すべてを手に入れる」女性を体現するかのような主人公を設定する一方、その両立をめぐる葛藤と断念を描き、ベストセラーとなった。[*2] つまり、ここに提起されているのは、第二波フェミニズムとそこで掲げられた理想のある種の行き詰まりであり、ポストフェミニズム時代のワーク・ライフ・バランスのありようと言うことができる。

マミー・リットの「古典」(Harzewski 158) であり、「ひとりの女性の「すべてを手に入れる」をめぐる奮闘記」(Hewett 119) とも呼ばれる、アリソン・ピアソンの『どうしたら彼女のようになにもかも」できるのか (*I Don't Know How She Does It*)』(邦題『ケイト・レディは負け犬じゃない』)(二〇〇二年)も、同様の主題を追求している。*3 ロンドンの名門投資会社に勤務する主人公ケイト・レディは、ワーキング・マザーとして一見公私ともに充実した人生を営んでおり、作品の原題はそうした主人公への周囲の称賛と驚嘆の声を表している。しかし実際のところ、彼女は「ジャグリング」にたとえられるような目まぐるしい日々を送っているのであり、その負担に疲弊しきってもいる。ついには「男になるのは女を浪費することだから」(341) と離職を決意し、家族とともに地方に転居する。その後しばらくの間主婦業に専念する姿勢を見せるが、私的領域への撤退ともいえるその決断は、第二波フェミニズムが目指してきた女性の社会進出と逆行するものである。家庭の主婦の精神的抑圧を問題化したベティ・フリーダンの『新しい女性の創造』(一九六三年) から半世紀近くの後、その成果として勝ち得た職業の機会均等の権利を放棄し、家庭に回帰するというケイトの決断は、いかにも皮肉に感じられる。実際、「すべてを手に入れる」ことの断念とも言えるこの結末には批判的な見方が表明されており (McRobbie 80; Philips 163)、たとえばデボラ・フィリップスは、「妥協的、個別的な解決でしかあり得ない」(Philips 163) としている。またそこに「曖昧さ」や両義性を見いだしている場合でも (Harzewski 171–72; Hewett 125; Munford and Waters; Whelehan 196)、「二重の読みの可能性を許容するものの、究極的には保守的」(Whelehan 196) という評価が下されている。

しかし女性主人公の離職という結末を迎えることの多いマミー・リットのジャンルにあって、ピアソンのテクストはそうした決断を導くことになった現代の社会経済状況や、それと並行して進んだフェミニズムの変容といった構造的な要因をも、とりわけ入念に描いている。つまり新自由主義の進行を背景とする厳しい雇用環境においては、女性、とりわけ子供を持つ母親の就業やその継続への支援は十分とは言えず、その負担が個人にのしかかっているという現実が、「すべてを手に入れる」、すなわち公私の両立の実現を、依然として著しく困難にしている様子が読み取れるのである。だとすれば、このテクストの結末を「保守的」とする先述の見方は、主人公の決断をあたかも「主体的」な「選択」であるかのように見せて、現実を隠蔽《いんぺい》する点で問題となる。むしろここでは彼女の決断の是非の議論と並行し、彼女にそれを「選択」させた要因を「女性の就労をめぐる問題」としてとらえる視点が不可欠だろう。またこのテクストは後半部で主人公とほかの女性たちとの連帯のアクションが展開され、さらにエピローグ「ケイトがつぎにしたこと」ではその連帯にもとづく起業を示唆しつつ幕を閉じるが、それは以上の問題に対する有効な手立てとなる潜在的な可能性や、フェミニズムの有効性という観点から新たに論じられるべきではないか。

そこで本章は、このテクストに対する従来の評価を以下の点において見直す。まず、(1) 主人公の「すべてを手に入れる」の断念の背後にある、現代の社会経済状況、労働・雇用のあり方やそこでの女性の位置づけ、また子育てをはじめとするケア責任の所在といった、主にジェンダーに根ざす構造的な要因を指摘する。また、(2) 主人公が呼びかける女性間の連帯を、そうした問題に対する、女性を主体とした新たな労働の枠組の模索と解釈するとともに、彼女のフェミニズムとの関係を第二波フェミニズムとも連続性を持つものとしてとらえ直す。そこではポストフェミニズムの多義性にも言及することになるだろう。こうしたテクスト・レベルでの分析に加え、(3) マミー・リットのジャンルが多くの読者を獲得しており、そこで以上の問題が共有されている事実に、女性向けポピュラー小説が媒体として持ち得る可能性を論じたい。本章冒頭に挙げたように、フィクションとフェミニズム間の関連の系譜において、このジャンルにも（たとえ「間接的」にであれ）フェミニズムとの対話は存在しており、そしてそれが読者にも共感や問題意識を呼び覚ましていることを肯定的に意味づけることができるのではないかと考えるからである。そのために、この物語の結末そのものの限界を指摘しながら、むしろこのジャンルに特有の語りやその女性読者との関係性を評価したヘザー・ヒューイットらの論考にも依拠することになる。以上の点を論じるにあたり、まず次節では、このテクストの設定を一部変更した映画化作品を取り上げ、それを、「すべてを手に入れる」ことの困難の要因である時代的・社会的文脈をより明瞭に示した原作と対比させながら見ていくことにする。

2　「すべてを手に入れる」の困難とその構造的要因

英米で二〇一一年、日本では翌年に公開された映画『ケイト・レディが完璧な理由』は、アメリカのニューヨークとボストンを舞台に、大手投資会社に勤める女性主人公を描く。働く女性という主題には、その時代の女性の就業や昇進、職場環境やそこでの困難が反映されることから、女性の社会進出を後押ししたフェミニズムの進展（とその後の揺り戻し）との関連を示すものと考えられるが、それはこの映画についても例外ではない。一九六〇年代後半から七〇年代に展開された第二波フェミニズムは、性別役割分業撤廃の一端として女性の雇用の機会均等を推し進めるべく、関連諸制度を整備・拡充してきた。その恩恵にあずかり、職業キャリアを形成する一方、結婚、出産を経て、育児にも乗り出すこの映画版の主人公は、第二波フェミニズムの結実としての「すべてを手に入れる」を体現するヒロインのように思われる。ここで前提となるのは、女性のライフコースにおいて公私のいずれをも断念することなく、両立をはかることが可能な社会である。

しかし実際にこの映画版に描かれるのは、そうした理想的な社会の恩恵を享受しているはずの主人公が、仕事と家庭の両立のために多忙を極める日々を送ることを余儀なくされ、疲労困憊《こんぱい》する姿である。ニューヨークへの出張から戻ったばかりの深夜の自宅キッチンで、子供が通う学校のバザーに出品するために、市販のパイを手作り風に見せかけようと腐心する映画冒頭のエピソードは、彼女が自身を周囲のイメージになんとか一致させようとする姿を典型的に示していよう。にもかかわらず、同様のエピソードが続くこの映画版が、職場にはそれまでの業績を盾に家庭優先を宣言し、家事に関しては夫婦間の歩み寄りを示す主人公の家族への愛情を強調しながら幕を閉じるのは、現実味に欠ける結末と言えなくもない。女性が働き続ける上で、出産とそれに続く育児がとりわけ高いハードルとなりながら、職場や家庭において支援は見込めず、現実的な打開策が見あたらない現実が全編を通して描かれていることを考えれば、一組の夫婦の努力に依存するその結末は、問題の先送りにすぎないように思われるからである。そもそもこの映画版では、ワーキング・マザーとしての主人公の生活の慌ただしさは十分に強調されるものの、彼女がそのようなライフコースを選択した背景、とりわけフェミニズムとの関係への言及が希薄であり、フェミニズムとの関連を指摘されるジャンルを土台とする映画としては、物足りなさが残る。また原作の重要な要素である女性間の関係の描写も不十分なまま、異性愛とそれに根ざす家庭の重要性に帰結させたことで、ストーリーが表層的なものとなったことも否めない。実際この映画版は、『ガーディアン』紙上の映画評で、ピアソン作品の「重要な問題を真に理解していない」(Brooks) と評されることになった。

それに対し、この映画の原作であるピアソンの同名小説は、イングランドを舞台に、主人公の世代や生育環境などの背景を書き込むことで、彼女が離職の決断に至る経緯やその背景としての社会経済状況、またそのフェミニズムとの関係を伝えようとする。まず彼女が手にしている仕事や地位は、その世代を第二波フェミニズムとの関係において位置づけることで理解できる。「二〇世紀の終わり」(268) に三五歳と設定されるケイトが生まれる頃、すでに「女性解放運動は始まっていた」(293)。彼女が生まれ育ったイングランドの田舎町は、当時そうした動きからは取り残されていたものの、一般に仕事と家庭の「「すべてを手に入れる」ことは……一九六〇年代以降の世代のすべての女性にとり生得権として約束されている」(Haussegger 3) と考えられた。実際イギリスでも、一九七〇年代にはフェミニズムの影響、高等教育機関への女子の進学率の上昇、また同一賃金法、性差別禁止法、雇用保護法といった新規立法により、女性の労働パターンに変化が生じている (Rosen 101)。ケイト自身、大学教育を受け、「ロンドンの金融街《シティ》で最も古く、有名な企業のひとつ」(15) に就職するなど、家族のうちで時代の恩恵を受けた最初の世代となった。さらに数少ない女性ヘッジファンド・マネージャーとなり、社内最年少で上級管理職にも就いたことは、フェミニズムがもたらした成果の一端と考えられよう。

一方、第二波フェミニズムが促進した女性の就労は、その後の社会経済的な要請とも合致するものでもあり、それも主人公の職業選択や職業観に影響したと考えられる。ケイトが教育を受け、キャリア形成を図った一九八〇年代から九〇年代は、イギリスでは福祉国家から新自由主義体制へと方向転換が行なわれた時期にあたる。サッチャー政権に続き、「現実的には……サッチャリズムの経済自由主義と市場原理、小さい政府の政策の後継者」（曾村　一二）と言われるブレア労働党政権下においても、改革は推し進められた。すなわち、公共支出を抑制し、教育をはじめとする自助と自己責任を旨とする社会が作られていったのである。女性の雇用をめぐってはこの時期、先に挙げた同一賃金法、性差別禁止法の改正といった法制面の整備や、民間主導のポジティブ・アクション促進活動が続き（McClosky 171; Rosen 102／横山　一三五）、それにより進んだ女性の雇用の一般化は、福祉国家体制における家族給や性別分離を批判した第二波フェミニズムの目指す方向性とも一致するかたちで、女性に経済力とそれを基盤とした自由をもたらすことになった。

しかし資本主義が女性を解放し得たのか、あるいは隷属化したのかという古くも新しい問いは、『ケイト・レディ』でも繰り返されることになる。社会福祉・保障が削減されるなか、個人に求められるのはその「能力」と「選択」において人生の生き残りをかけることであり、そうした意味では、イングランド中北部の労働者階級の家庭からケンブリッジ大学に進み、みずからの力で現在の地位を獲得したケイトは、まぎれもない「成功者」に数えられよう。実際彼女は、「私は自分の仕事が大好きだ。思い切って買った株が期待に応えてくれた時に血が騒ぐのが好きだ。空港のクラブ・ラウンジを利用できるひと握りの女性のひとりでいられるのも……」（17）と、仕事がもたらす充足感やそれによって得られる特権的な地位への自負を表明している。だがそれと同時に、現状を維持しようと思えば競争を避けられないことも十分に認識している。投資の自由化がもたらした金融市場の国際化とそれにともなう企業のグローバル化は、ケイトの職場についても例外ではなく、頻繁な海外出張を含む長時間労働が日常茶飯となっている。それでも、規制緩和による雇用の非正規化の進む新自由主義の時代において正規雇用にふみとどまろうと思えば、個人は過酷な要求にも対応可能な人材であり続けなくてはならない。社内では「解雇」（19, 311）による人員整理の噂も聞かれるなか、「すべてが競争なのよ……キョーソーしなければ、ロトーに迷うことになるの」（70）と冗談交じりに口にする彼女は、現代の労働が緊張感に満ちた自己管理を課すものとなることも伝えているのである。

こうした雇用環境が働く母親にとってはいっそう厳しいものとなることも、主人公の離職を招く要因として作用している。出産後のケイトは、降格を申し渡されるなどのマタニティ・ハラスメントに遭い、また職場復帰後は幼い子供二人を抱えながら激務をこなす必要もある。それまで、与えられてきた機会均等を自身の人生における達成に最大限に結びつけてきた彼女も、出産育児の経験を契機に、そうした平等があくまでも一面的なものであったと気づくことになる。先に挙げた一九七〇年代以降の法律は、女性の就労促進に一定の意義を持ち得たものの、とりわけ幼い子供を抱える女性の長期的なキャリアの追求には課題も残した。つまり出産によるキャリアの一時的な中断は可能になったにせよ、依然として（家庭内において家事・育児を分担しない）男性の働き方を基準とする職場では、それを満たす女性には相応の処遇が与えられても、そうでなければ労働力として不適格の烙印が押されることになるからである。[*4]

　このような環境において育児を担う女性は、ジレンマに直面せざるを得ない。つまり働く母親として特別な処遇を要求すれば、みずからの労働者としての地位を危うくすることが予想される半面、要求しなければ、現行のシステムに与していると理解されることになるからである。ケイトが、「女性が母親であることを公言するのは、恐ろしいまでの弱さのしるしなのだ。これだから男女雇用機会均等法を愛さずにはいられない」（270）と制度の限界を皮肉ったり、「七〇年代に自分たちの権利を求めて闘っていた頃、女性たちは機会均等がなにを意味すると考えていたのだろう。男性と同じくらいわずかな時間しか子供と一緒にいられない権利を与えられるということとでも？」（273）と疑問を口にするのは、そうしたジレンマとともに、それを解決できなかった第二波フェミニズムへの失望と落胆をあらわにするものと言えよう。

　子供を持つ女性の就業の継続をうながすイギリスにおける動きとしては、その後も育児休業制度を定めた雇用関係法の施行（一九九九年）や、「ワーク・ライフ・バランス・キャンペーン」の開始（二〇〇〇年）などが見られた（内閣府男女共同参画局　第一部第一節第一七表、（独）労働政策研究・研修機構「海外では……」）。ケイトの勤務先も出産休暇などの基本的制度に加え、「ファミリー・フレンドリー（両立支援）」や「人的多様性」を謳い、それにより「最優秀企業賞」（337）まで受賞する。しかしこれは、「対外的な目的のために存在する」（279）、名ばかりの差別撤廃、いわば「トークニズム」にほかならない。「私たちが女だから……〔勤め先の企業は〕欲しいもの、つまり顧客や多様性という世間からの評判が得られるのだ」（124）と言う彼女は、母親が働き続けるには限界があるにもかかわらず、それを隠蔽するための企業のイメージ戦略に自身が利用されていることも見抜いている。

ケイトの就業の継続を困難にしているのは、以上のような雇用・労働環境であると同時に、私的領域、つまり家庭において育児の助力を期待することが困難な状況でもある。日常の暮らしは性別役割分業にもとづいて運営されているためで、必然的に彼女が二重の負担を強いられることになる。現代の共働き家庭において、妻は仕事の後に家事育児という二番目の就業シフトを担わなければならず、両立が至難の業となっていることは、アーリー・ラッセル・ホックシールドの『セカンド・シフト』にも検証されている通りである。[*5] つまり女性のキャリアの継続においては、家庭における、とりわけ育児をはじめとするケア労働をいかに配分するかが鍵となるわけだが、女性の賃金労働への組み込みにもかかわらず、この変化をスムーズにするような体制が職場と家庭のいずれにも整わないこうした状況を、ホックシールドは「立ち往生した革命」と呼んでいる（一八）。第二波フェミニズムが「個人的なことは政治的なこと」をスローガンとしながら、家事労働など個人的と考えられてきた領域にも両性間の構造的な権力関係を見いだしてからすでに半世紀を経たことを思えば、事態の進行は余りにも緩やかであると言わざるを得ない。[*6]

こうした公私にわたる構造的要因の帰結として、ケイトは仕事と家庭「すべてを手に入れる」という理想と現実との間に折り合いをつけようとする。アメリカを舞台とする映画版とは異なり、イングランドが舞台である原作の主人公は、母や妹が暮らす故郷にほど近いダービシャに一家で移り住み、家庭生活の充実に専念することを決意するのである。しかしそれが「選択」とはほど遠いものであることは言うまでもない。「いまの女性たちは［専業主婦の］母親よりも悪い母親にしかなれずに苦しんでいる。なぜなら、私たちは本当に本当に一生懸命働いて、それでもうまくいかない運命にあるのだから」(272)と彼女がその胸の内を吐露するとき、そこには第二波フェミニズムが理念上は可能にした「すべてを手に入れる」の実現を阻む、これまでに見たような構造的な要因、すなわち新自由主義下での労働・雇用や、育児というケア責任のあり方が、働く母親に不利に作用していることが示唆されている。実際、彼女の同僚や友人の多くが出産後にそれまでの職業、働き方を見直している事実は、彼女の決断が必ずしも例外的なケースとは言えず、現行のシステムそのものが根本的に変革される必要を示していよう。

にもかかわらず、そのための有効な手立てがいまだ見いだせていないのだとすれば、その一端は、こうした状況において利害を共有しているはずの女性たちが個として分断され、連帯による抵抗が困難になっていることにあると考えられる。実際『ケイト・レディ』には、女性登場人物たちが世代的、経済的に互いに隔てられている様子が描かれている。しかし主人公はそれに甘んじてはいない。次節では、映画版には十分に描かれなかった、彼女の女性間関係の修復のプロセスや連帯のアクションに焦点を当て、そこに分断から連帯への契機を見いだすとともに、彼女のフェミニズムとの関係を再考したい。第二波フェミニズムの恩恵にあずかりながら、それに対して疑問や批判も投げかけるケイトは、ポストフェミニスト世代のヒロインとして描かれているように見えるが、そこに第二波との連続性も指摘できると思われるからである。

3 「ポスト」フェミニスト・テクストとしての『ケイト・レディ』

原作『ケイト・レディ』において、投資会社在職中の主人公ケイトと女性同僚たちとの関係は、当初対立的であるか、距離感をともなったものとして描かれている。彼女が第二波フェミニズムをステレオタイプ的に体現する女性上司に共感を持てず、辛辣に批判さえすることは、両者の間に世代的なギャップが存在することを示している。男性優位のシティに参入した女性の「第一世代」として、おそらくは結婚、出産を経験することなく管理職のポストを得た上司は、ケイトの目には「男性の世界で女性ひとりでいるのが好きなお局《つぼね》のひとり」(188)と映る。その後女性の就業条件がより整えられ、投資部門で妊娠した初めての女性で、二人の子供を持つ唯一の女性となったケイトとの間には、おのずとそれまでの人生の道のり(の困難さ)において違いが生じているのである。一方、ケイト自身も、若い女性同僚たちのロール・モデルとはなり得ていない。出産・育児がキャリア追求の妨げにしかならない労働環境において、彼女たちは出産を先延ばしにせざるを得ないためである。こうした女性同僚たちとの分断は、女性の職場進出がこの半世紀の間に段階的に進展したことでもたらされたものと考えられよう。

しかし同僚女性のひとりがセクシャル・ハラスメントのターゲットにされるや、ケイトはためらうことなく女性たちに連帯を呼びかける。社内外の仲間たちと協力して「決死の七人姉妹」(320)を組織すると、ハラスメントの中心人物である男性同僚をビジネス上の罠に陥《おとしい》れ、解雇に追い込むのである。ここに彼女が、一見対立的と思われる女性間にも共通の問題、つまり性的嫌がらせをその一端とする、女性の就労環境をめぐる問題を見いだしていることが分かる。そもそも男性優位の職場に参入した「第一世代」としての女性上司にせよ、拡充された権利を行使しながら公私の充実をはかろうとするケイトや、両立の困難を目の当たりにして出産に尻込みせざるを得ないさらに若い同僚にせよ、各々の状況は異なっているように見えながら、男性中心の労働システムを前提とした適応の結果であるという点においては共通性を持っている。そしていずれにせよ、各々の人生が何らかの制約を受けているのだとすれば、それはまさしく「すべての女性にとっての問題」にほかならない。ただしその問題が女性間で共有されないかぎり、システムそのものは変革を迫られないどころか、むしろ強化されることにもなる。だからこそ、利害をともにする女性同士が結びつくことが求められるのである。シティの男性優位に対し、自身を後に続く女性たちの「礎石」と意味づけ、「彼女たちは私たちの亡骸《なきがら》の上を歩いていくことになるのだ」(125)と強い思いをのぞかせていたケイトは、もとより世代を超えた女性間の連続性や連帯の必要性を意識していたと考えられる。

一方ケイトは、故郷に残る母や妹とも関係の修復を図っていく。彼女たちは長らく疎遠であったが、それも能力主義に移行した社会が、一面においては平等主義的、解放的な側面を備えながら、人々を個として分断し、そこに「格差」をもたらす性質を持つことから理解される。彼女自身は社会的地位や経済的には何不自由のない暮らしを手に入れたものの、自分なら「三日間のタクシー代で使ってしまう」(294)程度の報酬で保育園のアシスタントとして働く母や、二一歳で電気工と結婚して三人の子供を産み、地元の工場で出来高払いの工員として働く妹との間には、経済力やライフスタイルなどにおいてあからさまな違いが生じている。しかしここに端的に示されているのは、「すべてを手に入れている」と思われている（80）ケイト自身と、非正規雇用に就く、または後にそれを奪われる、母や妹との間に存在するように見える「格差」も、各々の人生の選択の結果のように見えはしても、実際には新自由主義経済下での格差拡大によるものであり、それが最も身近であるはずの人間関係にさえ入り込んでいるという事実である。[*7]

しかしその後みずからも家庭内に問題を抱え、離職にも至ると、母や妹から自分を隔てていた違いが解消されたかのように、ケイトは彼女たちとの関係の立て直しに向かうことになる。自身の人生を形成する上で反面教師の役割を果たしてきた母の人生については、一九五〇年代に娘時代を過ごした女性たちの制約によるものととらえる視点を有するようになる。また、自分が以前に途上国の工場に投資したことが、間接的に妹の職場を奪ったのではないかという自責の念から、妹や四〇名ほどのスリランカ系女性が働いていた、倒産したドールハウス工場を買い取る可能性がほのめかされる。そしてビジネスとして成功する見込みが薄いことも承知の上で、工場の再建の可能性を探るべく奔走し始める彼女の姿を示唆するエピローグは、その周囲に女性たちによる新たな連帯が形成されていくことをわずかながらも期待させるものとなっている。

まずケイトが「女性のみの企業に投資するよう指示のついた、倫理にかなったファンド」（352）から資金を得るらしいこと、そしてともすれば分断されてしまいがちな異なった境遇にある女性たちが直接間接にこの企てに関わっていることから、彼女たちが相互のつながりを取り戻すのではないかと想像させる。また彼女が新たに経営を手がけるかもしれないこの工場では、女性の従来の働き方に対するオルタナティヴが模索されるのではないかとも期待される。つまり男性の働き方を標準的なものとすることで、働く母親を「劣った」労働者たらしめてしまうシステムや、それによりもたらされる女性のキャリアの継続をめぐるジレンマが新たな方法で解消されるような、労働条件にも配慮した、女性を主体とする新たな労働の枠組の模索である。

さらにケイトが「お金は……私の人生を深めることも、楽にすることもなかった」(304) と、経済や消費を価値とする考えからの転向をほのめかしていたことを考えると、この事業は従来的な利潤追求を目的としない可能性も残していよう。[*8] この事業はスリランカ支援機関との連携を視野に入れながら進められているらしいことからも、低賃金を強いられがちな女性移民労働者に対しても搾取的ではなく、むしろ支援的な性質を持つ、たとえばイギリスで活動が盛んな「フェア・トレード」のようなものとなるかもしれないと想像される。もちろん、小規模な製造業がグローバル化した市場において持ち得る可能性は、通信販売によるマーケットの開拓も視野に入れられているにせよ、大きいとは言えない。「ミニチュア化された家庭生活のイメージ」(Philips 162) を持つドールハウスが暗示するように、事業の性質や規模が、あくまでも家庭を基盤とする家内工業的なものにとどまることも十分に予想される。彼女の新たな試みも、現行の社会経済の枠組からまったくの自由ではありえない。[*9] とはいえここには少なくとも、自身が開発した金融商品をグローバルに展開するであろう投資会社にとどまる映画版の主人公とは、明らかに異なる指向を見いだすことができる。つまりロンドンのシティを離れて地方で興す小規模ビジネスは、金融をはじめとする大企業に独占される市場や、その中での富の分配への異議申し立ての意味を持つのではないか。[*10] これらはあくまでも想像の域にとどまるものであり、そこにこのテクストの限界も指摘されよう。ただ、ケイトが仕事を完全に手放すことはないどころか、ふたたび多忙な生活に戻ることさえほのめかすこのエンディングは、現代女性の人生がすでに仕事か家庭かの二者択一ではあり得ず、したがって「すべてを手に入れる」をめぐる問いは継続するであろうこと、しかしそれに対して現時点で示すことのできる解決は、ある種ユートピア的なものとならざるを得ないことを示している。[*11]

　いずれにせよ、以上のような主人公の行為や試みを考えるとき、チック・リットやそのサブジャンルとしてのマミー・リットが関連づけられてきた文脈から、彼女を、またこのテクストを、一義的にポストフェミニズム的と理解し得るかには疑問が残る。そもそも「ポストフェミニズム」という語自体、その「定義に合意がなく」(Pilcher and Whelehan 105)、「とらえにくい」(Harzewski 151) ことは、ある程度広く認識されてきた。ハジェフスキーが要約するように、それは「女性運動の成果に逆らい、また退けるための意図的な戦略」とみなされることもある一方、「第二波すべての拒絶ではなく、フェミニズム思想の現在の状態、すなわちフェミニズム内外の数多《あまた》の論議の結果」という「肯定的な……意味」(154) もある。[*12] また改めて見直してみれば、疑問や批判を表明する場合だけでなく、ケイトはフェミニズムに頻繁に言及している。それはグロリア・スタイネムのような第二波フェミニストばかりか、エメリン・パンクハーストらの第一波フェミニストにも及び、一世紀を超えるフェミニズムの歴史を認識していることをうかがわせる。そして自身を、子供を乳母《ナニー》に預ける『メアリー・ポピンズ』の女性参政権《サフラジェット》運動家ミセス・バンクスになぞらえているのは、自分をフェミニスト、とりわけ女性参政権という社会制度改革を目指した女性たちと重ね合わせているものとも読み取れる。チック・リットは「反フェミニズム」としてのポストフェミニズムとの選択的、半ユートピア的混淆」（Harzewski 181）とされるが、『ケイト・レディ』のテクストとヒロインも、フェミニズムへの相半ばする思いを行き来する「対話」を重ねていると言えるのではないか。[*13] 次節ではここに見たような女性登場人物たちの連帯やフェミニズムとの「対話」が、このテクストを媒介としてさらに読者にも共有される可能性を、その語りに目を向けながら確認したい。

4　女性の連帯に向けて——ジャンルの持つ可能性

『ケイト・レディ』は主人公の日記に、おのずと時間が記録されるEメールや備忘録を織り込むことで、家事の山積する多忙な日常を伝える工夫を施した一人称の語りを、ほぼ全編にわたり採用している。『ブリジット・ジョーンズの日記』を含め、チック・リットのジャンルにしばしば用いられるこうした語りは、新自由主義の文脈における「自己監視的な主体」のあり方と関連づけてもとらえられる（McRobbie 20）。実際、『ケイト・レディ』の語りも、周囲から「すべてを手に入れ」ていると見られている自身と実態の乖離《かいり》をケイトみずから認識していることを示しており、それは本作品にエピグラフとして付される「ジャグル（juggle）」の定義にも表れている。つまり彼女の仕事と育児の両立ゆえのめまぐるしさがなぞらえられるその語には、「だます、欺く」、「詐欺」の意もあると示すことで、自身の欺瞞を示唆していると考えられるのである。また自身が「母親法廷」で裁かれるという挿話も、それが本作品では例外的に三人称で書かれることとも合わせ、その自己告発的な語りを客観的に補強するものとなっている。しかしそもそもメディアで喧伝されることも多い「成功した」女性のイメージは、実際にはごく一部の、したがってほとんどの女性にとってモデルにはなり得ない存在であるばかりか、女性間の分断をうながす危険すらある。「〔出産しても〕あたかもなにも変わらなかったかのように振る舞う彼女たちの英雄的な努力は、ほかの女性を打ちすえる鞭としても使われる可能性がある」(278) と発言するケイトは、そのことにも十分自覚的である。

そうであればこそ、自身をそうしたイメージとは対照的な、より現実的なアンチモデルとして提示し直そうとするのが彼女の日記であるとも言える。その場合の語りのトーンは、おのずと笑いや自嘲を含むものとなることは、映画版と同様、原作でも冒頭に置かれる、ケイトが市販のパイを手作りのように「偽造する」(5) エピソードに典型的に示される通りである。マミー・リットがチック・リットとも共通する「自虐的なユーモア」(Whelehan 194) を特徴として持つとされる所以《ゆえん》である。このジャンルに見られるユーモアに着目したヒューイットも、その効果を、究極的には非政治的と論じることも可能である一方、「働く母親に対する非現実的な期待に、笑いを通して立ち向かう」(Hewett 129) ものとして評価している。

こうした語りやユーモアはまた、読者との間に親密さをかもしだすその効果を通じ、相当の経済力を持った白人中産階級女性という「例外的な女性をどこにでもいる女性にすることに成功」(Hewett 125) させることにも寄与していよう。またそれは第二波フェミニズムの「すべてを手に入れる」という理想がほとんどの女性にとって実現困難であり、その追求において解決されるべき課題が残ることを、女性全体のアジェンダとして読者と共有可能なものともしていよう。つまりこれまでに見たような、ケイトやほかの女性たちの現状に対する適応策である離職を含むライフコースの「選択」には、そこに帰結してしまう構造的な問題——たとえば現行の雇用や働き方の限界、家庭においてケア労働の分担が進まない状況——が存在し、それが解決されなければならないという問題意識の共有である。

そしてこのテクストが発するメッセージが実際に共有されたのかを検討する際、それが三〇か国語以上に翻訳され、四百万部以上を売り上げる世界的なベストセラーとなった事実を見逃すことはできない。これは同様に多くの国々に配給されながら、観客動員において特筆すべきものがなかった映画版とは対照的に、広く女性たちとの間をつなぐ媒体として、小説の方がより有効に機能した証左と言えるかもしれない。ヒューイットによれば、マミー・リットの広まりと人気は、「母親たちが声を挙げ、互いに耳を傾け、……自分たちは独りではないことを思い出す必要を示」(Hewett 135) しているという。そうした意味で、本書が『デイリー・テレグラフ』、『デイリー・メイル』紙のコラムとして寄稿された後、現在のかたちに作品化されるプロセスにおいて、「たくさんのケイト・レディたち」(Pearson, "Acknowledgement" 360)、すなわち読者の経験が参考にされ、このテクスト自体が(間接的にせよ)彼女たちが声を挙げる場となったことも評価されるべきだろう。このジャンルはさらなる広がりを見せ、今も多くの白人中産階級女性によって書かれてはいるが、人種、階級や婚姻関係において多様化している (Hewett 122)。またネット空間や草の根コミュニティでは、母親であることについて、経済的な地位の向上や支援ネットワークの構築などの新たな方向性を持つ対話が起こっていることも報告されている (Buchanan par. 16–17; Hewett 122, 134)。[*14] 母親たちによるブログの興隆に着目したブキャナンも、そこに書かれるのが親密な間柄でしか明かされないような、きわめて個人的な経験であり、「マムワール (momoir)」と呼ばれる女性たちの語りを通じて経験が共有されることが「女性たちを結びつける強力な手立て」になっているとしている (Buchanan par. 19)。

「すべてを手に入れる」は第二波フェミニズムが制度上可能にした成果であることは確かだが、その実現を担う現代の女性には新たな困難をもたらすことにもなった。雇用や働き方の問題、また家庭におけるケア労働の問題が依然残されているためである。近年エミリー・マッチャーが焦点を当てた、既婚女性たちの職場からの「選択的離脱」(六、八四) の現象も、こうした文脈においてとらえられるだろう。[*15] また自身の経験から、その実現を全面的に個人の努力に負わなくてはならないような、シェリル・サンドバーグの『リーン・イン』(二〇一三年) に代表される従来のワーク・ライフ・バランスをめぐる言説に対して異を唱えるとともに、今後制度的な変革がなされるべきであるとの提言を行なったアン＝マリー・スローターによる雑誌論文、「なぜ女性はいまだにすべてを手に入れることができないのか」(二〇一二年) も話題を呼んだ。このように、女性が「すべてを手に入れる」は現在も進行中の議論である。しかしこれは第二波フェミニズムのある意味での限界も含みながら、それが道半ばであることによるとも考えられる。そしてそうした問題が継続するかぎり、フェミニズムがその使命を終えることもないのである。スローターが前掲論文をもとに二〇一五年に発表した著作でも述べている通り、二〇世紀に展開された女性解放運動は「多くの点で未完のまま」(Slaughter, *Unfinished* xx) なのだ。そしてここで忘れられるべきでないのは、問題を共有する者たちがつながり合うことの大切さではないか。またフェミニズムと直接間接に対話し、それを多くの読者に伝えられる媒体としてのポピュラー小説、またマミー・リットのジャンルはこうした意味で重要な役割を果たすことができるのではないか。『ケイト・レディ』は二〇〇二年の発表以来一〇余年を経て、二〇一六年に続編の刊行が予定されている。そこでは女性の「すべてを手に入れる」をめぐりどのような新たな展開が見られるのか、発表が待たれるところである。

※本稿は、日本英文学会北海道支部第六〇回大会（二〇一五年一一月一日）において口頭で発表した原稿に加筆修正を施したものである。

注

＊1　フェリスとヤングは、チック・リットのサブジャンルは世代、人種、国、さらにはジェンダーの区分さえ超えているとする。そして世代については、四〇代以上向けの「ヘン・リット（hen lit）」、思春期向けの「チック・リット・ジュニア（chick lit jr.）」の例を挙げ、マミー・リットをその間に位置づけている（Ferriss and Young 5）。このサブジャンルを指す名称としては、ほかにも「マムリット（mumlit）」（Whelehan）や「ヤミー・マミー小説（yummy mummy novel）」（Philips）があるが、本章では複数の研究者が用いている「マミー・リット」（Ferriss and Young; Harzewski; Hewett）を採る。

＊2　ハランに先立つ一九八二年、ヘレン・ガーリー・ブラウンも原題を *Having It All* とする自己啓発書を発表している。その主張は、現代の女性はすべてを手に入れることができるというものだが、キャリアと恋愛の両立が中心で、この時点では出産や育児が多くの女性にとっての現実的な問題となり得ていないことをうかがわせる。

＊3　本作品の邦訳書のタイトルは『ケイト・レディは負け犬じゃない』であり、以降は『ケイト・レディ』と表記する。引用については、文中に括弧で原書のページ数のみを示す。また同名の原題の映画（邦題『ケイト・レディが完璧な理由』）については、「映画版」とする。

＊4　実際イギリスにおける二〇歳から六四歳の女性の就業率自体は、一九六一年の四二％から二〇〇三年には七三％にまで増加しているものの、そのうち五歳未満の子供を抱えている有配偶の母親は、フルタイム職で二割以下にすぎないのに対し、パートタイム職と無職がそれぞれ四割に上るという事実は、家事・子育てが依然として「女性の仕事」であることを示している（河村／今井　三一一―一三）。

＊5　イギリスにおいても、五歳未満の子供を持つ夫婦間の家事育児の分担は妻側に大きく偏っており、夫の倍以上の時間を当てていることが一九九五年のデータに表れている（内閣府男女共同参画局　第一章序説第四節第二一図）。

＊6　またここには女性にとっての母親役割を理想化する、いわゆる「母親神話」の影響も指摘され、フェミニズムによってもたらされたバックラッシュともとらえられている（Haussegger 125–26; Hewett 120–21）。こうした「神話」によって働く母親に生じる葛藤や罪悪感は、『ケイト・レディ』でもさまざまなかたちで表現される。たとえば「母親法廷」（62, 171）で裁かれるという主人公の想像は、彼女自身、社会が期待するこうした女性役割から自由になれないことを示唆している。

＊7　ここでの姉妹関係は、サッチャー政権の新自由主義経済を背景とした、キャリル・チャーチルの戯曲『トップ・ガールズ』のそれを思い起こさせる（Churchill）。人材派遣業の仕事で成功をおさめる一方、連帯や運動には無関心な主役登場人物である妹マーリーンの姿は、ケイトにも重なる。

＊8　またケイトは、会社に不利益をもたらすことを知りながら、セクハラに及んだ男性同僚に対する復讐を成しとげたことを、「自分が単なる資本主義制度の視野狭窄《きょうさく》的な下僕でないことの証明」（330）だともしている。

＊9　従業員を移民の主婦とすることで、女性間に新たな分断が生じることも懸念される。ここで思い起こされるのは、たとえば、マリア・ミースが資本主義的分業において不可視化される労働を問題化するなかで、第一世界および第三世界の女性間の関係性として挙げている、手工芸品生産に従事する女性たちの事例である。家内工業を基盤とし、自身を労働者ではなく主婦と考えるために、低い出来高払いでの雇用が可能である女性労働者は、資本主義にとっての「最適労働者」となり得るためである（ミース　一七三―七七）。

＊10　ここで筆者はこのテクストの結末に示唆される女性によるビジネスに多少なりとも可能性を見いだしているが、それはハジェフスキーの見方とも共通するものである (Harzewski 172)。他方、このテクストには手つかずのまま残される問題、たとえば家庭におけるジェンダー役割が変革される気配がないことも指摘されている (Hewett 125; McRobbie 80)。マミー・リットのジャンルにおいて、個々のテクストが焦点化する問題は一様ではなく、仕事のやり甲斐や昇進、待遇にまつわる悩み、夫婦や家族関係、出産や加齢にともなう身体的な変化とアイデンティティの揺らぎなどさまざまである。その中で家事育児といった無償労働の分担や（再）価値づけの要求についてはむしろ、ダイアナ・アップルヤードやクリスティナ・ホプキンソンらによる作品に中心的に扱われている (Appleyard; Hopkinson)。

＊11　マミー・リットのジャンルでは、結末においてしばしば女性主人公の離職が描かれることを先に述べたが、フルタイム職への復帰を念頭に、当座は時間的な融通のきく在宅の仕事を手がけるなど、キャリアの継続を念頭に置いていると考えられる場合が多い。このように考えると、離職という決断は女性のライフコースの一時期における、「すべてを手に入れる」の模索と言えるが、その中でも『ケイト・レディ』は仕事に置かれる比重が大きい。

＊12　またこれらの見方は「ポストフェミニズム」、「第三波フェミニズム」として区別されることも多く、前者は「既存のフェミニズムの政治への不満から形成され」、後者は「フェミニズムが終焉したといういかなる提起も拒絶する」立場と要約される (Pilcher and Whelehan 105–6)。

＊13　マツァとディシェルによるチック・リットの最初のアンソロジーの表紙にもポストフェミニストの語が付されたこともあり、両者はしばしば関連づけられることになった。ただし彼ら自身はこの語を反フェミニズムの意味で用いたのではないことを記している (Mazza and DeShell 8)。

＊14　ブキャナンやヒューイットに紹介されているサイトやブログのほかにも、たとえば *The F-Word: Contemporary UK Feminism* では、実際に『ケイト・レディ』やその映画版についての意見が交わされている (Shipley)。

＊15　マッチャーの注目する女性たちの主婦志向については、本書5章を参照。

引用文献一覧

Appleyard, Diana. *Homing Instinct*. London: Black Swan, 1999. Print.

Brooks, Xan. "I Don't Know How She Does It: Review." *The Guardian*. 15 September 2011. Web. 10 September 2015.

Buchanan, Andrea. "The Secret Life of Mothers: Maternal Narrative, Momoirs, and the Rise of the Blog." *The Mothers Movement Online*. Web. 18 January 2016.

Churchill, Caryl. *Top Girls*. 1982. London: Broomsbury, 2012. Print. 『トップ・ガールズ』安達紫帆訳、劇書房、一九九二年。

Ferriss, Suzanne, and Mallory Young, eds. *Chick Lit: The New Woman's Fiction*. New York: Routledge, 2006. Print.

Harzewski, Stephanie. *Chick Lit and Postfeminism*. Charlottesville: U of Virginia P, 2011. Print.

Haussegger, Virginia. *Wonder Woman: The Myth of "Having It All."* Sydney: Allen & Unwin, 2005. Print.

Hewett, Heather. "You Are Not Alone: The Personal, the Political, and the 'New' Mommy Lit." Ferriss and Young 119–39.

Hopkinson, Christina. *The Pile of Stuff at the Bottom of the Stairs*. London: Hodder, 2011. Print.

Mazza, Cris, and Jeffrey DeShell, eds. *Chick Lit: On The Edge: New Women's Fiction Anthology*. Tallahassee: FC2, 1995. Print.

McCloskey, Deirdre. "Paid Work." *Women in Twentieth-Century Britain*. Ed. Ina Zweiniger-Bargielowska. London: Routledge, 2001. 165–79. Print.

McRobbie, Angela. *The Aftermath of Feminism: Gender, Culture and Social Change*. Los Angeles: Sage, 2009. Print.

Munford, Rebecca, and Melanie Waters. *Feminism and Popular Culture: Investigating the Postfeminist Mystique*. New Jersey: Rutgers UP, 2014. Print.

Pearson, Allison. Acknowledgement. *I Don't Know How She Does It: A Comedy about Failure, a Tragedy about Success*. 2002. London: Vintage, 2011. 360–61. Print.

——. *I Don't Know How She Does It: A Comedy about Failure, a Tragedy about Success*. 2002. London: Vintage, 2011. Print.『ケイト・レディは負け犬じゃない』亀井よし子訳、ソニーマガジンズ、二〇〇四年。

Philips, Deborah. *Women's Fiction: From 1945 to Today*. London: Bloomsbury Academic, 2014. Print.

Pilcher, Jane, and Imelda Whelehan. *Fifty Key Concepts in Gender Studies*. London: Sage, 2004. Print.

Rosen, Andrew. *The Transformation of British Life, 1950–2000: A Social History*. Manchester: Manchester UP, 2003. Print.

Sandberg, Sheryl. *Lean In: Women, Work, and the Will to Lead*. London: WH Allen, 2013. Print.『リーン・イン——女性、仕事、リーダーへの意欲』村井章子訳、日本経済新聞出版社、二〇一三年。

Shipley, Diane. "*I Don't Know How She Does It*." *The F-Word: Contemporary UK Feminism*. Web. 9 February 2016.

Slaughter, Anne-Marie. *Unfinished Business: Women, Men, Work, Family*. London: Oneworld, 2015. Print.

——. "Why Women Still Can't Have It All." *The Atlantic*. July 2012. Web. 16 February 2016.

Whelehan, Imelda. *Feminist Bestseller: From* Sex and the Single Girl *to* Sex and the City. New York: Palgrave Macmillan, 2005. Print.

河村貞枝／今井けい編『イギリス近現代女性史研究入門』青木書店、二〇〇六年。

曽村充利編『新自由主義は文学を変えたか——サッチャー以後のイギリス』法政大学出版局、二〇〇八年。

独立行政法人労働政策研究・研修機構『データブック国際労働比較（二〇一五年版）』二〇一五年。Web. 29 July 2015.

——「海外ではワーク・ライフ・バランスをどう支援しているか」二〇一一年。Web. 29 July 2015.

内閣府男女共同参画局『男女共同参画白書（概要版）平成一五年度版』Web. 29 July 2015.

ハラン、ミーブ『キャリアマザーの選択』田丸美寿々訳、飛鳥新社、一九九四年。

ブラウン、ヘレン・ガーリー『恋も仕事も思いのまま』矢倉尚子／阿部行子訳、集英社、一九八八年。

ホックシールド、アーリー・ラッセル『セカンド・シフト　第二の勤務——アメリカ　共働き革命のいま』田中和子訳、朝日新聞社、一九九〇年。

マッチャー、エミリー『ハウスワイフ　2.0《ツーポイントゼロ》』森嶋マリ訳、文藝春秋、二〇一四年。

ミース、マリア『国際分業と女性——進行する主婦化』奥田暁子訳、日本経済評論社、一九九七年。

横山和子「日本および欧米における男女の雇用均等——日本の現状と諸外国の経験」『東洋学園大学紀要』八号（二〇〇〇年）：一二七—三九頁。Web. 29 July 2015.

映像作品一覧

I Don't Know How She Does It. Dir. Douglas McGrath. Perf. Sarah Jessica Parker. 2011. The Weinstein Company. DVD.

コラム ⑥

一九八〇年代とジャネット・ウィンターソンの「幸福」（植松のぞみ）

もし食料雑貨商の娘が首相になれるのなら、わたしみたいな娘だって英文学散文コーナー――AからZの棚のどこかに置いてもらえる本を書けるかもしれない。わたしは彼女に投票した。

(Winterson, *Why* 138)

一九八五年『オレンジだけが果物じゃない』で文壇デビューを飾ったジャネット・ウィンターソンは、八〇年代を代表する英国女性作家のひとりである。ランカシャーの労働者階級の父と熱烈なクリスチャンである母に、養子として育てられるが、自身の同性愛の関係を知られ、母や所属教会との軋轢《あつれき》から家を出る。レズビアンなどのセクシュアリティを語るそのクィアな作風は、『オレンジ』での半自伝的な物語の出版以降、現在まで、彼女を先鋭的な左翼文化人として位置づけている。

しかし、そのような左翼的なイメージとは裏腹に、ウィンターソンは大学に入学した一九七九年、総選挙でマーガレット・サッチャー率いる保守党に投票したと自伝『普通になれるなら幸せにならなくてもいいじゃない？』（二〇一一年）で認めている。冒頭の引用にもあるように、労働者階級から「なりたい自分になる」というウィンターソンの「自由」と「幸福」の追求は、新自由主義の唱える個人主義と能力主義、また八〇年代のセクシュアリティに関する急進的な考えと矛盾しなかった。労働党の中産階級出の「男たち」よりも、また妻を養うために家族賃金を求める労働者階級の「男たち」よりも、サッチャーの説く「自由」と「リスクと報酬の新しい文化」（134）にウィンターソンは共鳴したのだろう。

このような新自由主義的な潮流に乗る若き彼女の姿は、財政難を乗り越えるために書いた『未来へフィットせよ――より良く生きたい女たちのためのガイド』にも見られる。これは『オレンジ』の翌年に出版され、とるに足らない作品とも見なされるが、新自由主義という文脈でウィンターソンをとらえるとき、非常に興味深い。例えば、表紙の写真をみると、ウィンターソンはアディダスに似たシャツを着用し、第二章で運動靴の重要性を説く際、ナイキ、ニューバランス、リーボック等のブランドを勧めるなど、現在の左翼文化人的な雰囲気からはかけ離れた姿を見ることができる。いわば、女性が活躍するためのマニフェストであるこの本は、女性が人生と身体を最大限に活かすべく「強さ、スタミナ、そして柔軟さ」(16)の重要性を説いている。

Fit for the Future の表紙。〔Cover Photograph: Sue Wilks / Cover Design: Marion Dally〕

> あなたが美しくなるのは自分次第。……一番大事なことは、信じること。未来とは、現在によって築き上げられる。だから、よりよい時間は、願ってるだけじゃやってこない。創りあげるしかないのだ。この本は、奇跡は提供できないが、自分自身に集中し、自身の類まれなるポテンシャルを実現することをあなたに要求する。つまり、あなたがすでに持っていない解決策などないのだ。 (Winterson, *Fit* 1)

ウィンターソンは、女性が良く生きるためには、身体的および精神的にも fit(健康)になり、フレキシブルに未来に fit(適合)していく必要性を説いている。ある意味で心身ともに「美しく」なることのセルフ・マネジメントと自己責任論を展開している。この自己制御が(当時の)彼女にとって「女性が良く生きる」ための要《かなめ》であり、それは自尊心と自信の回復につながるのである。興味深いのは、これと、社会福祉構造を変化させるのではなく個人の柔軟性や責任によってワーク・ライフ・バランスを達成しようとする、日本における昨今の「女性活躍」の言説との類似性である。

このように、新自由主義の謳う「自由」は八〇年代のウィンターソン自身の自己実現と「幸福」の追求と合流している。しかし、この翌年に出版された『パッション』では、サッチャー時代の成金たちを批判するなど、一転、新自由主義と距離を置く姿勢を見せている。ウィンターソンの「自由」への姿勢における揺らぎは、彼女が社会経済的な「自由」と自己実現の「自由」の一致の乗り越えを要請する作家であることを物語っている。

コラム⑦ 映画に見る性愛と婚姻の変遷 （山口菜穂子）

身なりの良いひとりの中年男性が、ショーウィンドウの美女の肖像画に見入っている。フリッツ・ラング監督の『飾窓の女』（一九四四年）の一場面だ。このショットは、二〇世紀の性別役割分業と性的欲望の社会的機能――女性は生きるために男性に見つめられなければならない――を想起させる。男性は現実の女性を理解することなく、自分の理想を欲望し、投影するだけで良かった。というのも、当時多くの男性には女性と比べて経済力があったからだ。同時に、女性は男性の理

『飾窓の女』（00:03:13）

想にみずからを最適化させる必要があり、主に専業主婦になることで生存が保障された。つまり、一九二〇年代から七〇年代の先進国での核家族制度／福祉国家は、フォーディズム期の労働需要の拡大にともなう男性労働者への世帯給の分配によって成立し、異性愛中心主義的な性的欲望規範はこうした経済的条件に裏打ちされていた。

二〇〇〇年代に入ると、いよいよ世帯給が支払われなくなり、男性の多くは女性に夢を見る力（経済力）を失った。女性も見つめられるだけでは食べていけなくなった。スティーヴン・ソダーバーグ監督の『エリン・ブロコビッチ』（二〇〇〇年）を見てみよう。元ミスコン優勝者の女主人公は、バツ2で三児の母で無職だ。彼女は養育費を稼ぐために、子ども好きの隣人ジョージ（無職）に子守をしてもらいつつ、かろうじて得た弁護士事務所の仕事に邁進する。彼女が従来の女性像と異なるのは、（1）性的魅力、（2）母であること、（3）仕事や報酬、の三点すべてをあきらめないことだ。一種のスーパー・ウーマンである彼女は、ポストフェミニストの代表的人物のように見える。ただ、ポストフェミニストが通常自己実現型で新自由主義と親和的であるのに対し、彼女の男性観（無職を気にしない）や仕事観（社会正義のために働く）には、新しい社会性／公共性の可能性が感じられる。

とはいえ、二〇〇八年のリーマン・ショックによって、一流大学を出たホワイトカラーですら職がないという現状が明らかになってしまった。デヴィッド・フィンチャーの『ゴーン・ガール』（二〇一四年）の主人公夫妻は、それぞれ有名大学を卒業後、NYの出版業界で華やかに働いていたが、インターネットの普及によって二人とも失業してしまう。田舎の夫の実家に引きこもった彼らは、結婚が「互いに憎みあい支配しようとし傷つけあう」ものでしかないことを悟る。いまや学歴も職歴も結婚も、幸福どころか生存すら保障できない。彼らは唯一生き残れる方法――結婚そのものを収入源にする道――を選ぶ。リアリティ・ショーの主役として、視聴者に消費されるべく実人生を売り物にするのだ。

こうした状況は、婚姻制度がもはや継続困難であるという意味で確かに悲劇的だが、視点を変えれば、性愛が経済的責務から解放される好機だと前向きにとらえることもできる。性愛が生存の条件から分離可能ならば、欲望の対象は異性以外の人間でも良いどころか、人間でなくても良いはずだ。スパイク・ジョーンズ監督の『her──世界でひとつの彼女』（二〇一三年）は、もはや理想の女性像を映像で表象しない。人工知能の「彼女」は声だけの存在だ。この演出は、男性が理想の女性像を欲望する際に、一旦現実の女性に投影する必要がなくなりつつあることをほのめかす。こうした欲望の様態は、現実ではすでに二次元やヴァーチャル・リアリティを愛する人々の間で多様化している。現在綻《ほころ》びつつある異性愛体制をふたたび建て直すのか、それとも、今後、性愛関係のあり方に左右されない社会保障制度──たとえばベーシック・インカム──を検討していくのか。フェミニズムが進むべき道は後者であるように思われる。

コラム⑧　ヴァージニア・ウルフの翻案作品と消えない不安　（高橋路子）

翻案は、正典《キャノン》を「別の視点から読み直す」という意味において、しばしば「政治的な行為と見なされてきた」（Sanders 123）。第二波フェミニズム運動の隆盛期には、女性の視点から古典や童話を読み直すという作業がアンジェラ・カーターはじめ多く女性作家たちによって行なわれた。そして、フェミニズムを見直そうという傾向が顕著な九〇年代以降は、フェミニスト・アイコンであるウルフの作品が盛んに読み直されている。

小説の分野では『ダロウェイ夫人』の翻案作品が相次いで発表された。異なる時代と場所に生きる三人の女性を描いたマイケル・カニンガムの『めぐりあう時間たち』（一九九八年）、主人公がみずからのセクシュアリティに悩み苦しむ様子を描いたロビン・リッピンコットの『ミスター・ダロウェイ』（一九九九年）、会社をクビになった男が、朝いつも通りに家を出て、スーツ姿のままロンドン中をさまよい歩くというジョン・ランチェスターの『ミスター・フィリップス』（二〇〇一年）、脳外科医である主人公の平凡な日常に潜む不穏な影を描いたイアン・マキューアンの『土曜日』（二〇〇五年）は、ウルフの翻案作品として注目されている。

その一方で、これら一連の翻案小説には共通する不安感があることは一考に値する。とりわけ『土曜日』においては、不安や危機感が作品の主要な構成要素になっている。冒頭から飛行機墜落事故、テロ、麻薬売買、強盗、レイプといった不安要素が挿入されているほか、政治、宗教、ジェンダー、セクシュアリティなどについて異なる考えを持つ者同士が対立することで、作品に一種の緊張感が生まれている。女性の社会的成功と活躍が描かれるのとは対照的に、男性登場人物の多くが自信喪失におちいったり自暴自棄になったりしていることも摩擦を生み出す要因だ。

注目すべき点は、これら全編に浸透している不安が『ダロウェイ夫人』に由来するというよりは、ウルフ、さらには過去のフェミニズムとの関係から生まれていることだ。ウルフと不安の関係については、ブレンダ・シルヴァーの先行研究がある。シルヴァーは、エドワード・オルビーの戯曲『ヴァージニア・ウルフなんかこわくない』（一九六二年）にさかのぼり、劇中に描かれるいびつな夫婦関係が、ジェンダーないしセクシュアリティに対する人々の考え方が大きく変わろうとしていた六〇年代の社会を反映していると同時に、その影響を懸念する米国白人男性の「社会的、文化的、性的不安」を表象していると論じており、この劇がきっかけでウルフは「恐怖と精神的不安」の代名詞として見なされるようになったと指摘している（Silver

103)。

近年、ウルフの翻案作品が多く発表され、ふたたびウルフに注目が集まっていることは事実だが、ウルフ作品に対する新しい視点や読みが提供されたかと言えば必ずしもそういうわけではない。むしろ、恐怖と不安というウルフに対する従来通りのイメージが再強化されていると言った方がよいだろう。少なくとも、『ダロウェイ夫人』の翻案小説を読むかぎりにおいては、二一世紀においても、ウルフが不安をもたらす存在と見なされていることは明らかだ。まるで、ウルフに不安のヴェールを被せることで、六〇年代のような大規模な社会変革がふたたび起こることを牽制《けんせい》しているかのようでもある。しかし、ウルフへの不安が、フェミニズムへの不安であるならば、「フェミニズムは終わった」はずのポストフェミニズムの時代において、相変わらずウルフが恐れられているというのは何とも皮肉な話である。

引用文献一覧

Ahmed, Sara. *The Promise of Happiness*. London: Duke UP, 2010. Print.

O'Rourke, Rebecca. "Fingers in the Fruit Basket: A Feminist Reading of Jeanette Winterson's *Oranges Are Not the Only Fruit*." *Feminist Criticism: Theory and Practice*. Ed. Susan Sellers. Hemel Hempstead: Harvester Wheatsheaf, 1991, 57–69. Print.

Sanders, Julie. *Adaptation and Appropriation*. 2nd ed. London: Routledge, 2016. Print.

Silver, Brenda R. *Virginia Woolf Icon*. Chicago: U of Chicago P, 1999. Print.

Winterson, Jeanette, *Fit for the Future*. London: Pandra, 1986. Print.

——. *The Passion*. New York: Grove Press, 1987. Print.

——. *Why Be Happy When You Could Be Normal?* London: Johnathan Cape, 2011. Print.

井芹真紀子「フレキシブルな身体——クィア・ネガティヴィティと強制的な健常的身体性」『論叢クィア』第六号（二〇一

三年）：三七―五七頁。
川崎明子「傷ついた物語の語り手によるメタ自伝――ジャネット・ウィンターソンの『オレンジだけが果物じゃない』と『普通になれるなら幸せにならなくていいじゃない？』」『第二次世界大戦後のイギリス小説――ベケットからウィンターソンまで』中央大学人文科学研究所編、中央大学出版部、二〇一三年、三二九―四八頁。

映像作品一覧

『飾窓の女』フリッツ・ラング監督、エドワード・G・ロビンソン、ジョーン・ベネット出演。ジュネス企画、二〇〇八年。DVD.

第IV部
旅する
フェミニズム

第10章　ウルフ、ニューヨーク知識人、フェミニズム批評

もうひとつ別の「成長」物語？

大田信良

1　ウルフと教養小説論

モダニズムならびにフェミニズムの代表的作家としてのヴァージニア・ウルフの文学も英国リベラリズムの知識人集団ブルームズベリー・グループの文化も、一九七三年出版の川本静子『イギリス教養小説の系譜』においては、言及されることも具体的に論じられることもない。川本は、ニューヨーク知識人ライオネル・トリリング『リベラル派の想像力』（一九五〇年）所収のヘンリー・ジェイムズ『カサマシマ公爵夫人』論に依拠しながら、英国一九世紀に盛んであった社会小説とは区別される教養小説の歴史を論じる。川本は精神と肉体の統合過程を精神の成長物語として読み解きながら、主人公

が紳士から芸術家へ変容する小説の系譜をたどる。だが、モダニストとしてのウルフが新たな文学的想像・文化的生産として産み出した女性芸術家の「成長」物語を、川本が解釈することはない。

その一方で、これまで語られることのなかった女性（母・娘）の欲望と「成長」をフェミニズム批評によって取り上げたのは、川本とおなじ一九七三年に『アンドロジニーの認知へ向けて』を出版して、その当時いまだそれほど知られていなかった概念・ヴィジョンであるアンドロジニーによる文学・文化解釈によって「ちょっとした物議」（Heilbrun, *Hamlet's Mother* 2）を醸《かも》したと当時を後年振り返ることになる、米国コロンビア大学のキャロリン・ハイルブランだった。この「時代に先んじた」フェミニズム批評家（Miller xv）のウルフ解釈が提示されているのが、『ハムレットの母親』（一九九〇年）に収録された「結婚の認識――英文学　一八七三―一九四四」である。この論文は、第二波フェミニズムの最盛期から一〇年あまりが経った一九九〇年代をむかえつつあるなか、フェミニズムの目標は最終的に変わっていくだろうしすでにそうなりはじめているという認識のもと、初期の比較的はっきりしたフェミニズムの革命を現在から未来に向けて記憶するために、あるいは、自分の時代と世代に先んじてハイルブラン自身が加わった第二波フェミニズムの歴史の見直しと書き換えのために出版されたものであった。

本章では、ハイルブランのこのエッセイを「歴史化」する。このあと論じるように、ハイルブランによる女性の「成長」、そして女性の成長において避けて通れない話題となる「結婚」をめぐる議論は、ブルームズベリー・グループによる、「友愛」を基盤とした自由なアソシエーションを理想化するものであった。それはじつのところ、冷戦期、したがって福祉国家期のニューヨーク知識人と、その

「結婚」のヴィジョンを陰画とするものであった。具体的には、ハイルブランのフェミニズム批評は、先述のトリリングによるジェイムズ解釈における、保守的な結婚観に向けられた。しかしそれでは、ハイルブランのリベラルなフェミニズムは単なる福祉国家批判であり、本書の多くの章で示唆されるように新自由主義との「親和性」のみによって語りうることになってしまうが、はたしてそうか。さらに言えば、ハイルブランの批評は単なるリベラルな中流階級フェミニズムとして片づけうるのか。この問題について本章では、ハイルブランをより生産的に歴史化するためには、トランスアトランティックに「移動」する文化的（そして階級的）アイコンとしてのウルフ、そして彼女が象徴する文化秩序の複雑な受容の問題を考慮に入れる必要があると主張する。言い換えれば、ハイルブランのフェミニズムの歴史的な位置づけを正しく理解するためには、階級的なアイコン＝象徴として（つまりハイブラウなヨーロッパ文化の体現として）米国へと移動した「ウルフ」が、冷戦期米国内での保守・リベラルのあいだの文化闘争において複雑なかたちで利用された、そのありさまを理解する必要があるのだ。冒頭で述べた川本の著作は、日本における「英文学」が、そのような複雑な力学を経て日本に「輸入」された歴史的事情を物語るものである。そう考えると、本章で論じるのは、アメリカにおける「英文学」が、いかなるメディア空間において流通したのかという問題であると同時に、日本における「英文学」が、ポスト占領期の冷戦状況からネオリベラリズムのひそかな発生に至る過程で、いかに編制され、かつまた再編されたかという問題であるとも言えるだろう。

2　フェミニズム批評ともうひとつ別の「成長」物語？

周知のように、ハイルブランは、男女の生物学的な差異やその差異にもとづく社会的な差別を批判的に取り上げるというよりは、むしろ、ウルフ『自分ひとりの部屋』（一九二九年）において決定的に提示されているような、アンドロジニーの理想すなわち精神における男性的要素と女性的要素の調和を、ヨーロッパの知的・文化的伝統に掘り起こし、その伝統の系譜の復活・復興を一九七〇年代米国における彼女のフェミニズムならびにモダニズム解釈のスローガンとして掲げた。[*1] だが、このようなアンドロジニーのヴィジョンを基盤とするハイルブランのフェミニズム批評あるいはウルフ研究の最良の成果は、モダニズムの実験的形式やスタイルの解釈とは別のところに見つけられるかもしれない。「結婚の認識」という一九七七年の論文では、作家個人が達成した形式やテクニックの革新ではなく、物語内容や主題における結婚観の変化こそが、近代小説の際立った特徴とされる。結婚は、物語にとって適切な結末として描かれながらも、人生に不可欠な意味を与えるとか、あるいは逆に、生の意味を脅かすとかいったように、社会的・イデオロギー的に制度として機能することがなくなっている。人間の成長において、死と同様に、それは避けることのできない人生の段階であることをやめる、と同時に、その経済的必要性も絶対的なものではなくなった、というのがハイルブランの主張だ（Heilbrun, *Hamlet's Mother* 121）。

言い換えれば、モダニズムの文学が勃興的に出現するまで、「文学の主題としての結婚は注意深く執拗に避けられてきた」（115）ことが暴露される。一八世紀から一九世紀後半までの小説が描く結婚は、階級・マネー・セックスと分かちがたく結びついて一体となった現実であったために、結婚そのものが、個別に、認識の対象として主題化されることはなかったのだ。普遍的に認められた条件として小説が暗黙のうちに前提としていたものではあっても、結婚の経験はまったく観察されることがないか、一時的に悲惨さや倦怠に特徴づけられた生活として一瞬姿を覗かせるだけであった(114–15)。ホームズとワトソンの男性間の関係が登場した一九世紀末には、結婚はしなければならないものではなくなり、その欠点をあげるだけでは結婚という制度を否定するには不十分と考えられるようになっていたし、社会的・経済的に従来のようにあてになるものではなくなると、結婚は、みずからの利益のために行動していることを認められた二者間の契約となり、アイデンティティの問題となった。さらに、D・H・ロレンスは、階級やマネーによって編制されてきた旧来の社会制度に取って代わりうる結婚とセクシュアリティの理想を探求し、セックスの二極対立を力説したが、彼は、旧いタイプの結婚にノーを突きつけ女性主体の出現を予示したとみなされる小説『虹』(一九一五年)のヒロイン、アーシュラを、次作『恋する女たち』(一九二〇年)においては、結局のところ、結婚における男の配偶者すなわち男性の性的主体の対象として物語の舞台から退場させたあと、男性間の血と情熱の絆を志向する。だが、ハイルブランが肯定的に取り上げるのは、『恋する女たち』に登場する芸術家で結婚に甘んじない女性キャラクター、批評家から破壊的な存在としかみなされないグドルーンの存在である(119–29)。

そしてついに、ウルフの小説テクストにおいて、芸術家としての女性の成長が、もうひとつ別の「成長」物語として、十全な形式で物語られる。ロレンスの『恋する女たち』が描くグドルーンはそのプロローグにすぎなかった(129)。『灯台へ』(一九二七年)は、結婚の否定を、社会制度が規定する行動規範に屈することのないヒロイン、リリーとタンズリーとの間の妥協なき闘争や、ラムゼイ夫妻の結婚に見られるカニヴァリズムのイメージによって表象するだけでなく、女性芸術家としての欲望が、絵画におけるユートピア的ヴィジョンとして成就するという成長物語が、ハイルブランにとって、なにより画期的なのだろう。川本の教養小説論がたどる紳士から芸術家へという図式が、生のヴィジョンを追求したロレンスに対照・対置された「若き芸術家の肖像」を描いたジェイムズ・ジョイス、すなわち、男性芸術家の成長物語を取り上げていたことをここで思い起こし、ハイルブランのフェミニズム批評の意味を考えてみるのも無駄ではないかもしれない。[*2] そしてまた、ウルフからドリス・レッシング、あるいは、ジェイン・オースティンからジョージ・エリオットに至る作家たちは、少なくとも、批判的に吟味されない結婚は批判的に吟味されない人生と同様生きる価値はない、ということをはっきりさせた英国の女性作家の系譜であること、すなわち、二〇世紀後半から二一世紀へ向けてますます拡張するフェミニズムの輝かしく豊穣な未来を彼女たちが体現することをハイルブランは示唆するのだが、これはウルフのフェミニズム性を再解釈・再評価する際にあえて小説の内容・主題に注目した戦術だったのかもしれない。

ところで、二〇一〇年代の現在から「フェミニズムは終わったのだろうか?」という問いを、「否と答えるために」あえて立てることから議論を始めた論集『ジェンダーと「自由」——理論、リベラリズム、クイア』は、かつての第二波フェミニズムがその運動の過程の一部において女性の社会進出という経済的な「解放」だけを求めるうちに、グローバル化のなかの（ネオ）リベラリズムの原理に簒奪されたのではないか、という問題提起をしている。たとえば、「解放」された企業戦士としての女性労働者と出産・育児の問題、あるいは、さらに「自由」を主張して会社を飛び出して自己実現を目指す際に直面する問題といったように（三浦／早坂　三—四）。

「はじめに」が論じているように、この論集はジェンダー概念の普及（「セクシュアル・ハラスメント」）および性の多様性（LGBT）への寛容さの拡大と、フェミニズムの不人気という二つの矛盾するような現象を取り上げ、性差別・同性愛差別の終焉とは異なる物語を思考・想像しようとしている（一—二）のだが、そのためにもフェミニズムがネオリベラリズムに簒奪される契機、あるいは、主体化にかかわるどのような国家イデオロギー装置が闘争の場となったのか確認しておかなければならない。[*3] いうまでもなく、冷戦期に確立した福祉国家における個人と国家を媒介する核家族とその規範こそそうした場にほかならない。言い換えれば、女性主体の自立と自由を求めた第二波フェミニズムにも見られたように、家父長に支配された家族制度および制度としての結婚を否定することは、自由だけでなく平等をもその目標に掲げた福祉国家体制を終焉させてしまう批判的・破壊的機能をもつ可能性があるということである。

のちに論じるように、「アーチ」のイメージで象徴される結婚は、トリリングが示したように、「家父長制社会機構の要石《かなめいし》」であったことに間違いない（Heilbrun, *Hamlet's Mother* 121）。まさにこの結婚を否定し女性芸術家の成長を肯定的に称揚するハイルブランの『灯台へ』解釈は、一九七〇年前後に出現した、ほとんどが男性作家たちの歴史的系譜からなる教養小説論（川本／Buckley）とは異なり、むしろ、『ジェイン・エア』を家父長制への抵抗や転覆可能性を孕《はら》んだ近代的主体成型の物語としてとらえるフェミニストたちによる文学研究とともに、福祉国家を否定するリベラリズムと親和性をもつことでその市場原理主義的な個人主義のイデオロギーによって簒奪される契機を抱えていたのかもしれない。言い換えれば、ハイルブランのフェミニズム批評において、ウルフによる女性主体の成長物語が、芸術という文化的資本を使用した審美的イデオロギーの表現であるとするならば、第3節で論じるように、ハイルブランは、物質的な条件としてグローバル化、ネオリベラリズム、多文化主義あるいは多様性等々を要請する時代状況に対応するようなもうひとつ別の「成長」・人材育成の物語を、トランスナショナルなメディア空間において生産していたのではないか。

ただし、ハイルブランのウルフ解釈およびフェミニズム批評とネオリベラリズムとの関係については、単純な親和性や共犯といったかたちでは解釈できない。というのも、アンドロジニーのヴィジョンによってハイルブランがウルフを価値評価するときには、それはつねにブルームズベリー・グループとの関係において取り上げられているからだ。とりわけ、このメトロポリス、ロンドンを拠点とする英国の知識人集団の、政治的・文化的リベラリズムや美と友愛の交わりを重要視するライフスタイルは、旧来の社会制度の要石である家族や結婚の制度を否定的に破壊するだけでなく、ロレンスの二極化したセックスとは別の、より集団性に満ちたグローバル化にも対応可能なまったく新たな形式によるコミュニティの編制を予示するものでもあった。

ハイルブランに言わせれば、技法でひけをとったとはいえ思想の上ではロレンスよりも革新的であったE・M・フォースターは、仲間意識や友情といったエロス以上のものに対する深い人間的欲求を理解していたので、彼の小説には、結婚を避けて友情を選ぶような男女が描かれた (Heilbrun, *Hamlet's Mother* 123)。ほかの小説家・知識人たちも、結婚における友情の欠如は、結婚それ自体でなく、女性たちをも破滅させると考えるようになった。ウルフは、従来の結婚観に挑戦した最も重要な女性作家のひとりであるが、結婚を、情熱よりは、むしろ、友情の性質を多分におびるとみなしたのであり、結婚生活における個性と空間の必要性もこの友愛を媒介とした集団性に起因している。ウルフが最も革新的であったのは、その結婚の認識においてであるのだが、仲間意識、友愛、アソシエーションに支えられた結婚にこそ価値を認めていたことがきわめて重要だ（129）。[*4]

3　ネオリベラリズムの文化の拡張と変容する「英文学」
——ジェンダーの物象化を克服するために

二〇世紀の冷戦イデオロギーを最も強力に批判したのは、ニューヨーク知識人の男たちに対して怒りをあらわに示したフェミニズム批評だったのかもしれない。一九八〇年代には、資本主義世界のポストフォーディズム、ネオリベラリズム、ポストモダニズムへの進行・転回とも連動しながらフェミニズム批評が米国学会内で支配的な言説となる。そのような一九八〇年代に、米国の文学研究の最も権威ある学会である、米国現代語学文学協会（略称ＭＬＡ）の会長にも就任したハイルブランとそのフェミニズムにとっての男性中心主義への不満は、コロンビア大学の英文学の研究・教育制度をひとつの結節点とした米国の文学研究やニューヨークから発信される新聞・雑誌などの書評のようなより広範な文化メディア空間、とりわけ、ニューヨーク知識人の代表的批評家、ライオネル・トリリングを標的として、繰り返し表現される。たとえば、コロンビア大学で行なわれた「精神の政治学——女性・

伝統・大学」という大学主催の講演を、大学式典への反抗——「私は三五年ばかりコロンビア大の教員でしたので、いま自分のことを、ライオネル・トリリングが「対立する自己」と呼んだものと、すなわち、文化——ここでは大学の文化——に対立するものとみなすことによってしか、スピーチをすることはできません」——から始めたハイルブランは、トリリングの「精神の生活」を「完全に男性中心の文化と大学の政治学」であるとして、フェミニスト的視座から批判的見直しを行なっている（Heilbrun, *Hamlet's Mother* 213）。この講演が行なわれた一九八四年から八年後の九二年に、ハイルブランは長年勤務したコロンビア大学を定年前に早期退職する。ハイルブランと志を同じくするフェミニストの女性研究者がコロンビア大学の専任職を拒否されたり、入学を希望する女性の大学院生が博士課程に入学できなかったりするような事件（Heller; Matthews）に端的にあらわになった、大学の男性中心主義という体質への抵抗を示したのである。

モダニズム文化の読み直しのひとつとして、一九九〇年代末にウルフをトランスアトランティックに米国へ空間移動した文化的アイコンとして解釈したのはブレンダ・シルヴァーであった。彼女の出発点にあったのは、ウルフの『三ギニー』（一九三八年）があらわに提示するフェミニストとしての怒りである。このようなセックス・ジェンダーの差異と差別をめぐる怒りは、ハイルブランの早期退職を契機に一九九二年に開催され、シルヴァーも参加した学会「アカデミーから出て外の世界へ、キャロリン・ハイルブランとともに」やパネル「怒り、諸戦略、そして未来」へと展開していく。もっとも、コロンビア大学やニューヨーク市立大学とコネクションをもつ『ニューヨーク・タイムズ』紙だけがこのようなフェミニスト的事件を取り上げただけで、ほかの知的メディアや大衆雑誌に広く流通することはなかったのではあるが（Silver 35-41）。

たしかに、広範に流通する支配的メディア空間においては、グローバル人材や女性リーダーシップが声高に称揚され、たとえば、フェイスブック社のCOOであるシェリル・サンドバーグの名前や彼女の達成した自己実現やワーク・ライフ・バランスのイメージが、ある意味華やかに生産・消費されることはある。だがそれが、実際に社会で日々生活と労働に携わる女性たちのそれぞれが、その集団性において自由や幸福を享受しているリアルな日常生活の現実を保証しているわけではない。言い換えれば、大学や学会といったアカデミズムのある意味閉ざされた空間においては、フェミニズム批評を実践する女性労働者が手放しに肯定されることはなかった、ということだ。それはともかく、ここでのトリリングやコロンビア大学への異議申し立ておよびそれに連動するフェミニズム批評は、ハイルブランのアンドロジニーのヴィジョンあるいは新たなフェミニスト的女性主体の構築という批評理論の言説が、少なくとも大学・学会の教育・研究制度という限られた空間においてではあるが、翻訳あるいはトランスコードされて、集団的実践に結実したものとみなすこともできよう。

しかしながら、シルヴァーがその文化研究の実践において興味深く提示するのは、これまで見てきたようなニューヨーク知識人の男たちに決然と挑戦し対抗する女性主体の構築やフェミニズム批評の確立の主題とは異なる問題機制の可能性であり、[*5] そうした挑戦・対抗の力をふたたび封じ込めてしまうような女性主体の物象化に対する批判的対応の必要性かもしれない。ひょっとしたら、このように読み直したシルヴァーのトランスアトランティックな文化研究にこそ、ネオリベラリズムとポストフェミニズムの文化が拡張する二一世紀の現在、ジェンダーをめぐる支配・差別の撤廃とともに目標とすべきもの、すなわち、ますます緊急な課題となっている女性の主体化＝従属化をさらに巧妙に進めるセックス・ジェンダーの商品化を克服する可能性を探ることができるのではないか。

さて、具体的にシルヴァーが提示する問題機制とはつぎのようなものである。米国ニューヨークの知識人集団の間で支配的な知的メディア『ニューヨーク・レヴュー・オブ・ブックス』におけるヴァージニア・ウルフ／ブルームズベリー・グループの文化イメージは、米国国内の多くの知識人がそれぞれの政治的立場がどうであれトランスアトランティックに国境を超えたヨーロッパのハイ・カルチャーに対して抱く感情の二重性を、端的に炙《あぶ》り出している。一九六三年に始まるこの米国東部の書評紙は、カウンター・カルチャーや第三世界の政治運動が同時多発的に勃発した六〇年代、さらにその後に構造主義以降の批評理論・政治文化がフランスなどから輸入される歴史・文化状況において、第二次大戦後の米国冷戦イデオロギーを編制するのに重要な役割を担った、いわゆるニューヨーク知識人と『パーティザン・レヴュー』誌の系譜を引きながらも、それを修正・保持するものであった。それは、政治的には、ニュー・レフトや公民権運動への支持や、反ヴェトナム戦争に比較的明らかなように、右傾化あるいはネオコン化へ向かう前世代のニューヨーク知識人とは一線を画す中道左派であり、知的・文化的には、ハリウッドなどのポピュラー・カルチャーならびに大学・学会のアカデミズムの知の双方を批判しつつ、みずからを差異化・特権化することでそのアイデンティティを確立しようとした保守主義だった。

このように『ニューヨーク・レヴュー・オブ・ブックス』は、たとえばライオネル・トリリングを代表とするような、米国冷戦イデオロギーとしてのリベラリズムを継続・拡張するものであったのだが、そのなかに姿をあらわすウルフのイメージは、まずもって、否定的なものに固定されている。ひとつには、書評対象として選ばれる、米国アカデミズムの英文学研究・批評理論が生産するフェミニズム、さもなければ、この書評を講読する読者に向けた広告文化すなわちデイヴィッド・レヴァインが描くウルフのカリカチュアが印刷されたTシャツやトート・バッグといった具合に（図版A）。しかしながら、『ニューヨーク・レヴュー・オブ・ブックス』への英国からの寄稿者、ノエル・アナン卿が端的に示唆するように、英国の「知的貴族階級」ブルームズベリー・グループと米国の男性知識人の間をトランスアトランティックに媒介するロンドンのモダニスト女性作家、すなわち、交換される女としてのウルフは、単にフェミニズムと近代的な女性主体を具現するだけではなかった。ウルフのこうしたイメージは、「ヨーロッパの金利生活者階級」の比喩的イメージあるいはアレゴリーとして、大英帝国の覇権を政治的のみならず文化的にも継承したはずの米国ニューヨークで、冷戦リベラリズムの知的生産という労働に従事する「民主主義的」な知識人階級にとって、魅惑と嫌悪の混じった羨望あるいは複雑なルサンチマンを引き起こす契機となるものであった（53–58）。[*6]

図版A
ウルフやシェイクスピアのカリカチュアを印刷したTシャツの広告。

　このような文化と階級をめぐる二重性とそこに存在する矛盾が露呈しはじめるとき、男らしさを掲げる米国の知識人たちはどうすることになるだろうか。『ニューヨーク・レヴュー・オブ・ブックス』が代理表象するウルフ＝ブルームズベリー・グループ＝英国文化礼賛のネットワークに結びつくような「文化」に対して知識人はそれぞれどのような立場をとることができるだろうか。とりわけ困難な状況に追い込まれるのが保守派である。ヨーロッパに根をもつハイ・カルチャーとそれを支持する中立なあるいは「公正無私な（disinterested）」知識人からの離反としか思えない事態に慄然とする米国知識人は、その始まりが一九六〇年代の政治文化にあり、フェミニズムと多文化主義の旗印を掲げて進行する文化のさらなる政治化がさらに九〇年代にまで続いているのだ、と主張することになるだろう。こうした状況認識においては、そういった知識人にとってウルフがどれだけぞっとするものであろうとも、彼女を包摂した上でヨーロッパの文化基準を再度主張する必要すら出てくる。そして、階級なき民主主義的な米国においてであれ、ウルフとその文化的に編制された階級の価値をぜひとも保持すべきものとして称揚することになる。このような保守派にとって、煎じ詰めれば、米国の文化エリートたるもの、六〇年代以降に勃興してきた文化勢力がフェミニズムや多文化主義さらにはマルクス主義の価値を主張する学会や大学研究・教育制度と結びついていなければよしとする、ということか（Silver 64–65）。ウルフのイメージは、英米両国の知識人集団の間に存在した複雑な欲望を産み出す文化的矛盾を、冷戦状況の変容と九〇年代資本主義世界のグローバル化への歴史的展開の過程において、イデオロギー的に解決する試みのひとつの選択肢として存在した。ウルフのイメージは、そうしたジェンダーの差異をめぐる政治化された女性主体とは切り離されることにより、英国・ヨーロッパのハイ・カルチャーを米国の受容者に向けて、正統性あるものとして媒介し体現する文化的記号となったのだ。

それでは、フェミニズム批評という形式をとったリベラル派は、文化と階級をめぐる矛盾にどのように対応するのだろうか。すでに確認したように、ウルフのモダニズム小説テクストにおける革新的な結婚認識とともに、ブルームズベリー・グループの政治文化と結び付けられる英国の小説家・知識人E・M・フォースターの小説における男女の友情に支えられた結婚という観念に、ハイルブランは注目していた。ハイルブランはニューヨーク知識人に直結するトリリング学派でモラル・リアリズムの薫陶《くんとう》を受けながら、フォースターが「ヴィクトリア朝リベラリズムの最後の最後」(Forster 56) あるいは男性同性愛と呼んだものに依然として共鳴していたわけだが、そのようなハイルブランのフェミニズム批評ならびに彼女によって更新されたリベラリズムがひそかに実践してしまっているのは、きわめて大胆な文学史の書き換えである。すなわち、旧来の男性中心主義的なヘンリー・ジェイムズ解釈を批判的に検討した上でフェミニズムの立場からあらためて包摂することにより、二一世紀の現在の資本主義世界のグローバル化とネオリベラリズムにつながる文化と階級の再編制を準備したということだ。そして、そのような想像的解決の試みにおいては、ヨーロッパ・英国と米国の文化空間を特徴づけるそれぞれの知識人集団の資本と労働に孕まれた階級的対立・矛盾の問題は、文学の歴史に表象されたマネー獲得と性的差異の問題によって書き換えられることになろう。

ニューヨーク知識人トリリングの『リベラル派の想像力』(一九五〇年)、とりわけ、その巻頭エッセイ「アメリカの現実」(一九五〇年) は、実際には当時より影響力のあったF・O・マシーセンの『アメリカン・ルネサンス』(一九四一年) ではなく、より御しやすいヴァーノン・ルイス・パリントン『アメリカ思想主潮史』(一九二七—三〇年) を主要な敵として提示した図式、すなわち、セオドア・ドライサーかヘンリー・ジェイムズかの文学史であった。いうまでもなく、ドライサーを強硬に否定してジェイムズを手放しで肯定する文学史の図式を創設したトリリングの歴史的コンテクストとなっていたのは、冷戦イデオロギーにおける文化へゲモニーをめぐる抗争であり、社会主義リアリズムとモダニズムとの二項対立がドライサーとジェイムズとの二項対立に転位されて、論じられていた（大田）。そして、トリリングが帰属したのと同じコロンビア大学の知的・文化的空間をひとつの拠点とするニューヨーク知識人という集団からジェンダーの差異を媒介に分派したのが、ハイルブランのフェミニズム批評であった。アンドロジニーのヴィジョンによって価値評価することで、ウルフを、ヨーロッパ由来のコスモポリタンなハイ・カルチャーのイメージを帯びたブルームズベリー・グループとともに受容することが歴史的に可能だったのも、このような米国ニューヨークの知とメディアの空間において、ウルフおよびそのフェミニズムのそれぞれ商品化されたイメージが差異をともないながら反復・再生産されたからであった。[*7]「結婚の認識——英文学　一八七三—一九四四」におけるハイルブランの論旨は、英国小説に描かれる結婚とは、情熱が友情に支えられていないために失敗した制度にほかならないということだった。この論旨を展開するために、英文学史は新たに書き換えられる。こうしたいわば変容する「英文学」の物語において、つまり、個人の範疇にとどまる近代的主体を超えた、より集団的な歴史のレヴェルに拡大されたもうひとつ別の「成長」物語において、一八七三年以降に書かれたほとんどすべての主要な小説家・劇作家の作品における結婚の不幸や偽善の例を提示する要素として、ジェイムズの小説テクストがフレキシブルに革新的なイノヴェーションをともない再度組み入れ直される（Heilbrun, *Hamlet's Mother* 125）。

トリリングのジェイムズ解釈に対するフェミニストとしてのハイルブランの批判は明らかだ。トリリングは論文集『対立する自己』(一九五五年)で、ジェイムズの『ボストンの人々』を、フェミニストの主人公が賛美され古い夫婦関係の均衡が破れるのを憂慮して書いた小説――「心ならずも分裂してしまった親の家」の物語と「アーチから落ちかけた要石」という象徴――だと論じている。ハイルブランに言わせれば、そのように論じるトリリングは、結婚をラディカルに問い直しはじめた近代文学に無知なまま、結婚を相変わらず社会的宇宙の中心とみるような一九三九年から六九年までの主要な批評家たち、旧弊な男性知識人たち全員の代弁者である(121)。ハイルブランのフェミニズム批評からの見直しによるなら、ジェイムズは最初から結婚という制度を疑問視していたのであり、『ボストンの人々』に示唆されていたのは、当時のフェミニストへの揶揄などではなく、保守的な男ランサムと結婚すればおちいるに違いないヴェレナのとんでもない悲惨ならびに結婚以外の選択肢を考慮することがきわめて難しい女性の不幸・苦境というイデオロギー状況であることは明らかなのだ。アカデミズムのフェミニストにとって『ある貴婦人の肖像』で描かれている主題も、これまた、完全に経済的な理由のためになされた結婚と女性の生との問題含みの関係ということになる。

こうして、結婚を支えるのに友情や仲間同士の自由な交わりのような性質が必要であり、(セックスあるいは性的関係の理想化はもちろんのこと)マネーや権力もまたそれらだけでは不十分だということになる。と同時に、このような批判を女性キャラクターの分身というイメージによってきわめて巧妙なアイロニーで味付けして表象しているのが『鳩の翼』である。最も精神的でも「女性的」でもないマネーを与えられたミリーは、彼女と正反対の精神性・女性性を具現するとされるケイトのために／代わりに、偉大な最後の行為(女から女への遺産の贈与と女同士の絆のいまだ現前しない歴史的可能性)を、けして柔和な鳩のようにではなく、遂行する、とハイルブランの読み換えはさらにわれわれに示唆しているとも思われる。とはいえ、男性中心主義を隠そうともしないトリリングが福祉国家の時代に冷戦リベラリズムの文化として提示したドライサーかジェイムズかの文学史、あるいは、自然主義・社会主義リアリズムか象徴主義・モダニズムかの二項対立は手つかずのまま温存されている。たとえば、ハイルブランの批評テクストに、ドライサーの『シスター・キャリー』におけるヒロイン、すなわち消費する少女のポピュラー・エコノミーについての読み、あるいは、ジョージ・ギッシングの諸小説テクストに姿をみせる「脱階級（déclassement）」者たちつまり社会主義知識人・フェミニスト・芸術家からなる集団が発信する「真正なルサンチマン」についての解釈に相当するような、根底的なリベラリズム批判の批評実践を見いだすことはむずかしい。[*8]

確かなことは、英国リベラリズムを最後の最後という契機において代表するブルームズベリー・グループとそのメンバーでもあるウルフたちが表象する自由な友愛のコミュニティや、そのような新たな形式において再発明される結婚を主題化することにより、ヨーロッパのハイ・カルチャーに階級的不安やルサンチマンを抱く冷戦期あるいは福祉国家時代のニューヨーク知識人の男たちの文化と階級をめぐる矛盾を想像的に解決する試みを企てたのが、ハイルブランのフェミニズム批評の歴史的意味だということである。ひょっとしたら、彼女のアンドロジニーのヴィジョンは、コロンビア大学の早期退職の行為にみられるフェミニストとしての抵抗の身振りや怒りの表現にもかかわらず、ポスト冷戦期に拡張するネオリベラリズムの文化やイデオロギーに対して、ネオコンサーヴァティヴィズムや市場原理主義にもとづく個人主義とはいささか種類と程度を異にする、いわば、米国ニューヨーク版

「第三の道」ともいうべきフェミニズム／リベラリズムへのヴァージョン・アップをする過程において少なからざる機能をはたしたと言えるのではないだろうか。

4　ウルフ研究と二一世紀の現在

フェミニズムとネオリベラリズムの関係性を批判的に吟味する最も重要な契機となるのは、このようなニューヨーク知識人の系譜が、友情・友愛に支えられた結婚あるいは仲間同士の自由なアソシエーションによって編制されるコミュニティやその集団性によって、想像し直され書き換えられるもうひとつ別の「成長」物語・歴史物語にほかならないのではないか。ニューヨーク知識人に媒介されたフェミニズム批評の歴史的・空間的移動の系譜をたどり直すことにより、ハイルブランのフェミニズム批評とアンドロジニーのヴィジョンによるウルフ解釈と現代の英文学研究を含む文化状況との関係を批判的にマッピングすること、そしてさらに、二一世紀の現在を文学・文化研究の未来に向けて歴史化するために、米国の二〇世紀あるいはリベラリズムの帝国アメリカにおいてウルフの文学テクストやフェミニズム批評を取り上げてみることが重要な課題となっていることを、本章は示唆した。

注

＊1　念のために、ウルフが『自分ひとりの部屋』でアンドロジニーのきわめて具体的な物質性に特徴づけられたヴィジョンを示している箇所を、それに付随する創造的精神の概念化とともに確認するならば、以下の通り。

「その少女と青年も止まり、二人はタクシーに乗り込みました。それから、タクシーはするすると動いていきました、まるで、どこか別の世界に、その流れによって押し流されるかのように。……二人の人間がタクシーに乗り込むのを見たことで、肉体に二つの性があるのと同じように精神にも二つの性があるのではないか、という思いが私に浮かんできました。……そこで私は素人ながらも魂の設計図を描いてみたのですが、それは私たちひとりひとりのなかに二つの力が、すなわち、ひとつは男性の力でもうひとつは女性の力があるというものです。……正常で安らかな状態とは、二つの力が精神的に協同しながら、調和を保って共存しているときなのです。……偉大な精神は両性具有であるとコールリッジが言ったとき、ひょっとしたら、このようなことを彼は言おうとしていたのかもしれません。精神が完全に生産的になってその全機能を働かせるときにこそ、この融合はみられます。きっと、純粋に男性的な精神は、純粋に女性的な精神がそうであるように、創造の行為を為すことができない、と私は思います。……創造の技が達成されるには、精神における女性的部分と男性的部分との間になんらかの協力が存在しなければならないのです」(Woolf, *A Room* 90–97)。

　このようなヴィジョンは、とりわけ過剰に男らしさを強調しようとした時代にその男性中心的な社会に対する闘いを果敢に試みたウルフが、さまざまな苦闘や不当な過小評価の経験をした時に必要不可欠なものであった。すなわち、ハイルブランにとって、精神における男性性と女性性の間の内的対立というよりは新たな統合によって両性を具有した女性作家が、みずからの文学創造を表現するためには、言い換えれば、強力な欲望が希求するユートピア的な空間である「どこか別の世界に(elsewhere)」(90) 進むためには、このようなヴィジョンがぜひとも必要なものであった (Heilbrun, *Toward a Recognition* 151–67, 特に 154 および 167)。

＊2　一九八〇年代のハイルブランのフェミニズム批評は、たとえば、「『灯台へ』――母と娘の新しい物語」(一九八六年) がモダニズムとりわけウルフについて、その内容や主題の革新ではなく、むしろ、形式やスタイルを取り上げることにより、同時代の若いフェミニスト研究者たちと女性版教養小説の系譜やトランスアトランティックな文学地図のマッピングに向けて集団的に協働しながら、『灯台へ』を論じている。ハイルブランによれば、『灯台へ』のウルフはまったく新しいプロット、すなわち、「母と娘との間のこれまでけして語られるこ

とのなかった葛藤と愛の物語」として解釈するべきである。言い換えれば、この小説テクストは、マネーが相続によって最初に父から息子に移って以来、おなじみの支配的なエディプス的愛と葛藤のプロットではなく、「母と娘というこれまで無視されてきた二人組が解放とお互いの尊重へ向かう成長の物語」として、そして、娘の「探求の物語」として、読み直され再演されることが反復されなければならない（Heilbrun, *Hamlet's Mother* 134–35）。

＊3　政治的レヴェルの戦略を含むその全体性においては「階級を超えた女の連帯を構想する」フェミニズムが、第三波フェミニズムを思考し想像し直すプロジェクトとして提案され、文化的戦術としては、自助努力・自己責任の世界を生きるほかないと「認識」する「労働者」vs そうした主体を「誤った主体」として断罪する知識層＝非労働者というかたちで語られがちな、ポストフェミニズムと第三波フェミニズムとの分断・対立を迂回することが目指されている（三浦／早坂　七六）。

＊4　ハイルブランはそのような結婚観をつぎのように説明している。「二〇年代、三〇年代には、ただひとりウルフだけが、結婚を、情熱より友情の性質を多分におびるものだと考えた。……独立した知性をもつ二人の人間が結婚した場合、彼らはおたがいの寛大さと愛情と支えを、頼りにできるような間柄でなければならない。それぞれが、嫉妬心なしで、相手の才能が十分成長するよう励ましあったり、そしてまた、それぞれが、相手に、プライヴァシー、べつの関心、べつの友だちといったものを許しあわなければならない。だが同時に、両者は、知的で倫理的な基盤を共有していなければならない。……ウルフ夫妻が経験したこと、そしてまた、ヴァージニア・ウルフが小説のなかに再創造したことは、個人として存在できることすなわち空間が、結婚においては必要であるということだった。……『ダロウェイ夫人』におけるリチャードとダロウェイ夫人との結婚は、どんなロマンティックな意味においても理想的ではない。とはいえ、ピーター・ウォルシュとの生活はいつも「不自然な一体化」を強いたことだろう、と彼との結婚をやめる決断をした彼女の判断は正しい。実際、小説のなかでは、クラリッサが、ダロウェイ夫人であることから彼女自身すなわちクラリッサになる方向へ動いていく姿がみられる。そしてたしかにこれは、依存状態がより大きくなる展開というよりは、結婚生活の内

部における適切な動きなのだ」(Heilbrun, *Hamlet's Mother* 129–30)。

＊5　シルヴァーは、たとえば、『ニューヨーク・レヴュー・オブ・ブックス』にたびたび登場した英国の知識人・思想史家ノエル・アナン卿の書評の格別な意味合いに注目して、つぎのように述べることから、狭義のフェミニズムにおさまりきらない彼女の文化研究の作業を開始している。「だとすると、アナンの書評記事の際立った特徴は、例外的にフェミニズム批評を受け入れているということだけでなく、英国の文化階級システムを象徴的に具現する存在としてヴァージニア・ウルフを論じていることにもあるということになるが、いうまでもなく、その階級システムとは、『ニューヨーク・レヴュー・オブ・ブックス』におけるウルフ表象あるいはウルフに対するその中傷者たちの怒りにとって、決定的な意味をもつものであった。……アナンの描くブルームズベリー・グループは、旧ニューヨーク知識人よりも、若者世代からなる一九六〇年代米国中産階級の知識人の姿のほうにずっと近いようにみえる、というのも、旧世代の彼らは、そもそもは移民・アウトサイダーおよび政治的左派の立場から出発したにもかかわらず、一九七八年までには、どんどん保守派にして体制派へと転向してしまっていたからだ」(Silver 62–63)。

＊6　ジェンダーの差異だけでなく階級の問題にも重要な意味を認めるシルヴァーは、米国フェミニストとしての怒りの感情・情動がもつ政治的可能性を起点・基点としながら、英国・ヨーロッパ／米国、ハイ・カルチャー／ポピュラー・カルチャー、男性性／女性性、公的／私的といったさまざまな境界を超えて移動し続ける「ウルフ」の文化的再生産あるいは「さまざまなヴァージョニング」の軌跡をたどっている。モンスターとして想像された「アイコン」たるウルフ、たとえば、水着姿のマリリン・モンローの身体とウルフの顔写真が表す精神とのハイブリッドな女性イメージを肯定的に価値評価するシルヴァーとは違い、本章は、ジョヴァンニ・アリギの「長い二〇世紀」、すなわちイギリスからアメリカへのパワーとマネーの移行と転回の歴史的過程に関する議論をふまえつつ、英米両国の関係を媒介する英語文学・文化、とりわけ、交換される女としての機能に注目する。そして、そうしたウルフ表象によって炙《あぶ》り出される矛盾を孕んだ英米関係やリベラリズムをマッピングすることは、最終的には、グローバル化する資本主義世界とその市場を覆い尽くすかのような物象化・

商品化への批判とそれを乗り越えたユートピア空間への欲望の可能性を探ることを志向するはずである。

*7　フェミニズム批評を実践してきたハイルブランとトリリングとの関係をニューヨーク知識人およびコロンビア大学といった文化空間の歴史的コンテクストにおいて、別のかたちで、ハイルブラン自身が論じたものとして、Heilbrun, *When Men Were the Only Models We Had* がある。文化的には保守主義とみなされるトリリングのリベラリズムは、政治的には、米国国内ならびにグローバルな地政学的関係というコンテクストにおいては、一九八〇年代以降に抬頭したネオコン知識人との差異を含め、ハイルブランが論じるやり方とは別のやり方で、あらためてより精密に解釈する必要があるかもしれない。

*8　「脱階級」者たちの集団的な「真正なルサンチマン」の表象がおびていた根底的なリベラリズム批判の可能性は、一九八〇年代にすでにJamesonによるギッシング解釈において展開されていた論点である。これを受けて、世紀末の消費文化論をフェミニズムをふまえながら拡張したBowlby、および、ドライサーの小説テクストに姿をあらわす消費する少女あるいはアメリカン・ガールのイメージがもつ反リベラリズムの意味を、金本位制のロジックと関係付けながら探ったMichaelsについても、あわせて、参照のこと。また、二一世紀の現在において、消費文化の問題機制を、福祉国家からネオリベラリズムへの移行というグローバルな歴史的過程において、あらためて取り上げる試みとして、大谷がある。

引用文献一覧

Bowlby, Rachel. *Just Looking: Consumer Culture in Dreiser, Gissing and Zola*. New York: Methuen, 1985. Print.

Buckley, Jerome Hamilton. *Season of Youth: The Bildungsroman from Dickens to Golding*. Cambridge, Mass.: Harvard UP, 1974. Print.

Forster, E. M. "The Challenge of Our Time." *Two Cheers for Democracy*. New York: Harcourt, 1951. 54–58. Print.

Heilbrun, Carolyn. *Hamlet's Mother and Other Women*. New York: Columbia UP, 1990. Print.

——. *Toward a Recognition of Androgyny*. 1973. New York: Harper, 1974. Print.

——. *When Men Were the Only Models We Had: My Teachers Barzun, Fadiman, Trilling*. Philadelphia: U of Pennsylvania P, 2002. Print.
Heller, Scott. "Leading Feminist Critic Quits Post at Columbia University." *Chronicle of Higher Education* 20 May 1992: A13. Print.
Jameson, Fredric. *The Political Unconscious: Narrative as a Socially Symbolic Act*. Ithaca: Cornell UP, 1981. Print.
Matthews, Anne. "Rage in a Tenured Position." New *York Times* 8 November 1992. Web. 30 July 2015.
Michaels, Walter Benn. *The Gold Standard and the Logic of Naturalism: American Literature at the Turn of the Century*. Berkeley: U of California P, 1987. Print.
Miller, Nancy K. "Foreword." Heilbrun xv–xx. Print.
Silver, Brenda R. *Virginia Woolf Icon*. Chicago: U of Chicago P, 1999. Print.
Woolf, Virginia. *A Room of One's Own and Three Guineas*. London: Chatto & Windus, 1984. Print.

大田信良「誰もエドワード・サイードを読まない?——批評理論と冷戦期のアメリカ文化」『冷戦とアメリカ——覇権国家の文化装置』村上東編、臨川書店、二〇一四年、三三五—六八頁。

大谷伴子「ショップ・ガール、流通、消費文化の帝国アメリカ——英国のハイ・ストリートを通じて見る地域社会再生についての覚書」*Kyoritsu Review* 四四号(二〇一六年):一—一五頁。

川本静子『イギリス教養小説の系譜——「紳士」から「芸術家」へ』研究社出版、一九七三年。

三浦玲一/早坂静編『ジェンダーと「自由」——理論、リベラリズム、クイア』彩流社、二〇一三年。

図版情報

図版A　*New York Review of Books* 21 July 1983.

第11章　「少女」の誕生と抵抗

孤児アンの物語の原作と日本における受容をめぐって

伊藤　節

1　はじめに

二〇一四年放映のＮＨＫ連続テレビ小説『花子とアン』は大ヒットした。『赤毛のアン』の翻訳者村岡花子（一八九三—一九六八年）の半生に、少女アンの物語を隠し絵のようにはめ込んだフィクションであり、原作の新たな文化翻訳という側面も備えたドラマである。[*1]「女子ども」の読みものとして軽視されてきた少女小説の翻訳者が、これほどの注目を集めるのは異例であろう。この連続ドラマのヒットを支えたものは、村岡花子が戦後日本の文化環境に果たした役割への歴史的興味だけではないだろう。そこには明治以来西洋モデルの近代化を急速に推進していった日本が、『アン』の受容において独自の環境を形成していたことがうかがわれる。それは二〇世紀初頭に少女雑誌を中心として開花した少女文化である。

少女小説の書き手でもある村岡はこの文化の担い手のひとりだった。独特の文体と雰囲気で村岡流に再創造されたアンの物語は、『赤毛のアン』と題され、一九五二年に出版された。この翻訳書は戦後の日本社会に明るく溌剌《はつらつ》とした少女像を届け、絶大な人気を得て今日に至っている。出版百周年にあたる二〇〇八年には花子の孫の村岡美枝・恵理によって改訂され、[*2] また二〇一三年は村岡の生誕一二〇周年とあって、この時期立て続けに関連出版物が出されている。[*3]

これまでとるに足らないものとして扱われてきた少女のポピュラー文化の評価に大きな変化が生じたのが一九九〇年代である。フェミニスト・カルチュラル・スタディーズの論客アンジェラ・マクロビーやアニタ・ハリスといった新世代のフェミニストたちが注目するのは、文化表現を通じてフェミニスト的な活動を行なっている若い女性たちの抵抗や交渉のあり方である。女性文化を新しい政治活動の場とみなす彼女たちの研究によって、消費文化時代における女性とポピュラー文化の関係に新たな視座が持ち込まれたのだ。[*4] おりしもこの九〇年代は、自立した女性の生のイメージが確立すると同時に、それを支える社会構造が変化した時代である。グローバルな商業資本主義と個人主義の蔓延《まんえん》、そこに結婚や子育てにおける母親の存在の重視など再燃した保守的思想が入り混じる、女性にとっては矛盾した社会状況が現出したのだ。

このようなフェミニズムにとって困難な時代に、自分たちの経験や感覚が母たちのそれとずれていると感じる娘世代が、活動を展開し始めた。かつて欠落していた権利の多くを獲得した今、彼女たちはポピュラー文化における創造的な文化表現を通じて、政治的問題に取り組む姿勢をとり始めた。ポピュラー文化に新しいフェミニズムの価値観が広がっていることについて、マクロビーはポピュラー・フェミニズムという用語を用いて、ポストフェミニズムとは異なる新たなフェミニズムの到来を告げている（McRobbie 5）。

ここで鍵となっているのが「少女」という概念である。それは、母性的思考から切り離されることなく社会的性役割、従属的位置に縛り続けられ、男性文化の支配下にあって被害者とみなされる「女」という言葉の意味や、その固定的イメージを解放していく切札ともなっている。現代社会の文化領域に出現した少女たちは、ポピュラー文化を享受する単なる消費者ではなく生産者でもある。フェミニストたちはその消費空間を女性たちの新たな出会いの創造的文化空間、政治的実践の場とし、ここにフェミニズムの抵抗姿勢を構築していこうとするのである。「少女」は、第二波フェミニズムが見落としてきた概念でもあるが、重要なのは若い女性の役割ではなく、「少女性」というものの意味に焦点を当てることなのだ。それは女性たちが自分自身の問題について思考し、発言していく重要なよりどころとなる。この「少女」という概念の普遍化こそが、第三波フェミニズムを第二波と区別するところと考えられる（McRobbie 3-14）。このように「少女性」とは、制度としての「母性」に収まりきらない経験や欲望を語る概念上の空間、戦略ともなりうるのだ。

実は日本においても八〇年代よりすでに、本田和子の『異文化としての子ども』をはじめとする少女論をその嚆矢《こうし》として、女性たちの作る「少女文化」というポピュラー文化様式のとらえ直しは始まっている。[*5] 本田の研究のきっかけは、自身の子ども時代に大切なものであったにもかかわらず、女趣味として無視されてきた「少女的なもの」を、少女小説に注目しながら読み解くことであった。その焦点は「少女の意味」である。本田は先の書で、少女誕生の舞台として二〇世紀初頭の女学校と女学生、少女雑誌、そして吉屋信子の少女小説の存在を指摘している（二七一—七三）。これに続くように少女の社会的・文化的位相をとらえる少女論が生まれている。[*6] 中でも今田絵里香の議論においては、「少女」という集合表象で結ばれたコミュニティが、女同士の出会いと強力なつながりの空間として、また情緒的サポート体制として機能していたことが分析されている（今田　一八六）。これらの研究に共通するのは、少女の表象を社会規範への抵抗としてとらえようとする姿勢である。

こうした観点からすると、アンの物語は、一九世紀末より二〇世紀にかけての世紀転換期から戦後に至るまでの、欧米および日本のフェミニズムの展開と複雑に絡み合っており、そのポピュラー文化受容史はきわめて興味深い題材を提供してくれる。[*7] 本章では本田、今田の議論をふまえ、モンゴメリの原作の再読と、村岡による独自の翻訳、また少女小説を中心としたその受容の環境に焦点を当てながら、「少女」をめぐって生成される文化空間を「抵抗文化」としてとらえ直し、第三波フェミニズムに接続する可能性を探ってみたい。

2　少女小説と母性主義フェミニズム

そもそもこのアンとは一体いつごろの少女なのか。ルーシー・モード・モンゴメリ（一八七四—一九四二年）が三四歳の時にアンをめぐる物語シリーズの第一作『緑の切妻屋根のアン』を発表したのは一九〇八年。[*8] そのテクストのなかで、アンは一八八〇年の時点で一一歳の少女として現れる。つまり一八六九年生まれの少女ということになる。舞台はカナダ最東部の沿海州のひとつであるプリンス・エドワード島。一八世紀半ば、イギリスが入植を開始した時の王子にちなんで、旧セント・ジョン島を改名したのである。

『赤毛のアン』という邦題で一般に知られる本作の枠組みとなっている少女小説は、母を失った孤児の少女が代理母によって、将来の「本物の母」になるよう育成されるパターーンの家庭小説である。家族の愛や家庭教育を受けることのできない子どもは、当時、救貧院、孤児院へと収容された。女孤児というイメージの背景に浮かび上がってくるのは、健全な家庭や国家というものの価値礼讃である。このような近代の「家族像」は普遍的どころか歴史限定的なものであることは、家族史研究の知見によって明らかにされている。近代を最初に迎えたイギリスでは、一七世紀後半から育児書をはじめとして母親を対象とする小冊子が増え、女性の家庭、育児への囲い込みが強化されていった。「母性」礼讃傾向の高まりである。家庭、家族像の変容は、それが国家による管理と規制の対象となることと軌を一にしている。

モンゴメリと同時代のカナダのフェミニストにとっても「母」は重要な意味を持っていた。たとえば、女性の参政権運動などに積極的に取り組んでいたネリー・マックラングの主張の基盤は、女性が社会や政治で果たすべき重要な役割は母の役割であるとする母性主義フェミニズムであった（Rothwell 13）。イギリスのハナ・モアをはじめとした初期のフェミニストたちが提唱していたこの思想は、一九世紀の後半から展開され、大英帝国、とりわけカナダの裕福な女性たちに広く行き渡った初期のフェミニズムであり、イギリスが帝国主義を拡大している時にピークに達する。フェミニズムが女性参政権運動、そして第二波フェミニズムへと変遷していく中でも、この母性主義は生き続ける。とりわけエレン・ケイの思想は、母性を女性の最も崇高な文化的使命ととらえ、それは結婚よりも重要であるとし、かつ女性の参政権、個人としての完璧な自由の追求を唱える母性主義フェミニズムとして影響力をふるった。[*9]

そうした母性主義フェミニズムは、政治的権利獲得運動においても重要だった。一八九七年結成の女性参政権協会全国運動（NUWSS）に率いられたイギリスの女性参政権運動も、当初は一九世紀末リベラリズムをベースにジョン・スチュアート・ミルの自由思想に支えられ、「個」の回復、女性の普遍性を主張するものであった。しかしボーア戦争以来の帝国主義の風潮の中で、人的資源としての子どもの育成、国民の母としての女性の義務、価値が強化されたため、大戦前にはその主張を変えて、女性は母という独自の役割を果たしているから参政権が必要だと彼女たちは訴えた。一九〇三年に結成された女性社会政治同盟（WSPU）も、労働者と女性という二重の抑圧から生まれたが、次第に階級よりも性別の対立という視点を強くし、妻、母、労働者としての利益を守るために選挙権が必要だとの主張を展開して、女性参政権を一般市民に受け入れやすくした。第一次大戦後の一九一八年にイギリスの女性に限定的な選挙権が与えられたのは（カナダも同年）、彼女たちが戦時中に行なった社会活動の結果というより、それによって女性の家庭での役割が変化するものではないことが立証されたためであった（中村　一八〇）。[*10]

モンゴメリはマックラングとは違い、カナダにおけるフェミニズム運動とは縁遠い、少女の物語を書いたように一見思われる。しかし舞台となる沿海州の田舎アヴォンリー村は、当時の母性主義フェミニズムを反映し、女性が優位を占め、支配権を握る小世界として描かれている(Rothwell 133-43)。登場する女たちは家庭という女性領域を守りながらも地域の社会活動に熱心に参加し、政治や女性参政権運動にも強い関心を持っているのだ。

ここでまず『緑の切妻屋根のアン』のあらすじを確認しよう。アヴォンリー村で農場を営むカスバート家の初老の兄妹マシューとマリラは、無給の働き手として孤児をもらおうと決意する。バーナード・ボーイの受け入れを提案するマシューに対し、ロンドンの浮浪児だけはごめんだとマリラは述べている。バーナード・ボーイとは、一八七〇年、トマス・J・バーナードがロンドンに設立した孤児院の子どものことであり、その後、施設はカナダにも拡大した。当時、孤児たちは農場や家事手伝いのための安上がりの労働力とみなされており、女の孤児は引き取られた家庭の男子にレイプされることも珍しくはなかった。兄妹が望んだのは女の子ではなく男の子であることを知った時、ほかの家々をたらい回しにされかねないアンの感じた絶望感は、そうした事情を知れば納得がいく。みすぼらしいカバンひとつだけを抱えた、憐憫《れんびん》を誘う孤児の少女であるにもかかわらず、異常なほどのおしゃべりで自分の想像世界を見事な言葉で構築していく、このとてつもない空想癖を持つ奇妙な少女にマシューはまたたく間に魅了され、アンは働き手としてではなく、養育されるべき少女として引き取られることになる。男の子を求めたのに女の子が届くという行き違いから始まるこの物語は、明らかにジェンダーに関わる問題を提起している。『緑の切妻屋根のアン』とは、新しい居場所において道徳的家庭的な価値観や女らしさを身につけようとするアンの努力が、ことごとく失敗していく滑稽なエピソードの集積となっているのだ。それは英米の古典文学の転覆というかたちでなされており、アンはなにものにも束縛されない自由な孤児性を活かし、因習的倫理規範への挑戦者として描かれている。

たとえば物語の早い段階でアンは、かのシェイクスピアにも堂々と異論を唱える。「薔薇はたとえ他のどんな名前でも同じように匂うと書いてあったけれど、あたしはどうしても信じられないの」(Montgomery 56)と、『ロミオとジュリエット』のヒロインの考えに反対している。おしゃべりな少女であるにもかかわらず、「コーデリア」(『リア王』の寡黙な末娘)という名で呼んでほしいなどと要求を連発していく(第三章)。古典のヒロインではなく「孤児」という境遇に置かれたアンにとって、自己を意味づける名前はきわめて重要なものだとの主張である。またアーサー王伝説の「白ゆり姫」を演じるさなか、小船が沈んで橋げたにしがみついたり(二八章)、客用のケーキにヴァニラエッセンスと間違えて鎮痛薬を入れたり(二一章)と、女らしさの伝統に対するパロディも満載である。このように古典文学の世界と現実とのミスマッチの中で、自己の願望に合わせて生き辛い世界を作り変えていくアンの物語においては、教化されるべき孤児が、逆に周辺の偽善的・伝統的価値観を変えてしまう存在となっている。最終的にアンは肉体的に成長はするものの、明るくどこまでも前向きなその内面はもとのままであり、やがて男子以上に価値ある存在であることを証明する。

孤児であるアンの戦術は今あるものを創造的に用いること以外になく、その手段が言葉であることは注目に値しよう。単なる並木道は「歓喜の白路」、親友ダイアナの家の池は「輝く湖水」というように、名づけ支配するという言葉の力で固着した意味を解体し、現実を新たな創造空間として再構築していくのである。一一歳の孤児にしては文学の素養がありすぎると思わせるものの、アンは取りつかれたような読書家であり、友人たちと「物語クラブ」を作り（二六章）、自分で物語を考え出すことにこの上ない歓びを見いだす少女として描かれている。想像力を大きな力として、自分の思いをみずからの言葉で表現し、自分を価値あるものにしていこうとするのである。

こうしたアンの青春に学校教育制度が大いに寄与していることも見逃せない。これが書かれた二〇世紀初頭は、カナダにおいて教育への関心が急速に高まった時期である。物語の魅力となっているのは、女孤児の一一歳から一六歳までの学校生活に枠どられた少女期、すなわち友人や「腹心の友」との交流の時空間を生き生きと描き出し、少女の青春に惜しみなく光を注いでいることである。友人を愛し、愛される関係は、彼女の未来を切り拓く上で大きな活力となっている。

この孤児アンにはマリラという養母が用意されるのだが、驚くべきことに変化するのは、アンを導くはずのこの母親役マリラの方である。その意味でこれはアンというより、マリラについての、マリラの視点からの物語ともいうことができる。カスバート家についてはほとんど言及されていないが、おそらくマリラは、変人ともいえる兄マシューの生涯の世話役をみずから引き受けたのだろう。自分の人生を犠牲にし、義務感から兄の世話に身を投じてきたマリラは、凝り固まった道徳観に押さえ込まれ、感情を外に表さない女性として描かれている。そのことで失ってきたものを、アンが気づかせてくれるのである。アンを同じ義務感から引き取ったマリラが、「長い間使わなかったので錆びついてしまったような微笑」（35）を取り戻していく様子は作品全体を通して書きこまれている。兄マシューの突然の死で、マリラが長年住んだ家を売らなければならなくなったとき、アンは大学進学を延期し、教師になって家を守ることを決意するのである。少女が母に家を与えて救済するこの物語では、養育されるべき少女と、少女を管理するべき母の役割が見事に逆転しており、教訓的少女小説の秩序は根底から揺るがされている。アヴォンリー村の情景においては母性が前景化されているものの、このエピソードにはモンゴメリによって家族の再定義という革新的な考えが盛り込まれている。血縁がなくても心地よい居場所としての新しい家族、すなわちポストファミリーのイメージである。

このような孤児物語の生みの親モンゴメリもまた孤児であった。生後二年足らずで母を亡くし、再婚した父によって事実上捨てられた彼女は、母方の祖父母に育てられている。熱心な長老派の信徒である彼らから、リスペクタビリティを厳しくたたき込まれたモンゴメリは、マリラのように本心をさらけ出さない女性に成長する。アンと同じく教職に就くが、祖母の病気で退職し、その介護で彼女は牧師である婚約者を七年間も待たせることになる。この間に書いた『緑の切妻屋根のアン』により、作家としての名声を得て長年の夢を実現させたのだった。祖母が亡くなったことで結婚したものの、うつ病の夫の介護と牧師の妻としての膨大な雑事、子どもの世話、そして経済的要請による執筆活動によって心身をすり減らしていくのである。彼女は続編でアンを医師になるギルバートと結婚させ、家庭にある女性のこの上ない幸せを吐露させるのだが、実人生では自分の結婚生活の困難、息子夫婦の問題などで悩み続け、六八歳で自死するのである。伝統的な家庭の賛美と現実生活のずれを支えきれなくなったような死とも受けとめられる。モンゴメリの死は、同世代のヴァージニア・ウルフの自死の翌年のことであった。家族神話や母性主義に対する疑念が透かし出されるような後半生の日記には、五〇年間封印する旨の遺書が添えられていた。[*11]

彼女の自死が孫のケイト・マクドナルドによって公表されたのは、出版百周年の節目に当たる時であった。このようなヴィクトリア朝的な教育を受けたモンゴメリの生涯と、その内面生活を振り返る時、少女時代の経験に即して書かれた『緑の切妻屋根のアン』を、母性化される少女のひそかな抵抗の物語として、フェミニズムの視点から読み直す可能性も生まれてくるのである。

3 「少女」の誕生――少女雑誌とミッションスクール

一九〇八年という『緑の切妻屋根のアン』の出版年は日本においては明治時代の終わりにあたるが、ちょうどその頃、一九一〇年代から二〇年代に、日本では「少女」の時代が女学校のなかに誕生した。よき母になるための修養を目的とした膨大な教訓書にさらされた若い女性にとって、アンのように心身の歓びや悩みを表に出し、「青春」を享受する視点はそれまで皆無であり、少女期などという猶予期間は存在しなかったのである。女子教育の導入は、幼女から母たるべき女へと直結していた女性のライフコースに、若い女性が羽ばたき、ときめく「時」を与えることになった。これは女性の歴史にとって大きな意味を持っていた。

明治時代の後半から始まる日本の女子教育政策には紆余曲折があり、順調な歩みをたどっていない。愚かな女性に教育は必要ないとの国の考えが変化するのは、母としての役割への期待、良妻賢母思想によるものだった。育児や子どもに対する教育役割重視による女性観の変化は、日本の近代化への歩みと並行している。日本が初めて外国と交えた近代戦である日清戦争によって、その変革は火急のものとなっていた。というのも、日本が明治維新以来、西洋モデルの近代化をラディカルに推進し、封建主義社会から資本主義社会への転換をはかろうとした背景には、富国強兵政策があったからである。これによって女性は近代国家建設に際し、男とは違い将来の国民を育てる「母」として統合され、男女の役割分担、ジェンダー化が進められていった。

子どもの家庭教育を担う女子を教育することが不可欠とする視点から、一八九九年（明治三二年）、高等女学校令が公布されたその後の四年間に、全国に高等女学校（実際には男子にとっての中等教育に相当する）がつぎつぎと設立された。その教育目標として掲げられたのが「良妻賢母の育成」である。女子教育と関わる近代化された家庭教育の発想は、家庭型家族への志向に直結もしていた。家族制度の「家」ではない新たな「家庭（ホーム）」とは、国家、社会の基礎であり、また家族の情緒的結合を強調するものであった（小山　七九）。女性の地位向上は一個人ではなく、「母の役割」を通じてだったのである。

近代化に乗り遅れた日本がその遅れを取り戻せるように、明治時代に採った方策のひとつが西洋思想の翻訳政策であった。そのために、日本には西欧の情報が女性参政権運動をはじめとして即座に入ってきた（丸山／加藤　一〇）。平塚らいてうは一九一一年九月に『青鞜』を創刊、一一月には松井須磨子が、近代劇の出発点とも言われるイプセンの『人形の家』のノラを演じている。女を家庭に閉じ込めようとする考えに挑戦し、主婦の座を捨てるノラを描いたこの戯曲は、フェミニズム運動の勃興と合わせて語られてきている。ヨーロッパから直輸入されたこの「女性解放」の議論は、近代化の道をひた走る日本人の心を揺さぶった。らいてうは一九一三年より、「社会の母性」としての女の使命を強調する、前述したエレン・ケイの『恋愛と結婚』の翻訳を『青鞜』に掲載し始めている。ケイの用いた

"maternity"にあたるスウェーデン語の翻訳語「母性」は、女と母役割を結ぶ理論的装置として使われ始める(小山 一六五)。男の声ではなく女自身による「婦人論」も幕を開けた。[*12]

「少女時代」が女学校を舞台に誕生するのはこのような背景があってのことだった。三年から四年という期間限定で、良妻賢母の準備期間であり、母になるまでの猶予期間が制度的に成立するのだ。読み書き能力を身につけた少女たちは、期待役割を無化し、初めて自分自身について考え、同性の同じような年頃の友人と生活を共有し、語りあい、人間関係のネットワークを築くことができるようになった。

こうした基盤があって、少女専用の、少女が憧れる、少女を冠した雑誌が、一九一〇年代(明治後期)より、一〇代の娘たちのために、『少女界』、『少女世界』をはじめとして続々と創刊された。[*13] 中でも明治時代から終戦まで続いた最も息の長い『少女の友』は、少女小説を中心に据え、量より質を重んじるそのハイカラ路線でライバル誌に差をつけた。[*14] そのブレーンであり、またそこで活躍した作家のひとりが村岡花子であった。「少女」は、雑誌に付された竹久夢二、高畠華宵《かしょう》などの挿絵によって可視化されていき、それらの雑誌は日本独自の少女小説および少女文化の誕生に大いに寄与することになる。少女雑誌というメディアによって、少女たちは初めて同世代の同性との仲間集団を作り、アンのように青春の歓び、悩み、期待、不安を語り分かち合うことが可能となった。

ここに彗星のように現れた文学少女が当時二〇歳の吉屋信子である。彼女はその才筆で少女の中に芽吹く青春の思いをあふれるように作品化していった。『少女画報』に一九一六年から始まった読み切り連載『花物語』の登場は、日本女性にとっては大正時代に起きた大きな出来事であった。それは一篇一篇を花に託し、女学校を舞台に年齢差のある少女間の憧れにも近い、遂げられない恋を描いた連作短編である。

日本独自の少女小説というジャンルを打ちたてたこの『花物語』において、吉屋は少女たちの「目覚め」を描き、女性だけの自立した世界を浮上させた。自分の居場所を持てない女性たちにとって『花物語』のような少女小説は憧れの世界であり、吉屋はその最大のスターであったということである。少女小説は、「よくってよ」、「いやだわ」などのいわゆるテヨダワ言葉などを特徴とする独特の文体を駆使し、虚構の世界を作り上げている。国民として「活躍」が期待された男子と異なり、彼女らの将来の目標はなにもない。「今、ここ」しかないからこそ、それだけで完結したものであったからこそ、少女の世界は彼女たちの精神の成熟をうながしたといえるだろう。

女学校へ行ける女子はわずか数パーセントであったとはいえ、少女雑誌の読者は拡大し、女性の唯一のメディアとしてその役割を存分に果たしていった。この少女雑誌の備える「読者投稿欄」は読者同士の交流の場となり、日常の現実から離れた少女たちはペンネームによってみずからを装飾して投稿した。この投稿欄のコミュニケーションによって形成されるネットワークを、本田はいみじくも「少女幻想共同体」と称している（本田『女学生の系譜　増補版』一三〇）。読書し、文章を書き、自己表現の場を獲得した彼女たちのコミュニティは、少女独自の「言説モード」を作り上げていった（今田　一八六）。またこのネットワークは情報提供などの支援をも提供し、ここで生涯にわたって維持される少女同士の強固な絆も築かれた。このようにして、ペンネームという共同体メンバーの証を持った女性集合体（今田　一六二）が、出版資本主義の波に乗って広がっていったのである。この時期より、女性運動家、女性芸術家などが数多く育っていったのも偶然ではない。女性に婦徳を説き、国家統制の網の目に組み込むはずの女子教育と、雑誌を中心とする少女文化実践空間から、こうした抵抗現象が起きてくるのは興味深いことといわなければならない。

4　日本の『赤毛のアン』

『少女画報』に共に寄稿していた二〇代はじめから村岡花子と縁のあった吉屋信子は、その少女小説の舞台として、ミッションスクールの寄宿舎という閉ざされた空間を選んでいる。そこには、女学生たちがキリスト教に抱く讃美歌の響き、孤高さといった感傷的な情景があふれていた。この清らかな雰囲気の中で展開されるのは、少女同士のいわゆる「エス（S）」の濃密な関係である。“sister”の頭文字をとった「エス」とは、当時の女学生の隠し言葉であり、姉妹ではなく、血のつながらない少女間の情熱的関係を意味していた。その特徴は、自分の感情を、あくまでも手紙で相手に伝達しなければならないことである。アンの物語に見られるように、彼女たちは現実世界を文字によって、ドラマチックに作り替える実践を日常的に行なっていた。男性を排除したエスの空間とは、女性が母性を通じてのみ国家に承認されることへのひそやかなプロテスト、もしくは男性社会への対抗文化としてもとらえられるだろう（今田　二一二）。

こうしたミッションスクールで村岡は少女期を過ごしている。前節で述べた高等女学校令の発布以前に女子中等教育を担っていたのは、外国宣教団《ミッション》によって設立されたミッションスクールであり、キリスト教の宗教的使命にもとづく教育活動を目的としていた。カナダの海外伝道活動が日本に及び、村岡の父が洗礼を受けたことで、貧しい茶商人の娘である花子は、カナダ宣教師によって創立された東洋英和女学校（現東洋英和女学院）に入学を許される。カスバート家に引き取られた時のアンと同じ年頃の一〇歳、一九〇三年（明治三六年）のことだった。山梨出身の、向上心にあふれ聡明で勤勉な村岡は、一〇年間ここで給費生として学び、西洋文化を骨の髄まで吸収していく。このような村岡の特権的少女期は、『赤毛のアン』の背景となる時代の文化や学校生活にぴったりと重なるものであった。ここにおいて、村岡のアンの翻訳の素地はでき上がっていたともいえるだろう。

その翻訳はどのようなものであったのだろう。ここでまず当時の村岡の立ち位置を考えてみよう。日露戦争の前年（一九〇三年）に東洋英和女学校に入った村岡は、その一〇代において英米文学を片端から読みつくし（村岡恵理『アンのゆりかご』六八）、その素養を身につけていった。ちょうどイギリスにおいて英文学の制度化、帝国化が急速に進められ、日本でもナショナリズム、帝国主義の気運が高まり、軍国化が進んでいった時期であった。第一次世界大戦による軍需生産の拡大にともない、近代的な資本主義国家に変容する時と重なり、英文学も微妙な位置に置かれた時代である。さらにこの時期、先の少女雑誌と共に多くの児童文学雑誌が市井にあふれ、近代日本の形成についての議論が、児童の概念および児童の文学の表現方式をめぐる議論を巻き込んでいったのである。言い換えれば、村岡が『赤毛のアン』の翻訳をするまでの時期は、日本における児童文学ジャンルの形成期と重なっている。太平洋戦争に発展したころ、児童文学は「少国民文学」と改称されている。当然ながら村岡もこうした潮流の只中にあったということである。子供向けの外国文学は不必要な部分を取り去り、新しく日本少国民に勧められるものとして調理され、翻案に近いものならば許される雰囲気があったとしても不思議ではない。

こうした環境の中、一九三九年(昭和一四年)に、村岡はカナダ人宣教師にモンゴメリの原作を贈られ、内容に魅了されて翻訳を始め、ついに原作から四四年後の一九五二年、『赤毛のアン』が出版される。第二次世界大戦中に息をひそめていた少女雑誌も、戦争が終わって新たな姿で蘇ってきていた。中原淳一の西欧的でエキゾチックな挿絵のついた『ひまわり』[*15]には、吉屋の少女小説、村岡の海外少女小説の翻訳が載せられていた。村岡の活躍の場が、昭和一〇年代が『少女の友』、二〇年代が『ひまわり』であったことを考えれば、彼女が原作の翻訳を「少女」、「青春」に特化し、日本の少女小説に接続させたのはごく自然な成り行きであったといえよう。

この青春の味は、アンが初めて親しい女友達を作る時の心のときめきをテヨダワ言葉で表現するような次の箇所に余すところなく伝えられる。「ああマリラ、あたしこわいわ。いよいよ、時がきたんですもの、もしダイアナがあたしを好きにならなかったらどうしよう。あたしの生涯における最大の悲劇的な失望となるでしょう」(Montgomery 120; 旧版 一二三)、「あたしの腹心の友となってくれて?」、「永久にあたしの友達になるって、誓いをたてられて?」(Montgomery 123; 旧版 一二六)「本当にあんたが好きになりそうだわ」、「ああ、マリラ。今この瞬間、あたしはプリンス・エドワード島じゅうでいちばん、幸福なのよ。今晩は心からお祈りできてよ」(Montgomery 124; 旧版 一二七)。

注目すべきことは、村岡がこの原作をチャールズ・ディケンズの『オリバー・ツイスト』などのような、現実社会における孤児を主人公としたものとは異なる孤児文学の系譜、すなわち民話や童話の孤児物語に沿って訳していることだろう。逆境にもめげず最後には勝ちぬく孤児、どこからともなく現れ、最後には周囲のだれよりも優れた資質を表す「不思議な子ども（magic child）」（Atwood 224）として、アンを翻訳世界に現出させているのである。このためモンゴメリの原著版が標準的英文で書かれているにもかかわらず、村岡訳（旧版）におけるマリラの口調はおとぎ話の魔法使い、もしくは意地悪なおばさんの口調に変わっている。たとえば孤児院に戻されると恐れるアンが食事をとるよう命じられた時、「食べられないの。あたし、絶望のどん底に落ちているんですもの。小母さんは絶望のどん底にいるときものが食べられて？（I can't. I'm in the depths of despair. Can you eat when you are in the depths of despair?）」とのアンの言葉に対し、マリラの返答を「わたしゃ、絶望のどん底になんかいたことがないから、なんとも言えないね（I've never been in the depths of despair, so I can't say.）」（Montgomery 37；旧版　四二）と翻訳している。

すなわち村岡はアンとマリラについて、優れた資質を持つ不思議な孤児少女と、その母親役である意地悪な魔法使いという組み合わせとして訳出しているのである。このような口調での翻訳は、マリラとアンとの心の交流、特にマシューが急死する大詰めの第三七章「死のおとずれ」において、マリラがアンを愛する心情を初めて切々と吐露するつぎのような場面ではそぐわないものとなってくる。

あんたがこの家にきてくれていなければわたしはまったく途方にくれていたよ。おお、アン、わたしはあんたにはたいそう厳しくして、きつくあたってきたかもしれないね。だからといって、マシューほど愛していなかっただなんて思わないでおくれよ。いまなら言えそうだから……あんたのことは、血と肉をわけた実の子のようにいとおしく思っているよ。あんたが『グリン・ゲイブルズ』に来てからというもの、あんたは私の歓びであり心の慰めなんだよ。

（改訂版　五〇三）

こうした台詞は旧版ではすべて削除されることによって章全体も少しずつ修正され、四三段落あるものが、わずか三〇段落に縮小されている。改訂版では、この箇所を含めた原著版からの削除部分がすべて入れられている。この旧版におけるマリラの削除問題についてはすでに山本史郎と菱田信彦が指摘している。その理由として山本は、村岡がマリラを日本の一般読者にわかりやすくしようと「おっかないおばあさんタイプ」に単純化したため、余分なものは省いたと述べている（山本　八一—一〇二）。一方菱田は、日本人は葬儀の際にとり乱す女性に批判的なため、マリラとアンが通夜の晩に嘆き悲しむ場面は不適切として村岡が削除したと解釈する（菱田　一九九—二〇二）。

これに対し本章は、少女間の結束を示すテヨダワ言葉を効果的な装置として用い、少女たちの熱い交流空間を現出させることを最優先する村岡が、最後の重要シーンでのマリラの告白を意図的に割愛したのだと考える。村岡訳はこのため、マリラの精神的成長を組み込んだ枠組みを持つ原作とは異なり、孤児少女が友人との絆を通じて自己の可能性を切り拓いていく喜びと興奮を前面に押し出した物語となっている。

整理をしよう。原著版は、母性や参政権、「新しい女」や「余った女」に関心を注ぐ第一波フェミニズムと問題を共有していた。このため、母役割を引き受ける初老の独身女性であるマリラは重要な存在であった。しかし村岡による旧版で目指されたのは、まずなによりも妻でも母でもなく幼女でもない、「少女」の文化の確立だった。マリラの告白が消えてしまうのはそのためである。結果的にそれは母性を神聖な制度に祭り上げる力に対する強力な抵抗文化となり得たのだ。村岡訳の『赤毛のアン』がなかったならば、日本の戦後の女性の生き方は変わっていたかもしれない（菱田　二〇〇四）という見方もその意味でうなずけるものである。なにより重要なことは、村岡が英語の "girl" を、少女雑誌が創出し日本社会で独自に発達した「少女」の概念に移植したことである。ここに生じた文化翻訳はけっして自然のものでも、偶然の作用でもない。テヨダワ言葉を活かしながらアンの物語を日本特有の少女文化に自然に溶け込ませ、凝縮された少女世界を提示しようとする村岡の翻訳によってこそなし得たもので、それこそが日本の少女たちに新たな文化空間を開いたといえよう。

5　おわりに

翻訳『赤毛のアン』は日本の西欧型近代を身をもって生きた女性、村岡花子なくしては生まれなかったであろう。そこには歴史的必然のようなものが感じられる。第二次世界大戦後という出版の時期は奇しくも激動ともいえるさまざまな変革と重なっていた。しかし、民主主義、家制度からの解放、法制上の男女平等、そして男女共学といった改革とは裏腹に、女性たちは生産労働から切り離され、専業主婦化していった。つまりＧＨＱ（連合国最高司令官総司令部）による再教育プログラムがなされる中で、家庭の団欒、理想の家族像が喧伝された時代である。戦後のアメリカでは帰還兵たちの職場確保のために、職についていた女性たちは家庭に戻り、子育てをし、外で働く夫のために家庭を守るよう奨励された。一九五三年にテレビ放送が始まった日本では、アメリカから輸入された豊かな家庭生活を伝えるホームドラマが盛んに放映されたのである。

こうした家庭回帰の保守化傾向が強まる中で、『赤毛のアン』を取り巻く少女文化の放つ輝き、魅力がどのように機能したかは想像に難くない。いわゆる一五年戦争によって長く軍国少女の役割を押しつけられてきた村岡は、戦火の中で夢中でやり続けた「敵国語」の翻訳において、マリラという「母」のドラマをあえて排除している。社会制度に汚染されていないアンの無垢な孤児性とそのエネルギーに村岡は大いに頼るところがあったのだろう。国家政策から絶縁された少女世界を浮き彫りにするのにそれは力となる。

ただ、少女というものが社会規範への抵抗になりうる、と全面的に言い切ることはできない。それは賢母を育てようとする国策との関わりと、その攻防から生まれてきたものでもあるからだ。軍国化が進む中で一九三八年から少女雑誌を含む児童雑誌の浄化政策が始まると、少女（の表象）は危険視され、国家により激しいバッシングを受け、生き延びるために少女は少国民に変身している。少女は常にしなやかに、巧妙に変容していく。そもそも少女性とは、「ひらひら」の感覚（本田　四八）、つまりつかみどころのないものではなかったか。だからこそ少女は、生きていかざるを得ない場所と言葉を流用し、こっそりと異質なものを生み出しながら、そこを抵抗の空間に変質させていくことができるのだともいえる。

これまでモンゴメリの原作も、少女に特化した村岡の翻訳（旧版）も、どちらも母性化される少女たちの抵抗の物語として読めることを述べてきた。では新自由主義時代の翻案である連続ドラマ『花子とアン』はどうであろう。欧化政策とナショナリズムの緊張関係を生きた勤勉な村岡の人生はかなりの部分フィクションとなっており、アンはどこにも出てこない。ただここでも大きな力点が置かれているのは、読書家のはな（村岡花子）と、「腹心の友」である蓮子との親密な関係である。自己実現の象徴である「花子」と「白蓮」という「ペンネーム」を重要視し、文芸能力を高めようとの向上心にあふれ、それぞれ翻訳家、歌人として励まし影響し合い、古い社会の中で意志を貫き、自立した道を歩もうとするその生き方である。

女の時代と喧伝され、その生き方が自由化、多様化したように見える今日であるが、女性を保守的な役割モデルに回帰させる母性的思考は依然として解消はされていない。その課題を乗り越える可能性を、アンの物語に創出された対抗文化としての少女文化空間に見ることができるのではないだろうか。

注

＊1　『花子とアン』は、村岡恵理『アンのゆりかご――村岡花子の生涯』を原案とし、中園ミホの脚本によるドラマである。

＊2　村岡花子訳の『赤毛のアン』（旧版）は一九五二年に三笠書房より初版が出されたが、一九五四年に新潮社より文庫化され、今日に至っている。二〇〇八年の改訂からは、改訂者の村岡美枝・恵理による「改訂にあたって」の言葉が最後に付けられている。本章では、旧版は一九九九年、改訂版は二〇一四年のものをそれぞれ使用している。

＊3 桂／白井、山本、村岡恵理、奥田、内田、「素敵な時間」などを参照。
＊4 Harrisは、女性とポピュラー文化に関する研究を活発に展開し、第三波フェミニズムを提唱している。
＊5 本田の少女論は一九八〇年代の「少女論ブーム」を巻き起こす。その最大の特徴は、正統文化から意味不明、無意味、無価値とみなされる少女文化を「文化」としてとらえ直し、秩序にがんじがらめになり疲弊した大人の世界を救済する力としようとしていることである。
＊6 たとえば秋山、今田、大塚、高橋の少女論など。
＊7 アンの受容に関する先行研究としては、戦後の日本女性のジェンダー配置を強化した面を重視する越智や小倉のものがある。
＊8 以降一九三九年までにアンの続編を含む主要な作品は全二三篇出されている。
＊9 この母性主義フェミニズムについての詳細はLeGates 247–51を参照。
＊10 イギリスの参政権運動と性役割、および母性と帝国主義の関係はHume, Lewis, Rover, Spenderを参照。
＊11 モンゴメリの伝記的情報については、Andronik, Gillen, Rubio & Waterstonを参照。
＊12 一九一八年（大正七年）には与謝野晶子と平塚らいてうとの間で母性保護論争が始まる。日本のフェミニズム思想の主流は、この論争の当初から母性主義フェミニズムであり、それは「家」制度解体後も核家族の中で生き延びていることを上野は指摘している（上野　一二一―三一）。
＊13 雑誌はこの時代、家庭において学校教育を補う役割も持っていた。戦前発行のものは、創刊年代順に『少女界』（一九〇二年）、『少女世界』（一九〇六年）、『少女の友』（一九〇八年）、『少女』（一九〇九年）、『少女画報』（一九一二年）、『新少女』（一九一五年）、『少女倶楽部』（一九二三年）がある（日本近代文学館収蔵）。村岡がオピニオンリーダーであった『少女の友』に関しては、創刊百周年の復刻版を参照。
＊14 『少女の友』については、遠藤、川村、実業之日本社、渋沢を参照。
＊15 少女たちの絶大な人気を得ていた中原淳一編集、制作による一九四七年創刊の雑誌である。

引用文献一覧

Andronik, Catherine M. *Kindred Spirit: A Biography of L. M. Montgomery, Creator of Anne of Green Gables*. New York: Atheneum, 1993. Print.

Rubio, Mary and Elizabeth Waterston. *Writing a Life: L. M. Montgomery*. Toronto: ECW Press, 1995.Print.

——, eds. *The Selected Journals of L. M. Montgomery*, Vol. 1–5. Toronto: Oxford UP, 1985–2004. Print.

Atwood, Margaret. "Reflection Piece: Revisiting Anne." *L. M. Montgomery and Canadian Culture*. Ed. Irene Gammel and Elizabeth Epperly. Toronto: U of Toronto P, 1999. 222–26 Print.

Gillen, Mollie. *The Wheel of Things*. Halifax: Goodread Biographies, 1975. Print.

Harris, Anita, ed. *Next Wave Cultures: Feminism, Subcultures, Activism*. New York: Routledge, 2008. Print.

Hume, Leslie. P. *The National Union of Women's Suffrage Societies, 1897–1914*. New York: Garland Publishing, 1982. Print.

LeGates, Marlene. *In Their Time: A History of Feminism in Western Society*, New York: Routledge, 2012. Print.

Lewis, Jane. *Women in England 1870–1950*. Brighton: Wheatsheaf, 1986. Print.

McRobbie, Angela. "Note on Postfeminism and Popular Culture: Bridget Jones and the New Gender Regime." *All about the Girl: Culture, Power, and Identity*. Ed. Anita Harris. New York: Routledge, 2004. 3–14. Print.

Montgomery, L. M. *Anne of Green Gables*. New York: Aladdin, 2014. Print.

Rothwell, Erika. "Knitting Up the World: L. M. Montgomery and Maternal Feminism in Canada." *L. M. Montgomery and Canadian Culture*. Ed. Irene Gammel and Elizabeth Epperly. Toronto: U of Toronto P, 1999. 133–44. Print.

Rover, Constance. *Women's Suffrage and Party Politics in Britain, 1866–1914*. London: Routledge & K. Paul, 1967. Print.

Spender, Dale. ed. *Feminist Theorists*. London: Women's Press, 1983. Print.

秋山正美『少女たちの昭和史』新潮社、一九九二年。

今田絵里香『「少女」の社会史』勁草書房、二〇〇七年。

上野千鶴子『女という快楽』勁草書房、一九八六年。

内田静枝編『村岡花子の世界——赤毛のアンとともに生きて』河出書房新社、二〇一四年。

遠藤寛子『「少女の友」とその時代』本の泉社、二〇〇四年。

大塚英志『少女民俗学——世紀末の神話をつむぐ「坐女の末裔」』光文社、一九八九年。

奥田実紀『図説　赤毛のアン』河出書房新社、二〇一三年。

小倉千加子『「赤毛のアン」の秘密』岩波書店、二〇一四年。

越智博美「戦後少女の本棚——第二次世界大戦後の文化占領と翻訳文学」竹村和子編著『ジェンダー研究のフロンティア第五巻　欲望・暴力のレジーム——揺らぐ表象／格闘する理論』作品社、二〇〇八年、八六—一〇二頁。

桂宥子／白井澄子編著『もっと知りたい名作の世界⑩　赤毛のアン』ミネルヴァ書房、二〇〇八年。

川村邦光『オトメの祈り——近代女性イメージの誕生』紀伊國屋書店、一九九三年。

小山静子『良妻賢母としての規範』勁草書房、一九九一年。

実業之日本社編『「少女の友」——創刊百周年記念号』実業之日本社、二〇〇九年。

渋沢青花『大正の「日本少年」と「少女の友」——編集の思い出』千人社、一九八一年。

「素敵な時間」編『花子とアンと白蓮』実業之日本社、二〇一四年。

高橋英理『少女領域』国書刊行会、一九九九年。

中村敏子「淑女から人間へ——イギリスにおける女性の権利拡大運動の思想的前提（二・完）」『北大法学論集』三八（四）：一九八八年、七三七—七二二頁。

菱田信彦『快読「赤毛のアン」』彩流社、二〇一四年。
本田和子『異文化としての子ども』紀伊国屋書店、一九八二年。
――『女学生の系譜　増補版――彩色される明治』青弓社、二〇一二年。
丸山眞男／加藤周一『翻訳と日本の近代』岩波書店、一九九八年。
村岡恵理『アンのゆりかご――村岡花子の生涯』新潮社、二〇一一年。
村岡恵理編『村岡花子と赤毛のアンの世界』河出書房新社、二〇一三年。
モンゴメリ、L・M『赤毛のアン』村岡花子訳、新潮社、一九九九年。
――『赤毛のアン』（改訂版）村岡花子訳、新潮社、二〇一四年。
山本史郎『東大の教室で「赤毛のアン」を読む』東京大学出版会、二〇〇八年。

コラム ⑨

フェミニズムとパシフィズム　（奥山礼子）

ヴァージニア・ウルフは『三ギニー』（一九三八年）において、男性中心的な社会が必然的に戦争を生み出すことを批判し、そのような社会秩序の外側に立つ女性たちの連帯を求めた。そして女性たちによる「アウトサイダーズ・ソサエティ」を創り、女性本来の思考によって自由、平等、平和の達成のために働こうとする（Woolf 122）。ここにウルフのフェミニズムとパシフィズムが交差するのである。このエッセイは英国において男女平等の普通選挙権獲得を目指した第一波フェミニズムの余韻を多分に残しているが、現代のフェミニズム平和運動の源流をここにたどることができる。

第二次世界大戦後、それまで反軍国主義を掲げていた平和運動は、広島と長崎に投下された原子爆弾によって放射能の恐怖を身近な問題として突き付けられた家庭の主婦や母親たちを中心に、反核運動、核兵器廃絶運動へと移行する。一方、フェミニズム運動では、六〇年代後半に「個人的なことは政治的なこと」をスローガンに第二波フェミニズムが到来し、妊娠中絶合法化など男女差別撤廃を主張する「ウーマン・リブ運動」が最盛期を迎える。この運動のフェミニストたちは、女性の価値を家庭の母親に限定する狭い価値観に反発し、平和運動に関心を示そうとしなかった。しかし、暴力に訴え

グリーナム・コモンの米軍基地における抗議行動〔Press Association〕

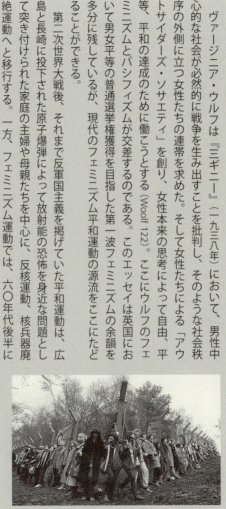

ることもあったウーマン・リブへの批判から、平和運動の非暴力を評価しようとするフェミニストたちが増え、さらに女性が子どもを育てる「養育」という概念を、「人類を育むという世界的な視野」にまで拡大解釈しようとする動きなどにより、フェミニズムとパシフィズムは歩み寄りを見せ始める (Liddington 202–6)。

このような流れを背景に、一九八一年に英国バークシャー、グリーナム・コモンの米軍基地において、核ミサイル設置反対を訴える女性たちによる平和運動が始まる。この頃アメリカはヨーロッパ全土に中距離核ミサイルの配備を進めており、グリーナム・コモンの米軍基地にも九七基の新型巡航ミサイルの設置が予定されていた。これに反対したアン・ペティットを中心とするグループ「地上の命を守る女たち」は核兵器工場のあるカーディフからグリーナムまで「命を守る行進」を行ない、道筋にある都市や平和団体から支援や賛同を得ながら、グリーナム・コモンに平和キャンプを設営する。彼女たちは基地のフェンスに鎖で身体を縛りつけたり、基地の周囲九マイルを手をつないで包囲したりするなど非暴力による抗議活動を続け、一〇年におよぶ闘いに勝利を収める (Liddington 222–45)。

これを機に、女性たちによる平和運動の気運は、英国のみならず、世界中で高まっていった。日本で三・一一後に各地で展開された、脱原発のための活動も、その精神を受け継ぐものであった。たとえば、「女たちの一票一揆ネット」は選挙で脱原発派の候補者を組織的に支援する取り組みを行ない、また、「脱原発をめざす女たちの会」は「女たち・いのちの大行進」や脱原発映画の上映、街宣活動などを行なって、女性の力で原発に頼らない社会の実現を目指した。このような団体の活動は、その後の安全保障関連法案に反対する女性たちによる市民運動にも広がりを見せている。アウトサイダーズ・ソサエティの思想には生命を守る女性という概念は強調されていないが、女性が連帯し、自由、平等、平和の達成のために働くというその根本精神は、現代のフェミニズム平和運動に確実に継承されていると言える。

コラム⑩ 「第三世界に女はいない」？（中井亜佐子）

一九八九年出版の自伝『肉のない日』の冒頭の章に、サーラ・スレーリはこう記している。「第三世界に女はいない」。北米の大学で想定される〈女〉の概念がパキスタンの女たちには適用できないことを指摘するこの一文は、当時「第三世界フェミニズム」と呼ばれた思想の出発点を表わしている。同じころ、ガヤトリ・スピヴァクは「サバルタンは語ることができるか」（一九八八年）で、ローカルな家父長制と労働の国際分業によって二重に搾取される第三世界の女たちの存在を無視して「労働者のグローバルな連帯」を謳う先進国の左翼知識人を批判していた。「西洋人の眼で」（一九八四年）のチャンドラ・モハンティによれば、「第三世界フェミニズム」は地域に根ざしたフェミニズムを育成する運動であるとともに、「西洋フェミニズム」への強い異議申し立てでもあった。

マララ・ユスフザイ（2015 年 10 月撮影）
〔Simon Davis/DFID〕

ＦＧＭ（女性器切除）をめぐる論争は、グローバルに流通した「第三世界の女」言説の代表例である。中東や北アフリカで「女子割礼」として実践されてきたＦＧＭは、一九八〇年代から九〇年代にかけて欧米のフェミニストに注目され、その非人道性が繰り返し告発された。一方、当事者国の女性知識人の多くは、ＦＧＭには反対しつつ、ＦＧＭに非難を浴びせる「西洋フェミニズム」には批判的だった。『彼女の「正しい」名前とは何か』（二〇〇〇年）で岡真理は、「西洋フェミニズム」は特定の民族文化を恣意的に選択して非難することによって、先進国による経済的搾取と政治的支配が過激な伝統主義者を育んでいる現実を隠蔽《いんぺい》しており、その意味で帝国主義と共犯関係にあったと指摘している。

二〇〇〇年代に入って、「西洋フェミニズム」の主要な関心はＦＧＭから「ヴェール」（ヒジャブ）へと移行した。中東および欧州の都市部では一九七〇年代ごろから、欧米型消費主義に抵抗するイスラーム女性のヒジャブ回帰が始まっていたが、欧州ではイスラームへの敵意が高まるにつれて、「ヴェール」が「女性を抑圧する」イスラームのシンボルとみなされるようになった。フランスでは二〇〇四年に公立校でのスカーフ着用を禁止する法律が国会で可決され、イギリスでも学校でのジルバブの着用許可をめぐる裁判（二〇〇六年）、法廷での被告女性のニカブ着用禁止命令（二〇一三年）が話題になった。セイラ・ベンハビブは『他者の権利』（二〇〇四年）で、欧州の「ヴェール」論争の最大の問題は、当事者であるイスラーム女性たちに公的発言権を与えない「決定の民主的正統性」にあると指摘している。二〇一二年にターリバーンに銃撃されたアクティヴィスト、マララ・ユスフザイをめぐる論争も、似たような状況にある。米国のパキスタンでの軍事行動が多くの民間人犠牲者を生んでいる事実を無視したまま「マララ」を反イスラーム・キャンペーンに利用する先進国メディアは批判されるべきだが、そうした批判を展開するグローバル左翼は、ユスフザイの女子教育普及活動にはほとんど関心を示さない。

「第三世界に女はいない」、「サバルタンは語ることができない」――「第三世界フェミニズム」の問題提起は、二一世紀現在でもその効力を失っていない。もちろん、第三世界、イスラーム世界、グローバル・サウスにもつねに女はいるし、女の思想、女の運動も存在する。だがグローバルな〈女〉の言説は、そうした女たちの声と行動を抹消してきた。女への暴力、女の貧困と搾取を根本から解決するためには地域社会を超える連帯と協働が不可欠だが、先進国の女が女の表象＝代表を独占し、女への暴力を特定の文化の「後れた」

人権意識に帰結させているかぎり、真の社会変革へ向けた国際的な協働は困難なままである。

引用文献一覧

Benhabib, Seyla. *The Rights of Others: Aliens, Residents and Citizens.* Cambridge: Cambridge UP, 2004. Print.『他者の権利――外国人、居留民、市民』向山恭一訳、法政大学出版局、二〇〇六年。

Liddington, Jill. *The Long Road to Greenham: Feminism & Anti-Militarism in Britain since 1820.* London: Virago, 1989. Print.『魔女とミサイル――イギリス女性平和運動史』白石瑞子／清水洋子訳、新評論、一九九六年。

Mohanty, Chandra Talpade. "Under Western Eyes: Feminist Scholarship and Colonial Discourses." *Boundary 2*, 12:3 (Spring-Autumn 1984), 333–58. Print.

Sanders, Julie. *Adaptation and Appropriation.* London: Routledge, 2006. Print.

Silver, Brenda R. *Virginia Woolf Icon.* Chicago: U of Chicago P, 1999. Print.

Spivak, Gayatri Chakravorty. "Can the Subaltern Speak?" *Marxism and the Interpretation of Culture.* Ed. Cary Nelson and Lawrence Grossberg. Urbana: U of Illinois P, 1988, 271–313. Print.『サバルタンは語ることができるか』上村忠男訳、みすず書房、一九九八年。

Suleri, Sara. *Meatless Days.* Chicago: U of Chicago P, 1989. Print.『肉のない日――あるパキスタンの物語』大島かおり訳、みすず書房、一九九二年。

Woolf, Virginia. *Three Guineas.* 1938. London: Hogarth, 1986. Print.

岡真理『彼女の「正しい」名前とは何か――第三世界フェミニズムの思想』青土社、二〇〇〇年。

おわりに

本書『終わらないフェミニズム――「働く」女たちの言葉と欲望』は、日本ヴァージニア・ウルフ協会から出版される二冊目の本となる。二〇〇八年に、創立三〇周年記念として出版した『転回するモダン――戦間期イギリスの文化と文学』（研究社）以来八年ぶりの出版である。

今回の出版企画に際しては、まず会員に対して、テーマについてのアンケートが実施された。これをふまえて、「フェミニズムの今」というテーマが選ばれ、二〇一三年秋の全国大会で、ワーク・イン・プログレス報告「断片を越えて――第三波フェミニズムからみる戦間期女性文学」という企画が組まれ、「V・ウルフ『歳月』に探る女の連帯の（不）可能性」「英国大戦間期の女子の職業選択と主体構築」という報告を通して、テーマの共有が行なわれた。その上で、翌年四月に編集委員会が発足し、河野真太郎氏、麻生えりか氏、秦邦生氏、松永典子氏の四名が編集委員に選ばれた。同年七月に、河野氏より「出版企画」について会員に向けての説明が行なわれ、趣意書が出され、アブストラクトの募集を経て、投稿論文一七本が寄せられた。編集委員と査読委員二名（大田信良氏、遠藤不比人氏）が査読した結果、執筆者が決定された。

個人の作家について研究する学会が本を出版するときは、普通、その作家の名前をタイトルの一部に掲げた研究書になることが多い。その中で本書は、あえてヴァージニア・ウルフという名前をタイトルに冠さずに、文学論、文化史、批評理論の広い領域の中にウルフの立ち位置を浮かび上がらせようとしている。本書のタイトル『終わらないフェミニズム――「働く」女たちの言葉と欲望』はそうした意図が反映されており、常に、批評の最前線を見据えて会員全員が議論しあうウルフ協会にふさわしいものと思う。

テーマの詳細については、「はじめに」を読んでいただきたいが、本書は、女性の経験あるいはフェミニズムを中心テーマとして、一九世紀終わりから現在に至るイギリス文学および文化を歴史的にというより系譜学的に論じたものである。本書は、ヴァージニア・ウルフを女性作家として積極的に評価した、いわゆる第二波フェミニズムと総称される英米の思潮から、ポストフェミニズム、さらに第三波フェミニズムへ至る動向を扱っているが、特にポストフェミニズムで見失われた認識を、第三波の「フェミニズムの今」において取り戻そうとする試みを重視している。すなわち、連帯と運動の新たな可能性を探り、女性の人間としての「自由」を改めて考えようとする試みに注目している。本書が、日本ヴァージニア・ウルフ協会の会員を含むウルフや文学の研究者に、有意義な論議のきっかけを与えることができればと思う。さらに、文学の研究者だけではなく、さまざまな学問分野の研究者、フェミニズムと女性に関心を持っている幅広い読者にも、是非、本書を手に取って読んでいただければと願っている。

最後に、本書の出版に際して、お世話になった多くの人々に感謝の言葉を申しておきたい。特に、本書の出版を引き受けていただいた研究社と編集部の星野龍氏には、ひとかたならぬお世話になった。心より感謝申しあげる。

二〇一六年六月

日本ヴァージニア・ウルフ協会会長　太田素子

Levine　287
レスリー＝ジョーンズ、ヴェロニカ Veronica Leslie-Jones　20
レッシング、ドリス　Doris Lessing 176, 177, 178, 188, 280
『黄金のノート』 *The Golden Notebook*　176
『破壊者ベンの誕生』 *The Fifth Child*　177
「一九号室へ」 "To Room Nineteen"　177

[ろ]
ローゼンバーグ、ジョン　John Rosenberg　6
『ロミオとジュリエット』 *Romeo and Juliet*　306
ロレンス、D・H　D. H. Lawrence　279, 280, 282
『恋する女たち』 *Women in Love* 279
『虹』 *The Rainbow*　279

[わ]
ワイルダー、ローラ・インガルス Laura Ingalls Wilder　136, 141
『インガルス一家の物語』 *Little House books*　136
ワイルド、オスカー　Oscar Wilde 32
『ドリアン・グレイの肖像』 *The Picture of Dorian Gray*　32

Lucy Maud Montgomery　302, 303, 304, 308, 309, 315, 316, 319, 321
『緑の切妻屋根のアン』 *Ann of Green Gables*　302, 305, 308, 309（→村岡花子『赤毛のアン』）

［ゆ・よ］
ユスフザイ、マララ　Malala Yousafzai　327, 328
与謝野晶子　321
吉屋信子　302, 311, 312, 313, 315

［ら］
ライト、アリソン　Alison Light　63, 65, 76, 129, 158, 159
ラスボーン、エリナ　Eleanor Rathbone　125
ラング、フリッツ　Fritz Lang　266
ランチェスター、ジョン　John Lanchester　269
『ミスター・フィリップス』 *Mr. Phillips*　269

［り］
リーヴィス、F・R　Frank Raymond Leavis　64
リーヴィス、Q・D　Queenie Dorothy Leavis　62, 64, 80, 232
『小説と読者大衆』 *Fiction and the Reading Public*　62, 64, 79
リヴィエール、ジョウン　Joan Riviere　88
リチャードソン、サミュエル　Samuel Richardson　25
リチャードソン、ドロシー　Dorothy Richardson　x, 3, 4, 5, 6, 16, 17, 18, 20, 22, 23, 26
『尖った屋根』 *Pointed Roofs*　3
『トンネル』 *The Tunnel*　4, 5, 8, 14
『遍歴』 *Pilgrimage*　x, 4, 5, 6, 9, 13, 20, 24, 26, 27
リッピンコット、ロビン　Robin Lippincott　269
『ミスター・ダロウェイ』 *Mr. Dalloway*　269
『小英帝国《リトル・ブリテン》』 *Little Britain*　202
リベラリズム　xiii, 133, 214, 275, 280, 282, 287, 289, 292, 293, 296, 297, 304
リベラル・フェミニズム　x, 60, 77, 79, 132

［る］
ルカーチ、ジェルジ　Georg Lukács　155
『小説の理論』 *The Theory of the Novel*　155
ル・コルビュジエ　Le Corbusier　175
ルジュンヌ、フィリップ　Philippe Lejeune　184, 199

［れ］
レヴァイン、デイヴィッド　David

Murdoch　24
『魔術師から逃れて』 *The Flight from the Enchanter*　24
マキューアン、イアン　Ian McEwan　269
『土曜日』 *Saturday*　269
マックラング、ネリー　Nellie Letitia McClung　303, 304
マクロビー、アンジェラ　Angela McRobbie　300, 301
マシーセン、F・O　F. O. Matthiessen　289
『アメリカン・ルネサンス』 *American Renaissance*　289
松井須磨子　310
マックイーン、アレキサンダー　Alexander McQueen　86
マトリクス（女性建築家組合）　174
マミー・リット　xii, 238, 239, 240, 241, 253, 255, 256, 257, 258, 260
マルセル、ガブリエル　Gabriel Honoré Marcel　147

［み］
ミース、マリア　Maria Mies　121, 168, 227, 228, 259
ミッチェル、ジュリエット　Juliet Mitchel　88, 89, 187
『精神分析とフェミニズム』 *Psychoanalysis and Feminism*　187
ミドルブラウ文化　x, 60, 61
宮崎駿　231
ミル、ジョン・スチュアート　John Stuart Mill　304
ミレット、ケイト　Kate Millett　187
『性の政治学』 *Sexual Politics*　187

［む］
村岡花子　xiii, 299, 300, 302, 311, 313, 314, 315, 316, 317, 318, 319, 320, 321
『赤毛のアン』　xiii, 299, 300, 303, 314, 315, 318, 319, 320（→モンゴメリ『緑の切妻屋根のアン』）
『メイド・イン・ダゲナム』 *Made in Dagenham*　xii, 212, 219, 220, 223, 224, 228, 231

［め］
『めぐりあう時間たち』 *The Hours*（映画）　xii, 212, 216, 227, 229, 230, 231, 269（小説は「カニンガム」の項を参照）
メリトクラシー　ii, 78, 232

［も］
モア、ハナ　Hannah More　303
モラン、ケイトリン　Caitlin Moran　200, 201, 203, 204, 206
『女になる方法』 *How to Be a Woman*　200, 204, 206
モレル、オットーライン　Ottoline Violet Anne Morrell　50
モンゴメリ、ルーシー・モード

Fraser　160, 164, 221, 232
フロイト、ジークムント　Sigmund Freud　87, 88
フロリダ、リチャード　Richard L. Florida　51, 207, 231
『新クリエイティブ資本論』 *The Rise of the Creative Class, Revisited*　51
ブロンテ姉妹　the Brontë sisters　188

[へ]
ヘア、デイヴィッド　David Hare　212
ヘイズ、シャノン　Shannon Hayes　136, 137
『革命的なホームメーカー』 *Radical Homemakers*　136
ベーシック・インカム　268
ベネット、アーノルド　Arnold Bennett　80, 148, 149, 150, 151, 158, 167

[ほ]
ボウ、クララ　Clara Bow　39, 55
ホーキンス、サリー　Sally Cecilia Hawkins　232
ボードレール、シャルル　Charles Baudelaire　85
ホールデン、J・B・S　J. B. S. Haldane　35
『ダエダロス、または科学と未来』 *Daedalus or Science and the Future*　35
ポストサフラジスト　x, xi, 42, 189, 205
ポストフェミニズム　i, vi, vii, ix, x, xi, xii, 31, 33, 34, 51, 52, 53, 54, 121, 140, 141, 173, 183, 185, 194, 195, 197, 198, 211–32, 238, 241, 253, 260, 270, 295, 301
ポストフォーディズム　vi, xiv, 33, 51, 211, 214, 215, 228, 231, 283
ホックシールド、アーリー・ラッセル　Arlie Russell Hochschild　231, 247
『セカンド・シフト』 *The Second Shift*　122, 247
ホネット、アクセル　Axel Honneth　196, 206, 232
ポラシェク、ブロンウィン　Bronwyn Polaschek　218, 231
ホルクハイマー、マックス　Max Horkheimer　86
ボルタンスキー、リュック　Luc Boltanski　215
『資本主義の新たな精神』 *Le nouvel esprit du capitalisme*　215
ホルトビー、ウィニフレッド　Winifred Holtby　60, 61, 64, 67, 69, 70, 71, 74, 76, 78, 80
『サウス・ライディング』 *South Riding*　61, 71, 74, 78, 79

[ま]
マーカス、ジェイン　Jane Marcus　160, 161
マードック、アイリス　Iris

『アメリカ思想主潮史』 *Main Currents in American Thought* 289
パンクハースト、エメリン　Emmeline Pankhurst　253

［ひ］

ピアソン、アリソン　Allison Pearson　239, 240, 243
『ケイト・レディは負け犬じゃない』 *I Don't Know How She Does It*　239, 244, 248, 249, 254, 258, 260
ヒューイット、ヘザー　Heather Hewett　241, 255, 256, 260
平塚らいてう　310, 321

［ふ］

『ファクトリー・ウーマン』 →『メイド・イン・ダゲナム』
フィールディング、ヘレン　Helen Fielding　25, 195, 238
『ブリジット・ジョーンズの日記』 *Bridget Jones's Diary*　viii, xii, 25, 195, 238, 254
フィッツジェラルド、スコット　Francis Scott Key Fitzgerald　32
『ジャズ・エイジの物語』 *Tales of the Jazz Age*　32
「ベンジャミン・バトン」 "Benjamin Button"　32
フィンチャー、デヴィッド　David Fincher　232, 267
フーコー、ミシェル　Michel Foucault　175, 194, 196
フォースター、E・M　E. M. Forster　153, 282, 289
フォーディズム　214, 220, 267
フォスター、ドーン　Dawn Foster　v, vi, 199
『リーン・アウト』 *Lean Out*　v
フォックス、ジョージ　George Fox　23
『プラダを着た悪魔』 *The Devil Wears Prada*　86
福祉国家　24, 63, 75, 78, 164, 178, 214, 215, 216, 217, 218, 220, 227, 244, 267, 276, 277, 281, 292, 297
福祉資本主義　215, 223
フリーダン、ベティ　Betty Friedan　53, 132, 177, 187, 239
『新しい女性の創造』 *The Feminine Mystique*　132, 177, 187, 239
ブリテン、ヴェラ　Vera Mary Brittain　35, 36, 60, 61, 64, 68, 69, 70, 78
『ハルシオン、または一夫一婦制の未来』 *Halcyon, or the Future of Monogamy*　35
『ブルージャスミン』 *Blue Jasmine*　232
ブルームズベリー・グループ　88, 287, 289, 290, 292
ブルックナー、アニタ　Anita Brookner　25
『秋のホテル』 *Hotel du Lac*　25
フレイザー、ナンシー　Nancy

『碾臼』 *The Millstone* 25
トリクルダウン・フェミニズム v
トリリング、ライオネル Lionel Mordecai Trilling 275, 277, 281, 283, 284, 285, 286, 289, 290, 291, 292, 297
『対立する自己』 *The Opposing Self* 291
『リベラル派の想像力』 *The Liberal Imagination* 275, 289

［な・ね］

中原淳一 315, 321
ネオリベラリズム 277, 281, 282, 283, 285, 289, 292, 293, 297（→新自由主義）
ネグリ、アントニオ Antonio Negri 164, 166, 231

［は］

『her——世界でひとつの彼女』 *her* 268
ハーヴェイ、デヴィッド David W. Harvey 206
ハート、マイケル Michael Hardt 164, 166, 231
ハイ・カルチャー x, 61, 286, 288, 290, 292, 296
パイク、ロザムンド Rosamund Mary Ellen Pike 232
ハイルブラン、キャロリン Carolyn Gold Heilbrun 276, 277, 278, 279, 280, 281, 282, 283, 284, 285, 289, 290, 291, 292, 293, 294, 295, 297
『ハムレットの母親』 *Hamlet's Mother* 276
『アンドロジニーの認知へ向けて』 *Toward a Recognition of Androgyny* 276
『ハウスワイフ 2.0』 *Homeward Bound* 135
ハウスワイフ 2・0 xi, 122, 123, 132, 135, 136, 137, 139, 141
バジェオン、シェリー Shelley Budgeon 213, 214, 231
ハジェフスキー、ステファニー Stephanie Harzewski 238, 253, 260
ハックスリー、オルダス Aldous Leonard Huxley 32, 46
『すばらしい新世界』 *Brave New World* 32, 46
ハディッド、ザハ Zaha Hadid 174
パトモア、コヴェントリー Coventry Kersey Dighton Patmore 124
バトラー、ジュディス Judith Butler 88, 89, 232
ハラン、ミーブ Maeve Haran 238, 258
『キャリアマザーの選択』 *Having It All* 238
ハリス、アニタ Anita Harris 300
パリントン、ヴァーノン、ルイス Vernon Louis Parrington 289

［せ・そ］

セイヤーズ、ドロシー　Dorothy Sayers　60

セーフティ・ネット　v

世界娼婦会議　173

ソダーバーグ、スティーヴン　Steven Soderbergh　267

［た］

第一波フェミニズム　x, 120, 125, 127, 140, 185, 189, 317, 325

第三波フェミニズム　vii, 53, 61, 78, 79, 123, 134, 137, 212, 216, 223, 224, 260, 295, 301, 302, 321

第二波フェミニズム　ii, vi, vii, viii, xi, xii, xiii, 53, 89, 132, 133, 160, 164, 168, 174, 176, 183, 184, 185, 197, 212, 213, 214, 215, 216, 217, 218, 219, 223, 224, 230, 238, 239, 240, 241, 242, 243, 244, 246, 247, 248, 249, 255, 257, 268, 276, 280, 281, 301, 304, 325

高畠華宵　311

竹久夢二　311

竹村和子　203, 204, 212

田嶋陽子　25

ダラ・コスタ、マリアローザ　*Mariarosa Dalla Costa*　133, 141

［ち］

チック・リット　xii, 25, 195, 238, 253, 254, 255, 258, 260

チャヴ　201, 202, 203

チャーチル、キャリル　Caryl Churchill　178, 259

　『トップ・ガールズ』　*Top Girls*　178, 259

［て］

デイヴィス、マーガレット・ルウェリン　Margaret Llewelyn Davies　189, 190, 191, 192, 193, 206

　『私たちが知っている生活／人生《ライフ》』　*Life As We Have Known It*　xii, 189, 190, 191, 193

ディオール、クリスチャン　Christian Dior　86

デュ・モーリア、ダフネ　Daphne du Maurier　60

デリダ、ジャック　Jacques Derrida　184

［と］

ドボンヌ、フランソワーズ　Françoise Marie-Thérèse Piston d'Eaubonne　134

　『フェミニズムか死か』　*Le Féminisme ou la Mort*　134

ド・マン、ポール　Paul de Man　184

ドライサー、セオドア　Theodore Herman Albert Dreiser　289, 290, 292, 297

　『シスター・キャリー』　*Sister Carrie*　292

ドラブル、マーガレット　Margaret Drabble　25

280
ショウォールター、エレイン　Elaine Showalter　187, 188, 189
『女性自身の文学』 *A Literature of Their Own*　187, 188, 189
情動労働　xi, 98, 113, 114, 115, 129, 141, 146, 158, 161, 163, 164, 166, 231
ショー、ジョージ・バーナード　George Bernard Shaw　32
ジョージ五世　George V　75
ジョーンズ、オーウェン　Owen Jones　203
ジョーンズ、スパイク　Spike Jonze　268
シルヴァー、ブレンダ　Brenda R. Silver　269, 284, 285, 286, 296
シングルマザー　ii, 25, 193, 202, 204
新自由主義　vi, 31, 52, 135, 136, 187, 196, 200, 201, 206, 211, 214, 215, 216, 220, 223, 224, 227, 228, 229, 232, 240, 244, 245, 248, 251, 254, 259, 264, 265, 266, 267, 277, 320（→ネオリベラリズム）

［す］
スウィナートン、フランク　Frank Arthur Swinnerton　158
スーレ、アマンダ・ブレイク　Amanda Blake Soule　138
スレーリ、サーラ　Sara Suleri　327
『肉のない日』 *Meatless Days*　327
スクワイア、スーザン　Susan Merrill Squier　34, 42, 47
『境界線上の生命』 *Liminal Lives*　34
スタイネム、グロリア　Gloria Steinem　iv, 253
『内面からの革命』 *Revolution from Within*　iv
スティーヴン、レズリー　Leslie Stephen　158
ストラザー、ジャン　Jan Struther　129
ストレイチー、レイ　Ray Strachey　125
スノウ、C・P　C. P. Snow　x, 32, 33, 44, 45, 46, 47, 48, 53
『二つの文化』 *The Two Cultures*　32, 44, 46
『老人のための新しい生命』 *New Lives for Old*　32, 33, 44, 45, 46
スピヴァク、ガヤトリ　Gayatri Chakravorty Spivak　327
「サバルタンは語ることができるか」 "Can the Subaltern Speak?"　327
すべてを手に入れる（have it all）　ii, 33, 237, 238, 239, 240, 241, 242, 243, 247, 248, 250, 253, 254, 255, 257, 258, 260
スローター、アン＝マリー　Anne-Marie Slaughter　257

ミニズム)
ゴールドバーグ、デイヴ　Dave Goldberg　i, ii
コールリッジ　Samuel Taylor Coleridge　294
『ゴーン・ガール』 *Gone Girl* 232, 267
コルダ、アレグザンダー　Alexander Korda　72
意識高揚（運動）《コンシャスネス・レイジング》（CR）　xii, 133, 186, 194

[さ]

サッカレー　William Makepeace Thackeray　151
　『ペンデニス』 *Pendennis*　151
サッチャー　Margaret Hilda Thatcher　244, 259, 264, 266
サマーズ、ラリー　Lawrence Henry "Larry" Summers　i
サリー、ジェイムズ　James Sully　100, 101, 102, 103, 104, 115
　『教師のための心理学ハンドブック』 *The Teacher's Handbook of Psychology*　102, 104, 109, 115
　『心理学概説』 *Outlines of Psychology with Special Reference to the Theory of Education*　101, 102
　『人間の精神』 *The Human Mind*　102
サンドバーグ、シェリル　Sheryl Kara Sandberg　i, ii, iii, iv, viii, xi, xii, xiv, 199, 200, 257, 285
『リーン・イン』 *Lean In*　i, ii, v, vii, 199, 200, 206, 257

[し]

CR　→意識高揚（運動）《コンシャスネス・レイジング》
ジェイムズ、ヘンリー　Henry James　275, 277, 280, 289, 290, 291, 292
　『ある貴婦人の肖像』 *The Portrait of a Lady*　291
　『カサマシマ公爵夫人』 *Princess Casamassima*　275
　『鳩の翼』 *The Wings of the Dove*　291
　『ボストンの人々』 *The Bostonians*　291
ジェイムソン、フレドリック　Fredric Jameson　148, 156, 163, 166, 168
『ジェイン・エア』 *Jane Eyre*　281
自己啓発系フェミニズム　iv
社会主義フェミニズム　vi, 219, 221
シャネル、ココ　Coco Chanel　86
シャペロ、エヴ　Ève Chiapello　→ボルタンスキー
シュタイナッハ、オイゲン　Eugen Steinach　34, 36, 37, 38, 39, 40, 41, 48, 55
ジョイス、ジェイムズ　James Joyce　280
　『若き芸術家の肖像』 *A Portrait of the Artist as a Young Man*

オーデン、W・H　W. H. Auden 59
オルビー、エドワード　Edward Albee　269
　『ヴァージニア・ウルフなんかこわくない』 *Who's Afraid of Virginia Woolf?*　269
おひとりさま　x, 3, 4, 14, 18, 19, 23, 24
『オリバー・ツイスト』 *Oliver Twist*　315

[か]
『飾窓の女』 *The Woman in the Window*　266
カニンガム、マイケル　Michael Cunningham　212, 216, 229, 269
　『めぐりあう時間たち』 *The Hours*　xii, 211, 212, 216, 227, 229, 230, 231, 268（映画は「め」の箇所を参照）
ガラスの天井　ii, iv, 178, 199, 215, 228
川本静子　27, 275, 276, 277, 280
　『イギリス教養小説の系譜』　275

[き]
企業フェミニズム　v, 199
ギッシング、ジョージ　George Gissing　5, 292, 297
　『余った女たち』 *The Odd Women*　5, 18
キテイ、エヴァ・フェダー　Eva Feder Kittay　160
キャラクター・システム　xi, 148, 154, 155, 156, 161, 162

[く]
クライン、メラニー　Melanie Klein　87, 88
グリア、ジャーメイン　Germaine Greer　187
　『去勢された女性』 *The Female Eunuch*　187
グリーナム・コモン　134, 325, 326
グリーン、グレアム　Graham Greene　59
クリスティー、アガサ　Agatha Christie　60
グリフィス、コリン　Corinne Griffith　39
グレイ、アイリーン　Eileen Gray 174, 175, 176
グローバリゼーション　vi, 72, 124

[け]
ケア労働　vi, xi, 60, 97, 98, 115, 132, 138, 139, 149, 159, 160, 162, 164, 165, 166, 168, 247, 256, 257
ケア労働者　113, 161, 162, 168, 198
ケイ、エレン　Ellen Key　304, 310
　『恋愛と結婚』 *Love and Marriage*　310

[こ]
企業《コーポレート》フェミニズム（→企業《きぎょう》フェ

ウォー、パトリシア　Patricia Waugh　194, 195
ヴォロノフ、セルジュ　Serge Abrahamovitch Voronoff　34, 36, 37, 55
ウルフ、ヴァージニア　Virginia Woolf
　『オーランドー』 *Orlando*　x, 33, 34, 48, 49, 50, 51, 52, 172
　『蛾の死、およびその他のエッセイ集』 *The Death of the Moth and Other Essays*　61
　『歳月』 *The Years*　120, 141
　『三ギニー』 *Three Guineas*　93, 94, 140, 284, 325
　『ジェイコブの部屋』 *Jacob's Room*　149, 167
　『ダロウェイ夫人』 *Mrs. Dalloway*　24, 87, 88, 94, 95, 141, 156, 172, 230, 268, 270, 295
　『灯台へ』 *To the Lighthouse*　xi, 87, 88, 93, 94, 95, 96, 99, 100, 103, 105, 110, 111, 113, 114, 115, 120, 129, 141, 156, 279, 281, 294
　『波』 *The Waves*　xi, 119, 120, 121, 127, 130, 139, 141, 146, 147, 148, 149, 153, 154, 155, 156, 157, 158, 160, 161, 162, 163, 165, 167
　『幕間』 *Between the Acts*　61, 71, 72, 73, 74, 78, 120
　『自分ひとりの部屋』 *A Room of One's Own*　68, 119, 127, 140, 151, 152, 155, 157, 163, 193, 278, 293
ウルフ、ナオミ　Naomi Wolf　53, 54
　『美の陰謀』 *The Beauty Myth*　53
ウルフ、レナード　Leonard Sidney Woolf　159

［え］

エスティ、ジェド　Jed Esty　62, 63, 70, 71, 76
　『縮みゆく島』 *A Shrinking Island*　62, 63
エコフェミニズム　122, 132, 134, 135, 137
FGM（女性器切除）　327, 328
エリオット、ジョージ　George Eliot　32, 188, 280
　『テオフラストス・サッチの印象』 *Impressions of Theophrastus Such*　32
エリオット、T・S　Thomas Stearns Eliot　18, 59
　『荒地』 *The Waste Land*　18
『エリン・ブロコビッチ』 *Erin Brockovich*　267

［お］

オーウェル、ジョージ　George Orwell　59
オースティン、ジェイン　Jane Austen　280

索　引

［あ］

アイデンティティ・ポリティクス　iv

アウトサイダーズ・ソサエティ　325, 326

アサートン、ガートルード　Gertrude Atherton　32, 33, 39, 44, 48, 53

『黒い雄牛』 *Black Oxen*　32, 33, 39, 40, 41, 42, 43, 44

アドルノ、テオドール　Theodor Adorno　86

アナン、ノエル　Noel Gilroy Annan　287, 296

アリギ、ジョヴァンニ　Giovanni Arrighi　296

『長い二〇世紀』 *The Long Twentieth Century*　296

『アルテミスに捧ぐ』 *The Heart to Artemis*　26

アレン、ウディ　Woody Allen　232

［い］

イェイツ、W・B　William Butler Yeats　40, 55, 72

イプセン　Henrik Johan Ibsen　310

『人形の家』 *A Doll's House*　310

岩下久美子　4

［う］

ウィリアムズ、レイモンド　Raymond Williams　7, 76

ヴィルノ、パオロ　Paolo Virno　215

上野千鶴子　140, 166, 321

ウィンターソン、ジャネット　Jeanette Winterson　264, 265, 266

『オレンジだけが果物じゃない』 *Oranges Are Not the Only Fruit*　264, 265

『パッション』 *The Passion*　266

『普通になれるなら幸せにならなくてもいいじゃない？』 *Why Be Happy When You Could Be Normal?*　264

『未来へフィットせよ』 *Fit for the Future*　265

ヴェブレン、ソースティン　Thorstein Bunde Veblen　85

ウェルズ、H・G　H. G. Wells　18, 19, 20

『アン・ヴェロニカ』 *Ann Veronica*　18, 19, 20

ウォー、イーヴリン　Evelyn Waugh　59

編者／執筆者一覧

山口菜穂子（やまぐち・なほこ）　フェミニズム研究家
高橋　路子（たかはし・みちこ）　近畿大学経営学部専任講師
奥山　礼子（おくやま・れいこ）　東洋英和女学院大学国際社会学部教授
中井亜佐子（なかい・あさこ）　一橋大学大学院言語社会研究科教授

編者／執筆者一覧

（執筆者は執筆順、肩書きは 2016 年 6 月現在）

編　者

河野真太郎（こうの・しんたろう）　一橋大学大学院商学研究科准教授

麻生えりか（あそう・えりか）　青山学院大学文学部教授

秦　　邦 生（しん・くにお）　青山学院大学文学部准教授

松永　典子（まつなが・のりこ）　帝京大学理工学部専任講師

本編執筆者

大道　千穂（おおみち・ちほ）　青山学院大学経営学部准教授

加藤めぐみ（かとう・めぐみ）　都留文科大学文学部准教授

松 本　　朗（まつもと・ほがら）　上智大学文学部教授

矢口　朱美（やぐち・あけみ）　防衛省防衛医科大学校医学教育部助教

英　美由紀（はなぶさ・みゆき）　藤女子大学文学部准教授

大田　信良（おおた・のぶよし）　東京学芸大学教育学部教授

伊 藤　　節（いとう・せつ）　東京家政大学人文学部教授

コラム執筆者

高井　宏子（たかい・ひろこ）　大東文化大学環境創造学部教授

遠藤不比人（えんどう・ふひと）　成蹊大学文学部教授

丹羽　敦子（にわ・あつこ）　日本女子大学文学部非常勤講師

菊池かおり（きくち・かおり）　工学院大学教育推進機構特任助教

髙島　美和（たかしま・みわ）　女子栄養大学栄養学部専任講師

植松のぞみ（うえまつ・のぞみ）　ロンドン大学クイーン・メアリー校英文学部・比較文学部非常勤講師

KENKYUSHA

〈検印省略〉

終《お》わらないフェミニズム
――「働《はた》く」女《おんな》たちの言葉《ことば》と欲望《よくぼう》

二〇一六年九月一日　初版発行

編　者　日本《にほん》ヴァージニア・ウルフ協会《きょうかい》
河野真太郎《こうのしんたろう》・麻生《あそう》えりか・秦邦生《しんくにお》・
松永典子《まつながのりこ》

発行者　関　戸　雅　男

発行所　株式会社　研　究　社
〒一〇二―八一五二
東京都千代田区富士見二―一一―三
電話　（編集）〇三―三二八八―七七一一
（営業）〇三―三二八八―七七七七
振替　〇〇一五〇―九―二六七一〇
http://www.kenkyusha.co.jp

装　丁　清水良洋(Malpu Design)

印刷所　研究社印刷株式会社

ISBN 978-4-327-47233-7　C3098
Printed in Japan